DAS DOPPELTE GRAB

Margarete von Schwarzkopf, geboren in Wertheim am Main, studierte in Bonn und Freiburg Anglistik und Geschichte. Sie arbeitete zunächst für die Katholische Nachrichtenagentur, dann als Feuilletonredakteurin bei der »Welt« und viele Jahre beim NDR als Redakteurin für Literatur und Film. Heute ist sie als freie Journalistin, Autorin, Literaturkritikerin und Moderatorin tätig.

Dieses Buch ist ein Roman. Handlungen und Personen sind frei erfunden. Ähnlichkeiten mit lebenden oder toten Personen sind nicht gewollt und rein zufällig.

MARGARETE VON SCHWARZKOPF

DAS DOPPELTE GRAB

Kriminalroman

emons:

Bibliografische Information der Deutschen Nationalbibliothek
Die Deutsche Nationalbibliothek verzeichnet diese Publikation in der Deutschen Nationalbibliografie; detaillierte bibliografische Daten sind im Internet über http://dnb.d-nb.de abrufbar.

FSC
www.fsc.org
MIX
Papier aus verantwortungsvollen Quellen
FSC® C083411

Umschlagmotiv: Dave Wall/Arcangel.com
Umschlaggestaltung: Nina Schäfer, nach einem Konzept von Leonardo Magrelli und Nina Schäfer
Umsetzung: Tobias Doetsch
Gestaltung Innenteil: DÜDE Satz und Grafik, Odenthal
Lektorat: Hilla Czinczoll
Druck und Bindung: CPI – Clausen & Bosse, Leck
Printed in Germany 2021
ISBN 978-3-7408-1237-9
Originalausgabe

Für meine Familie (TLF), insbesondere meinen Mann,
und für unsere Freunde
in guten und in schlechten Zeiten

Land und Leute könnten voller Ruhe sein,
Wären nicht zwei kleine Wörter: mein und dein;
Die wirken manche Wunder auf der Erde.
Wie gehn sie rüttelnd, wie so wütend überall
Und treiben alle Welt herum wie einen Ball.
Ich denke ihres Krieges nie mehr Ende werde.

Gottfried von Straßburg (gestorben um 1215),
aus »Tristan« (entstanden 1210)

Prolog

Köln im November A. D. 1520

Die Öllampe spendete wenig Licht. In dem hohen Raum sammelte sich die Kühle des spätherbstlichen Abends, gegen die das kleine Feuer im Kamin kaum ankam. Ambrosius seufzte und legte den Federkiel beiseite. Er rieb sich die Augen. Seit drei Tagen und fast auch drei Nächten brütete er über einem Text, den er aus dem Lateinischen ins Deutsche übertrug. Seit er diese alte Handschrift durch Zufall in einem Schrank in der Eingangshalle des Klosters entdeckt hatte, vergraben hinter Vasen aus Ton, mottenzerfressenen Büchern und zerbrochenen Gläsern, verbrachte er jede freie Minute damit.

Er hatte den Schrank aus- und aufräumen sollen, eigentlich keine ihm würdige Arbeit. Aber alles Murren half nichts. Die Arbeit musste getan werden, da dieser alte Schrank bereits von Holzwürmern so stark befallen war, dass Abt Hieronymus einen neuen an seinen Platz stellen lassen wollte, einen sehr viel schöneren aus soliden Eichenbohlen, der sogar mit Malereien verziert sein würde. Als Ambrosius die vergitterten Türen des alten Schrankes geöffnet hatte, waren ihm sofort etliche ramponierte Trinkgefäße aus Zinn entgegengepurzelt. Sie stanken nach abgestandenem Wein. Wer mochte das Geschirr wohl vor längerer Zeit in diesen Schrank gestellt haben? Und wer hatte diese zerfledderten Kutten darin aufgehängt, die fürchterlich müffelten? Der arme Schrank war offensichtlich sehr lange nicht mehr entrümpelt worden. Wahrscheinlich das letzte Mal unter Abt Hugo vor gut zehn Jahren.

Mit verbissener Miene räumte der junge Mönch den ganzen Plunder heraus und stopfte fast alles in Leinensäcke, die er später würde entsorgen müssen. Stöhnend wischte er sich den Schweiß von der Stirn. Dies wäre eher eine Arbeit für den Novizen Gregorius gewesen. Aber der ordnete sicherlich einmal mehr mit Pater

Albert die Weinvorräte. Gregorius wurde seit seinem ersten Tag im Kloster vor vier Wochen mit Samthandschuhen angefasst, da der Abt aus demselben Dorf am Niederrhein stammte wie der zarte Novize mit den seelenvollen Augen.

Verdrossen zog Ambrosius ein Stück Abfall nach dem anderen aus dem Schrank und füllte die Säcke damit. Auf dem obersten Regal erblickte er plötzlich einen hölzernen Kasten mit hübschen Verzierungen aus Metall. Er zog ihn heraus und öffnete das Kästchen. Darin lag ein Bündel mit Blättern aus Pergament. Sie waren eng beschrieben und nur wenig verblichen.

Behutsam nahm Ambrosius die Seiten aus dem Kästchen. Sein Latein war zwar gut, doch hatte er zunächst ein wenig Mühe, die Schrift zu entziffern. Diese Dokumente mussten sehr alt sein. Wie sie in den Schrank gelangt waren, ahnte er nicht. Das Kloster Sankt Gallus war vor fünfhundert Jahren auf den Überresten einer Kapelle zu Ehren des heiligen Bonifatius errichtet und immer wieder erweitert worden. Diese Kapelle wiederum hatte man auf der Ruine eines römischen Tempels zu Ehren der Venus erbaut. Der Schrank selbst konnte noch nicht älter als ein- oder zweihundert Jahre sein und stand wahrscheinlich schon seit Ewigkeiten am selben Platz. Das Kästchen dagegen wirkte wesentlich älter. Köln war eine uralte Stadt, deren Anfänge sogar in die vorrömische Zeit zurückreichten. Seit mehr als eintausend Jahren hatte es hier Kirchen- und Klostergründungen gegeben. Es wunderte Ambrosius nicht, dass man überall noch Relikte aus älteren Epochen fand.

Freudige Erregung stieg in ihm auf. Diese Papiere waren alt, schienen ihrerseits aber Kopien eines noch älteren Textes zu sein. Das Latein glich nicht dem Kirchenlatein, sondern eher den klassischen Texten, die der junge Ambrosius in seinem Heimatdorf unter Aufsicht des Pfarrers studiert hatte. Da hatte jemand sehr viel Mühe aufgewandt, einen Originaltext abzuschreiben, der ursprünglich vielleicht sogar auf Wachstafeln geritzt oder auf Papyrus niedergelegt worden war. Das allein weckte schon die Neugier bei Ambrosius, der Herausforderungen liebte.

Er versteckte seinen Fund unter seiner Kutte. Als der Abt

gegen Abend kurz vor der Vesper auftauchte, um zu überprüfen, wie weit Ambrosius mit dem Ausräumen des alten Möbels gediehen war, fand er einen leeren Schrank vor und daneben drei Säcke mit Abfällen. Er nickte zufrieden und verkündete beim Abendmahl, dass der Schrank demnächst abgeholt und ein neuer an seine Stelle gestellt würde. Ambrosius schmunzelte und machte sich noch am selben Abend im Skriptorium ans Werk, den Text zu entziffern. Er würde niemandem von der Handschrift erzählen, auch seinem besten Freund im Kloster nicht, Bruder Markus, der aus einem benachbarten Dorf in der Eifel stammte und den er seit seiner Kindheit kannte.

Da er als guter Schreiber galt, wunderte sich keiner seiner Ordensbrüder, dass Ambrosius emsig arbeitete. Er übernahm gern Abschriften von Urkunden und alten Briefen und übersetzte das eine oder andere Schriftstück ins Deutsche. Seine Ordensbrüder waren mit eigenen Aufgaben beschäftigt und kümmerten sich nicht um den jungen Mönch, der noch am späteren Abend im Halbdunkel des kühlen Skriptoriums saß. Nur Gregorius, der Novize vom Niederrhein, war um Ambrosius herumgeschlichen und hatte ihn schließlich gefragt, an was er denn da so eifrig arbeite.

»Ich soll einen Bibeltext abschreiben«, antwortete Ambrosius kurz angebunden. Dabei log er nicht einmal, denn das war derzeit seine eigentliche Aufgabe. Er schob seinen Fund aus dem alten Schrank unter das Buch und arbeitete eine Weile gewissenhaft an seiner Abschrift. Er mochte Gregorius nicht, empfand ihn als aufdringlich und frech.

Gregorius blickte ihn mit leisem Zweifel an und trollte sich. Ambrosius achtete nicht weiter auf ihn. Er würde später weiter an der Übersetzung basteln und die Vorlage und seinen Text danach wieder verstecken. Denn längst hatte er erkannt, dass dieser Text brisant war und ein Geheimnis aus alter Zeit barg.

Ambrosius hatte den Zeilen bisher entnehmen können, dass der ursprüngliche Autor des Textes, offenbar ein junger Römer namens Lucius, einem Familiengeheimnis auf der Spur war. Doch war er nur langsam mit seiner Übersetzung weitergekommen, da er immer wieder gestört wurde.

An diesem Abend, drei Tage nach dem Fund der Handschrift, da er vor Müdigkeit seine Augen kaum mehr offen halten konnte, saß er wieder allein im Skriptorium. Der Wind heulte um das mächtige Klostergemäuer, die Äste der großen Eiche vor dem Skriptorium schlugen wie Trommelstöcke gegen das Fenster. Ambrosius fröstelte in dem Raum mit seinen kahlen Steinwänden und der hohen Decke. Er sah ein, dass er zu erschöpft war, um weiterzuschreiben, räumte sein Schreibzeug und die Pergamentseiten von seinem Pult und blickte sich um. Seine Brüder waren sicher alle längst in ihren Zellen.

Der feuchte Abend war einer regenreichen Nacht gewichen. Es musste schon auf die Mitternacht zugehen. Nur noch zwei Stunden bis zur Matutin, dem ersten Tagesgebet. Ambrosius ging zu einem Regal, auf dem illuminierte Bücher lagen und das Schreibgerät der anderen Mönche stand. Wieder sah er sich um. Seine Öllampe zuckte in den letzten Zügen, aber der große Raum wurde noch spärlich von einigen Fackeln erleuchtet. Die Pulte ragten schwarz in die wabernde Dämmerung des Saals. Kein Geräusch außer dem Wind in den Zweigen der Eiche und dem gleichmäßigen Rauschen des Herbstregens, der seit mehreren Stunden ohne Unterlass vom Himmel floss. Ambrosius schob einige der Bücher beiseite. Behutsam legte er die Papiere an den hinteren Rand des Regals und zog die Bücher wieder davor, sodass sie die Schriften verdeckten.

»Aha, ich wusste doch, dass du etwas zu verbergen hast«, ertönte in diesem Moment hinter ihm die seidenweiche Stimme von Gregorius.

Ambrosius hatte den jungen Mann nicht kommen gehört. Jäh stand er nun hinter ihm, mit einer Kerze in der Hand und einem boshaft triumphierenden Lächeln auf seinem dünnen Gesicht, das Ambrosius an eine Spitzmaus erinnerte.

»Zeige mir doch mal, was es ist! Ich werde es auch niemandem weitersagen«, fuhr Gregorius fort. Das Kerzenlicht spiegelte sich in seinen hellgrauen Augen und verlieh ihnen einen unnatürlichen Glanz.

»Ich denke gar nicht daran«, antwortete Ambrosius. »Was spionierst du mir nach? Das geht dich nichts an!«

»Oh doch! Du bist schon seit einigen Tagen seltsam abwesend und ständig an deinem Pult. Das muss ja eine ganz besondere Handschrift sein, die dich so in Beschlag nimmt. Sicherlich keine Bibelabschrift! Sage mir doch einfach, um was es dabei geht. Vielleicht kann ich dir ja helfen. Schreiben kann ich recht ordentlich.«

»Nein, Gregorius! Lass mich einfach in Ruhe und schere dich um deinen eigenen Kram.« Ambrosius spürte Ärger in sich aufsteigen.

Der Novize lächelte spöttisch. »Sicherlich wird Bruder Martinus sich auch dafür interessieren.«

Ambrosius zuckte zusammen. Bruder Martinus war ein älterer Mönch, der wie Gregorius und der Abt ebenfalls vom Niederrhein stammte und die Eltern von Gregorius gut kannte. Martinus hatte sich für den jungen Mann verbürgt, sodass er nach Sankt Gallus gekommen war. Seine Eltern hatten ihn ursprünglich nach Xanten schicken wollen und nicht in das weiter entfernt liegende und wesentlich größere Köln. Mit Martinus verstand sich Ambrosius nicht übermäßig gut. Martinus sah in ihm, obgleich Ambrosius fast dreißig Jahre jünger war, einen unliebsamen Rivalen. Denn bis Ambrosius ins Kloster eingetreten war, hatte niemand Martinus das Wasser reichen können, wenn es ums Schreiben und die Kenntnisse des Lateinischen ging. Doch der Junge aus der Eifel, der auf einem Bauernhof aufgewachsen war, übertraf den Älteren bei Weitem an Begabung.

»Wage es, du kleiner Mistkerl!«, rief er aus.

»Aber Ambrosius, was für Ausdrücke!« Gregorius wackelte mit dem Zeigefinger vor Ambrosius' Nase. »Du scheinst ja wirklich ein schwerwiegendes Geheimnis zu hüten.« Er kicherte. »Martinus ist noch wach. Er ist in der Kapelle. Ich werde ihn am besten gleich holen. Du weißt ja, was mit Pater Konradin geschehen ist, den man dabei erwischt hat, Liebesgedichte von Ovid abzuschreiben. Martinus mag solche Heimlichkeiten gar nicht.« Gregorius hielt inne. Als er weitersprach, klang seine Stimme bedrohlich. »Oder willst du mir nicht lieber doch sagen, was du hier versteckst?«

Gregorius erkannte die Warnzeichen nicht, als er mit seinen unverschämten Worten dem jungen Mönch die Zornesröte ins Gesicht trieb. Ambrosius war von Haus aus gutmütig und hilfsbereit. Groß gewachsen mit kräftigen Armen, einem freundlichen Gesicht mit einem Grübchen im Kinn und ersten Lachfalten um seine klaren hellbraunen Augen. Aber eines war er nicht: geduldig. Schon seine Eltern hatten ihren viertältesten Sohn, dem ein knapp ein Jahr jüngerer Bruder, zwei Schwestern und drei kleinere Brüder nachfolgten, immer wieder ermahnt, weniger aufbrausend zu sein. Vor allem, wenn Ambrosius glaubte, dass jemand ungerecht behandelt wurde oder sich selbst nicht wehren konnte, warf er sich in die Bresche. Mancher Dorfjunge in dem kleinen Ort bei Dudeldorf hatte ein blaues Auge davongetragen, wenn Ambrosius seine Wut nicht mehr zügeln konnte und zuschlug.

Seine Eltern waren auch deshalb sehr dankbar gewesen, als ihr temperamentvoller Sohn nach Köln ins Kloster ging, unterstützt vom Dorfpriester, der die Gaben des Jungen schätzte und meinte, das Klosterleben würde Ambrosius' Hang zum Jähzorn sicherlich mildern. »Verschwinde!«, rief er. »Geh mir aus dem Weg, du Widerling!«

Aber Gregorius stand mit über der Brust gekreuzten Armen direkt vor ihm und feixte. Ambrosius überkam eiskalte Wut. Dieser dreiste Bursche! Er versuchte, an ihm vorbeizukommen, doch Gregorius tänzelte vor ihm hin und her. Ein äußerst kindisches Betragen, das aber Ambrosius noch stärker reizte. Er schubste den kleineren Novizen kräftig, um sich an ihm vorbeizuschlängeln. Der taumelte rückwärts und fiel zu Boden. Dabei schlug er mit dem Hinterkopf auf den harten Stein und blieb reglos liegen.

Ambrosius ärgerte sich. Was sollte das Theater nun schon wieder! »Steh auf, komm schon!«, drängte er.

Aber Gregorius rührte sich nicht. Ambrosius spürte, wie eine eisige Welle über ihm zusammenschlug. Ihm stockte der Atem. Er kniete sich neben den Gestürzten und legte sein Ohr auf dessen Brust. Sie hob und senkte sich nicht mehr, und er vernahm keinen Herzschlag. Unter dem Kopf des Novizen breitete sich eine Blutlache aus. Ambrosius glaubte in einen Abgrund zu stürzen. Was hatte er getan? Sein Stoß hatte den Novizen wie ein Rammbock getroffen.

Ambrosius keuchte. Es war ein Unfall, aber dass Gregorius tot war, ließ sich durch nichts beschönigen. Was sollte er jetzt tun? Bruder Martinus rufen? Den Abt aus dem Schlaf reißen, versuchen, Bruder Clemens zu wecken, den Medicus des Klosters?

Wie sollte er das Unglück überzeugend erklären? Abt Hieronymus wusste, dass die beiden jungen Männer sich nicht sonderlich schätzten. Mehr als einmal waren sie wegen Nebensächlichkeiten miteinander in Streit geraten. Würde der Abt ihm glauben, dass er Gregorius aus Versehen zu heftig geschubst hatte und der sich beim Aufprall auf dem Boden eine tödliche Verletzung zugezogen hatte?

Egal, ob willentlich oder nicht, er hatte einen Menschen getötet. Ein schreckliches Verbrechen, eine Todsünde. Man würde ihn verhaften, und sein Schicksal wäre besiegelt. Vielleicht würde man ihn nicht hinrichten, aber in einen Kerker werfen und für immer aus dem Kloster verbannen. Diese Schande könnten seine Eltern, die ihn mit Liebe und Geduld erzogen hatten, niemals verwinden! Und auch seinen Brüdern und seinen beiden Schwestern, beide frisch verheiratet und schwanger, würde durch seine Tat das Leben vergällt werden. Einen Mörder in der Familie zu haben wäre ein Kainsmal.

Ambrosius sank auf seinen Stuhl und warf einen Blick auf den Toten. Gregorius sah aus, als ob er schliefe. Ambrosius überliefen Schauer der Angst und der Kälte, die den Raum immer mehr erfüllte, je später es wurde. Hätte er doch diese verfluchten Blätter nie gefunden! Auch wenn sie eine spannende Geschichte erzählten, in der es um Verrat, einen ungesühnten Mord und offensichtlich um das Geheimnis eines geraubten Schatzes ging, so hätte er nun gern darauf verzichtet. Aber nichts konnte den Toten wieder lebendig machen.

Ambrosius schluchzte auf. Sollte er fliehen? Die Papiere an sich nehmen und das Kloster verlassen? Aber wohin könnte er flüchten? Er wäre vogelfrei. Er konnte nicht nach Hause, und auch sonst gab es keinen Ort für ihn. Vor einigen Wochen hatte eine Geschichte die Runde gemacht, dass ein Priester, den man in Schande aus dem Kirchendienst entlassen hatte, sich im Hunsrück einer Räuberbande angeschlossen habe. Aber Ambrosius sah sich nicht als Mordbrenner durch die Lande ziehen. Was sollte er tun?

Als er sich verzweifelt umschaute, fiel sein Blick auf eine Tür in der Wand am anderen Ende des Skriptoriums. Dahinter ging eine steile Treppe hinunter in den Weinkeller des Klosters. Gregorius war, das wusste man, dem Wein trotz seines jugendlichen Alters von eben achtzehn Jahren nicht abgeneigt. Er hatte damit geprahlt, dass er schon als kleiner Junge seinen Vater in den »Wilden Hirschen« in seinem Dorf begleitet und mit zehn Jahren seinen ersten Krug Bier getrunken habe.

Was Ambrosius nun tat, vermochte er nie mehr aus seinem Gewissen zu verbannen. Aber er sah darin die einzige Möglichkeit, diese Katastrophe zu überstehen und zu überleben. Es bedeutete für ihn kaum Anstrengung, den eher zarten Gregorius vom Boden aufzuheben und zur Tür zu tragen. Das Blut auf den Steinplatten würde er gleich beseitigen. Es war nicht sehr viel. Er wankte zwar, als er den jungen Mann durch den dunklen Raum zur Tür schleppte. Aber nicht wegen der Last, sondern weil er sich seelisch ausgelaugt und erschöpft fühlte.

Als er ihn die Treppe zum Weinkeller hinunterwarf, glaubte er, einen schwachen Laut aus der Kehle des Novizen zu vernehmen, ein fast unhörbares Stöhnen. Ambrosius erstarrte. Doch es war zu spät. Mit einem dumpfen Ton schlug der Körper des Jungen am Fuß der Treppe auf. Und Ambrosius betete, dass er sich den flüchtigen Ton nur eingebildet hatte.

Als Pater Albert am nächsten Morgen nach dem Novizen fragte, der mit ihm zusammen die Kirche für die Sonntagsmesse schmücken sollte, war Gregorius nirgendwo zu finden. Die Mönche suchten ihn überall, und auch Ambrosius ging mit und spähte im Kreuzgang und im Kräutergarten, in der Kirche und in den Küchenräumen nach dem Verschwundenen. Schon munkelte man, der Junge habe das Kloster heimlich verlassen und sei in sein Dorf zurückgekehrt. Martinus erklärte sich bereit, den Ritt zum Dorf am Niederrhein auf sich zu nehmen, um nach dem Verbleib des Novizen zu forschen. Man vertagte dies erst einmal in der Hoffnung, der Junge würde wieder auftauchen. Es wäre nicht das erste Mal, dass ein Novize für einige Stunden widerrechtlich das Kloster verlassen hatte. Die Strafe dafür war recht streng, aber Abt Hieronymus erklärte, er wolle Gregorius wieder in Gnaden aufnehmen. Allein schon seinen Eltern zuliebe.

Am späten Nachmittag schickte der Abt zwei Brüder in den Weinkeller, um Wein für das sonntägliche Abendmahl zu holen. Ihr entsetzter Schrei drang bis in die Kapelle, wo gerade eine Andacht stattfand. Mehrere Brüder folgten dem Schrei zum Weinkeller und erstarrten: Am Fuß der steinernen Treppe lag Gregorius zusammengekrümmt, neben ihm ein zerbrochener Krug. Das schmale Rinnsal des Rotweins aus dem Krug hatte sich mit der Blutlache unter dem Kopf des Novizen vermischt, die im Kerzenschein schwarz schimmerte.

Kellergeister

Ein leises Quietschen schreckte mich aus meinem Schlaf. Verwirrt blickte ich mich um. Wo war ich? Meine Augen mussten sich erst an die Dunkelheit gewöhnen. Diese hohe Stuckdecke, das große Bett mit den Kugeln auf den Bettpfosten, an der Wand der riesige Schrank, der einen mächtigen Schatten warf, und ein kaum sichtbarer Lichtstrahl von der Straßenlaterne ein Stück entfernt, der Kreise auf den grauen Teppichboden malte. Genau, ich lag im Gästezimmer des Hauses meiner verstorbenen Patentante Amelie Feldmann im Kölner Süden, unweit des Rheins.

Meine Patentante war kurz verheiratet gewesen, hatte aber keine eigenen Kinder und keine direkten Verwandten. Wie sie selbst immer sagte: »Ich bin die letzte meines Clans«, womit sie darauf anspielte, dass sie schottische Vorfahren hatte. Sie hatte sich aber nie darum bemüht, ihre Familiengeschichte weiter aufzuarbeiten. Sie wäre dabei sicherlich auf weitverzweigte Verwandtschaftsverhältnisse gestoßen, Vettern und Cousinen um viele Ecken. Doch das interessierte sie nicht. Es genügte ihr, zu wissen, dass sie die letzte Nachfahrin eines Schotten war, der vor mehr als zweihundertsiebzig Jahren in Deutschland gelebt hatte.

Ihr Tod hatte mich tief bewegt, aber nun fing mich der Alltag wieder ein. Am Nachmittag war ich mit dem Zug aus Hannover mit einstündiger Verspätung in Köln angekommen, hatte einige Einkäufe erledigt und mich im Gästezimmer im ersten Stock eingerichtet. Der Tod meiner Tante lag nun fast ein Jahr zurück, doch glücklicherweise war einmal in der Woche ihre gute alte Haushilfe Elvira Montecristo gekommen, die aus Sizilien stammte und dreißig Jahre lang bei meiner Tante segensreich gewirkt hatte. Meine Tante hatte sie großzügig in ihrem Testament bedacht, und so konnte Elvira mit ihren fast siebzig Jahren jetzt kürzertreten, betreute aber nach wie vor das Haus, lüftete, putzte, wischte vor allem Staub und versorgte den Garten. Mein Bett war frisch bezogen, auf dem Wohnzimmertisch stand eine Vase mit

Chrysanthemen und in der Küche eine Kiste mit Mineralwasser, die sicherlich Elviras Enkel Marco für seine »Nonna« ins Haus transportiert hatte.

Einige der alten Möbel und fast alle Bilder aus der Sammlung meiner Tante hatte ich verschenkt oder zur Versteigerung gegeben. Einige wenige Bilder hingen in meiner Wohnung in Hannover. Ihre älteren Bücher waren vor mehreren Monaten schon abgeholt worden, darunter Originalausgaben aus dem 18. und 19. Jahrhundert. Museen und Bibliotheken freuten sich über diese Gaben. Dennoch wirkte das Haus nicht ungemütlich, da noch alle Lampen funktionierten und auf den Fußböden im unteren Stockwerk schöne Teppiche lagen.

Ich liebte dieses Haus, zumal meine Mutter nur drei Straßen entfernt wohnte. Doch ich wollte es verkaufen. Was brauchte ich als alleinstehende Frau ein Haus mit vier Schlafzimmern, zwei Bädern, einem Wohnzimmer, einem Salon, einem Esszimmer und einer Bibliothek? In Hannover bewohnte ich eine hübsche Wohnung, und mein Freund Richard hatte sich dort vor Kurzem ein kleines Reihenhaus am Mittellandkanal gekauft und mir darin ein eigenes Arbeitszimmer eingerichtet. Tante Amelies Haus war eher für eine Familie mit drei Kindern ideal.

Unter dem Haus lag der Keller mit der Heizung, einem großen Abstellraum, einer Waschküche, einem kleinen Abstellraum, der wohl mal zur Lagerung von Getränken gedient hatte, und einem ehemaligen winzigen Badezimmer, das nie richtig genutzt worden war. Wozu auch? Toilette, Waschbecken und Dusche waren noch zu Tante Amelies Lebzeiten entfernt worden. Zurückgeblieben war ein kleiner, unansehnlicher Raum. Aber ausgerechnet dort schien ein Rohr gebrochen zu sein. Ehe ich das Haus auf den Markt brachte, musste dieser Schaden behoben und auch der übrige Keller renoviert werden, der einen eher vergammelten Eindruck machte. Meine Mutter hatte die Handwerker bestellt, die am nächsten Tag mit ihrer Arbeit beginnen sollten.

Da meine Mutter aber weder die nötige Energie noch die Lust aufbrachte, sich um die Sanierungsarbeiten in dem Haus meiner Patentante zu kümmern, war ich selbst nach Köln gereist und plante, mindestens zehn Tage hierzubleiben und die Zeit zusätzlich zu nutzen, um alte Freunde zu treffen, Museen und Kirchen zu besuchen, natürlich meine Mutter zu sehen und an einem Buch zu schreiben, das ein Verlag in Auftrag gegeben hatte. Es sollte eine autobiografische Geschichte meiner Abenteuer in den vergangenen Jahren sein, vom Moormann bis hin zur Suche nach einem verschollenen Gemälde des Künstlers Paolo Uccello, die mich in diesem Frühling fast das Leben gekostet hatte. Der etwas alberne Arbeitstitel lautete »Von Moormännern und Drachenrittern«. Aber da eine Veröffentlichung erst in zwei Jahren eingeplant war, würde sich dieser Titel sicherlich noch ändern lassen.

Ich war an diesem Abend todmüde ins Bett gesunken und sofort eingeschlafen. Bis mich nun dieses Quietschen aus dem Schlaf riss. Mein Blick fiel auf den altmodischen Radiowecker auf dem Nachttisch. Kurz vor drei Uhr morgens. Mühsam rollte ich mich aus dem Bett. Seit einiger Zeit verspürte ich einen leichten Dauerschmerz in meiner linken Hüfte und hatte mich schon für eine Physiotherapie angemeldet. Meine Mutter hatte weise genickt, als ich bei unserem letzten Treffen im Spätsommer davon erzählte. »Ja, ja, die Hüfte. Dann wirst du mit einer Hüftoperation rechnen müssen. Das liegt bei uns in der Familie.« Dafür fühlte ich mich mit zweiundfünfzig Jahren zu jung. Das musste noch warten. Dann lieber Physiotherapie und weniger Tennis.

Das Quietschen schien von der Straße zu kommen. Ich machte kein Licht an, sondern ging im dämmrigen Zimmer hinüber zum Fenster und schob die schweren Vorhänge beiseite. Die kleine Nebenstraße, in der das Haus lag, war still. Der Asphalt schimmerte im Licht der einsamen Straßenlaterne. Nur wenige Autos parkten am Straßenrand. Wieder das quietschende Geräusch. Es näherte sich dem Vorgarten. Und jetzt konnte ich auch eine Gestalt erkennen, die einen dunklen Anorak trug. Das sonderbare Quietschen hörte auf, als die Person an der Pforte zum Vorgarten sachte rüttelte und sie dann langsam öffnete. Ich stand erstarrt am Fenster, halb verborgen hinter dem Vorhang. Die Gestalt schlüpfte durch die Pforte in den Vorgarten und näherte sich zielstrebig der Eingangstür.

Da riss ich mich aus meiner Trance, griff zum Handy und tippte zitternd die 110. Eine Frauenstimme meldete sich, und ich stieß hervor: »Bitte schicken Sie einen Wagen vorbei. Jemand versucht, in mein Haus Unter den Eichen 14 einzubrechen.«

»Wagen kommt sofort.« Die Stimme klang beruhigend, dennoch beschlich mich ein Gefühl der Panik. In Filmen wandern oft die Damen, die in ihrem Haus Geräusche hören, tapfer mit irgendeinem schweren Gegenstand in der Hand die Treppe hinunter und rufen beherzt: »Wer ist da?« Immer wenn ich das sehe, möchte ich am liebsten rufen: »Tu es nicht!« Aber keiner hört je auf mich, und in vielen Filmen liegt die mutige Dame dann wenig später tot im Wohnzimmer.

Ich war nicht so mutig, lauschte aber dennoch an meiner Schlafzimmertür. Tatsächlich. Die Haustür knarrte leise. Und dann wieder das Quietschen, das offenbar von den Schuhen des Eindringlings rührte. Er schien sich seiner sehr sicher zu sein und wusste wohl, dass das Haus seit Längerem unbewohnt war. Bei meinen Aufenthalten in Köln, als ich mich um den Abtransport der kostbarsten Bilder, einiger älterer Möbelstücke und wertvoller Erstausgaben gekümmert hatte, wohnte ich bei meiner Mutter. Nun hatte ich mich das erste Mal seit Amelies Tod in ihrem Haus einquartiert, das inzwischen ja mir gehörte. In zehn Tagen wollte ich das Haus einem Immobilienmakler präsentieren. In dieser Gegend im Kölner Süden war das Haus von Tante Amelie eine begehrte Immobilie.

Der Fremde allerdings ahnte nicht, dass ich nun oben in meinem Schlafzimmer stand und mit einem Grummeln im Magen und Angstschweiß im Nacken auf das Eintreffen der Polizei wartete. Ich hörte das leise Quietschen, als der nächtliche Besucher in den kleinen Eingangsraum trat. In der Garderobe hingen nur noch ein paar Mäntel meiner Tante, die für die Altkleidersammlung bestimmt waren, und mein eigener Mantel. Von dort aus führte die Treppe hinauf zu den Schlafzimmern, es gab ein Gäste-WC, und eine Glastür trennte das kleine Entree vom Wohnzimmer. Eine weitere Tür führte zum Keller. Das quietschende Geräusch näherte sich aber nicht der Treppe, auch nicht dem fast leer geräumten Wohnzimmer. In einem Bücherschrank standen noch einige Dutzend Bücher, der Fernseher hatte auch schon bessere Tage gesehen, und das Silber und rare Stücke Meissner Porzellan hatte meine Mutter in Verwahrung genommen. An den Wänden hingen ein paar Stiche, vereinzelte Familienporträts ohne besonderen künstlerischen Wert und eine pompöse Gebirgslandschaft aus der Zeit um 1900, deren Schöpfer mit Tante Amelies Großvater Rudolf befreundet gewesen war. Aber nicht einmal mein Freund Richard, hauptberuflich Antiquitätenhändler, hätte dafür mehr als eintausend Euro geboten oder sie bei »Gutes für Geld« betreut, einer Fernsehsendung, in der allerlei Plunder neben recht beachtlichen Objekten begutachtet wurde. Richard wirkte seit einigen Jahren gelegentlich als Experte in dieser Show mit und ärgerte sich regelmäßig darüber, wie schlecht Bilder dabei wegkamen. »Immer unter Preis«, meinte er. Die Landschaft von Alfred Liebner hätte allerdings keine Lorbeeren errungen.

Offenbar strebte der Eindringling zum Keller. Da gab es außer einigen Gartenstühlen und anderen ausrangierten Objekten nichts zu holen. Das meiste war schon vor Wochen in einem Container gelandet. Also was konnte ein Einbrecher in diesem Keller suchen? Meine Neugierde begann meine Furcht in den Hintergrund zu drängen. So idiotisch das klingen mochte – am liebsten wäre ich hinuntergelaufen und hätte den Mann auf sein Vorhaben angesprochen.

Ich wurde jäh aus meinen sonderbaren Gedanken gerissen, als ich einen Wagen kommen hörte. Gleich darauf erspähte ich einen Streifenwagen mit Blaulicht, der lautstark vor dem Haus abbremste. Warum mussten sie immer so viel Lärm veranstalten? Das warnte doch jeden Schurken schon von Weitem und störte zudem die nächtliche Ruhe in diesem friedlichen Stadtteil!

Und natürlich hatte der Einbrecher es auch vernommen. Es gab einen furchtbaren Knall, als er die Kellertür zuschlug, deutlich hörbar durch das Wohnzimmer hastete, in aller Eile die Terrassentür aufriss, über die Terrasse rannte und im Dunkel des Gartens untertauchte. In diesem Moment klingelte die Streife an der Haustür Sturm, ich stolperte die Treppe hinunter und öffnete. »Er ist durch den Garten weg!«, gelang es mir zu sagen, ehe die beiden Männer ins Haus traten. Sie rannten in die Richtung, die ich ihnen wies. Doch der Eindringling war verschwunden.

Am Schloss der Haustür fanden sich eindeutige Spuren, dass dort jemand mit einem Schraubenzieher zugange gewesen war. Ein altes Türschloss, leicht zu knacken. Und die Alarmanlage, die meine Tante vor ein paar Jahren nach bestimmten Ereignissen hatte installieren lassen, war längst abgeschaltet und abgemeldet worden.

»Sieht nicht so aus, als wären da Fingerabdrücke«, murmelte der jüngere der beiden Polizisten.

»Na, der wird Handschuhe getragen haben«, brummte der zweite und betrachtete das gesplitterte Holz. »Ist ja auch ein Kinderspiel, dieses vorsintflutliche Schloss aufzustemmen.«

Wie er das sagte, klang es sehr vorwurfsvoll. Ich errötete, obgleich ich mich nicht schuldig fühlte. »Ich wohne gewöhnlich nicht hier«, erklärte ich und stellte mich vor: »Anna Bentorp. Ich bin erst gestern gekommen. Eigentlich steht das Haus leer und soll verkauft werden. Aber es muss vorher noch einiges daran gemacht werden.«

Die beiden Polizisten kommentierten das nicht weiter.

Wenig später saßen wir im Wohnzimmer, und ich berichtete den beiden von dem Mann mit den quietschenden Schuhen. »Converse«, sagte der Jüngere, der sich inzwischen als Lutz Hallmann vorgestellt hatte. »Habe ich auch. Sind super, aber quietschen wie blöd. Hätte ich als Einbrecher nicht angezogen.« Der Ältere, dessen Namen ich nicht verstanden hatte, weil er ziemlich undeutlich sprach, nickte nur.

»Er wollte in den Keller«, sagte ich. »Was er da zu finden hoffte, ist mir ein Rätsel. Da gibt es nichts Wertvolles, wobei ohnehin dieses Haus schon ziemlich leer geräumt ist. Nur die Schlafzimmer im ersten Stock sind noch halbwegs möbliert, und im Esszimmer steht ein Tisch mit zehn Stühlen.«

Die Polizisten blickten sich um. Im Wohnzimmer gab es nur das Sofa, einen Couchtisch, drei Sessel, das Bücherregal und einige Lampen. Dazu den Fernseher, eine uralte CD-Anlage und leicht angestaubte Vorhänge vor den Fenstern und der Terrassentür. Bei seiner Flucht hatte der Eindringling die Vorhänge beiseitegezerrt.

Als die beiden Polizisten meinen wenig ergiebigen Bericht protokolliert hatten, gingen sie noch einmal zur geöffneten Terrassentür und spähten hinaus. Auf den Fliesen der Terrasse waren ein paar Dreckspuren zu sehen, aber kein deutlicher Schuhabdruck, und der Garten lag still und schattig da.

Sie schlossen die Tür und folgten mir zur Kellertür. Die schmale Treppe in die unteren Räume wies auch zahlreiche Erdkrumen auf. Am Ende der Treppe hob Lutz Hallmann etwas vom Boden auf und reichte es seinem Kollegen. »Schau mal, Steffen, das sieht doch wie ein Bonbonpapier aus.«

Der Kollege wirkte eher gelangweilt. »Na und?« Er wandte sich an mich. »Haben Sie in letzter Zeit den Keller betreten?«

»Ja, vor einigen Wochen, als ich das letzte Mal kurz in Köln war. Damals habe ich aber nicht hier übernachtet. Bonbons habe ich nicht gelutscht und schon gar kein Papier auf den Boden geschmissen.«

Lutz Hallmann nickte. »Dann stecke ich das mal ein. Könnte ja DNA dran sein.«

»Na, wohl jetzt vor allem von dir«, knurrte sein Kollege. »Du hast das Papier ganz schön begrapscht.«

Aber Lutz Hallmann ließ sich nicht beirren. Er holte ein Taschentuch aus seiner Jacke und wickelte das Bonbonpapier ein. »Die moderne Forensik wirkt Wunder.«

Sein Kollege schnaufte: »Du siehst zu viele Fernsehkrimis.«

Viel blieb nicht mehr zu tun. Die beiden Männer versicherten sich nochmals, dass die Terrassentür fest verschlossen war, und ermahnten mich, die Haustür hinter ihnen abzuschließen. Das allerdings ging nicht so einfach, da der Fremde am Schloss herumgewerkelt hatte. Aber ich hatte ohnehin keine Angst, dass der Eindringling in dieser Nacht noch einmal auftauchen würde.

Es ging auf vier Uhr zu, als die Polizisten mich verließen. Der freundliche Lutz Hallmann drückte mir seine Handynummer in die Hand. »Im Falle eines Falles«, sagte er. Sein Kollege, dessen Namen ich immer noch nicht wusste, verdrehte die Augen. Vielleicht übten die beiden für ihre Rollen als *bad cop*, *good cop*.

Müde taumelte ich zurück in mein Bett und schlief sogar wieder ein. Ich wachte erst gegen acht Uhr auf, als es an der Tür schellte. Die Handwerker, die den Keller sanieren sollten. Elvira hatte sich schon mehrfach darüber beschwert, dass es da unten im hintersten Raum, dem früheren Bad, seltsam roch. Schimmel, glaubte sie.

Drei Männer betraten das Haus, ein älterer, der sich als Thomas Krauss vorstellte, ein jüngerer Mann, der Carlo Rivera hieß, und ein dritter, der seinen Namen nuschelte. Ich verstand nur »Dieter«.

»Unser Neuer« nannte ihn Thomas Krauss. Fast entschuldigend sagte er: »Wir haben derzeit akuten Mitarbeitermangel. Zu viele Aufträge, zu wenig Fachkräfte. Da sind wir froh über jede Hilfe.«

Krauss sah sich im Eingang um. »Ach je, wie oft ich bei Ihrer Tante in all den Jahren war! Ist ja ein altes Haus. Da war mal die Heizung nicht in Ordnung, dann wieder eine Leitung geplatzt, dann war der Wasserhahn in der Küche verkalkt. Und jetzt fehlt sie mir, die alte Dame!« Er sah mich mit einem melancholischen Blick an. »Ich arbeite seit bald dreißig Jahren bei der Sanitätsfirma Hülstermann. Da kennt man seine Kundschaft.«

Ich hörte nur mit halbem Ohr hin. Nach dem Erlebnis der vergangenen Nacht kam es mir seltsam vor, die drei Männer in den Keller zu schicken. Ich rätselte immer noch herum, was der Einbrecher ausgerechnet dort unten gesucht haben sollte. Da ich Keller nicht besonders mochte, hatte ich es vermieden, allein hinunterzugehen. Vor ein paar Wochen hatte mich meine Mutter begleitet, um den alten Trödel anzuschauen, der da unten noch herumlag. »Vielleicht findest du ja doch etwas für diese Fernsehsendung, die dein Richard gelegentlich betreut, ›Gutes für Geld‹«, scherzte meine Mutter. Doch da gab es wenig zu entdecken. Nur eine alte Tischlampe holte ich aus dem Vorratsraum, die recht passabel aussah.

Als ich nun mit den drei Männern hinunterging, sah ich mich automatisch um, ob noch irgendeine Spur des Eindringlings zu finden war. Doch Hallmann und sein Polizeikollege hatten sich ziemlich gründlich umgetan, und sehr weit konnte der Fremde nicht in den Keller vorgedrungen sein. Die Polizei hatte sehr schnell auf meinen Notruf reagiert.

Die steinerne Treppe mündete in einem großen Abstellraum, von dem aus es in den Heizkeller, in die Waschküche und in den Vorratsraum ging. Dort hatten einst Regale gestanden und ein paar Schränke für Konserven. Jetzt war da nur noch ein kleines Regal mit zwei Dutzend Flaschen Rotwein, von Spinnweben bedeckt. Die Gartenstühle sahen alle ramponiert aus. Der Sperrmüll müsste sie abholen. Ein kurzer Gang führte in den hinteren Teil des Kellers.

In dem kleinen ehemaligen Minibad roch es, wie ich bemerkte, tatsächlich ziemlich unangenehm. Ich trat zurück und wandte mich an Krauss. »Sie merken es selbst. Hier muss saniert werden. Ich weiß nicht, ob meine Tante diesen Raum in den vergangenen Jahren überhaupt je benutzt hat. Das Bad selbst wurde vor einiger Zeit abgebaut, aber die Leitungen liegen noch. Der Geruch dringt bis in die vorderen Räume.«

Thomas Krauss nickte. »Ganz klar. Da ist eine alte Wasserleitung in der Wand defekt. Wahrscheinlich noch aus Blei. Die Wand ist völlig feucht. Kein Wunder, wenn es hier nach Moder riecht.«

Die Männer stellten ihre Werkzeugkästen auf den Boden. Die unter der Decke baumelnde Birne spendete nur wenig Licht, sodass Thomas Krauss eine mitgebrachte Halogenleuchte aufstellte. Ich überließ die Handwerker ihrer Arbeit, bot an, ihnen einen Kaffee zu kochen, und ging wieder ins obere Stockwerk. Krauss meinte, sie würden sicher den ganzen Tag mit diesem Teil des Kellers beschäftigt sein und sich die anderen Räume erst in den nächsten Tagen vornehmen können.

Ich hatte im Bademantel die Tür geöffnet, ging rasch in den ersten Stock und zog mich nun nach einer kurzen Dusche in dem mit Carrara-Marmor gefliesten Bad an. Dieses Bad war erst vor wenigen Jahren modernisiert worden, ein Traum, den meine Tante selbst kaum je genutzt hatte. Aufgrund ihrer Behinderung hatte sich ihr Leben weitgehend auf das Erdgeschoss beschränkt. In dem Keller war sie sicherlich seit Jahren nicht mehr gewesen.

Frisch geduscht fühlte ich mich für diesen Tag gerüstet und verdrängte allmählich den Schrecken der vergangenen Nacht. Ich ging in die Küche, die noch vollständig eingerichtet war. In den Schränken stand das Alltagsgeschirr. Amelies kostbares Tafelservice für vierundzwanzig Personen samt dem Tafelsilber lagerte in mehreren Kartons im Haus meiner Mutter.

Bald hörte ich Krauss und seine Gehilfen im Keller klopfen und bohren. Ich setzte den versprochenen Kaffee auf. Tante Amelies alte Kaffeemaschine gluckerte vor sich hin, und ich zog mich mit einem Becher Kaffee ins Wohnzimmer zurück. Wenig später klingelte es. Lutz Hallmann stand vor der Tür, frisch rasiert und erstaunlich munter nach der kurzen Nacht, diesmal ohne seinen grummeligen Kollegen, dafür aber mit einer freundlich lächelnden jungen Polizistin.

»Wir wollten nur mal schauen, wie es Ihnen geht, Frau Bentorp, und ob Sie noch irgendetwas gehört oder gesehen haben, nachdem der Eindringling weg war. Konnten Sie überhaupt schlafen?«

Ich bat die beiden ins Wohnzimmer und bot auch ihnen einen Kaffee an. Beide nahmen dankend an. »Ich habe überraschend gut geschlafen. Und jetzt sind Handwerker im Keller. Ich ahne nicht, was dieser Kerl hier wollte. Im Keller steht eigentlich nur noch Gerümpel herum, nichts Wichtiges. Also, ich bin überfragt. Haben Sie denn irgendetwas gefunden?«

Hallmann hob die Schultern. »Dieses Bonbonpapier, das ich gefunden habe, könnte natürlich schon lange da gelegen haben. Wir lassen es dennoch untersuchen. Vielleicht haben wir Glück und entdecken brauchbare Spuren.« Das klang wie aus einer dieser Soko-Serien im Fernsehen, die ich öfter sah.

Die Polizistin sah sich im Wohnzimmer um. »Schön ist es hier.«

Ich folgte ihrem Blick. Ja, da hatte sie recht. Ein großer heller

Raum mit einer breiten Glasschiebetür zur Terrasse und mit Sicht auf den kleinen, aber gepflegten Garten mit zwei großen Rosenbeeten, einem Apfel- und einem Kirschbaum, einer steinernen Vogeltränke und jeder Menge Rhododendron an der hinteren Gartenmauer zum Nachbargrundstück, das einem emeritierten Professor für griechische Literatur gehörte. Plötzlich überkam mich Zweifel. Sollte ich dieses schöne Haus wirklich verkaufen? Oder besser vermieten oder, wie meine Mutter schon mehrmals vorgeschlagen hatte, es für mich selbst behalten? »Du bist doch ein freier Mensch und nicht an Hannover gebunden«, betonte sie öfter. Dass meine Freunde in Hannover lebten, dass mein On-and-off-Freund Richard Bernhard dort wohnte und ein Geschäft besaß, das fand sie alles nicht weiter relevant.

»Du kannst ja häufiger dort hinfahren. Und Platz für Gäste hast du auch reichlich in Tante Amelies Haus. Aber so ein Haus bekommst du nie wieder. Du weißt, dass ich nur zur Miete lebe und du von mir kein Haus erben wirst.«

Ich seufzte. Keine einfache Entscheidung. Aber das änderte im Moment auch nichts. Egal, wie ich mich im Endeffekt entschied, musste dieses Haus erst einmal gründlich renoviert werden. Glücklicherweise hatte mir meine wohlhabende Tante ausreichend Geld hinterlassen, um notwendige Arbeiten am Haus finanzieren zu können. Selbst nach Abzug der Erbschaftssteuer stand ich zum ersten Mal in meinem Leben finanziell abgesichert da. Als freischaffende Kunsthistorikerin, die ihren Unterhalt durch das Erstellen von Gutachten und Katalogen und mit gelegentlichen Vorträgen verdiente, hatte ich auch schon schwierige Zeiten durchlebt.

Ich konzentrierte mich wieder auf die beiden Polizisten. »Sie sind sicher, dass es in dem Keller nichts gibt, was einen Einbrecher anlocken könnte?«, fragte Hallmann.

»Nein, da steht, wie schon gesagt, nur noch Gerümpel, darunter eine uralte Waschmaschine und Gartenstühle. Die Alarmanlage ist abgemeldet. Sie befindet sich im Eingangsbereich. Das muss der Typ gewusst haben. Er ist ziemlich keck hier hereinmarschiert. Ich bin schlicht überfragt.«

»Es ist nicht ganz unbekannt, dass dieses Haus schon länger leer steht«, sagte die Polizistin. »Und Sie waren in den letzten Monaten wohl auch nicht sehr oft hier.«

»Nein, leider nicht, und ich habe auch nie hier übernachtet. Da es hier nichts Wertvolles zu stehlen gibt, hat die Haushilfe meiner Tante die Alarmanlage abgemeldet. Aber immerhin ist sie öfter hier und kümmert sich um das Haus.« Ich fühlte mich plötzlich erschöpft.

Aus dem Keller drang gedämpft das Hämmern, Bohren und Klopfen der Handwerker. Hallmann erhob sich. Er wollte offensichtlich gehen. Seine Kollegin aber blieb noch sitzen. Er sah sie streng an.

»Entschuldigung«, sagte sie mit ihrer etwas dünnen, hohen Stimme. »Aber könnte es sein, dass dieser Mann vielleicht im Keller irgendetwas versteckt hat, als niemand in dem Haus gewohnt hat? Vielleicht wollte er sich das jetzt wiederholen.«

Hallmann wirkte ein wenig konsterniert.

»Dann müsste er ja schon einmal hier gewesen sein«, antwortete ich. »Aber das wäre doch aufgefallen. Die Haushilfe ist, wie gesagt, mehrfach in der Woche hier, meine Mutter sieht auch manchmal nach dem Rechten. Also wie hätte er hereinkommen sollen, ohne dass sichtbare Spuren entdeckt wurden?«

»Da haben Sie natürlich recht.« Die junge Frau errötete und blickte ihren Kollegen etwas hilflos an. »Aber die Einbrecher werden immer kühner. Die steigen ja selbst in bewohnte Häuser am helllichten Tag ein, und diesem Haus sieht man an, dass hier niemand mehr wohnt. Also bedeutet es vom Zeitpunkt her kein besonderes Wagnis, hier hineinzuspazieren.« Sie wandte sich an mich. »Ihre Tante ist ja schon etwas länger tot, oder?«

Ich nickte. »Ja, das liegt bald ein Jahr zurück. Das Haus soll demnächst auf den Markt. Zwei namhafte Immobilienhändler sind interessiert, aber ich möchte es erst sanieren und dann überlegen, ob ich es verkaufe oder vermiete.«

Vielleicht lag die junge Frau mit ihrer Vermutung richtig, und jemand war vor einiger Zeit hier eingestiegen, um etwas im Keller zu verstecken. Vielleicht ein Einbrecher, der seine Beute vorübergehend unterbringen wollte? Nur hatte der gute Mann nicht ahnen können, dass ich ausgerechnet gestern aus Hannover anreisen und hier übernachten würde. Schlechtes Timing. Aber was konnte das sein? Die Polizei hatte nichts Besonderes entdeckt und ich erst recht nicht.

Ich wandte mich an die junge Frau. »Wie heißen Sie eigentlich?«, wollte ich wissen.

Sie errötete wieder und antwortete: »Dörte Huth. Dörte mit ohne h.«

»Frau Huth ist noch in der Ausbildung«, fügte Lutz Hallmann hinzu. Ein *rookie*, wie das in den amerikanischen Krimis so schön heißt, dachte ich bei mir, sagte aber laut: »Frau Huths Idee ist gar nicht so abwegig. Vielleicht wusste jemand, dass das Haus leer steht, und hat es als eine Art Zwischenlager benutzt.«

»Wenn Sie wollen, dann sehen wir uns Ihren Keller noch einmal genauer an«, schlug Hallmann vor.

Ehe ich antworten konnte, ertönte genau von dort ein lauter Schrei. Ich hatte gar nicht bemerkt, dass das Hämmern und Klopfen verstummt waren. Die Tür zum Wohnzimmer wurde aufgerissen, ein kreidebleicher Thomas Krauss platzte herein. »Frau Bentorp, kommen Sie schnell! In Ihrem Keller liegt ein Skelett!«

Nachrichten aus der Vergangenheit

Winter 1520/21

Die Weihnachtstage verbrachte Ambrosius bei seiner Familie in der Eifel. Er hatte seit der Entdeckung der Leiche von Gregorius über Unwohlsein geklagt und endlich die Erlaubnis erhalten, für einige Zeit das Kloster zu verlassen. Den alten Text und seine Übersetzung nahm er mit. Seltsamerweise plagte ihn zunächst sein Gewissen nur wenig, wenn er an den toten Gregorius dachte. Und da sehr schnell das Urteil über die Todesursache des Jungen gefällt worden war, fürchtete er auch nicht, damit in Zusammenhang gebracht zu werden. Der Tod des jungen Mannes galt als Unfall. Er sei wohl unter Alkoholeinfluss die Treppe hinuntergestürzt.

Nur einer hatte wirklich um den jungen Mann getrauert, der alte Bruder Martinus. Er war dazu ausersehen worden, den Eltern des Verstorbenen die traurige Kunde zu überbringen. Martinus war von seiner Mission nicht mehr zurückgekehrt. Er wurde krank und war vor wenigen Tagen in seinem Heimatdorf gestorben. Ambrosius fühlte, als er diese Nachricht hörte, einen kleinen Stich. Wenn der Tod des alten Mönchs eine Folge von Gregorius' Tod sein sollte, den Martinus seit seiner Kindheit gekannt hatte, dann tat das Ambrosius bitter leid. Er tröstete sich damit, dass Martinus schon jenseits der siebzig gewesen war und seit Längerem über Magenschmerzen und Atemnot geklagt hatte.

Doch Alpträume begannen den jungen Mönch zu plagen. Er sah den Körper des Novizen die steile Treppe in den Keller hinabstürzen und glaubte, einen Klagelaut zu vernehmen. Sollte Gregorius doch noch gelebt haben, als er ihn hinunterwarf? Dann wäre er ein Mörder und der Tod des jungen Mannes nicht einem Unfall geschuldet. Ambrosius wachte eines Morgens schweißgebadet auf. Sein Herz raste, und seine Mutter betrachtete ihn besorgt.

»Ich hoffe nicht, dass du krank wirst«, sagte sie. »In Manderscheid hat es letzthin einige Fälle einer neuartigen Krankheit gegeben, die sich in hohem Fieber und heftigem Schweißausbruch zeigt. Sie scheint aus England zu kommen und von einem Kaufmann mitgebracht worden zu sein.«

Ambrosius beruhigte seine Mutter. Und tatsächlich hörten die bösen Träume an Weihnachten auf, doch die leise Unruhe hielt an. Er würde nie erfahren, ob der Novize bereits tot gewesen oder erst durch den schweren Sturz gestorben war.

Kurz nach dem Weihnachtsfest zog sich Ambrosius in seine kleine Kammer im Hofgebäude zurück, um weiter an dem Dokument zu arbeiten. Bei manchen Formulierungen des Textes war er an seine Grenzen gestoßen und wollte noch einmal an der Übersetzung feilen. Ambrosius teilte sich die Kammer mit seinem um ein Jahr jüngeren Bruder Hermann, der ihm so täuschend ähnelte, dass man die beiden Bauernsöhne für Zwillinge halten konnte. Allerdings trug Hermann ein münzgroßes Geburtsmal an der Stirn, welches er immer wieder vergeblich unter seinen Haaren zu verstecken suchte.

»Was machst du?«, fragte Hermann den Bruder, der an dem kantigen Holztisch saß und aus dem Fensterchen hinausschaute.

Ambrosius zuckte zusammen. Ihm war es nicht recht, dass sein jüngerer Bruder ihn störte, sosehr er ihn auch schätzte. »Ich studiere ein altes Dokument«, erwiderte er kurz angebunden.

Doch damit ließ sich Hermann nicht abspeisen. Er war von Haus aus unangenehm neugierig, und zudem langweilte er sich. Während draußen die dichten Schneeflocken um das Gehöft wirbelten, hatte er nur wenig zu tun. Das übrige Jahr half er wie seine älteren Brüder auf den Feldern und im Wald. Aber jetzt herrschte Winterruhe, und auch seine abendlichen Ausflüge in die Dorfschenke, wo er seit seinem siebzehnten Lebensjahr zu den ständigen Gästen zählte, fielen derzeit aus. Der Schnee lag zu hoch, um die fünf Meilen ins Dorf für ein paar Bier zu gehen. Selbst der Vater, einem kräftigen Schluck nicht abgeneigt, blieb zu Hause, und die Schwestern, die mit ihren Familien in der Nähe lebten, halfen der Mutter bei Flick- und Näharbeiten. Hermann vermochte zwar zu lesen und zu schreiben, aber nicht so flüssig wie Ambrosius, der schon früh von Pfarrer Walter gefördert worden war.

Und so trödelte Hermann herum und sehnte sich nach dem Frühling, der zwar sehr viel mehr Arbeit, aber auch sehr viel mehr Freiheit bedeutete. Zumal er ein Auge auf die Tochter des Dorfschulten geworfen hatte. Und Martha schien ihn nicht abzulehnen. Hermann war jetzt einundzwanzig Jahre alt, das richtige Alter, um eine Familie zu gründen. Der Hof seines Vaters zählte nicht zu den großen Anwesen in der Eifel, die eher kargen Böden gaben nicht viel her. Aber der Vater besaß daneben noch eine Schmiede, die er mit seinen beiden ältesten Söhnen Albrecht und Karl erfolgreich betrieb, und der dritte Sohn Friedrich verdiente in der Bäckerei des Großvaters mütterlicherseits bereits ausreichend, um seine Frau und die rasch wachsende Schar seiner Kinder gut zu ernähren. Mangel litt keiner in der großen Familie, und nun erwartete die Mutter, die schon die Mitte vierzig erreicht hatte, noch ein weiteres Kind. Hermann drängte es, den Hof zu verlassen und sein eigenes Leben aufzubauen. Aber er war abhängig von seinen Eltern, und Ambrosius wusste, dass Hermann ihn, der immerhin in Köln leben durfte, fast beneidete. Auch wenn Hermann das Klosterleben nie gereizt hätte.

Hermann ließ nicht locker: »Jetzt sag schon, was ist das für ein mysteriöser Text?«

Ambrosius zögerte mit seiner Antwort. Er und sein Bruder waren in ihrer gemeinsamen Kindheit unzertrennlich gewesen. Doch er wusste nicht, ob er ihm wirklich vertrauen konnte. Schon früher hatte Hermann ihn nach gemeinsamen Streichen verraten oder der Mutter gepetzt, wenn Ambrosius, der, ehe er sein Gelübde ablegte, Eckart hieß, am frisch gebackenen Brot genascht oder heimlich ein Bier getrunken hatte.

Aber dann gab er sich einen Ruck, schob die Blätter auf dem wackligen Tisch beiseite und sagte: »Hermann, du darfst niemandem etwas erzählen. Diese Papiere sind die Übersetzung eines lateinischen Dokuments, das ich im Kloster durch Zufall entdeckt habe. Irgendjemand muss den alten Text, der vielleicht sogar noch auf Täfelchen geschrieben worden ist, schon lange vor mir gefunden, ihn auf Papier übertragen und dann in einem Holzkästchen verborgen haben. Ich habe ihn nun fast vollständig ins Deutsche übertragen, und es scheint eine recht spannende Geschichte dahinterzustecken. Aber ich bin noch nicht fertig, und da ich in zwei Tagen zurück ins Kloster muss, möchte ich jetzt so viel wie möglich daran arbeiten. Im Kloster warten wieder andere Aufgaben auf mich, und ich kann dann nur nachts heimlich im Skriptorium daran arbeiten.« Ambrosius blickte seinen Bruder mit leiser Skepsis an. »Du versprichst, nichts zu erzählen?«

Hermann nickte eifrig. »Aber was erhoffst du dir denn von diesem alten Text?«, fragte er. Er hatte nie viel mit lateinischen Schriften anfangen können, obgleich auch er bei Pfarrer Walter zusammen mit Ambrosius Unterricht erhalten hatte. Sein Vater hatte einmal gedacht, dass aus Hermann ein guter Priester werden könne. Doch der Junge zeigte keinerlei Ehrgeiz und war zudem dem weiblichen Geschlecht allzu wohlgesonnen. Er hatte den Beinamen »Der Wilde«, und man munkelte, dass das Kind der Müllerstochter Agatha, das traurigerweise kurz nach der Geburt gestorben war, von ihm stammte. Aber das waren Gerüchte, denn Agatha, die inzwischen als Dienstmagd in Manderscheid lebte, hatte nicht wenige ihrer Verehrer in jenem Sommer vor drei Jahren erhört.

Ambrosius atmete tief durch und erwiderte: »Ich glaube, dass dieser Text von einem jungen Mann stammt, der vor anderthalbtausend Jahren in Köln nach der Hinterlassenschaft seines offenbar gewaltsam zu Tode gekommenen Großvaters gesucht hat. Irgendwie hat mich diese mysteriöse Geschichte, in der es um kostbare Münzen, Raub, Verrat und wohl auch Mord geht, in ihren Bann gezogen. Aber noch habe ich nicht alles übersetzt.«

»Du meinst, es könnte irgendwo ein Schatz versteckt sein?« Hermanns Gesicht rötete sich.

Ambrosius schüttelte den Kopf. »Also, von einem Schatz habe ich nichts gesagt. Wenn ich aber richtig verstanden habe, geht es um eine Kriegskasse römischer Legionen, die damals in Germanien stationiert waren. Die ist wohl kurz nach einer großen Schlacht verschwunden. Ob sie noch irgendwo existiert, ist nach so langer Zeit natürlich fraglich. Und falls dieser Lucius, wie der junge Mann heißt, sie gefunden hat, ist sie vielleicht von ihm nach Italien zurückgebracht worden.«

Hermann wirkte enttäuscht. »Nun, was soll das Ganze? So viel Mühe und dann kein Lohn?«

Ambrosius sah seinen jüngeren Bruder strafend an. »Kein Lohn? Diese Dokumente enthüllen eine spannende Geschichte aus dem antiken Köln, egal, ob damit ein Schatz, wie du es nennst, verbunden ist. Und es geht offenbar um Mord. Das allein ist schon recht aufregend. Mich interessiert, was damals geschehen ist. So viel wissen wir nicht über jene ferne Zeit. Köln ist eine römische Stadt gewesen, auch wenn in dieser Gegend zuvor Kelten gesiedelt haben. Dann ist ein Oppidum dort entstanden, eines der wichtigsten militärischen und kulturellen Zentren im ganzen Gebiet. Und schließlich um das Jahr 50 nach der Geburt unseres Herrn die Stadt Köln.«

Hermann gähnte. »Diese Einzelheiten sind wohl etwas für deinen alten Freund und Förderer, Pfarrer Walter. Aber vielleicht entdeckst du ja die verschwundene Kriegskasse. Solche Münzen würden heute auch noch einiges einbringen.«

Ambrosius verbarg seine Enttäuschung über die Reaktion seines Bruders. Hermanns Interessen galten grundsätzlich materiellen Dingen. Mit geistigen Beschäftigungen hatte er wenig im Sinn, und er brauchte handfeste Belege, um etwas zu glauben. Das war nie anders gewesen. Dennoch liebte Ambrosius seinen Bruder und bedauerte nur manchmal, dass dieser so wenig aus seinen Talenten machte. Hermann konnte sehr gut zeichnen und mit Zahlen umgehen. Wobei Zahlen ihm auf dem Land mehr nützen würden als seine zeichnerische Begabung.

Hermann trollte sich, und Ambrosius setzte sich wieder an den Text. Als der Abend dämmerte, stieß er auf eine Stelle, die ihn erstarren ließ. Konnte wahr sein, was er da las? Er entzündete eine kleine Öllampe und starrte auf die Zeilen, die er gerade übersetzt hatte. Am liebsten hätte er Hermann gerufen und ihm den Absatz gezeigt. Aber er wollte erst ganz sicher sein. Wenn es stimmte, was er da entzifferte, dann hatte jener Lucius tatsächlich eine mit Münzen gefüllte Kiste entdeckt:

Ich komme dem Geheimnis um die verschollene Kriegskasse immer näher. Was mir Großvaters treuer Diener Briann anvertraut hat, entspricht der Wahrheit. Mein Großvater war weder ein Mörder noch ein Dieb. Er hat versucht, die Kriegskasse aus den Händen des wahren Täters zu retten, und musste dafür sein Leben lassen. Briann hat ihn bestattet und ihm Opfergaben beigegeben. Denn Briann stammt aus einer anderen Kultur, und dort gibt man den Toten Verpflegung mit auf ihre letzte Reise. Statt Brot und Wein aber waren es wohl einige der Goldmünzen aus dieser Kiste, die ich entdeckt habe. Ich werde sie wieder in ihr Versteck bringen. Zu gegebener Zeit, bevor ich nach Italien zurückkehre, werde ich sie dem hiesigen Kommandanten überreichen, in der Hoffnung, dass der Name meines Großvaters dadurch von jedem Makel gereinigt wird. Mir liegt nichts an diesem Blutgeld. Der eigentliche Mörder aber, so hat mir Briann auf seinem Sterbebett zugeflüstert, war einst ein mit Ehren überhäufter Offizier, ein enger Vertrauter meines Großvaters und einige Jahre jünger als er. Mein Großvater starb bei dem Bemühen, dem Verräter den Schatz zu entreißen.

Mich überkam wilder Zorn. Dieser Mörder war schuld am Tod wahrscheinlich nicht nur meines Großvaters, sondern auch einiger anderer Männer, die er in seiner Gier nach Gold getötet hatte. Mein Großvater wäre in diesem Jahr achtzig Jahre alt, sein Mörder müsste um die siebzig Jahre alt sein. Er könnte also noch leben. Aber wo? Noch in Colonia? Ich werde mich auf die Suche machen. Als ich Briann darauf ansprach und ihm sagte, wie furchtbar es doch sei, dass der einstige Freund und Vertraute meines Großvaters davongekommen sei und diese Münzen besitze, da sah mich der alte Mann mit einem Blick an, den ich nicht zu deuten vermochte. Es schien, als wollte er mir etwas sagen, doch ihm fehlte die Kraft. Er flüsterte nur: »Später, später erzähle ich dir mehr.«

An dieser Stelle brach der Text ab. Ambrosius stöhnte auf. Wo war der Rest der Dokumente? In dem Holzkästchen war nichts weiter als Staub gewesen. Aber irgendwo, so glaubte er, musste sich der zweite Teil dieser Aufzeichnungen befinden. Er würde in der Klosterbibliothek suchen. Im alten Schrank, der inzwischen durch ein prächtiges Möbel ersetzt worden war, konnten die Dokumente nicht mehr sein. Den hatte er gründlich ausgemistet. Oder sollte sich darin ein Versteck befunden haben, das er übersehen hatte?

Ihn überlief es eiskalt. Längst war der alte Schrank sicherlich in Stücke zerlegt und verbrannt worden. Auf jeden Fall hatte Tischler Heribert, der für das Kloster gelegentlich neue Stühle und Tische zimmerte, ihn eigenhändig abgeholt. Vielleicht aber stand der Schrank noch irgendwo auf dessen Gelände in der Nähe des Rheins.

Ambrosius kaute an dem Federkiel. Er musste so schnell wie möglich zurück nach Köln. Aber die Straßen in der Eifel lagen unter einer dicken Schneedecke, die selbst das Pferdegespann seines Vaters kaum bewältigen konnte. Bei diesem Wetter und der früh einsetzenden Dunkelheit schien es nicht ratsam, sich auf den Weg zu machen.

Ambrosius fühlte sich auf dem Hof seiner Eltern in den folgenden Tagen wie ein Gefangener, gequält von Ungeduld und der Angst, dass er das Rätsel um das Schicksal des jungen Römers nie würde lösen können. Er dachte dabei weniger an die Kriegskasse als an das Drama, das sich mit Lucius' Suche nach der Wahrheit hinter dem Tod seines Großvaters verband. Er fühlte sich kurz vor dem Ziel und gleichzeitig endlos weit davon entfernt.

Mitte Januar legten sich die heftigen Schneefälle. Und am Mittwoch, den 19. Januar des Jahres 1521, verabschiedete sich Ambrosius von seiner Familie. Er müsse dringend zurück ins Kloster und dürfe dies nicht länger aufschieben. Seine Mutter, die im Juni ihr elftes Kind zur Welt bringen würde, schluchzte heftig, der Vater nickte stumm, die Geschwister drängten sich um ihn. Nur

Hermann blieb gelassen und versprach Ambrosius, ihn bald in Köln zu besuchen.

»Ich möchte in Köln eine Lehrstelle antreten«, verkündete er zur Überraschung seiner Eltern. »Gern Steinmetz, da ständig am Dom gebaut wird und immer Arbeiter gebraucht werden.«

Ambrosius schmunzelte. Hermanns Begabung mit Zahlen und Zeichnen mochte sich hier als hilfreich erweisen. »Ich wünsche dir Glück. Du weißt, wo du mich findest«, sagte er. Dass Hermann für eine Lehrstelle eigentlich bereits zu alt war, bemerkte keiner laut.

Mit dem Versprechen, bald nach Ostern, dieses Jahr am 31. März, die Familie wieder zu besuchen, brach er schließlich auf. Sein Vater brachte ihn mit dem Pferdegespann ein paar Meilen bis zu dem Weiler Kringelsheim, von wo aus Ambrosius dann weiterwanderte, von der Mutter gut versorgt mit einem Laib Brot und frischer Wurst. Die Nacht verbrachte er bei einem Vetter seiner Mutter in Weilerswist, der dort einen kleinen Hof besaß, und erreichte am nächsten Nachmittag Sankt Gallus.

Der Abt begrüßte ihn persönlich, wirkte aber beunruhigt. Ambrosius überkam leichte Panik. Hatte diese offensichtliche Unruhe mit dem Tod von Gregorius zu tun? Der lag nun zwei Monate zurück, aber vielleicht war der Verdacht aufgekommen, dass Gregorius nicht von allein die Stufen hinabgestürzt war. Doch die Worte des Abtes beruhigten ihn zumindest in dieser Hinsicht: »Wir haben Kunde aus Rom bekommen. Der Heilige Vater hat Martin Luther exkommuniziert.«

Ambrosius wusste nur vage, wer dieser Luther war, ein Augustinermönch, der offenbar mit seinen Thesen heftige Kritik an Zuständen in der Kirche, vor allem am Ablass, geübt hatte. Ihn interessierte das wenig, hatte es doch solche Kritiker immer mal wieder gegeben, wie zum Beispiel den Böhmen Jan Hus vor gut einhundert Jahren. Höflich erwiderte er: »Das ist in der Tat schrecklich«, und versuchte, so rasch wie möglich in seine Zelle zu gelangen.

Am nächsten Morgen erhielt er die Erlaubnis, das Kloster für einige Stunden zu verlassen. Die Stimmung dort war seltsam beklommen. Ob das alles mit dem Mönch zusammenhing, den Leo X. exkommuniziert hatte und dessen Reformthesen für Unruhe sorgten? Ambrosius scherte das wenig. Zielstrebig eilte er durch die Gassen zum Rhein. Auch in Köln hatte Schnee gelegen, doch inzwischen kümmerten nur noch matschige graue Haufen vor den Häusern dahin. Die Wolken am Himmel sahen weniger nach Schnee als vielmehr nach Regen aus. Ambrosius hasste diesen feuchten Winter, der endlos schien. Die Nässe kroch unter seine Kutte. Er fröstelte. Hoffentlich würde er nicht krank werden. Die Worte seiner Mutter über diese seltsame Krankheit aus England, die ein Kaufmann beim Besuch seiner Familie von London nach Manderscheid gebracht haben sollte, hallten in seinem Kopf wider. Er beschleunigte seine Schritte.

Das Gelände, das Tischler Heribert beanspruchte, reichte bis zu den Rheinwiesen. Er besaß mehrere Werkstätten und beherbergte sogar einige Künstler, die sich mit dem Ausbessern von Altarbildern und dem Schnitzen und Kolorieren von Heiligenstatuen ihr Auskommen verdienten. Ambrosius wusste, wo der Tischler alte Möbel abstellte, die er entweder herrichtete und wohlfeil verkaufte oder zu Brennholz zerlegte. Manchmal bediente er sich auch bei Schränken, um Teile davon in andere Möbel einzubauen.

In der Nähe eines baufälligen Schuppens erblickte er eine ganze Ansammlung von übereinandergestapelten Brettern. Ihn überlief ein Schauder. Hatte Heribert also doch schon den Klosterschrank auseinandergelegt? Was hatte er sich nur gedacht und zu hoffen gewagt? Ambrosius trat näher an den Bretterhaufen heran. Er konnte aber nicht erkennen, ob der in Teile zerlegte Schrank aus dem Kloster dabei war.

Als er sinnend vor dem Haufen stand und sich schon damit abgefunden hatte, dass er zu spät gekommen war, spürte er plötzlich eine Hand auf seiner Schulter. »Na, wenn das nicht unser eifriger Schreiberling ist!«, tönte eine dumpf grollende Stimme. Ambrosius wandte sich um und sah in das Gesicht von Meister Heribert. Voller Runzeln und Furchen, pockennarbig und mit einer vom Alkohol geröteten Nase – oder kam es von der feuchten Kälte? –, erinnerte der Tischler den jungen Mönch an die Beschreibung der Erdgeister aus den Sagen der Eifel. Er mochte an die sechzig Jahre alt sein, mit schütterem grauweißem Haar und kleinen dunklen Äuglein. Doch sein breites Lächeln verwandelte das vom Leben gezeichnete Gesicht des alten Mannes und ließ es fast liebenswert erscheinen.

Ambrosius rang nach Worten. »Ja, Meister Heribert, ich bin es. Und ich bin gekommen, um nach dem Schrank zu schauen, den ich im November ausgeräumt habe. Darin habe ich leider wohl etwas liegen gelassen, was ich nun vermisse.« Mehr wollte er nicht sagen. Das war aber auch nicht nötig. Meister Heribert lachte auf.

»Dann ist das deine kleine Holzkiste, die wir ganz hinten im Schrank hinter einem losen Brett gefunden haben? Ich habe mich schon gewundert, was darin ist. Doch wir haben sie nicht geöffnet. Mein neuer Lehrling Ludwig sollte sie in den nächsten Tagen bei euch vorbeibringen.« Er zwinkerte. »Na, hoffentlich ist nichts in dem Kästchen, das deine Seele belasten könnte.«

Was er damit meinte, verstand Ambrosius zwar nicht, aber er schüttelte heftig den Kopf. »Nein, es sind nur Papiere, die beim Ausräumen des Schranks liegen geblieben sind und die ich ordnen sollte. Mir ist das erst gar nicht aufgefallen, bis der Abt mich darauf angesprochen hat. Wie gut, dass Ihr das Kästchen noch nicht weggeworfen habt.« Das war nicht einmal eine große Lüge.

Heribert sagte: »Mit Papierkram kenne ich mich nicht aus. Ich kann weder schreiben noch lesen. Gut, dass du das nun selbst abholst. Das erspart uns Mühe. Komm mit!«

Ambrosius fühlte sich erleichtert. Obwohl er nicht sicher war, ob das Kästchen tatsächlich die von ihm vermissten Papiere enthielt, war ihm ein Stein vom Herzen gefallen. Meister Heribert führte ihn zu einem kleinen Gebäude und bat ihn, sich zu setzen. Ein Feuer erwärmte den Raum, und Ambrosius spürte, wie die Feuchtigkeit aus seinen Knochen wich.

Meister Heribert verschwand kurz in einem Nebenraum und kehrte dann mit einem unscheinbaren Kästchen zurück.

Er drückte es Ambrosius in die Hände. »Ich verlange aber eine Gegengabe«, sagte er lächelnd.

»Gegengabe?« Ambrosius war verwirrt.

Meister Heribert grinste. »Sprich ein paar Gebete für mich. Ich bin ein armer Sünder wie die meisten Menschen, und jung bin ich auch nicht mehr. Deine Gebete werden mir sicherlich helfen, meiner Seele Wind unter den Flügeln zu verleihen, wenn meine Stunde schlägt.«

Ambrosius beeilte sich, zurück ins Kloster zu gelangen. Er verbarg das Kästchen unter seiner Kutte und schob es in seiner Zelle unter die Pritsche. Er brannte vor Neugierde, es zu öffnen. Doch das musste bis nach dem Abendgebet warten.

Gerade wollte er seine nasse Kutte gegen ein trockenes Gewand tauschen, da öffnete sich die Tür, und Abt Hieronymus trat ein. Sein hageres Gesicht wirkte noch asketischer als sonst. Er sah den jungen Mönch mit einem langen, forschenden Blick an und sagte dann mit leiser Stimme: »Ich weiß, dass du ein Geheimnis hast, mein Sohn. Es ist mir einiges zu Ohren gekommen. Ich fordere dich auf, mir zu verraten, was du seit Wochen im Verborgenen treibst. Andernfalls musst du Sankt Gallus verlassen. Ich will dir nichts Böses, und du weißt, ich schätze deine Schreibkünste. Doch in diesen unruhigen Zeiten können wir keinen Heimlichtuer in unseren Mauern dulden.«

Sein Blick schweifte durch den engen Raum und blieb an der Pritsche hängen. »Wir müssen reden.« Dann verließ er die Zelle ohne ein weiteres Wort. Über Ambrosius schlug eine Welle der Panik zusammen.

Das Grab im Keller

Ein Skelett im Keller? Thomas Krauss' dramatischer Auftritt hatte leider den Effekt, dass ich dämlich grinsen musste. Glücklicherweise bemerkte er es nicht, sondern steuerte zielsicher auf die beiden Gesetzeshüter zu.

Lutz Hallmann und Dörte Huth sprangen auf. »Wirklich? Sind Sie sicher?«, fragte Hallmann.

Krauss nickte. »Wir haben den unteren Teil der Wand mitsamt einem Stück Bodenfliesen aufgebohrt, und da purzelten uns Knochen entgegen.«

»Purzelten?« Dörte Huth wirkte perplex. »Das klingt wie aus dieser Fernsehserie ›Bones‹.«

Hallmann warf ihr einen strengen Blick zu. »Das ist kein Spaß und erst recht keine deiner albernen Fernsehserien.« Mit diesen Worten eilte er aus dem Zimmer, gefolgt von Krauss, Dörte Huth und mir.

Die anderen Handwerker standen im Vorraum des Kellers, alle ein wenig blass um die Nase. Krauss führte uns in den hinteren Teil des Kellers. Er wurde von zwei Halogenlampen erhellt. Und tatsächlich. Dort lagen sorgsam aufgereiht mehrere Knochen. Eindeutig menschlich. Ein Arm in mehreren Stücken, ein Teil eines Beines und zwei gebogene Knochen. Rippen, wie ich mit meiner nicht übermäßig ausgeprägten Kenntnis von Anatomie vermutete.

»Sie müssen natürlich Ihre Arbeit sofort einstellen«, sagte Hallmann. »Wir melden das jetzt, und dann sehen wir weiter.«

»Könnten das auch ganz alte Relikte sein?«, fragte ich mit Blick auf die gelblichen Knochenreste.

»Das wird die Forensik herausfinden«, sagte Hallmann kurz angebunden. Er lief die Treppe hinauf und telefonierte. Wir folgten ihm ins Erdgeschoss. Er wies die Handwerker an, sich zur Verfügung zu halten und erst einmal das Haus nicht zu verlassen.

Keine halbe Stunde später hielten zwei Wagen vor der Tür.

Dem ersten entstieg ein groß gewachsener Mann mit dunklen Haaren und ergrauten Schläfen, der mich an Pierce Brosnan in der Rolle des James Bond erinnerte. Hallmann flüsterte mir zu: »Das ist Hauptkommissar Andrea di Luccio. Interessant, dass er selbst kommt!«

Eine sonderbare Verwandlung kam über Dörte Huth. Als sie den Kommissar auf das Haus zugehen sah, errötete sie und nestelte an ihrer Uniformjacke. Ich öffnete ihm die Tür. Von Nahem sah er noch besser aus. Ein sehr ebenmäßiges Gesicht mit einer leicht gebogenen Nase und dunkelblauen Augen unter sehr geraden schwarzen Augenbrauen. Er grüßte und trat ein. Sein Blick fiel auf Lutz Hallmann. »Ach, Sie sind vor Ort«, sagte er mit ziemlich tiefer Stimme.

Hallmann erwiderte: »Ja, wir haben heute Morgen hier noch einmal vorbeigeschaut, weil Frau Bentorp letzte Nacht einen Einbrecher gemeldet hatte. Als wir eintrafen, war der Mann bereits getürmt. Gestohlen wurde nichts.«

Andrea di Luccio zog überrascht seine Augenbrauen hoch. »Frau Bentorp? Leben Sie neuerdings in Köln? Ich denke, Sie wohnen in Hannover?«

»Wieso wissen Sie das?«

»Na ja, Sie sind recht berühmt, wenn man das mal so sagen darf. Und Sie haben mehrere Male mit Hans Schumann zusammengearbeitet. Auch wenn das alles inoffiziell war und gegen jede Regel verstoßen hat. Schumann und ich sind alte Bekannte.« Er lächelte schmallippig.

»Wenn Sie so gut Bescheid wissen über mich, dann wissen Sie wohl auch, dass dies das Haus meiner verstorbenen Patentante Amelie Feldmann ist. Sie hat es mir vererbt, und die Handwerker sollten im Keller mit ersten Sanierungsarbeiten beginnen.« Di Luccio hatte mich auf dem falschen Fuß erwischt.

Er nickte. »Das Haus, das vor einigen Jahren ein Schauplatz oder besser ein Tatort war. Schumann hat damals den Täter hier festgenommen. Ich weiß, ich weiß. Und nun wieder. Wir sehen uns diesen Fundort mal an. Die KTU kommt auch, aber erst einmal ist Frau Dr. Malström da, unsere Forensikerin.«

Die rundliche Frau, die im zweiten Auto gesessen hatte, nickte uns zu und wandte sich an den Kommissar. »Ich gehe mit Ihnen zusammen in den Keller.« Sie hievte eine schwere Tasche unter den Arm, und die beiden verschwanden, gefolgt von Hallmann und Huth.

Ich stand etwas hilflos im Flur herum. Thomas Krauss und seine Männer wirkten ebenso verloren. »Gehen Sie doch ins Wohnzimmer«, schlug ich vor. »Der Kaffee ist fertig.«

Die drei Männer setzten sich unbeholfen in die Sessel. Derjenige, von dem ich nur den Namen »Dieter« zu kennen glaubte, sah sich forschend um. Irgendetwas störte mich an ihm. Aber ich hatte keine Zeit, dem Gefühl nachzugehen, da in diesem Augenblick der Kommissar wieder auftauchte. An seiner Seite ein wesentlich jüngerer Mann, der höflich lächelte und sich als »Noah Weißgerber, Kriminalassistent« vorstellte.

Di Luccio wandte sich an Krauss. »So, nun zu Ihnen. Ich möchte gern von Ihnen hören, was genau passiert ist.«

Krauss setzte sich aufrecht hin, wohl um ein wenig größer zu wirken, und sagte: »Na ja, wir haben mit unserer Arbeit begonnen, wie ich schon sagte. Und als dann die Fliesen im Bodenbereich aufgebohrt waren, habe ich plötzlich diese Knochen gesehen. Mann, habe ich einen Schreck bekommen! Ich habe ja schon manchen Mist bei meiner Arbeit gefunden, aber doch noch nie ein Skelett!«

Die beiden anderen nickten zustimmend. »Waren Sie früher schon einmal in diesem Keller?«, fragte di Luccio den Handwerksmeister.

»Ja, sogar öfter. Wegen der Heizung. Aber nie in dem Teil, wo früher mal ein kleines Bad gewesen ist. Das hat meine Firma vor mehr als zwanzig Jahren weggemacht. Da war ich aber nicht dabei. Bei der Firma zwar schon, aber ich hatte damit nichts zu tun.«

»Und damals ist nichts dergleichen entdeckt worden.« Di Luccio wirkte ein wenig erstaunt. »Dabei ist doch der alte Fliesenboden wohl auch entfernt worden«, mutmaßte er.

»Nein«, erwiderte Krauss eifrig. »Nee, damals hat man den

alten Boden dringelassen und nur die Dusche, das Waschbecken und das Klo abgebaut. Die waren auf der anderen Seite des Raums.«

»Woher wissen Sie das so genau?« Di Luccio sah den alten Handwerksmeister mit zusammengezogenen Brauen an.

»Na, also die Pläne haben wir in der Firma noch. Inzwischen digitalisiert. Frau Feldmann, der das Haus gehörte, war eine treue Kundin von uns. Wir haben sämtliche Unterlagen ihrer Aufträge. Der Vater vom jetzigen Chef hat auch schon für sie gearbeitet. Wo früher das Bad gewesen ist, da war bis 1950 eine nicht genutzte Kammer. Frau Feldmanns Vater hat ungefähr um 1951 das Bad einbauen lassen. Warum, weiß ich nicht. Da unten sind keine Gästezimmer.«

Di Luccio kritzelte sich etwas in einen kleinen Block, der aber nicht wie die Notizbücher meines Freundes Kommissar Schumann schwarz, sondern giftgrün war. Dann wandte er sich mir zu. »Lutz Hallmann war letzte Nacht hier im Haus, weil Sie die Polizei wegen eines Eindringlings informiert haben?«

»Ja, ich bin durch ein Geräusch geweckt worden, habe 110 angerufen, und Herr Hallmann ist wenig später mit einem Kollegen aufgetaucht. Doch der Einbrecher ist durch die Terrassentür verschwunden.«

»Er war im Keller, heißt es im Protokoll?«

»Seltsamerweise ist er in den Keller gegangen. Es gibt im ganzen Haus nichts Besonderes mehr, was sich zu stehlen lohnt. Im Keller erst recht nicht.«

Di Luccio steckte den giftgrünen Block wieder weg. Er wandte sich an Krauss. »Sie bleiben bitte noch hier. Wir werden einen forensischen Anthropologen hinzuziehen und eventuell einen Stadtarchäologen. Falls die Knochen alt sind.«

Ich stöhnte innerlich. Vor zwei Jahren hatten Bekannte von Tante Amelie in einer der Nachbarstraßen ein altes Haus abreißen wollen, um ein neues auf dem Grundstück errichten zu lassen. Bei den Abrissarbeiten entdeckten die Bauarbeiter auf dem Grundstück Scherben, die sich als Relikte aus der römischen Epoche Kölns erwiesen. Ein Team von Archäologen machte sich ans Werk, die Arbeiten an dem Haus verzögerten sich um mehr als ein halbes Jahr. Man fand neben den Scherben sogar noch eine intakte Amphore und einige kleine Öllampen. Der leitende Archäologe Professor Ernst Habicht, den ich vor Jahren bei einem Seminar zum Thema gefälschte Kunst in der Antike kennengelernt hatte, erklärte das Grundstück zum Teil einer Siedlung aus dem 1. Jahrhundert. Sie war zu der Zeit entstanden, als auf Betreiben von Agrippina Minor, der Tochter des Germanicus, in Köln geboren und bekannt als Mutter Neros, das Oppidum Köln zur Stadt ausgebaut wurde.

Ich befürchtete nun, dass vielleicht auch mein Kellerfund eine Horde von Archäologen herbeilocken würde und die Sanierungsarbeiten erst einmal ad acta gelegt werden müssten. So viel Zeit hatte ich nicht. Nächsten Monat sollte ich wieder einmal mit einem Katalog beginnen, der für eine Ausstellung im Osnabrücker Diözesanmuseum gedacht war. In Zusammenarbeit mit dem Kolumba-Museum in Köln war für 2024 eine Ausstellung zum Thema »Heilige und Helden« geplant. Im Mittelpunkt sollten mittelalterliche Kirchenschätze, kostbare illuminierte Bücher und eine Auswahl an Darstellungen von Heiligen vom 14. bis zum 17. Jahrhundert stehen. Ich saß gerade an den ersten Recherchen. Obgleich der Katalog erst in anderthalb Jahren fertig sein musste, stand ich unter Zeitdruck, da ich ja auch noch mein eigenes Buch über meine Abenteuer mit Moormännern, Schattenhöhlen, Druidenflüchen und geraubter Kunst schreiben wollte.

Als ich noch sinnierte, tauchte Frau Dr. Malström aus dem Keller auf, staubbedeckt und schnaufend. »Also, soweit ich das bisher feststellen konnte, sind diese Knochen zwischen siebzig und neunzig Jahre alt. Wir nehmen sie mit, müssen aber noch abwarten, ob unter den Fliesen weitere Knochen zu finden sind. Der Schädel fehlt.« Sie wischte sich mit einem großen Taschentuch übers Gesicht.

»Können wir da unten weitermachen?«, fragte Thomas Krauss.

»Nein, jetzt kommen erst einmal die Archäologen ins Spiel«, verkündete di Luccio.

Krauss zuckte mit den Achseln und sah mich bedauernd an. »Tja, dann verkrümeln wir uns. Wir kommen wieder, wenn wir grünes Licht haben.«

Zehn Minuten später zog der Handwerksmeister mit seinen beiden Gehilfen ab. »Na denn bis bald«, sagte er an der Tür. »Danke für den Kaffee.«

Nur Dieter zögerte. Er drehte sich noch mal zu mir um, aber dann marschierte er hinter Krauss her und hinterließ bei mir ein ungutes Gefühl, das ich nicht definieren konnte.

Als ich wenig später meine Mutter anrief, um ihr von dem Fund zu erzählen, stöhnte sie. »Du ziehst sofort zu mir!«, bestimmte sie. »Das ist ja unglaublich, eine Leiche in Amelies Keller! In dem Haus kannst du nicht bleiben!« Dann wiederholte sie: »Du kannst da nicht länger wohnen. Zieh zu mir!«

»Du hast nicht zufällig eine Ahnung, wessen Knochen das im Keller sein könnten? So um die siebzig bis neunzig Jahre alt, ohne Schädel. Du kennst doch die Geschichte der Schönherrs und dieses Hauses gut.«

Amelie und meine Mutter waren sehr enge Freundinnen gewesen und hatten beide den Zweiten Weltkrieg und die Folgezeit in Köln erlebt. Meine Mutter war Jahrgang 1935, Amelie 1930. Ihr Geburtsname lautete Schönherr. Sie hatte 1959 Konrad Feldmann geheiratet, seines Zeichens Kunsthistoriker und fast zwanzig Jahre älter als sie. Die Ehe blieb kinderlos, Konrad Feldmann starb 1972, drei Jahre später verstarb Amelies Mutter Renata, und meine Patentante zog zurück in das Haus ihres Vaters, dessen einzige Erbin sie war. Ihr Vater, Gregor Schönherr, starb 1990 mit fast neunzig Jahren. Es gab keine nähere Verwandtschaft, und an seinem Grab hatten vor allem alte Bekannte und Freunde aus seinem Rotary Club gestanden. Auch Amelies Mann Konrad Feldmann hatte keine engeren Verwandten mehr gehabt, nur eine Cousine dritten Grades in Australien, ebenfalls kinderlos, die 1981 starb. Seither hatte Tante Amelie allein in dem geräumigen Haus gelebt und war mit einundneunzig Jahren gestorben. Meine Mutter hatte sie zu meiner Patentante gemacht und war bis zu Amelies Tod eng mit ihr verbunden geblieben.

Meine Mutter schwieg einen Augenblick. Dann sagte sie: »Nein, wer sollte das auch sein? Ein Toter in Amelies Elternhaus? Ich bin genauso überrascht wie du.«

Etwas an der Stimme meiner Mutter irritierte mich. Sie klang nicht überzeugend. Doch ich ließ es dabei bewenden und versprach ihr, mir noch einmal zu überlegen, ob ich zu ihr ziehen wollte.

Di Luccio verabschiedete sich und kündigte an, dass »demnächst« Experten kämen, um sich die makabre Fundstelle anzusehen. Ich sollte bitte zu Hause bleiben und auf diese Experten warten. Der Tag war ohnehin schon für mich gelaufen. Deshalb beschloss ich, im Wohnzimmer damit anzufangen, die letzten Bücher aus den Regalen in Kartons zu verstauen. Wertvolle Exemplare waren wohl nicht mehr darunter.

Kaum hatte ich mit dieser wenig ersprießlichen Arbeit begonnen, läutete es an der Tür. Der ältere Mann mit den weißen Haaren, der Nickelbrille und dem freundlichen Lächeln, der dort vor dem Eingang stand, kam mir bekannt vor. Neben ihm ein wesentlich jüngerer Mann, der unruhig von einem Bein auf das andere trat. Als der ältere Mann »Guten Tag« sagte, fiel es mir ein: Das war Professor Ernst Habicht, der oberste Stadtarchäologe.

»Welche Freude, Sie zu sehen!«, rief ich und schüttelte seine Hand.

Habicht strahlte. »Die berühmte Anna Bentorp! Inzwischen sind Sie notorisch wegen Ihrer Abenteuer. Und nun dieser Fund im Haus der von mir geschätzten Amelie Feldmann!« Er trat ein, der jüngere Mann folgte ihm. »Das ist mein Kollege Julian Pelter«, stellte mir Habicht den jungen Mann vor. »Und gleich kommen noch zwei wissenschaftliche Assistenten, um uns da unten im Keller zu helfen.«

Ich führte die beiden zur Treppe, machte mein Angebot, einen weiteren Kaffee zu kochen, und wollte mich diskret verziehen. Aber Habicht war neugierig. Er fragte mich nach meinen Erlebnissen der letzten Jahre, wollte wissen, seit wann ich in diesem

Haus lebte, wie oft ich früher hier gewesen sei und ob ich bei meinen Aufräumarbeiten in letzter Zeit in diesen etwas muffigen Räumen etwas Ungewöhnliches erlebt hätte. Ich erzählte ihm kurz von dem Einbrecher in der vergangenen Nacht, was ihn überraschte.

»Ein Einbrecher, der in den Keller geht?« Er lächelte ungläubig.

Fast hätte ich ihm Dörte Huths These verraten. Aber ich hielt mich zurück und meinte: »Na ja, vielleicht finden Sie noch etwas Lohnenswertes außer Knochen.«

»Wir werden ja sehen, ob da etwas zu entdecken ist«, antwortete Habicht.

Ich stieg erneut in die Tiefe, zeigte den beiden Männern den Fundort der Knochen und wartete gespannt auf Habichts Reaktion. Er betrachtete den kleinen Raum und die Ecke, in der unter den Fliesen die Knochen gelegen hatten. Frau Malström hatte sie sorgfältig geordnet – natürlich bis auf den fehlenden Schädel und einige Knochen der Extremitäten. Dieses fast vollständige, aber kopflose Skelett bot einen makabren Anblick.

»Sonderbarer Ort«, murmelte Habicht. »Und weshalb hat dieser Kommissar di Luccio die Handwerker nicht einfach erst mal weiterarbeiten lassen? Wir werden jetzt auf die beiden Helfer warten, die dann weitere Fliesen wegräumen sollen. Hoffentlich sprudelt uns nicht Wasser aus einer defekten Leitung entgegen.« Habicht wirkte etwas verärgert.

Die beiden jungen Männer, die eine halbe Stunde später zu Habicht und Pelter dazustießen, hatten Handwerkszeug dabei und begannen sofort mit ihrer Arbeit.

Die Knochen des Skeletts sollten am späteren Nachmittag abtransportiert werden. Habicht betrachtete sie und meinte: »Auf keinen Fall älter als einhundert Jahre, wahrscheinlich jünger.« Damit sagte er mir nichts Neues.

Ich brachte ein Tablett mit Kaffeebechern hinunter. Danach verzog ich mich wieder ins Wohnzimmer und räumte geistesabwesend einige weitere Bücher in die Umzugskartons. Ich lauschte und hörte Hämmern, Scharren, Schaben. Zwischendurch gedämpfte Stimmen. Das Ganze kam mir wie ein surrealer Traum vor. Ich hatte in den vergangenen Jahren eine Menge sonderbarer Abenteuer erlebt. Doch ein Skelett im eigenen Keller? Ich besaß eine lebhafte Phantasie und fragte mich, ob hier ein Mord geschehen war, den vielleicht sogar Tante Amelies Vater begangen hatte. Die sprichwörtliche Leiche im Keller.

Tante Amelie hatte mir nie viel über ihre Familie erzählt, nur so viel: »Wir waren nur zu dritt. Mein Vater war wohlhabend, meine Mutter stammte aus einer gut situierten Familie in der Eifel. Beide waren Einzelkinder, und ich habe meine Großeltern nie gekannt.«

Wer also konnte dieser Mensch sein, den Thomas Krauss mit seinen Männern entdeckt hatte? Was hatte er in dem Haus zu suchen gehabt? Ich wurde allmählich nervös. Die Arbeiten im Keller zogen sich hin, eine Stunde, zwei, drei. Schon wollte ich nach unten gehen, als die Geräusche dort jäh verstummten. Ich ließ die Bücher fallen, die ich völlig ungeordnet aus dem Regal gezerrt hatte, und ging zur Kellertür.

Von unten vernahm ich die tiefe Stimme von Ernst Habicht: »Verdammt noch mal! Was ist das denn für ein Alptraum! Zwei Skelette? Was ist das hier? Das Grab der Opfer eines Serienkillers?«

Und dann Julian Pelters Antwort: »Aber nein! Außer der Serienkiller hat zwei Jahrtausende überlebt.« Ich hörte Pelter lachen, ehe er fortfuhr: »Dieses Skelett hier ist nämlich fast zweitausend Jahre alt, würde ich mal sagen! Und das Schwert, das auf ihm liegt, ist ein waschechter römischer Gladius. Sehen Sie diese Münzen? Aus der Zeit des Augustus, würde ich auf den ersten Blick vermuten. Lieber Kollege, das hier ist ein historischer Fund und eine kleine Sensation, ein doppeltes Grab in einem Haus im Kölner Süden. Was für ein Ereignis!«

Der Mann am Rhein

Der Rest dieses grauen Novembertages verging wie in einem Wirbelsturm. Habicht und Pelter tauchten wieder aus dem Keller auf, und der ältere Habicht wirkte sehr aufgeregt.

»Es ist unglaublich«, begann er. »Da finden wir nicht nur Knochen aus der Neuzeit, sondern darunter, nur durch eine dünne Schicht aus Mörtel getrennt, das Skelett eines Mannes, das vollständig erhalten ist, sogar noch mit Stoffresten seiner Kleidung, dazu ein römisches Schwert und Goldmünzen. Ein Skelett, das sicherlich fast zweitausend Jahre alt ist. Diese Münzen helfen uns bei der Datierung. So einen Fund habe ich in all den Jahren meiner Tätigkeit als Stadtarchäologe noch nie erlebt. Das ist eine absolute Sensation!« Er schwitzte vor Anspannung.

Julian Pelter wirkte dagegen gelassen, als er sagte: »Wir haben unter diesen alten Fliesen weitere Teile des neueren Skeletts gefunden. Wohl die fehlenden Teile der Arme und Beine. Aber keinen Schädel. Der darunterliegende Mann ist in der Tat unwahrscheinlich gut erhalten. Das Schwert ist ein Offiziersschwert, sehr gut gearbeitet, mit einem reich verzierten Schwertknauf, eine Meisterarbeit.«

Ich starrte die beiden Männer fassungslos an. »Sie meinen, im Keller dieses Hauses liegen wirklich zwei Skelette, und eines davon ist das eines römischen Offiziers? Wie kann das sein?«

»Es ist natürlich viel zu früh, darüber auch nur zu spekulieren«, sagte Habicht. »Vielleicht war das in antiker Zeit eine Grabstätte. Das müssen wir recherchieren. Wir haben noch alte Bebauungspläne aus der Frühzeit Kölns.«

»Wir müssen versuchen, die Todesursache des Römers zu eruieren«, fügte Pelter hinzu. »Ob er hier regulär bestattet worden ist, ob er eines natürlichen oder gewaltsamen Todes gestorben ist.«

Ich fragte verwirrt: »Und wer ist denn der andere, und weshalb ist er ebenfalls im Keller begraben?«

Die beiden Archäologen zuckten mit den Achseln. »Wie die jüngeren Knochen in diesem Grab gelandet sind, ist mir rätselhaft«, sagte Habicht. »Abtransportiert wird heute jedenfalls nichts. Wir werden erst mal wieder auf Frau Malström warten müssen«, erklärte er. »Sie muss sich unseren Fund anschauen, und sie kann sicherlich bestätigen, dass diese Gebeine im unteren Teil des Grabes wirklich sehr alt sind. Wir werden aber auch unsere forensische Anthropologin Frau Decker zurate ziehen.«

»Auf jeden Fall ist dies jetzt erst mal eine archäologisch relevante Fundstelle«, sagte Pelter. »Die Sanierungsarbeiten werden warten müssen.«

Na toll, dachte ich bei mir. Wie ich befürchtet hatte.

Die beiden Helfer kamen nun auch aus dem Keller ins obere Stockwerk. Draußen dunkelte es bereits. Ich verspürte Hunger, hatte ich doch den ganzen Tag nichts gegessen.

»Wir verabschieden uns jetzt erst mal bis morgen«, sagte Habicht. »Wir haben alles so gelassen, wie wir es gefunden haben. Auch die drei Goldmünzen. Morgen geht es weiter. Um acht Uhr sind wir bei Ihnen. Frau Malström und Frau Decker werden etwas später dazustoßen.«

Pelter fügte hinzu: »Es ist jetzt alles mit einer Plane abgedeckt. Bitte nicht drangehen.« Er sah mich streng an.

Als ob ich heimlich in den Knochen wühlen wollte! Aber ich sagte nichts, sondern nickte nur. »Ich werde nur Herrn Krauss von der Sanitätsfirma Bescheid geben, dass die Arbeit im Keller sich auf unbestimmte Zeit verschiebt«, sagte ich.

Es war eine Erleichterung, als die ganze Kohorte das Haus verlassen hatte. Im Wohnzimmer sank ich in einen der plüschigen Sessel und stöhnte lauthals. Wenig später klingelte mein Handy, dem ich wieder seine »Star Wars«-Fanfare zurückgegeben hatte. Der Celloton, den ich zwischenzeitlich installiert hatte, war wieder der Hommage an John Williams gewichen.

Mein Freund Richard meldete sich mit einem freundlichen: »Hallo, liebste Anna!«

Als ich ihm die Ereignisse der vergangenen Nacht und des heutigen Tages erzählt hatte, seufzte er laut. »Das musste so kommen!«, rief er. »Wo immer du bist, gerätst du in irgendwelche Abenteuer! Ich werde so rasch wie möglich nach Köln aufbrechen und dir zur Seite stehen. Ohnehin soll ich in der kommenden Woche wieder bei den neuen Folgen von ›Gutes für Geld‹ dabei sein. Halte mich auf dem Laufenden und pass bitte auf dich auf!«

Richard trat inzwischen nur noch selten in der beliebten Fernsehshow auf, in der mehrere Experten den Wert von Objekten, häufig Erbstücke oder Flohmarkterrungenschaften, schätzten und drei Händler um diese Objekte buhlten. Alle vier Wochen wurden dazu zehn Folgen aufgenommen. Jede neue Staffel moderierten im Wechsel ein Kunsthistoriker und ein Showmaster. Richard war bei jeder vierten Staffel dabei und für sehr unterschiedliche Objekte zuständig, meistens Bilder. Er beriet seit einiger Zeit in seinem Geschäft in Hannover selbst jede Woche Menschen zu ihren Funden in Kellern und auf Speichern. Damit verdiente er mehr als mit seinem Laden.

Wir sprachen kurz über ein neues Projekt, das er plante, einen Podcast-Ratgeber unter dem Motto »Schätze vom Speicher«. Ich sollte ihm dabei helfen.

»Also dann bis übermorgen«, sagte er. Er war kein Freund langer Telefonate.

Meine Mutter lud mich wenig später zu sich zum Abendessen ein. Sie hatte Kohlrouladen vorbereitet. Ihr Angebot, in ihrem Gästezimmer zu nächtigen, lehnte ich freundlich, aber bestimmt ab. Ich wollte doch lieber in meinem Haus schlafen, auch, um am nächsten Morgen rechtzeitig vor Ort zu sein, wenn die Archäologen ihre Arbeit fortsetzten. Eigentlich hatte ich meine Mutter zu den Schönherrs befragen wollen. Doch sie wich mir beharrlich aus. Kurz nach einundzwanzig Uhr war ich wieder zu Hause.

Es erwies sich als schwierig, die Haustür richtig zu verschließen. Der Riegel an der Tür, den ich mühsam vorschob, war verrostet. Ich ärgerte mich, dass ich bei all dem Trubel nicht daran gedacht hatte, bei »Schlüssel-Max« anzurufen, dem Schlüsseldienst in diesem Stadtteil. Ärgerlich auch, dass di Luccio nicht den Vorschlag gemacht hatte, ein neues Schloss einbauen zu lassen. Er sah zwar gut aus, aber im Vergleich zu meinem wesentlich behäbigeren Freund Hans Schumann schnitt er weitaus schlechter ab. Ihm fehlte die Empathie des niedersächsischen Kommissars und dessen liebenswürdige Ruhe. Wenn Schumann doch hier wäre! Aber was sollte er in Köln? Sein Beritt war seit drei Jahren Hannover und Umgebung. Am liebsten hätte ich ihn angerufen und ihm von den Ereignissen erzählt.

Doch in unserem Verhältnis hatte sich vieles verändert. Er hatte sich in Hannover mit einer liebenswerten Nachbarin angefreundet, die einen netten Hund besaß. Schumann hatte sich vor einiger Zeit ebenfalls einen Hund zugelegt, und die Hunde passten ebenso gut zusammen wie ihre Herrchen und Frauchen. Fast hätte ich eifersüchtig sein können, immerhin war Schumann lange genug mein Verehrer gewesen. Aber wir waren gute Freunde geblieben, ein Trost. Dabei fiel mir ein, dass di Luccio zwar erwähnt hatte, dass er Schumann kannte, aber er hatte eher unterkühlt geklungen.

Ich machte das Licht aus und fiel bald in einen unruhigen Schlaf. Irgendwann wachte ich auf, da ich glaubte, ich hätte wieder dieses quietschende Geräusch vernommen. Aber als ich in die Nacht lauschte, hörte ich nur den Regen plätschern, kein Auto und kein Quietschen.

Am nächsten Morgen erschienen die beiden Archäologen mitsamt ihren Grabungshelfern, etwas später die forensische Anthropologin, die Frau Malström unterstützen sollte, und am späteren Vormittag gesellten sich Polizeihauptkommissar Andrea di Luccio und sein Assistent auch noch dazu.

Di Luccio kam zu mir ins Wohnzimmer, wo ich weiter Bücher in Kartons packte. Ich war nur halb bei der Sache. Er räusperte sich und fragte dann: »Sagen Sie, Frau Bentorp, waren Sie gestern noch mal im Keller?«

Ich sah ihn erstaunt an. »Sie meinen, nachdem alle anderen gegangen waren?«

»Ja.«

»Nein, ich gehe nicht gern in Keller, und was sollte ich da unten?«

Di Luccio runzelte die Stirn. »Mhm, seltsam. Die Herren Archäologen haben alles stehen und liegen gelassen, als sie gestern gegangen sind, einschließlich Schwert und der drei Goldmünzen. Und eine Plane darübergelegt. Das Schwert liegt da noch, die Münzen sind verschwunden.«

Mich überlief es eiskalt. War das Quietschen, das ich im Traum zu hören geglaubt hatte, doch keine Einbildung gewesen? »Haben Sie die Tür gecheckt?«, fragte ich.

»Alles in Ordnung, seit gestern hat sich da nichts geändert. Sie sollten allerdings ein neues Schloss einbauen lassen. Der Türriegel ist nicht stabil.«

»Der Mitarbeiter von ›Schlüssel Max‹ kann leider erst morgen früh kommen.« Es fiel dem Kommissar ja zeitig ein, dass ein neues Schloss in die Tür musste! Er reagierte nicht auf die leise Spitze in meiner Bemerkung. Ich warf rasch ein Buch in einen der Kartons und konzentrierte mich wieder auf di Luccio. »Hat vielleicht einer der Helfer die Münzen eingesteckt, damit sie nicht im Keller herumliegen?«, schlug ich vor.

»Nein, sie haben geschworen, nichts mitgenommen zu haben. Julian Pelter war der Letzte, der die Grabungsstelle verlassen hat.«

»Und Sie sind sicher, dass die drei Münzen am Abend wirklich noch dort gelegen haben?«

»Ja, Julian Pelter wollte sie eigentlich heute nach unserem Treffen mitnehmen und im Institut für Denkmalkunde vom dortigen Restaurator untersuchen lassen. Er hat glücklicherweise Fotos von den Münzen gemacht.«

»Vielleicht spukt es hier«, murmelte ich.

Di Luccio sah mich fast spöttisch an. »Na ja, so weit wollen wir nicht gehen. War die Terrassentür letzte Nacht zu?«

»Ja, ich habe das überprüft, als ich gestern Abend von meiner Mutter nach Hause gekommen bin.«

»Hat irgendjemand einen Schlüssel zum Haus?«, fragte di Luccio.

Ich überlegte kurz. »Nur Elvira Montecristo und ich. Ich besitze noch zwei weitere Schlüssel. Aber die sind an meinem Schlüsselbund.«

In diesem Moment ertönte von unten die Stimme seines Assistenten Weißgerber: »Hier steht ein Kellerfenster offen! Daran hat sich jemand zu schaffen gemacht!«

Di Luccio ließ es zu, dass ich mit ihm gemeinsam in den Keller lief. Tatsächlich, im ersten Vorratsraum stand eines der Fenster einen Spalt weit offen. Geschützt war diese Fensteröffnung durch eine Art Maschendraht, ähnlich einem Moskitonetz, der lose in der Fassung hing. Kein Problem also, hier herein- und wieder hinauszugelangen.

Di Luccio ging in die Knie und betrachtete das Fenster, das sich etwa anderthalb Meter über dem Boden befand. »Auf den ersten Blick nichts zu sehen«, sagte er. »Wir werden das hier auf Fingerabdrücke untersuchen. Die Spusi wird sich freuen.«

Mir wurde schwindelig. Hatte das Fenster schon geraume Zeit unbemerkt offen gestanden, oder hatte es jemand erst kürzlich bewusst geöffnet?

Das Fenster ging zum Vorgarten. Di Luccio und Weißgerber verschwanden nach draußen und betrachteten das schmale Kellerfenster von dort. »Von außen hat sich niemand zu schaffen gemacht«, bemerkte Weißgerber. »Keinerlei Einbruchsspuren. Aber hier sind ein paar Fußabdrücke in dem feuchten Beet vor dem Fenster.«

Zwei Fußabdrücke waren deutlich zu sehen. Es wunderte mich, dass im Kellerraum keine Dreckspuren zu finden waren. Der Boden im Vorratsraum war zwar nicht der sauberste, aber dort lagen diesmal keine Erdkrumen wie auf der Terrasse in der Nacht zuvor.

»Das wird die Spusi schon klären«, sagte di Luccio. »Also nehmen wir mal an, dass gestern jemand dieses Fenster von innen nur einen Spaltbreit geöffnet hat, was man in diesem dämmrigen Raum nicht sehen konnte. Und dann ist jemand letzte Nacht hier eingestiegen und hat wohl die drei Goldmünzen geklaut. Der Mann muss einen Insider als Komplizen haben. Ich werde sofort mit Thomas Krauss und seinen beiden Gehilfen sprechen.« Di Luccio eilte ins Erdgeschoss, um zu telefonieren.

Habicht und seine Helfer verzogen sich an den Fundort. »Wir

müssen die Knochen rasch bergen, damit sie nicht ewig dieser Kellerluft ausgesetzt sind«, sagte er. »Glücklicherweise ist das Schwert noch hier, und wir haben Fotos von den Münzen.«

Wenige Minuten später stand di Luccio mit hochrotem Gesicht wieder unten in dem Vorratsraum. Ich sah ihn fragend an.

Er stieß zwischen den Zähnen eine Art Knurren hervor und sagte dann: »Thomas Krauss war sehr kooperativ, zumal er selbst sauer ist. Dieser dritte Mann, der sich als Dieter Knapp vorgestellt hatte, ist heute nicht mehr zur Arbeit erschienen. Er hat nur eine Woche bei der Firma Hülstermann gearbeitet, seine Papiere schienen in Ordnung zu sein. Er hatte ein ordentliches Zeugnis einer recht bekannten Firma in Hamm. Doch die hatten bei Anfrage noch nie von einem Dieter Knapp gehört. Also eine geschickte Fälschung. Die von ihm angegebene Adresse habe ich gerade überprüfen lassen. Da wohnt niemand mit Namen Dieter Knapp. Es ist ein Zweifamilienhaus in Sürth. Ganz offensichtlich ist dieser Bursche ein Gauner!«

Di Luccio war ziemlich verärgert. »Eine Fahndung ist raus, immerhin haben wir eine ganz gute Beschreibung des Burschen. Krauss ärgert sich vor allem deshalb, weil er diesen Typen ohne eine gründlichere Prüfung der Papiere eingestellt hat. Aber sie leiden derzeit unter dem Mangel an Handwerkern, und wie gesagt schienen die Unterlagen auf den ersten Blick in Ordnung zu sein.«

Mir war schummerig zumute. Meine instinktive Abneigung gegen »Dieter« war gerechtfertigt gewesen. Ich versuchte mich konkret an ihn zu erinnern. Mittelgroß, eher schmächtig, hageres Gesicht, Haare unter einer Schirmmütze verborgen, keine Auffälligkeiten. Augen eher hell als dunkel, Stimme leicht nuschelnd. Mir waren seine intensiven Blicke aufgefallen, mit denen er sich im Haus umgesehen hatte. Im Nachhinein überlief mich eine Gänsehaut. Hoffentlich würde er bald gefasst werden!

Ich hielt ihn allerdings nicht für den Einbrecher, eher für seinen Helfershelfer. Das hatten sie geschickt eingefädelt. Da ihr Vorhaben in der Nacht zuvor nicht funktioniert hatte, war wohl Plan B zum Tragen gekommen. Dieter als Fensteröffner. Doch es blieb die Frage, was an diesem Keller so reizvoll war. Dass der Typ bei seinem zweiten »Besuch« die Münzen eingesteckt hatte, verstand ich sogar. Wahrscheinlich hatte er einen neugierigen Blick unter die Plane geworfen und sie entdeckt. Sie waren einiges wert. Traf Dörte Huths These zu, dass dieser Jemand etwas im Keller deponiert und es nun abgeholt hatte? Oder verfolgte er im Auftrag eines bisher Unbekannten ein ganz anderes Ziel? Und warum jetzt? Das Haus hatte fast ein Jahr leer gestanden. Alles sehr rätselhaft und beunruhigend.

Die Spurensicherung, so berichtete mir Andrea di Luccio am frühen Nachmittag, habe zwar viele Fingerabdrücke innen und außen am Fenster gesichert, aber das half nicht weiter. Sie konnten zum Teil uralt sein. Elviras Fingerabdrücke sollten zum Vergleich genommen werden, auch um sie auszuschließen. Ich zog mich in mein Schlafzimmer zurück, wo ein großer alter Schreibtisch stand, und versuchte zu arbeiten. Aus dem Keller drangen gedämpfte Geräusche.

Weißgerber hatte sich inzwischen in der Nachbarschaft nach auffallenden Personen oder fremden Autos umgehört. Aber die Herrschaften in der unmittelbaren Umgebung gehörten alle älteren Semestern an, die sich meist am frühen Abend zur Ruhe legten. Nur der Professor, dessen Grundstück an den hinteren Teil meines Gartens grenzte, gab zu Protokoll, dass er in der vorletzten Nacht durch ein anfahrendes Auto geweckt worden sei. »Das muss in den frühen Morgenstunden gewesen sein«, erinnerte er sich. »Ich schlafe nicht sehr gut und wache fast stündlich auf. Nachts ist es hier sehr ruhig. Ungewöhnlich, wenn um die Uhrzeit ein Auto startet. Ich bin aber schnell wieder eingeschlafen.« Kein besonders befriedigendes Ergebnis.

Irgendwann am späteren Nachmittag meldete sich Professor Habicht bei mir. Wir tranken eine Tasse Tee zusammen, während er mir von seinen bisherigen Ergebnissen berichtete.

»Also, die Überreste des unteren, alten Skeletts stammen ziemlich sicher von einem Mann um die vierzig. Beide, Frau Malström und Frau Dr. Decker, haben das bestätigt. Von seiner Kleidung ist nicht mehr viel übrig geblieben. Aber immerhin noch Reste einer Tunika und seiner Sandalen. Der vollständig erhaltene Schädel ist interessant. Recht gutes Gebiss mit nur wenigen Lücken. Wie er starb, werden wir erst in den nächsten Tagen erfahren. Wir haben bisher keine Ahnung, warum er offenbar in aller Eile hier begraben wurde. Wir müssen versuchen herauszufinden, ob es hier vor Hunderten von Jahren irgendwelche Bauten gab. Ich nehme an, unser toter Römer war Offizier. Dass er keinen Grabstein hat, wundert mich. Er wurde eindeutig verscharrt. Das Schwert ist sehr kunstvoll gearbeitet. Und auch die verschwundenen Goldmünzen sind viel wert. Damals wie heute. Heute zahlen Museen oder Sammler dafür beträchtliche Summen. Für einen Dieb eine reizvolle Beute.«

Habicht seufzte. »Unsere bisherigen Erkenntnisse lassen vermuten, dass er keines natürlichen Todes gestorben ist. Und die Knochen des wesentlich jüngeren Skeletts verraten uns noch weniger über die Todesursache. Zumal der Schädel nicht auffindbar ist. Das ist recht gruselig. Ärgerlich auch für die Forensik, da man heute Zähnen wichtige DNA-Informationen entnehmen kann. Aber auch der Tote aus dem 20. Jahrhundert scheint nach Frau Malströms Angaben durch Fremdeinwirkung gestorben zu sein.«

Habicht löffelte noch mehr Zucker in seinen Tee und sagte dann: »Wir arbeiten sozusagen parallel an beiden Skeletten. Die wenigen Stofffetzen an den Rippen des jüngeren Skeletts weisen auf ein Hemd und eine Anzugjacke aus Gabardine hin. Das könnte bedeuten, dass der Mann ungefähr um 1940 gestorben ist.«

Habicht setzte die Teetasse ab und fuhr sich durch sein dichtes weißes Haar. »Frau Bentorp, das ist wirklich eine sehr seltsame Geschichte. Zwei Skelette übereinander in einem Grab, oder besser einer Grube, in einem Wohnhaus, dazu ein Gladius und Münzen aus der Zeit des Augustus. Das klingt wie der Stoff für einen Krimi. Wurde der römische Offizier getötet, und der andere Mann hat durch Zufall Jahrhunderte später dieses Grab entdeckt und wurde aus bislang undurchsichtigen Gründen ebenfalls beseitigt? Ich lese gern Krimis, und das Ganze kommt mir wie so eine Cold-Case-Geschichte vor. Sie wissen schon, ungeklärte Fälle und so weiter. Doch die Forensik hat in den vergangenen Jahren gewaltige Fortschritte gemacht. Ich hoffe, dass wir trotz des fehlenden Schädels bei dem jüngeren Skelett andere Anhaltspunkte für seine Identität finden können, zumindest für sein Alter zum Todeszeitpunkt.«

Ich antwortete: »Na ja, vielleicht gibt es sogar noch Unterlagen zur jüngeren Leiche. Wenn Frau Malström in etwa weiß, wann diese Person zu Tode gekommen und wie sie gestorben ist, könnte man ja gezielt nach Todesnachrichten suchen.«

Habicht lachte. »Sie sind Optimistin! Köln wurde gegen Ende des Krieges völlig zerbombt. Da werden sicherlich keinerlei Unterlagen mehr vorhanden sein, die mit dem Tod dieses Unbekannten zu tun haben.«

»Außer es war damals ein Fall, der die Medien aufgewühlt hat. Sie wissen doch, im Sinne von ›Prominenter Kölner verschwunden‹ oder ›Wer hat August B. zuletzt gesehen?‹. In Archiven müssten doch noch alte Zeitungen oder Stadtchroniken liegen, vielleicht sogar zum Teil schon digitalisiert, in denen man fündig werden könnte.«

Habicht nickte. »Einen Versuch wäre es wert. Wir werden das mit dem Kommissar besprechen.«

Di Luccio kam ins Wohnzimmer und riet mir, diese Nacht doch lieber bei meiner Mutter zu verbringen. »Ich glaube zwar nicht, dass der Einbrecher noch mal vorbeikommt, aber ideal erscheint es mir nicht, dass Sie hierbleiben. Wir haben das Kellerfenster gesichert. Ehe der Schlosser ein neues Türschloss einsetzt, wollen wir versuchen, weitere Spuren an dem manipulierten Schloss zu finden. Bisher hatten wir wenig Erfolg.«

Er sah sich im Wohnzimmer um. »Diese Terrassentür ist auch nicht gerade einbruchsicher. Ein schönes Haus, aber was nützt die beste Alarmanlage, wenn sie abgemeldet ist?«

Ich erwiderte etwas unwillig: »Was glauben Sie, weshalb ich diese Sanierungsarbeiten rasch hinter mich bringen möchte und das Haus verkaufen will? Es ist eher eine Bürde als ein Vergnügen. Aber ich bleibe lieber hier. Morgen früh kommen ja Ihre Leute noch mal, die Archäologen werden sicherlich wieder auftauchen, und der Schlosser ist auch angesagt. Ich habe keine Angst.« Das stimmte zwar nicht ganz, doch ich war einfach müde und sehnte mich nach einem Bad und meinem Bett.

»Wie Sie wollen!« Di Luccio schien zwar wenig begeistert von meinem Entschluss zu sein, aber er konnte mich nicht zwingen.

Julian Pelter erschien auch im Wohnzimmer, lehnte aber mein Angebot einer Tasse Tee ab. Er wirkte im Gegensatz zu seinem wesentlich älteren Kollegen Habicht eher verschlossen. Er warf einen Blick auf die Bücher in den Regalen und meinte: »Recht spannende Bücher haben Sie da. Ihre Tante scheint sich für Geschichte interessiert zu haben.«

Ehrlich gesagt hatte ich nicht darauf geachtet. Aber er hatte recht. Da standen einige Werke über deutsche Geschichte, über das römische Reich und ein Werk über Köln mit dem Titel »Vom Oppidum zur Metropole«. Dazu ein paar Bände über die mittelalterliche Stadtgeschichte, den Bau des Kölner Doms und über andere Kirchen im Stadtgebiet, fast alles eher neuere Veröffentlichungen. Alle wertvollen antiquarischen Bände waren inzwischen längst aus dem Haus, darunter Erstausgaben der Werke von Theodor Mommsen und Thomas Mann. »Kunst und Geschichte waren wohl ihre Themen«, bestätigte ich.

In diesem Augenblick wurde mir bewusst, dass ich meine Patentante eigentlich gar nicht so gut gekannt hatte. Bei meinen Besuchen früher ging es fast immer um mein Befinden und um meinen Werdegang. Sie erzählte wenig von sich und ihrer Familie. Vielleicht sollte ich doch noch einen Blick in die Bücher werfen, ehe ich sie aussortierte, um von ihr wenigstens posthum einen Eindruck zu bekommen. Ich erinnerte mich, wie sie einmal Cicero zitierte, dass ein Raum ohne Bücher wie ein Körper ohne Seele sei. Vielleicht spiegelten einige dieser Werke ein Stückchen ihrer Seele wider.

Vor wenigen Jahren war sie in den Mittelpunkt eines Falls geraten, mit dem ich zu tun hatte, und hatte eine recht bedeutende Rolle bei der Lösung der Geschichte gespielt. Der Höhepunkt der Ereignisse hatte tatsächlich in diesem Haus stattgefunden.

Tante Amelie war schon etliche Jahre an ihren Rollstuhl gebunden gewesen, was sie aber nicht gehindert hatte, Konzerte und Ausstellungen zu besuchen. Nach den Ereignissen vor vier Jahren verließ sie das Haus seltener als zuvor. »Ich habe genügend Freunde«, sagte sie mit einem Blick auf ihren Bücherschrank im Wohnzimmer. »Es gibt keinen Freund, der so loyal ist wie ein Buch.« Erst viel später fand ich heraus, dass sie Ernest Hemingway zitiert hatte.

Die Herren verabschiedeten sich, langsam kehrte Ruhe ein. Mein Abendessen bestand aus einem Butterbrot und einem Apfel. Ich zog mich ins obere Stockwerk zurück und sah im Bett eine Dokumentation in der Mediathek auf meinem Laptop an. Mir fielen die Augen zu, obgleich es noch keine zweiundzwanzig Uhr war. Ich versuchte, alle Gedanken an das Doppelgrab im Keller zu verdrängen, was mir seltsamerweise recht gut gelang. Die Erschöpfung half dabei.

Als ich gerade beschloss, Laptop und Lampe auszuschalten, klingelte mein Handy. Ich hatte bei all der Aufregung vergessen, Richard anzurufen. Aber er war es nicht, sondern eine mir fremde Nummer erschien auf dem Display.

»Frau Bentorp? Hier Andrea di Luccio. Vor einer Stunde ist ein Toter am Rhein unterhalb der Kranhäuser gefunden worden – mit zwei Goldmünzen in seiner Jackentasche. Allerdings fehlt die dritte.«

Zwei Kommissare

Am nächsten Morgen meldete ich mich um neun Uhr im Polizeipräsidium auf der anderen Rheinseite. Di Luccio empfing mich persönlich. Ich hatte zu Hause Habicht und Pelter hereingelassen und den Schlosser beaufsichtigt, der mir ein solides neues Schloss einbaute, allerdings den Zustand der Tür bemängelte. »Das Holz ist reichlich brüchig«, erklärte er. »Ob dieses Schloss wirklich viel nützt, ist fraglich. Eine neue Tür müsste her.«

Di Luccios Büro war ein nüchterner Raum, nur ein Schreibtisch mit Computer, ein Aktenschrank, ein Regal mit vier Fächern voller juristischer Fachlektüre und ein Stuhl, auf den ich mich setzte. An den Wänden hingen auf der einen Seite Fahndungsfotos, an der hinteren Wand ein gerahmtes Farbfoto von Florenz. Immerhin ein bunter Fleck auf diesen farblosen Wänden.

Di Luccio bot mir Kaffee an mit der Bemerkung, dass der nicht besonders gut schmecke. »Wenn ich Zeit habe, organisiere ich mir einen Latte bei Giovanni, dem Italiener auf der anderen Straßenseite. Möchten Sie einen?«

Ich lehnte dankend ab. Ehrlich gesagt wollte ich nicht eine Minute länger hier sein als dringend nötig.

Der Kommissar hatte meinen Blick auf das Stadtpanorama von Florenz bemerkt. Er lächelte. »Sie kennen Florenz? Mein Vater stammt aus der Toskana, und unsere Vorfahren kamen aus einem Dorf in der Nähe von Florenz. Aber wir sind oft in den Ferien nach Cinquale gefahren. Das liegt am Meer, nicht weit von Pietrasanta.«

Sollte ich ihm verraten, dass ich diese Gegend sehr gut kannte? Als Kind und als Jugendliche war ich mit meiner Familie mehrmals in den Sommerferien dort gewesen. Aber ich hielt an mich. Wahrscheinlich hätten wir dann endlos über die vielfältigen Schönheiten der Region geplaudert, und ich wäre von meinen Erinnerungen überrollt worden. Deshalb nickte ich nur und murmelte: »Wunderschön!«

Di Luccio erwiderte: »Ja, aber es hat meinen Vater nach Köln gezogen. Und meine Mutter kommt aus Gelsenkirchen.« Damit war der private Teil unseres Gespräches beendet.

»Also, Frau Bentorp«, begann er, »tut mir leid, dass ich Sie gestern Abend so spät angerufen habe. Aber ich habe mir gedacht, dass Sie schnell informiert werden sollten.«

Er kramte ein Blatt hervor. »Erschrecken Sie bitte nicht. Das ist der Tote, den wir gestern an der Rheinpromenade bei den Kranhäusern geborgen haben. Ein anonymer Anruf aus einer der wenigen Telefonzellen in der Gegend kam gegen neunzehn Uhr. Da war es schon stockduster. Einzelheiten möchte ich Ihnen ersparen. Der Mann lag halb im Wasser. Jetzt untersucht ihn Frau Dr. Malström. Aber schauen Sie bitte das Bild an. Ist das der Mann, der bei Ihnen als Handwerker im Keller war? Ich habe auch Thomas Krauss herbestellt, aber der steckt im Stau auf der Deutzer Brücke.«

Wie gut, dass ich mit Bus und Bahn unterwegs bin, dachte ich mir.

Aufmerksam studierte ich das Foto. Ein eher schmales Gesicht, ein etwas fliehendes Kinn, strähnige Haare, was aber sicherlich der Feuchtigkeit seines Fundortes am Rhein geschuldet war, eine dünne Narbe auf der linken Wange und ein Tattoo am Hals, von dem der obere Teil sichtbar war. Ich schüttelte den Kopf. »Nein, das ist nicht Dieter Knapp, oder wie immer er heißt. Thomas Krauss wird Ihnen das bestätigen.«

»Interessant ist, dass er nur zwei der drei vermissten Goldmünzen in seiner Tasche dabeihatte. Es handelt sich mit ziemlicher Sicherheit um den Einbrecher. Dieter Knapp muss sein Komplize gewesen sein. Wir werden seine DNA sicherlich bald haben. Dieses Foto ist an alle LKAs weitergeleitet worden und an größere Polizeidienststellen. Vielleicht ist er in einem der anderen Bundesländer registriert. Bei uns gibt es keine Akte zu ihm. Aber das will nichts heißen.« Nachdenklich betrachtete di Luccio das Foto.

»Weiß man schon die Todesursache?«, fragte ich neugierig.

»Wie heißt es immer so schön? Das werden wir erst erfahren, wenn der Tote auf dem Tisch liegt.«

»Dann geht die Fahndung nach Dieter Knapp weiter?«

»Ja, er ist untergetaucht. Aber wenn wir die Identität dieses Mannes hier kennen, dann sind wir einen guten Schritt weiter. Wir werden auch Ihre Haushilfe fragen, ob sie ihn eventuell in letzter Zeit in der Nähe des Hauses gesehen hat. Es könnte sein, dass er da herumgeschlichen ist. Und wegen Knapp werden wir sie auch befragen müssen. Ich melde mich bei Ihnen.« Damit war meine Audienz bei Andrea di Luccio beendet.

Beim Hinausgehen traf ich Thomas Krauss, der atemlos die Treppe in den ersten Stock heraufkeuchte. Er erkannte mich erst nicht, dann aber winkte er mir zu und verschwand im Büro von di Luccio. Ich wollte ihm zurufen: Der Tote vom Rhein ist nicht Dieter. Doch ich hielt mich zurück. Di Luccio schien mir nicht die Art Polizist zu sein, der es schätzte, wenn sich Laien einmischten. Eigentlich mochte das kein Polizist, auch mein Freund Hans Schumann nicht, der mich schon bei unserem ersten gemeinsamen Fall vor fünf Jahren etwas spöttisch »Miss Marple« getauft hatte.

Plötzlich verspürte ich Sehnsucht nach ihm. Diese Skelette im Keller hatten etwas Bedrohliches an sich, und ich wusste nicht, wie ich mit dieser Situation umgehen sollte. Ein Römer und ein Mann aus dem 20. Jahrhundert – gemeinsam in einem Grab. Edgar Allan Poe hätte es sich nicht besser ausdenken können! Dass dahinter zwei Verbrechen aus ganz unterschiedlichen Epochen steckten, ließ diese Geschichte fast unwirklich erscheinen. Oder waren sie miteinander verbunden? Ich sollte Schumann anrufen und ihm davon erzählen.

Vor meinem Haus parkte neben dem Mercedes von Habicht und Pelter und dem Ford von Frau Decker ein Polizeiwagen. Da waren sie wohl alle wieder im Keller zusammen. Ich war angenehm überrascht, als mich Lutz Hallmann und Dörte Huth am Eingang begrüßten.

»Wir sollen noch dabei sein, während die Archäologen weitere Untersuchungen anstellen. Vielleicht kommt noch irgendetwas Interessantes dabei zutage«, sagte Hallmann. »Dörte und ich haben uns zwar noch mal umgesehen, aber die Spusi hat ziemlich gründlich gearbeitet. Diverse Fingerabdrücke, schlecht verwertbare Fußspuren und sonst wenig Brauchbares.«

»Was hat eigentlich dieses Bonbonpapier ergeben?«, fragte ich Hallmann.

»Noch kein Ergebnis«, antwortete er. »Das dauert immer ziemlich lange.«

Wir standen im Flur. Im Keller rumorte es wieder. Ich konnte meine Neugierde nicht zügeln. »Haben Sie schon von der männlichen Leiche unterhalb der Kranhäuser am Rhein gehört?«

Hallmann sah mich verdutzt an. »Sie sind auch schon darüber informiert?«

»Ich war gerade bei di Luccio. Er hat mich bereits gestern Abend angerufen. Es ist auf jeden Fall nicht dieser falsche Handwerker. Di Luccio vermutet, dass Knapp ein Komplize von dem Toten war. Aber es ist noch zu früh für tiefschürfende Erkenntnisse.«

Dörte Huth schien enttäuscht zu sein. Sie hatte vielleicht gehofft, dass sich ihre These bestätigte, der Einbrecher habe im Keller etwas deponiert und nun wiedergeholt.

Ich verließ die beiden und setzte mich in die Küche, die an diesem diesigen Tag besonders anheimelnd wirkte. Zudem verspürte ich nagenden Hunger und verspeiste mit Genuss zwei Toast mit Marmelade, nicht sehr gesund, aber lecker.

Habicht und Pelter tauchten gegen Mittag aus der Tiefe auf, begleitet von einem sehr viel jüngeren Mann. »Mein Assistent, Albert Schulte, der bei mir seine Promotion über vergessene Klöster schreibt«, stellte Habicht den jungen Mann vor.

»Vergessene Klöster? Gibt es so etwas?« Ich sah Schulte interessiert an.

Schulte nickte eifrig. »Nicht weit von hier lag einmal das Kloster Sankt Gallus, das während der Franzosenbesetzung nach 1794 säkularisiert wurde und danach eine wechselvolle Geschichte durchlief. Es wurde zerstört und nie wiederaufgebaut. Ein paar spannende Legenden ranken sich um die Geschichte dieses Klosters. Das möchte ich untersuchen, aber ich vergleiche solche Fälle auch mit Klöstern im europäischen Ausland. Zum Beispiel lag in der Nähe von Florenz das Kloster San Ignacio, das vor einhundert Jahren abbrannte und von dem nur noch wenige Gebäudeteile überdauert haben. Es hatte wie Sankt Gallus eine sehr gute Bibliothek, deren Werke in alle Winde verstreut wurden. Leider fehlt es hierzu an ausreichenden Dokumentationen.«

Habicht unterbrach seinen redefreudigen Assistenten. »Ist ja gut, lieber Albert. Frau Bentorp interessiert sich gewiss nicht für diese Details.«

»Doch, ich finde das aufregend! Das klingt nach Rätseln und ungeklärten Geheimnissen. Genau das, was ich mag«, beschwichtigte ich den Professor.

»Gern erzähle ich Ihnen mehr davon«, strahlte Albert. »Ich muss die Arbeit im nächsten Frühjahr abgeben und habe noch ein paar ziemlich große Lücken, weil viele der alten Chroniken nicht mehr existieren. Und eigentlich müsste ich in die Toskana reisen.«

Hier mischte sich Julian Pelter ein. Er wandte sich an mich: »Viele Chroniken sind während des Krieges zerstört worden. Wussten Sie, dass der Vater Ihrer Patentante ein recht namhafter Lokalhistoriker war und ein Freund von Jakob Faltermeyr, der 1940 eine leider längst vergriffene Geschichte der Kölner Klöster veröffentlicht hat?«

»Keine Ahnung, aber woher wissen Sie das?«, fragte ich.

Pelter erwiderte: »Eines meiner Spezialgebiete sind historische Werke der ersten Hälfte des 20. Jahrhunderts über Köln und Umgebung. Und da wird Gregor Schönherr erwähnt, der mit Jakob Faltermeyr eng befreundet war. Jakob Faltermeyr war ein leidenschaftlicher Wissenschaftler, Gregor Schönherr hat ihn unterstützt, aber eher als Hobby. Das Buch von Faltermeyr über Klöster bis 1550 habe ich vor Jahren antiquarisch erstanden, es leider vor einiger Zeit verliehen und nie wiederbekommen.« Das Phänomen kannte ich nur zu gut. Das Rätsel um verliehene Bücher, die spurlos verschwanden.

Wieder erkannte ich, wie wenig ich eigentlich über Tante Amelie wusste. Als ihr Vater, Gregor Schönherr, 1990 mit neunzig

Jahren starb, war ich für ein Semester in Oxford und konnte nicht an seiner Beerdigung teilnehmen. Tante Amelie sprach sehr selten über ihren Vater. Die letzten Jahre hatte sie sich um ihn gekümmert. Auch wenn er nicht mehr in dem Haus gelebt hatte, besuchte er Tante Amelie oft. Meine Mutter kam dann meist zum Tee vorbei, da sie den alten Schönherr sehr schätzte. Ich beschloss, sie nach Details der Familiengeschichte zu fragen. Sicherlich war ihr auch der Name Jakob Faltermeyr ein Begriff. Vielleicht fand ich das eine oder andere Buch von ihm in den bisher noch nicht ganz leer geräumten Regalen im Wohnzimmer. »Was ist aus Faltermeyr geworden?«, fragte ich. »Ich habe noch nie von ihm gehört oder gelesen.«

Pelter zuckte mit den Schultern. »Er ist in den letzten Kriegsmonaten umgekommen. Köln wurde immer wieder heftig bombardiert. Ich glaube, er ist im Oktober 1944 Opfer einer dieser britischen Bombenangriffe geworden. Seine Wohnung lag in der Innenstadt und wurde vollständig zerstört. Mehr ist nicht bekannt. In seiner Biografie stehen als Lebensdaten: geboren am 14. Mai 1900, gestorben Oktober 1944.«

»Ich schaue mal, ob ich unter den Büchern im Wohnzimmer etwas von Faltermeyr finde. Das leihe ich Ihnen gern.«

Pelter bedankte sich und bat Habicht, mit ihm in den Keller zurückzugehen. Er habe da etwas entdeckt.

Es dämmerte früh, und das Haus leerte sich. »Wir kommen wieder«, sagte Habicht. »Pelter hat in dem unteren Grab eine Dolchspitze ausgebuddelt, die wir natürlich auch untersuchen lassen müssen. Vielleicht wurde der Unbekannte aus dem 20. Jahrhundert mit einem Dolch erstochen. Alles noch sehr obskur. Morgen werden die Knochen ins Labor überführt. Mich interessiert der Römer mehr als das jüngere Skelett. Das Schwert fasziniert mich besonders. Doch leider bringt uns das alles nicht näher an die Hintergründe des Fundes oder an die Identität des Mannes. Die werden wir vielleicht nie erforschen können.«

Habicht wirkte frustriert. Dann aber fügte er hinzu: »Laut eines alten Stadtplanes von Köln standen hier schon vor gut zweitausend Jahren Wohnhäuser, ein kleiner Tempel, der Venus geweiht, und eine Therme. Doch ob hier römische Offiziere wohnten oder die Priester des Tempels, können wir nicht genau sagen. Dieser Teil der damals aufblühenden Stadt lag ein wenig außerhalb des eigentlichen Siedlungsgebietes. Hoffentlich kommen wir in dieser Frage weiter.«

Albert Schulte fügte eifrig hinzu: »Auf der Ruine des Venustempels ist viele Jahre später das Kloster Sankt Gallus errichtet worden. Man hat oft Kirchen oder andere christliche Stätten auf ehemals heidnischen Gebäuden gebaut. Sankt Gallus wurde um das Jahr 1000 gegründet. Was nach der Zerstörung des Tempels bis zum Klosterbau auf dem Tempelgelände gestanden hat, ist nicht erforscht, aber wahrscheinlich eine Kapelle. Das versuche ich für meine Doktorarbeit zu recherchieren.«

Ich mochte den jungen Mann, aber sein Eifer ermüdete mich, und deshalb war ich erleichtert, als sich kurz vor achtzehn Uhr die Tür hinter der Truppe schloss.

Eine Stunde später wollte ich zu meiner Mutter zum Essen. Für mich ein Anlass, sie näher zu Tante Amelies Familie zu befragen. Gerade war ich in meine Stiefel geschlüpft, da klingelte es Sturm. Genervt öffnete ich, und da standen Richard und Hans Schumann, den ich am Nachmittag vergeblich zu erreichen versucht hatte. Ich war völlig perplex. Richard hielt eine Flasche Wein in der Hand, Schumann einen müden Blumenstrauß.

»Was macht ihr denn hier?«, entfuhr es mir.

Richard sah mich gekränkt an. »Ich habe dir doch gesagt, dass ich so schnell wie möglich komme.« Er nahm mich in die Arme, gab mir einen ziemlich feuchten Kuss und wandte sich an Hans Schumann: »Los, Kommissar, erkläre du ihr bitte, weshalb wir zusammen nach Köln gekommen sind. Übrigens in meinem Auto.«

Hans Schumann wirkte wie so oft verlegen. Er hatte ein wenig abgenommen, seit ich ihn im Frühsommer zuletzt gesehen hatte. Wir wollten immer wieder essen gehen, doch es hatte bisher nur einmal im Juni funktioniert. Mal die Arbeit, mal sein Hund, mal die flotte Nachbarin, mal der Urlaub, den er überraschend nehmen musste. Und dann war ich auch öfter unterwegs gewesen, einige Male in Köln und einmal kurz in Dublin bei meiner Freundin Deirdre, die vor Kurzem ein Buch über ihren Vorfahren Reginald Fitzgibbon, einen Kartografen des 18. Jahrhunderts und späteren irischen Freiheitskämpfer, veröffentlicht hatte. Ihr Vorfahre war im Brester Moor dem Moormann begegnet, dessen Geschichte auch für mich zu einem Wendepunkt wurde. Deirdres kleine Tochter war mein Patenkind.

Schumann und ich telefonierten alle zwei Wochen und schickten uns Nachrichten per WhatsApp und E-Mail. Deshalb freute ich mich ganz besonders, ihn wiederzusehen, vor allem, da ich gerade erst so intensiv an ihn gedacht hatte.

Er umarmte mich herzhaft. »Können wir hier übernachten?«, fragte er sehr direkt.

»Wie? Ihr beiden zusammen in einem Zimmer?« Ich musste kichern.

Richard funkelte mich an. »Das wäre noch schöner! Aber du hast mir selbst gesagt, dass es mehrere unbenutzte Zimmer gibt.«

»Ich kann auch in ein Hotel gehen«, schlug Schumann vor.

»Nein, ihr könnt natürlich hierbleiben. Das ist mir recht lieb, falls sich ein weiterer Eindringling hier zu schaffen macht.«

Richard erwiderte: »Dem würden wir den Marsch blasen. Du musst uns gleich erzählen, was genau passiert ist.«

Schumann sagte nichts, sondern blickte zur Kellertür, als ob dahinter der Einbrecher lauerte.

»Gleich«, sagte ich. »Kommt erst einmal herein.«

Große Lust, mit Richard ein Zimmer zu teilen, verspürte ich nicht. Bei aller Liebe schlief ich lieber allein in meinem Bett, zumal Richard schnarchte. Aber er konnte ein Zimmer für sich bekommen, und für Schumann blieb das ehemalige Arbeitszimmer übrig, in dem eine Schlafcouch stand. Wir setzten uns ins Wohnzimmer.

»Ich rufe meine Mutter an und frage sie, ob sie genug Essen für uns alle gekocht hat«, erklärte ich den beiden Männern, die sich in die Sessel plumpsen ließen.

»Nein, lass mal«, winkte Richard ab. »Wir gehen schnell in diese Kneipe um die Ecke. Du kommst sicher nicht so spät wieder zurück.«

Ich ließ es erst einmal dabei bewenden und wandte mich an Schumann. »Nun sag schon, was dich nach Köln verschlagen hat. Mit dir habe ich nicht gerechnet. Ein hiesiger Kommissar namens Andrea di Luccio ist mit dem Fall betraut.«

Natürlich waren beide informiert, was in meinem Haus passiert war. Schumann verzog bei dem Namen di Luccio angewidert das Gesicht. »Dieser arrogante Blasebalg!«, knurrte er.

»Na, na«, ermahnte Richard ihn.

Bis vor Kurzem hatte er sich kaum mit Schumann verstanden. Und Schumann hatte Richard nicht über den Weg getraut, was leider durchaus berechtigt gewesen war. Doch seit unserem letzten gemeinsam überstandenen Fall im Frühling, bei dem es um Kunstraub und Schwarzmarktaktivitäten gegangen war, vertrugen sich die einstigen Widersacher offensichtlich prächtig. Manchmal erschien mir die männliche Denke wie ein Buch mit sieben Siegeln.

»Also«, hob Schumann an. »Also, es ist so. Als ich das Foto von diesem Toten am Rhein gesehen habe, da wurde mir ganz kalt. Denn er ist ein alter Bekannter von mir. Ich habe ihn noch während meiner Zeit in Stade wegen diverser Vergehen verhaftet. Das war vor etwa zehn Jahren. Er hat dann in Celle eingesessen. Er heißt Otto Rogner, Jahrgang 1974, ein ziemlich schlimmer Finger. Vor einem halben Jahr wurde er auf Bewährung entlassen und ist nach Hannover gezogen. Natürlich mit der Auflage, sich regelmäßig bei seinem Bewährungshelfer zu melden. Vor zwei Wochen ist er abgetaucht.«

Schumann rutschte auf dem Sessel herum, der in der Mitte eine ziemlich tiefe Delle aufwies. »Und nun ist dieser Rogner gestern hier tot aufgefunden worden. Klar, dass ich nach Köln kommen muss. Rogner gehörte zu meinem Beritt. Ich hatte schon befürchtet, dass er in Hannover etwas anstellt. Einer meiner Informanten aus dem Steintorviertel hatte mir zugeraunt, dass Rogner sich wieder mit einigen dubiosen Leuten aus der Szene traf. Übrigens weiß di Luccio seit heute Mittag, dass ich mit ihm in diesem Fall recherchieren werde.«

»Di Luccio ist ein sonderbarer Vogel. Er weiß, dass wir uns kennen«, sagte ich.

»Aber er wird dir nichts sagen, was den Fall betrifft. Du bist außen vor«, warf Richard ein.

»Außen vor?« Mir stieg Zornesröte ins Gesicht. »Dieser Rogner war offenbar zweimal oder sogar öfter in meinem Haus, und jetzt ist er tot. In seiner Tasche hat man die Goldmünzen entdeckt, die in dem Kellergrab lagen. Nichts hier mit außen vor! Dieser Fall betrifft mich sehr direkt!«

Schumann stöhnte auf. »Ach herrje, nun ist unsere Anna wieder in ihrem Element. Fehlen nur noch geheimnisvolle Schriften, verstaubte Bücher und verlorene Kunstwerke. Und schon kann sie sich wieder austoben. Diesmal als Miss Marple von Köln!«

Ich schnaubte wütend. »Das ist sehr unfair von dir, Hans! Wer hat dir denn bei all diesen Fällen geholfen, egal, ob es um den Moormann oder um diesen Druidenkult ging? Und was heißt hier verstaubte Bücher! Würdest du endlich mal Englisch lernen, hätte ich nicht immer als deine Übersetzerin einspringen müssen. Ohnehin hättest du jemanden offiziell damit beauftragen können! Die hätten wenigstens noch Geld für ihre Arbeit bekommen.« Dass mir das Übersetzen der Handschriften und Bücher, geheimnisvollen Briefe und verschnörkelten Tagebuchaufzeichnungen im Grunde viel Vergnügen bereitet hatte, musste ich Schumann ja nicht auf die Nase binden.

Er starrte mich schockiert an. »Du lieber Himmel, was für eine Furie! Ich will nur vermeiden, dass du dich schon wieder mit Sachen beschäftigst, die gefährlich sein könnten. Diesmal kann ich dich nicht mit einbeziehen. Di Luccio hat das Sagen. Ich unterstütze ihn nur. Du solltest dich wirklich heraushalten und ihn und seine Leute machen lassen. Ich spiele diesmal eine Nebenrolle, wobei mich natürlich Rogners Tod direkt betrifft. Ich bin morgen früh mit di Luccio verabredet.«

Richard hatte nichts gesagt. Er wirkte verunsichert. Selten bei ihm. Ich fragte ihn: »Und was hast du dazu zu sagen? Ist schon klar, dass du auch nicht willst, dass ich mich einmische. Will ich auch nicht. Aber dieses Grab im Keller und alles, was damit zusammenhängt, geht mich etwas an. Und ich glaube, dass dieser Tote aus dem 20. Jahrhundert etwas mit der Familiengeschichte von Tante Amelie zu tun hat. Das möchte ich klären!«

Damit stand ich auf und marschierte in die Küche. Die beiden Männer saßen stocksteif auf ihren Sesseln. Der Appetit war mir vergangen. Ich rief bei meiner Mutter an, um mich abzumelden. Sie war wenig begeistert, aber meinte, sie würde das Essen einfrieren und ich sollte am nächsten Tag vorbeikommen. »Bring die beiden doch mit. Das wird dann sicher ein unterhaltsamer Abend!«

Meine Mutter hatte eine Schwäche für Richard. Schumann, den sie flüchtig kannte, mochte sie ebenfalls. Ich ließ das erst einmal offen.

Als ich in das Wohnzimmer zurückkam, bestellte Richard gerade Essen bei einem Lieferservice. »Pasta okay für dich?«, fragte er.

Ich nickte. Schumann sah mich entschuldigend an. »Tut mir leid, Anna. Ich bin wohl ein wenig heftig geworden. Dabei freue ich mich doch sehr, dich wiederzusehen, selbst wenn der Grund wieder mal nicht so ersprießlich ist. Natürlich geht dich das etwas an. Wahrscheinlich erfahre ich morgen mehr, wenn ich bei di Luccio bin. Und natürlich informiere ich dich im Rahmen des Möglichen.«

Ich konnte Hans Schumann nicht böse sein. Und so saßen wir eine halbe Stunde später gemeinsam am Küchentisch und verspeisten verschiedene italienische Gerichte. Dazu kredenzte ich eine Flasche Lugana, die ich gestern gekauft hatte. Richard war allerdings für seine Verhältnisse auffallend schweigsam und verabschiedete sich gleich nach dem Essen mit der Entschuldigung, die Autofahrt sei wegen der Staus und des grauen Novemberwetters anstrengend gewesen. »Außerdem muss ich morgen gegen neun Uhr in den Studios in Ossendorf sein und möchte ein paar Sachen vorbereiten.«

Richards Spezialgebiet waren Gemälde und Porzellan. Manchmal klärte er potenzielle Verkäufer von Objekten auch über den Wert alter Möbel und Puppen auf. Kürzlich wollte ein junger Mann ein Bild loswerden, das er zufällig in der Garage seines Großvaters aufgestöbert hatte. Sein Großvater hatte ihn beauftragt, die Garage zu entrümpeln, ganz nach der Devise »Alles muss raus«. Doch der junge Mann hatte beim Anblick eines zwar verstaubten, aber selbst für seine ungeübten Augen ansehnlichen Bildes gezögert. Er brachte es zu »Gutes für Geld«, und Richard identifizierte das Gemälde als einen frühen Max Liebermann. Die Medien stürzten sich auf diese Geschichte, und wenig später erwarb ein Berliner Museum das Bild für eine beträchtliche Summe.

Der Großvater aber hatte sich auf die Frage, woher er denn dieses Gemälde habe, in Schweigen gehüllt und erinnerte sich angeblich nicht mehr daran. Es sei wohl ein Erbstück seines Vaters gewesen, sagte er, verzichtete auf das Geld und schenkte es dem Enkel in der Hoffnung, dass keine Erbschaftssteuer fällig sei und keine weiteren Nachfragen zur Provenienz kämen. Und dann stellte sich heraus, dass dieses Gemälde aus dem Besitz eines 1938 enteigneten jüdischen Berliner Kunsthändlers stammte. Das Museum wollte das Bild den Erben des Eigentümers, die in den USA lebten, zurückgeben. Doch diese stifteten es dem Museum. Ob der junge Mann das Geld, das er für den Verkauf bekommen hatte, zurückgeben musste, war nicht publik geworden. Richard sprach nicht darüber.

Als Richard in sein Zimmer verschwunden war, fragte ich Schumann, ob er wisse, was mit Richard los sei. »Irgendetwas beschäftigt ihn, und das ist nicht diese Sendung, die ab morgen aufgezeichnet wird«, sagte ich.

Schumann leerte sein nunmehr drittes Glas Lugana. »Ich wüsste nicht, was ihn beunruhigen könnte. Sein Geschäft läuft gut, seine Kunstsprechstunde ist erfolgreich, eure Beziehung ist okay. Und die Fernsehauftritte sind seinem Ruhm auch nicht abträglich. Diese Liebermann-Geschichte hat ihm sogar noch mehr Kunden beschert. Vielleicht hat er geglaubt, dass nach eurem letzten Abenteuer im Frühling endlich Ruhe einkehrt, was die

Jagd nach Kriminellen betrifft. Aber nun hast du schon wieder was an der Backe. Könnte sein, dass ihn das nervt.«

Diese Nacht schlief ich wie ein Klotz und wurde morgens durch den intensiven Duft von Kaffee geweckt. Elvira Montecristo sollte heute kommen, um mir beim Verpacken der Bücher zu helfen und zu putzen. Ich hatte ihr am Telefon von den Ereignissen erzählt. Sie war jetzt bei di Luccio, um auszusagen, ob ihr vielleicht jemand aufgefallen war, der sich in der Nähe des Hauses herumtrieb oder mit dem Auto verdächtig langsam durch die Straße gefahren war.

Richard war schon verschwunden, als ich die Küche betrat. Schumann, eigentlich Teetrinker, hatte Kaffee gekocht und kippte gerade eine Tasse Kaffee hinunter. »Ich habe mir ein Taxi bestellt«, erklärte er. »Termin beim großen di Luccio«, fügte er spöttisch hinzu.

»Was hast du gegen ihn?«, fragte ich. »Er scheint dich auch nicht zu lieben.« Ich trank meinen Kaffee aus einem Becher, auf dem stand: »Lächele, ehe du sie alle ermordest.« Meine Patentante besaß, ähnlich wie ich, eine beträchtliche Sammlung an Bechern, viele davon mit lächerlichen Aufschriften. Die meisten dieser Pötte würde ich demnächst verschenken.

Schumann kratzte sich hinterm Ohr. »Wir kennen uns von einem Fall, der schon einige Zeit zurückliegt. Damals waren wir beide involviert. Ich in Stade, er in Bonn, wo er vor seiner Versetzung nach Köln arbeitete. Ein Pizzeriabesitzer in Stade hatte Anzeige gegen einen Typen erstattet, den er für einen Handlanger einer mafiösen Organisation hielt. Es ging um Schutzgelderpressung. Die Spur führte nach Bonn. Di Luccio aber hielt das Ganze für absurd, da er den Verdächtigen gut kannte und in seiner Osteria Stammgast war. Lange Rede, kurzer Sinn. Der Pizzeriabesitzer in Stade starb wenig später bei einem Unfall mit Fahrerflucht, der Bonner Typ verschwand spurlos, wahrscheinlich nach Kalabrien. Seine Osteria wurde verkauft und ist heute ein Blumenladen. Das lief alles nicht ganz legal ab. Doch das konnte niemand beweisen, und es war nicht mehr meine Sache.

Di Luccio bekam eine Abmahnung, da er den Fall nicht korrekt behandelt hatte, und machte mich dafür verantwortlich. Alles sehr unschön. Seitdem sind fünfzehn Jahre vergangen, doch er hegt noch immer einen Groll gegen mich. Was soll's. Jetzt müssen wir einen Waffenstillstand schließen, um in dieser Geschichte weiterzukommen.«

Er stellte seinen Becher mit der Aufschrift »Auch Männer kennen Gefühle, nämlich Hunger und Durst« auf den Küchentisch und lächelte. »Pass auf dich auf! Heute Abend gehen wir endlich zusammen essen, mit oder ohne Richard. Und falls deine Mutter sauer ist, weil du ihr wieder einen Korb gibst, soll sie doch mitkommen!«

Habicht klingelte eine halbe Stunde später, und wieder ging er mit seinen Leuten in den Keller. Elvira tauchte auf und erzählte mir, dass der Commissario recht freundlich gewesen sei.

»Aber er hat mir nicht richtig geglaubt, dass ich nichts Verdächtiges gesehen habe oder fast nie im Keller gewesen bin. Doch wenn ich putze, schaue ich nicht auf die Straße, und im Keller war ich schon seit September nicht mehr. Sogar nach meinem Haustürschlüssel hat er mich gefragt. Ich habe Italienisch mit ihm geredet. Er hat einen Akzent wie die Florentiner, ich habe versucht, mein Sizilianisch anzupassen. Insgesamt war es aber wenig ergiebig.«

Gegen Mittag wurden die Knochen des Römers aus dem Grab gehoben und ins Institut für Bodendenkmalpflege überführt. »Jetzt beginnt die Hauptarbeit«, sagte Habicht, der als Letzter das Haus verließ. »Wir werden das genaue Alter des Skeletts feststellen, das Schwert wird gründlich untersucht, die Münzen, die uns di Luccio für unsere Arbeit zur Verfügung stellt, eingeordnet, und ich mache mich in alten Stadtchroniken auf die Suche nach historischen Details zur Besiedlung dieser Gegend. Ich halte Sie auf dem Laufenden, aber das Resultat kann dauern.«

Er sah mich fast väterlich an. »Sie passen bitte auf sich auf! Vielleicht werden wir das Geheimnis des doppelten Grabes nie lösen können. Doch falls Sie irgendetwas herausfinden sollten – ich kenne Ihren Ruf –, dann bitte keine Alleingänge!«

Das Gleiche hätte mir Schumann sagen können.

»Ich versuche mich jetzt auf die Sanierungsarbeiten im Haus zu konzentrieren«, versprach ich dem freundlichen Archäologen.

Habicht schien zufrieden. »Pelter wird noch mal bei Ihnen vorbeikommen. Er hat ein paar Bücher im Wohnzimmer gesehen, die ihn interessieren. Er möchte sie sich ausleihen. Ich bleibe mit Ihnen in Verbindung«, fügte er hinzu.

Erleichtert setzte ich mich ins Wohnzimmer. Die Firma Hülstermann hatte die Erlaubnis bekommen, am Montag in einer Woche ihre Arbeiten wieder aufzunehmen. Thomas Krauss allerdings würde diesmal ein Team mitbringen, das er schon seit Jahren kannte. »Keine bösen Überraschungen mehr«, meinte er.

Von Dieter Knapp gab es weiterhin keine Spur. Elvira bat mich, das gemeinsame Sortieren der Bücher auf den nächsten Tag zu verschieben. Der Besuch im Polizeipräsidium habe sie angestrengt. Sie sei zu alt für solche Abenteuer.

Ich war sehr gespannt auf Schumanns Bericht über sein Gespräch mit di Luccio. Und welche Rolle dieser Otto Rogner in der ganzen Affäre gespielt hatte. Ich konnte mir nicht vorstellen, dass er aus eigenem Antrieb in das Haus eingedrungen war. Wie sollte ein ehemaliger Häftling aus Celle, der in Hannover lebte, von diesem Haus in Köln gewusst haben? Sicherlich gab es einen hiesigen Auftraggeber. Und das machte mir Angst.

Ich wagte mich noch einmal kurz in den Keller. Das leere Grab wirkte wenig erschreckend, und der muffige kleine Kellerraum sah ziemlich wüst aus mit seiner aufgebrochenen Wand und den zerborstenen Fliesen, aber wahrscheinlich barg er keinerlei Geheimnisse mehr.

Die Dämmerung kam heute früh. Der leichte Regen verstärkte die Atmosphäre von Tristesse. Ich machte überall im Haus Lichter an, außer in den Gästezimmern, die ich nicht betrat. Das hätte übergriffig wirken können. Zu müde, um an meinem Katalog oder an meinem Buchprojekt zu arbeiten, döste ich auf dem Sofa im Wohnzimmer vor mich hin. Plötzlich stand Richard vor mir, dem ich einen der Ersatzschlüssel für das neue Türschloss in die Hand gedrückt hatte. Er sah hundeelend aus.

»Was ist mit dir denn los?«, fragte ich ihn. Er schüttelte den Kopf. »Sag schon, was passiert ist!«, bedrängte ich ihn.

Er sah mich mit einem traurigen Lächeln an. »Ach, Anna, meine Vergangenheit scheint mich einzuholen. Vor allem aber fürchte ich, dass wir wieder einmal in einem echten Schlamassel stecken.« Mit diesen rätselhaften Worten ließ er mich verwirrt zurück.

Wie recht Richard mit seiner Vermutung hatte, konnten wir an jenem späten, feuchten Nachmittag im November nicht ahnen.

Doppelspiel

Köln im Jahr 1521

Ambrosius saß in seiner Zelle. Sein Herz klopfte noch immer wie wild, und auf seiner Stirn stand der Schweiß. Abt Hieronymus hatte ihn so lange hierher verbannt, bis geklärt sei, was Ambrosius heimlich im Skriptorium geschrieben hatte. »Der Verdacht liegt nahe, dass du die Schriften des Doktor Martin Luther kopiert hast«, hatte der Abt zu dem völlig fassungslosen Ambrosius gesagt.

Vehement dementierte er diese Anschuldigung. »Niemals«, rief er. »Wer behauptet das?«

»Man hat in deiner Zelle einige Blätter mit Abschriften der Thesen dieses Luther gefunden«, antwortete der Abt.

Ambrosius war entsetzt. Ihm war sofort klar, dass irgendjemand diese Blätter während seines Aufenthalts in der Eifel in seine Zelle geschmuggelt hatte. Aber wer konnte das gewesen sein und weshalb? Wer wollte ihm schaden? Gregorius war tot und dessen väterlicher Freund, Bruder Martinus, fernab des Klosters einer Krankheit erlegen. Ambrosius saß auf seiner Pritsche und grübelte.

Er hatte die übrigen aus dem alten Schrank geborgenen Schriften gemeinsam mit den bereits übersetzten Textstellen sorgfältig versteckt. Nicht in seiner Zelle, auch nicht im Skriptorium, sondern in einer Amphore im Kreuzgang des Klosters. Dort standen mehrere uralte Gefäße in den Gängen. Keiner rührte je diese großen, geschlossenen Vasen an. Durch Zufall hatte Ambrosius eine Amphore entdeckt, deren Deckel lose saß. Er hatte sie geöffnet und in den ersten Wochen seines Klosteraufenthalts Briefe seines Bruders Hermann darin aufbewahrt, die ins Kloster geschmuggelt worden waren. Denn eigentlich hätte Ambrosius in den ersten Monaten keinen Kontakt zu seiner Familie haben dürfen, um sich ihrem Einfluss und damit dem Aufkommen von

Heimweh zu entziehen. Doch diese Briefe hatten Ambrosius geholfen, die Einsamkeit der ersten Zeit zu überstehen.

Ambrosius wartete darauf, zu den Vorwürfen befragt zu werden. Die Tage verstrichen. Sein karges Essen brachte ihm Bruder Stephanus, ein älterer, freundlicher Mönch, der aber kein Wort mit ihm wechselte. Ambrosius fühlte sich als Gefangener. In seine Zelle drang nur wenig Licht von außen, die Kerzen, die man ihm gab, reichten kaum aus, um die Dunkelheit zu vertreiben.

Am vierten Tag seiner »Gefangenschaft« brachte ihm nicht Bruder Stephanus, sondern Bruder Markus das Essen, den Ambrosius schon seit seiner Kindheit kannte. Er brach das Schweigen, das Ambrosius in den vergangenen Tagen wie eine Mauer umgeben hatte, und sagte: »Heute Morgen war ein Fremder an der Pforte und hat gebeten, dir diese Nachricht zu geben. Wie es der Zufall wollte, stand ich gerade beim Bruder Pförtner und nahm den Brief an mich.«

Damit drückte er Ambrosius ein Blatt in die Hand. »Ich musste den Brief lesen, ehe ich ihn dir bringen durfte. Er ist wohl von einem deiner Brüder.« Markus zögerte einen Augenblick, dann räusperte er sich. »Kennst du Anselm von Kranenburg?«

Ambrosius nickte. »Er ist im vergangenen Jahr zusammen mit Gregorius hierhergekommen. Weshalb?«

»Nun«, Markus druckste etwas herum, »es scheint, dass Anselm, der sehr eng mit Gregorius befreundet war, böse über dich redet. Mir sind da einige Dinge zu Ohren gekommen, die mich verwundert haben.«

Markus senkte seine Stimme: »Er behauptet, du hättest mit Gregorius Streit gehabt und wüsstest mehr über seinen Treppensturz, als du zugibst. Er meint, Gregorius hätte schon lange nicht mehr getrunken und wäre auf keinen Fall mitten in der Nacht in den Weinkeller gestiegen, um sich am Rotwein zu bedienen.«

Ambrosius verzog das Gesicht. »Das ist üble Nachrede. Ich war zwar an dem Abend länger im Skriptorium als alle anderen Brüder, aber ich habe Gregorius nicht gesehen.« Diese Lüge kam ihm erstaunlich leicht über die Lippen.

Markus erwiderte: »Ich glaube auch nicht, dass Anselm die

Wahrheit spricht. Er und Gregorius haben oft zusammengesessen und sicherlich nicht nur Gutes ausgeheckt. Wer weiß, was Anselm jetzt umtreibt.«

Ambrosius versuchte ein Lächeln. Dann sagte er mit großer Bestimmtheit: »Eines schwöre ich dir, Markus. Ich habe keinerlei Kopien der Thesen dieses Martin Luther angefertigt. Ich besitze diese Thesen gar nicht und kenne auch ihren Inhalt nicht. Vielleicht steckt Anselm dahinter, den Gregorius zu seinen Lebzeiten gegen mich aufgehetzt hat.«

Markus nickte. »Ich werde der Sache nachgehen und helfe dir gern, diesen schlimmen Verdacht gegen dich zu bereinigen.« Er legte freundschaftlich die Hand auf die Schulter von Ambrosius. »Ich komme morgen wieder.«

Markus schloss die Zellentür sachte. Sie war nicht abgesperrt, aber Ambrosius verbrachte fast den ganzen Tag in dieser Abgeschiedenheit. Er verspürte keine Lust, durch das Kloster zu wandern, immer mit dem Gefühl, beobachtet zu werden.

Er nahm sich den Brief vor, den Markus ihm überreicht hatte. Ein paar Zeilen von Hermann, der ihm ankündigte, er würde in wenigen Tagen nach Köln kommen, um beim Steinmetzmeister Sieghard eine Lehre zu beginnen. »Ich möchte dich gern besuchen«, schrieb Hermann. »Wie geht es mit deiner Arbeit voran?«

Wenn du wüsstest, dachte Ambrosius und steckte den Brief unter seine Kutte.

Am Nachmittag holte man ihn zum Abt. Die Stunde in dem Raum mit Hieronymus und den beiden ältesten Klosterinsassen, Augustin und Thomas, war qualvoll.

Die drei Männer saßen ihm gegenüber. Erst nach einigen langen Augenblicken begann der Abt zu sprechen: »Ambrosius, du weißt, wessen du verdächtigt wirst. Du hast in den letzten Wochen des alten Jahres viele Stunden nach Einbruch der Nacht allein im Skriptorium verbracht. Und nun wurden in deiner Zelle Abschriften der Thesen dieses rebellischen Mönchs gefunden.«

Hilflos blickte Ambrosius den Abt an. »Ich bin unschuldig«, stammelte er dann. »Ich habe mit den Schriften dieses Mannes nichts zu schaffen. Ich weiß nicht einmal, was sie enthalten.«

»Was hast du dann nachts im Skriptorium getrieben?«, forderte der Abt zu hören.

Ambrosius wusste, dass Abt Hieronymus seinen Fleiß und seine Schreibkünste durchaus schätzte. »Ich habe die ruhigen Abendstunden genutzt, um alte Bibeltexte abzuschreiben. Manche waren kaum mehr zu entziffern«, sagte er. »Wer immer diese Texte des Martin Luther in meine Zelle gelegt hat, während ich bei meiner Familie in der Eifel war, will mir Böses.«

Der Abt sah ihn nachdenklich an. »Wer sollte dir so etwas antun?«

»Ich weiß es nicht.« Dabei glaubte Ambrosius seit der Bemerkung von Markus, dass Anselm von Kranenburg dahinterstecken könnte. Doch er konnte es nicht beweisen. War Anselm Zeuge seines Streits mit Gregorius gewesen? Verdächtigte er ihn deshalb, die Schuld am Tod seines Freundes zu tragen?

Der Abt erhob sich. »Wir werden die Vorwürfe gegen dich noch einmal gründlich prüfen. Bis dahin darfst du das Kloster nicht verlassen, aber kannst wieder am Alltag und den Andachten teilnehmen. Wenn es stimmt, dass du nicht einmal weißt, was die verräterischen Schriften dieses Augustinermönchs enthalten, dann bist du gewiss zu Unrecht beschuldigt worden. Und sollten wir desjenigen, der dir das angetan hat, habhaft werden, muss er mit einer schweren Strafe rechnen.«

Am selben Abend bat Ambrosius seinen Bruder in einem Brief, den Markus einem berittenen Boten übergab, ihn möglichst bald zu besuchen. In das Skriptorium durfte er noch nicht, doch inzwischen hatte er einige der versteckten Papiere aus der Amphore gezogen. Sehr vorsichtig blickte er sich um, als er in der Abenddämmerung in den Kreuzgang schlich. Doch um ihn herum war nur Schweigen, und auch im Schatten bewegte sich niemand. Und so übertrug er in der Nacht beim dürftigen Schein einer halb niedergebrannten Kerze weitere Seiten der alten Schrift. Es fehlte zwar ein Stück Text zwischen dem letzten Absatz der schon vorhandenen Übersetzung und den Schilderungen auf den Blättern, die ihm Meister Heribert in dem Kästchen aus dem Schrank übergeben hatte, doch Ambrosius übersetzte mit

Feuereifer und näherte sich Stück für Stück dem Geheimnis des jungen Römers.

Was er mit vor Aufregung geröteten Wangen las, ließ den Drang in ihm fast unerträglich werden, so bald wie möglich das Kloster zu verlassen, um dieser Fährte nachzugehen. Die Ungeduld brannte in ihm. Ihn fesselte die Vorstellung, dass jener junge Römer, Lucius, den Mörder seines Großvaters enttarnen wollte, um die Unschuld des Großvaters zu beweisen und dessen Ehre wiederherzustellen.

Die Geschichte von Lucius lag zwar in der fernen Vergangenheit, aber dahinter verbarg sich eine unvergessliche Tragödie, die sich mit einer Schlacht in einem Waldgebiet in Norddeutschland verband. Ambrosius hatte durch Zufall beim Studium lateinischer Schriften ein Werk von Publius Annius Florus gelesen, der zur Zeit der Kaiser Trajan und Hadrian gelebt hatte, also vor gut tausendvierhundert Jahren. Diese Stelle hatte ihn damals erschüttert:

Varus folgte dem allgemeinen Untergang mit dem gleichen Schicksal und im gleichen Geist wie L. Aemilius Paulus an dem Tag von Cannae. Nichts war grausamer als dieses Gemetzel in Sümpfen und Wäldern, nichts war unerträglicher als der Hohn der Barbaren, besonders aber gegen die Gerichtsherren.

Auch der Historiker Tacitus, dessen Schriften erst kürzlich wiederentdeckt worden waren, hatte dazu geschrieben:

Die Leute, die diese Niederlage überlebt hatten und der Schlacht oder der Gefangenschaft entronnen waren, erzählten, hier seien die Legaten gefallen, dort die Adler von den Feinden erbeutet worden, sie zeigten, wo Varus die erste Wunde erhalten, wo er mit seiner unseligen Rechten sich selbst den Todesstoß beigebracht habe; wo Arminius von der Tribüne herunter eine Ansprache gehalten habe, wie viele Galgen für die Gefangenen, was für Martergruben er habe herstellen lassen, wie er die Feldzeichen und Adler übermütig verhöhnt habe.

Für die Römer musste das ein einschneidendes Drama gewesen sein. Roms unermüdlichem Streben, die Grenzen seines wachsenden Weltreichs auszudehnen, wurde nach der verheerenden Schlacht in jenen sumpfigen Waldgebieten des Nordens Einhalt geboten. Die Römer zogen sich hinter den Rhein zurück, aus der Siedlung Köln wurde eine Stadt. Dass damals eine Kiste mit Goldmünzen aus der Kriegskasse der im Norden kämpfenden Legionen verschwand und in Köln wieder auftauchte, war ein weiterer spannender Aspekt dieser Geschichte. Lucius hatte einige Angaben zu dem Ort gemacht, an dem er die Münzen versteckt hatte. Doch der Text endete sehr abrupt mit den Worten:

Ich legte das Schwert auf die sterblichen Überreste meines Ahnen. Als ich den dunklen Raum verließ, trug ich die Kiste mit mir, die er einst dem Räuber entrissen hatte, wofür er mit dem Leben bezahlen musste. Ich werde sie verbergen, bis die Zeit reif ist. Die Götter mögen es weisen, dass ihm Gerechtigkeit widerfährt. Ich werde seinen Namen reinwaschen. Noch ist meine Aufgabe nicht erfüllt, denn ich glaube, dass der wahre Schuldige noch immer in dieser Stadt leben könnte.

Es schien aber, dass der Unbekannte, der vor mehreren Jahrhunderten, kurz nach der Gründung des Klosters Sankt Gallus, diese älteren Schriften des Lucius gefunden und kopiert hatte, dessen Schatz aufgespürt, ihn aber nicht an seinem einstigen Ort gelassen hatte. Das ursprüngliche Versteck musste nach allem, was Ambrosius dem Text entnommen hatte, im Gemäuer eines kleinen Tempels gelegen haben, das viel später als Fundament für eine Kapelle diente und dann Teil des Kellers von Sankt Gallus wurde. Doch der Kopist hatte die Münzen, wie Ambrosius vermutete, in die Krypta einer jener Kirchen gebracht, die bereits um 1100 in Köln erbaut worden waren. Um dies überprüfen zu können, musste er das Kloster verlassen. Und dazu brauchte er Hermanns Hilfe.

Der Februar zeigte sich von seiner schlechtesten Seite. Es regnete und schneite im Wechsel, kalte Winde drangen von Westen her über das Rheintal, und die Tage schienen kaum heller zu werden. Ambrosius blickte nur widerwillig aus dem kleinen Fenster seiner Zelle, wo Nebelschwaden vorbeihuschten und die Kälte durch jede Ritze des Gemäuers schlüpfte. Er saß meist an seinem wackligen Holztisch und versuchte zu schreiben. Doch die Feuchtigkeit lähmte an manchen Tagen seine Willenskraft.

Am sechsten Tag nach seinem Treffen mit dem Abt klopfte es so kräftig an der Pforte des Klosters, dass es sogar Ambrosius in seiner Zelle vernahm und er aus seinen Gedanken aufgeschreckt wurde. Wenig später betrat Bruder Markus die Zelle. Ambrosius gelang es gerade noch, sein Schreibzeug zu verbergen.

»Dein Bruder ist da und möchte dich sehen«, sagte Markus. Die Besuchszeit lag eigentlich am frühen Nachmittag. Aber der großherzige Markus führte Hermann in einen kleinen Seitenraum des Refektoriums. Die Brüder sanken sich in die Arme.

Als Markus eine knappe Stunde später erneut den Raum betrat, saß Ambrosius allein dort. »Ist dein Bruder schon gegangen?«, wollte er wissen.

Ambrosius nickte nur und folgte Markus in seine Zelle. Viel sprach Ambrosius nicht mehr mit ihm. Auch das abendliche Mahl verzehrte er schweigend. Markus fiel auf, dass Anselm immer wieder zu Ambrosius hinübersah. Wenn er dessen Blicke recht deutete, dann lag darin unverhohlener Hass. Die Wahrscheinlichkeit, dass Anselm von Kranenburg hinter dem Verdacht gegen Ambrosius steckte, schien Markus immer größer zu sein. Er würde Anselm am nächsten Tag zur Rede stellen. Doch dazu kam es nicht mehr, denn Anselm ging ihm am nächsten Tag aus dem Weg, und er sah ihn nach dem Mittagsmahl nicht mehr.

In der engen Gasse in der Nähe des Doms freute sich Tante Hildegard über den Besuch ihres Neffen Hermann, den sie mit einer dicken Suppe und dunklem Brot mit Käse bewirtete. Sie drängte ihn, ihr alles über die Familie zu berichten, war sie doch die ältere, verwitwete und kinderlose Schwester der Mutter von Hermann und Ambrosius. Ihr Mann war Fischer gewesen und früh verstorben, als er mit seinem Kahn bei Nebel auf eine Sandbank im Rhein aufgelaufen, gekentert und ertrunken war. Seitdem vermietete Hildegard gelegentlich eine Kammer an durchreisende Handwerker. Sie freute sich, dass ihr eigener Neffe in den kommenden Wochen bei ihr wohnen würde. Gegen ein geringes Entgelt, denn ganz vermochte die gute Frau nicht auf Geld zu verzichten, auch bei der eigenen Verwandtschaft nicht.

Aber Hermann erwies sich an diesem Abend als nicht sehr redselig, entschuldigte sich mit Müdigkeit nach seiner langen Wanderung vom elterlichen Hof nach Köln und zog sich früh in die kleine Kammer zurück, in der ein weiches Federbett auf ihn wartete.

Am nächsten Tag schlief er lange und tauchte erst gegen Mittag bei seiner Tante auf. »Meine Lehrzeit beginnt erst am Montag«, erklärte er ihr. »Ich werde mich ein wenig in der Stadt umsehen.«

Seine Tante hatte nichts dagegen. Heute war Waschtag, und da hätte der junge Mann sie nur gestört.

Der graue Februartag verging ruhig, und irgendwann am späten Nachmittag kehrte Hermann zurück. Er war hungrig, verzehrte das frühe Abendessen mit offensichtlichem Genuss und ging erneut in seine Kammer, ehe der Nachtwächter seine erste Runde begonnen hatte. Der Schnee der letzten Tage war in Regen übergegangen, ein Wetter, bei dem selbst die streunenden Gassenköter sich irgendwo einen Unterschlupf suchten. Die Nacht begann sich über die Stadt zu senken.

Doch die abendliche Stille wurde jäh von einem schrillen Schrei unterbrochen, der vom Ufer des Rheins hinauf in die Gassen schallte. Dieser grelle Schrei rüttelte die Menschen in den näher gelegenen Häusern auf und vertrieb die Ruhe des winterlichen Abends. Wenig später versammelte sich eine größere Gruppe von Neugierigen am Ufer und blickte mit Grauen auf das schaurige Bild, das sich ihr bot.

Auf den Steinen am Wasser lag ein junger Mann, gekleidet in eine einfache Kutte. Die Kapuze war von seinem Kopf gerutscht. Das Gesicht konnte man unter der Maske von geronnenem Blut nicht erkennen. Mit seiner linken Hand umklammerte er ein kleines Kreuz, der rechte Arm hing in den Fluten. Die Wellen des Flusses wiegten seine Beine in einem immer gleichen Takt, hin und her, hoch und runter. Eine junge Frau stand kreidebleich neben dem Toten. Sie hatte ihn entdeckt, als sie ihrem kleinen Hund hinterhergelaufen war. Fast wäre sie, wie sie schluchzend stammelte, über die Leiche gestolpert.

Ihre lauten Schreie hatten den Nachtwächter herbeigelockt, der erst vor einer Stunde seine nächtliche Runde begonnen hatte. Er trug eine Fackel, deren Flackern das gespenstische Bild mit tanzenden Schatten unterstrich. Ein zweiter Mann eilte ebenfalls mit einer Fackel herbei, und bald enthüllte sich der schaurige Anblick des Toten am Ufer in seiner ganzen Dramatik. Der Nachtwächter, ein korpulenter Mann um die vierzig mit einem schon ergrauten Bart, verscheuchte die stetig wachsende Menschenmenge, die mit erschrockenen, aber zugleich gierigen Blicken den Toten anstarrte.

Endlich löste sich ein älterer Mann aus der Menge und rief dem Nachtwächter zu, der sich immer noch der gaffenden Menschenansammlung erwehrte: »Pitter, sieh mal, diese Kutte! Das muss einer aus dem Kloster Sankt Gallus sein. Ich gehe dort Hilfe holen.«

Es dauerte nicht lange, da tauchten drei Mönche auf, unter ihnen Markus und Stephanus. Mit wehenden Gewändern eilten sie herbei, stießen die Neugierigen beiseite und traten an die Leiche. Der Nachtwächter, bekannt als Pitter der Schmied, stand daneben und schützte den Toten vor den Blicken der Menge mit seinem Mantel, den er wie einen Vorhang vor die Leiche hielt. Er war sichtlich erschüttert. Das Amt des Nachtwächters übte er noch nicht lange aus, und ein gewaltsam zu Tode gekommener Bürger in seiner Stadt Köln war ihm noch nie zu Gesicht gekommen.

Stephanus kniete sich neben den Toten, dessen Kopf halb im Wasser lag. Vorsichtig hob er den Kopf an und spähte in das blutige Antlitz. Dann stand er langsam auf. Seine Stimme zitterte, als er sagte: »Liebe Brüder, das hier ist Anselm von Kranenburg, den wir heute schon bei der Vesper vermisst haben. Jetzt wissen wir, weshalb er von seinem nachmittäglichen Gang in die Stadt nicht zurückgekehrt ist.«

Alte Freunde

Das Haus erschien mir unnatürlich still nach den beiden letzten Tagen, als so viele Menschen ein und aus gegangen waren. Habicht und Pelter hatten sich für ausgiebige Recherchen in ihr Institut für Bodendenkmalpflege begeben, die Polizisten lösten das Absperrband im Keller, nachdem die Spurensicherung noch einmal den Fundort der beiden Skelette und das Fenster begutachtet hatte.

Di Luccio rief mich am frühen Nachmittag an und verkündete, die ersten Voruntersuchungen seien beendet, die Fahndung nach Dieter Knapp sei bisher ergebnislos geblieben und Schumann lasse mich grüßen. Sie hätten jetzt eine längere Sitzung. Warum mein Kommissar mich nicht selbst anrief, verstand ich nicht, aber ich beschloss, mich nicht zu ärgern. Richard war seit dem Morgen in Ossendorf und schickte mir nur eine SMS, dass er erst abends spät käme. »Essen mit den Kollegen. Neuer Experte, der heute seinen Einstand gibt. Zuständig speziell für Uhren aller Art.«

Ich nutzte den freien Nachmittag, um meine Mutter zum Tee zu besuchen. Mir fehlte die Energie, mich an die dringenden Vorarbeiten für den Katalog der Osnabrücker Ausstellung zu setzen. Ich hatte einige Fragen an meine Mutter, und ich wusste, dass ihre beste Tageszeit immer die Teestunde war. Zwischen sechzehn und achtzehn Uhr lief sie meist zu Hochform auf. Danach ermüdete sie rasch, und morgens brauchte sie inzwischen lange, um, wie sie sagte, »Fahrt aufzunehmen«. Mit immerhin siebenundachtzig Jahren war das nicht weiter verwunderlich.

Ihr Haus lag wenige Straßen entfernt, umgeben von einem kleinen Garten, den sie bis letzten Sommer noch selbst gehegt hatte. Jetzt kam mehrmals im Jahr ein Gärtner und beschnitt die Büsche, pflanzte Blumen und kümmerte sich um die vielen Topfpflanzen auf ihrer Terrasse. Es war ein eher kleines Haus. Im Erdgeschoss Küche, Wohnzimmer mit Essplatz, ein Arbeitszimmer, in dem sie meistens schlief. Im oberen Stock zwei Schlafzimmer, ein Bad, eine Gästedusche und ein weiteres Gästezimmer, das zur Abstellkammer umfunktioniert worden war, da sie den Dachboden nicht mehr benutzte.

Beim Betreten des Hauses, das meine Mutter seit der eher abrupten Scheidung von meinem Vater vor nunmehr fünfundzwanzig Jahren allein bewohnte, überkam mich ein Gefühl von Melancholie und Wehmut. Meine Kindheit und Jugend hatte ich zwar nicht in diesem Haus verbracht, dennoch hingen daran viele Erinnerungen an Besuche. Mir bangte vor dem Tag, an dem meine bislang so rüstige Mutter sich entschließen würde, in ein Heim zu ziehen. Mein Vater, inzwischen neunzig Jahre alt, wohnte seit einem Jahr in Berlin in einer schönen Anlage mit betreutem Wohnen. Ich sah ihn selten. Meine Beziehung zu ihm war nie sehr innig gewesen. Ein gebildeter, kluger, weit gereister Mann, der aber kein Familienmensch war und mit seiner viel jüngeren Freundin viele Jahre auf Mallorca gelebt hatte. Tempi passati. Sie hatte vor drei Jahren einen Arzt geheiratet und wohnte in Madrid.

Meine Mutter empfing mich mit einem köstlich duftenden Kuchen. Wir saßen in ihrem Wohnzimmer, an dessen Wänden einige sehr hübsche Stiche mit italienischen Landschaften und deutschen Stadtansichten hingen. Sie besaß mehrere Ölgemälde, zuletzt dazugekommen ein Erbstück meiner Tante, ein Stillleben aus dem Frühbarock von Willem Kalf, einem bedeutenden Maler des 17. Jahrhunderts. Ein sehr wertvolles Bild. Man hatte meiner Mutter eine beträchtliche Summe dafür geboten, aber sie lehnte ab. »Es ist ein Erinnerungsstück an Amelie«, sagte sie. »Du kannst es nach meinem Tod gern an ein Museum oder auf eine Auktion geben. Aber so lange bleibt es bei mir.«

Zum ersten Mal, seit ich vor drei Tagen nach Köln gekommen war, entspannte ich mich. Im Hintergrund erklang Klaviermusik. »Mozart, gespielt von Igor Levit«, erklärte meine Mutter und goss mir Tee ein. »Und nun erzähl mir, was in Tante Amelies Haus los ist.«

Sie wusste zwar schon das meiste, da ich ihr am Telefon von den weiteren Ereignissen berichtet hatte. Aber ich erzählte ihr jetzt ausführlich von den Funden im Keller, den gestohlenen Münzen und erwähnte den Toten am Rheinufer. Sie vergaß, ihren Tee zu trinken.

»Von dem Toten am Rhein habe ich in der Zeitung gelesen. War aber nur eine Notiz. Spannender finde ich diese Funde in dem doppelten Kellergrab. Das eine Skelett ist also noch nicht so alt?«

Ich erwiderte: »Nein, man schätzt es inzwischen laut gerichtsmedizinischer Untersuchung auf etwa fünfundsiebzig bis achtzig Jahre.«

Damit hatte ich meine Mutter genau dahin manövriert, wo ich sie haben wollte. »Du warst als Kind doch oft bei Amelie und ihren Eltern?«

»Ja, aber die meisten Kriegsjahre haben die Schönherrs in ihrem Ferienhaus bei Maria Laach in der Eifel verbracht. Da habe ich sie kaum mehr gesehen. Erst nach dem Krieg wieder, nachdem das Haus, das ein paar Schäden davongetragen hatte, renoviert worden war. Ich glaube, sie sind erst 1947 wieder eingezogen, haben in der Zwischenzeit irgendwo auf der anderen Rheinseite gewohnt. Amelie war da schon siebzehn Jahre alt, ich erst zwölf. Auf einmal war sie sehr erwachsen und hatte keine Lust mehr, sich mit mir abzugeben.«

Meine Mutter leerte nun doch ihre Tasse und goss sofort nach. Sie war eine begeisterte Teetrinkerin und kam auf gut sechs Tassen am Nachmittag. Trotzdem schlief sie nachts, wie sie behauptete, recht gut für ihr Alter. »Macht der Gewohnheit«, erklärte sie ihre nachmittäglichen Teeorgien.

»Aber du hattest doch weiter Kontakt zu ihr und ihren Eltern?«

»Ja, durchaus. Mit Amelie ging das allerdings erst nach meinem Abitur weiter, als sie, inzwischen dreiundzwanzig, nach Köln zurückkam. Sie hatte in München und Göttingen studiert. Von da an haben wir uns häufiger gesehen. Aber dann bin ich ja aus Köln weggegangen, habe geheiratet und so weiter. Allerdings haben wir uns geschrieben.« Meine Mutter lehnte sich in ihrem

Sessel zurück. »Das weißt du doch alles. Um was geht es dir wirklich?«

»Hast du jemals bei den Schönherrs einen Mann namens Jakob Faltermeyr getroffen? Das muss vor 1944 gewesen sein.«

Meine Mutter kräuselte ihre Stirn. »Jakob Faltermeyr?« Sie schob sich bedächtig ein Stückchen Apfelkuchen in den Mund. Bis vor wenigen Jahren hatte sie selbst Kuchen gebacken, jetzt gab es Aufbackware aus dem Tiefkühlregal.

Plötzlich nickte sie heftig. »Aber natürlich, der bekannte Regionalhistoriker und Autor! Er war ein sehr enger Freund vom alten Schönherr. Ich habe ihn so um 1941 das erste Mal getroffen, ich muss ungefähr sieben Jahre alt gewesen sein. Meine Mutter und ich waren zum Tee bei Schönherrs. Ich durfte nur kurz ins Wohnzimmer, Guten Tag sagen und danach mit Amelie in ihr Zimmer. Ich erinnere mich, dass sie irgendein Buch las, während ich mit ihren beiden Puppen Susanne und Bertha spielte.« Sie verstummte.

»Und?« Die für mich ungewohnte Neigung meiner einst so lebhaften Mutter, immer wieder lange Pausen einzulegen, machte mich nervös.

Sie holte tief Luft. »Ach so, ja, dieser Jakob Faltermeyr war eine imposante Gestalt, jedenfalls für so ein kleines Mädchen wie mich. In meiner Erinnerung war er nicht sehr groß, sehr schlank, hatte dicke braune Locken und einen eher dünnen Bart. Im Gegensatz zu Gregor Schönherr und meinem eigenen Vater trug er keine Brille. Das fiel mir auf, weil fast alle Erwachsenen in meinem Umfeld Brillenträger waren. Auch meine Mutter. Er schien recht nett zu sein. Zumindest lächelte er mich freundlich an. Wie ich später hörte, galt er als Fachmann für Kölner Stadtgeschichte und hatte bereits mehrere Bücher veröffentlicht.« Wieder hielt sie inne und genehmigte sich einen Schluck Tee. Das musste bereits ihre vierte Tasse sein.

»Kennst du seine Bücher?«, drängte ich meine Mutter.

Sie sah mich ein wenig betrübt an. »Fast alle seine Werke, die wir besaßen, sind in unserem alten Haus in Köln Anfang 1945 verbrannt. Er selbst war da bereits mehrere Monate tot.

Die Bombardierung Kölns im Oktober 1944. Wäre er doch im Haus der Schönherrs geblieben, das er damals für sie hütete, und nicht in seine Wohnung in der Innenstadt zurückgegangen! Das Wohnhaus wurde völlig zerstört, mindestens zwanzig Menschen kamen ums Leben. Er war auch dabei. Das Haus der Schönherrs wurde dagegen nur wenig beschädigt, wobei der Keller zum Teil eingestürzt ist und die hinteren Räume erneuert werden mussten. Da hat dann Gregor Schönherr sonderbarerweise ein Bad einbauen lassen, das nie benutzt wurde.«

Ich spürte, dass meine Mutter etwas verheimlichte. Das war mir schon aufgefallen, als ich ihr von dem Toten im Keller erzählte. Über den Römer hatte sie sich nicht weiter ausgelassen, aber ihre Reaktion auf die Nachricht von dem Toten aus dem 20. Jahrhundert und auf meine Frage, wer das sein könnte, war mir zu vage erschienen. Sie speiste mich ab: »Keine Ahnung. Ich bin genauso überrascht wie du.«

Ich sagte ein wenig ungeduldig: »Dass du nichts von dem uralten Skelett im Keller gewusst hast, nehme ich dir ab. Und es scheint dich nicht weiter zu interessieren, wie es dahingekommen ist, obgleich das wirklich eine Wahnsinnsgeschichte ist. Doch es ist ja ein doppeltes Grab, und dieser zweite Tote sollte dich neugierig machen. Mich wundert, dass beim damaligen Umbau des Kellers niemand auf dieses Grab gestoßen ist. Der Tote muss da schon geraume Zeit gelegen haben.«

»Das musste damals alles schnell gehen«, sagte meine Mutter. »Wahrscheinlich haben sie auf dem alten Bodenbelag eher schlampig die neuen Fliesen angebracht und nicht in der Erde herumgebuddelt.« Die Haltung meiner Mutter wirkte defensiv.

Sie stellte ihre Teetasse auf den kleinen Beistelltisch neben ihrem Sessel und hüstelte ausgiebig. Das erinnerte mich an meinen Freund Hans Schumann, der immer zu hüsteln begann, wenn er verlegen war.

»Also, mein Kind«, sagte sie dann. »Ich hatte keine Ahnung, dass im Keller der Schönherrs Leichen liegen. Aber Amelies Mutter, Renata, hat gelegentlich geglaubt, sie habe Geräusche da unten gehört und es sei ein Geist im Haus. Sie haben sogar einmal einen Priester geholt, der einen Exorzismus durchführen sollte. Doch Monsignore Siegers hat sich am Ende geweigert. Er hatte eine Ratte im Keller gesehen und meinte, gegen Ratten helfen weder Weihwasser noch Gebete. Renata hat das akzeptiert. Dann wurde in der Nachkriegszeit dieses überflüssige, unnütze Bad eingebaut, auch unter Zeitdruck, weil es wichtigere Renovierungsarbeiten im stark zerstörten Köln gab. Und danach war selbst Renata überzeugt, dass keine Geister in ihrem Keller hausten.«

Meine Mutter schnitt sich ein weiteres Stück Kuchen ab. Ich rutschte auf meinem Stuhl hin und her, bis sie endlich weitersprach.

»Ich frage mich, wann sollte denn dieser mysteriöse Mann in dem Haus umgekommen sein? Von 1942 bis Anfang 1945 waren Schönherrs gar nicht vor Ort. Jakob Faltermeyr hat das Haus gehütet und zeitweise zusammen mit seinem engen Freund Paul Grävenitz bewohnt. Grävenitz hat 1944 zum Wintersemester einen Lehrstuhl für römische Provinzialgeschichte in Heidelberg angenommen und Köln kurz vor Faltermeyrs Tod Mitte Oktober verlassen. Schönherrs haben nach Kriegsende erst einmal in Dellbrück gelebt. Und Grävenitz ist erst Anfang der fünfziger Jahre zurückgekommen und hat eine Zeit lang als Kurator bei einigen Museen gearbeitet, darunter die Vorgänger des Römisch-Germanischen Museums.«

Das zweite Stück Kuchen lag unbeachtet auf dem Teller meiner Mutter. Nachdenklich sagte sie: »Grävenitz ist 1971 nicht mehr von einer Bergwanderung in den Dolomiten zurückgekehrt. Die Presse war damals voll mit dieser Geschichte. Man hat seine Leiche nie gefunden, und es gab ein Gerücht, er sei untergetaucht, um mit einer neuen Frau in Italien ein neues Leben zu beginnen. Er war damals Mitte sechzig. Ziemlicher Blödsinn, wenn du mich fragst. Na ja, Klatsch und Tratsch hat es immer schon gegeben.«

Meine Mutter zerlegte das Stück Kuchen auf ihrem Teller. »Abendessen fällt heute aus«, entschuldigte sie sich. Mit vollem Mund fuhr sie fort: »Wie gesagt, nur der hintere Teil des Kellers war eingestürzt. Aber bei den Arbeiten damals wurde nichts weiter gefunden außer Schutt und Geröll. Gregor Schönherr war ein perfekter Gentleman und hatte in keiner Hinsicht Leichen im Keller. Er gehörte auch nicht der Partei an, was ihm nach 1938 oft Schwierigkeiten bescherte. Aber er hat das souverän gemeistert.«

Meine Mutter dachte laut nach. »Wahrscheinlich ist dieser Tote irgendwann in den letzten Kriegstagen dort im Haus deponiert worden. Vielleicht ein Soldat, den man von der Straße dorthin getragen hat, oder ein armer Mensch, der Unterschlupf im Haus gesucht hat. Es herrschte ein furchtbares Chaos. Das Haus stand bis 1947 leer. Dann begannen die ersten Renovierungsarbeiten. Ich kann mir wirklich keinen Reim darauf machen.«

Sie sah mich fragend an. »Aber es gibt ja heute Mittel und Wege, die Identität dieses Menschen zu bestimmen, oder?«

Ich zuckte mit den Schultern. »Wenn er irgendwo registriert ist. Sein Schädel ist bisher nicht aufgetaucht. Deshalb habe ich dich nach Jakob Faltermeyr gefragt. Bist du sicher, dass er im Herbst 1944 umgekommen ist? Wenn er nun doch noch in dem Haus gewohnt hätte?«

»Das glaube ich nicht. Faltermeyr ist im Dezember 1944 für tot erklärt worden. Wie ist der Mann im Keller gestorben?«

»Ich weiß es nicht«, musste ich zugeben.

»Dann sind wir weit von einer Lösung des Rätsels entfernt«, stellte meine Mutter fest und seufzte tief: »So viele Tote, Anna! Wo immer du hinkommst, stößt du auf Leichen!« Pathetisch fügte sie hinzu: »Und das werden nicht die letzten sein. Du wirst sehen!«

Leider sollten sich die Worte am Teetisch meiner Mutter als prophetisch erweisen.

»Und mehr zu diesem Jakob Faltermeyr kannst du mir nicht sagen?«, versuchte ich es noch einmal.

Meine Mutter seufzte wieder: »Ich glaube, im Wohnzimmer von Tante Amelie stehen ein paar seiner Bücher. Seltene Einzelexemplare. In seiner Zeit hatte er wirklich einen sehr guten Namen. Ich erinnere mich dunkel, dass er sich intensiv mit der Varusschlacht beschäftigt hat. Amelie erzählte mir mal, Faltermeyr habe eine spannende Geschichte aus der Zeit ausgegraben, die wie ein antiker Krimi wirkte.«

»Na siehste, du weißt doch mehr, als du zugegeben hast«, sagte ich.

Meine Mutter platzierte ihren leeren Kuchenteller unter ihrer Teetasse. »Ich erinnere mich deshalb daran, weil meine Mutter mir später erzählte, dass Faltermeyr tatsächlich einen Kriminalroman schreiben wollte, um nicht immer nur wissenschaftliche Bücher zu verfassen. Er plante, Fakten mit Fiktion zu mischen. Ich glaube, der Titel sollte ›Mord an blutiger Stätte‹ lauten, ein melodramatischer Titel, den ich als Kind echt aufregend fand.«

Sie lächelte. »Er hat die ersten Kapitel wirklich geschrieben, wie er wohl beim letzten Besuch meiner Eltern im Haus der Schönherrs erzählte.« Sie sah betrübt aus, als ihr Blick auf ihre leere Teetasse fiel. »Den Krimi hätte ich gern gelesen, aber daraus ist nichts mehr geworden. Und das Manuskript mit den ersten Kapiteln ist wahrscheinlich in jener Bombennacht auch verbrannt.«

Das Gedächtnis meiner Mutter funktionierte immer noch einwandfrei. Sie musste nur genügend Tee trinken, und man durfte nicht lockerlassen. Die Standuhr in ihrem Esszimmer schlug sechs Mal, als ich aufstand und mich bedankte.

»Dann sehe ich dich natürlich heute nicht zum Abendessen«, kombinierte sie messerscharf, schien aber vergessen zu haben, dass sie nach dem Genuss mehrerer Kuchenstücke selbst auf das Abendessen verzichten wollte. »Ruf mich bitte an, wenn etwas passiert. Falls es dir doch noch in Tante Amelies Haus zu gruselig wird, kannst du jederzeit hier wohnen. Und ich melde mich, wenn mir noch etwas zu Faltermeyr einfällt.«

Ich war schon in meinen Mantel geschlüpft, als sie mir zurief: »Ach herrje, das habe ich ganz vergessen! Ein Typ namens Peter Mannsfeld hat vorgestern bei mir angerufen. Auf dem Festnetz. Er hat gehört, dass du in der Stadt bist, und wollte mit dir Kontakt aufnehmen. Eigentlich hat er mich nach deiner Handynummer gefragt, aber die rücke ich nicht heraus. Hier ist seine Nummer.«

Meine Mutter drückte mir einen zerknitterten Zettel voller Marmeladeflecken in die Hand. »Der war das einzige Stück Papier, das ich so schnell finden konnte. Ich habe gerade gefrühstückt, als er anrief«, entschuldigte sie sich.

Peter Mannsfeld! Mein Gott, wie lange hatte ich von ihm nichts gehört oder gar gesehen! Wir waren uralte Freunde aus den ersten Semestern unserer gemeinsamen Studienzeit. Peter war zwei Jahre älter als ich, begann aber zur selben Zeit wie ich sein Studium, da er zu den wenigen aus meinem Bekanntenkreis zählte, die nicht Zivildienst, sondern die Bundeswehr absolviert hatten. Er hatte zwei Jahre bei den Gebirgsjägern in der Nähe von Mittenwald verbracht. Eine Zeit lang steckten wir ständig zusammen, gingen ins Kino, in Clubs, zu Uni-Festen, politischen Versammlungen und Demonstrationen, büffelten gemeinsam in der UB und in der Seminarbibliothek und galten als Traumpaar.

Doch ich war mit Peter »nur« gut befreundet. Denn er war damals in Meike Dornbach verliebt gewesen, die in Tübingen studierte, und ich hatte in flottem Wechsel für mehrere unerreichbare Jünglinge geschwärmt. Unsere Freundschaft hielt auch dann noch, als Peter ein Stipendium für Oxford bekam, um dort die »Classics« zu studieren, und begann erst zu versickern, als er nach Deutschland zurückkam, in Alter Geschichte über »Verlorene Schlachten – Römische Feldzüge im Spiegel mittelalterlicher Handschriften« promovierte und kurze Zeit danach im englischen Reading eine Stelle im Institut für Alte Geschichte antrat. Nebenher arbeitete er in den Römischen Thermen von Bath und unterstützte den dortigen Museumsleiter Sir Jeffrey Harris, den berühmtesten Fachmann für die Geschichte der Römer in Großbritannien und ein bekannter Numismatiker. Peter kuratierte dort mehrere Ausstellungen und verschwand peu à peu aus meinem Leben. Denn Alte Geschichte hatte ich nur als Nebenfach gehabt, mich auf Kunstgeschichte spezialisiert und ein bisschen in die Germanistik und Anglistik hineingeschnuppert. Doch für Peter gab es nichts anderes als die antike Vergangenheit. Höchstens das Mittelalter akzeptierte er noch, wenn es, wie in seiner Doktorarbeit, einen Bezug zur Antike gab. Mir wurde seine Welt zu eng, und er versank in seiner Arbeit.

Irgendjemand hatte mir erzählt, dass er tatsächlich seinen Schwarm Meike heiratete, sich aber knappe zehn Jahre später wieder von ihr scheiden ließ. Das war mein Informationsstand von vor zwanzig Jahren. Und nun war er wieder aufgetaucht. Meine Vorfreude, ihn hoffentlich bald wiederzusehen, vermischte sich mit Nervosität. Eine Begegnung nach so vielen Jahren bedeutete stets ein Wagnis. Doch es reizte mich sehr.

Als ich mein Haus betrat, hörte ich von Weitem den Fernsehapparat in voller Lautstärke. Ich eilte ins Wohnzimmer. Doch da war niemand. Auf dem Couchtisch stand ein angebrochenes Bier, und über den Bildschirm flimmerte eine Quizsendung. Enerviert schaltete ich den Fernseher ab und holte den zerknitterten Zettel meiner Mutter heraus.

Nach nur drei Sekunden wurde mein Anruf angenommen. Und obgleich ich seit fast dreißig Jahren seine Stimme nicht mehr gehört hatte, erkannte ich sie sofort. Sie hatte sich nicht verändert, besaß immer noch dieses warme Timbre.

»Peter, ich bin's, Anna!« Meine Stimme zitterte ein wenig.

»Anna! Wie wunderbar, wie toll! Ich bin froh, dass deine Mutter dir von meinem Versuch erzählt hat, dich zu erreichen. Wann können wir uns sehen?«

Peter war immer schon ein Stürmer gewesen, und obgleich er jetzt Mitte fünfzig sein musste, schien sich daran nichts geändert zu haben. Ich fühlte mich auf angenehme Art überrollt. »Ich bin ja jetzt etwas länger hier«, antwortete ich. »Wie wäre es mit morgen?«

In dem Moment kam Schumann zur Tür herein. Er sah ziemlich mitgenommen aus, die Krawatte hing locker um seinen Hals, das Hemd aus der Hose. »Anna!«, rief er. »Anna, ich wollte doch mit dir essen gehen. Daraus wird leider nichts. Ich muss mich mit di Luccio und seinen Leuten noch mal treffen. Wir scheinen einen Zeugen für den Mord an Rogner aufgetrieben zu haben.

Tut mir leid! Ich bin gleich wieder weg. Aber ganz sicher morgen Abend!«

Das wurde allmählich zu einem Running Gag. Unsere so oft geplanten Essen, die ins Wasser fielen, füllten inzwischen mehrere Kapitel meiner Biografie. Aber seltsamerweise war ich darüber an diesem Abend fast froh. »Okay, Hans, *same procedure as every time*!«, sagte ich und wandte mich wieder meinem Gesprächspartner zu. Schumann war schon wieder aus dem Zimmer gestürmt und hatte meine Anspielung auf »Dinner for One« garantiert überhört.

»Also, Peter, ich kann sogar schon heute Abend.«

Sein Freudenschrei war filmreif, und wir verabredeten uns für eine Stunde später in einem netten österreichischen Restaurant am Rhein. Nicht weit entfernt für mich und genügend weit entfernt vom Ort des Leichenfundes am Rhein, der unterhalb des sogenannten Siebengebirges bei den Kranhäusern lag. Mir schlug das Herz bis zum Hals, wie vor einem ersten Rendezvous.

Alte Freunde wiederzutreffen ist immer ein besonderes Abenteuer. Und dazu nach dreißig Jahren. Ich warf einen kritischen Blick in den großen Badezimmerspiegel. Na ja, glücklicherweise hatte ich mich nicht völlig verändert, auch nicht allzu viele Kilos zugelegt und noch keine grauen Haare. Als ich das Haus verließ, sah es dank mehrerer Schaltuhren beleuchtet und bewohnt aus und hoffentlich wenig einladend für Überraschungsgäste!

Peter stand trotz des feinen Regens draußen vor dem Restaurant. Groß, immer noch schlank. Seine Umarmung fiel sehr kräftig aus. Er roch nach einem herben Rasierwasser. Als er den Hut vom Kopf nahm, sah ich, dass seine einst sehr dichten dunklen Haare sich stark gelichtet hatten. Aber das tat seinem guten Aussehen keinen Abbruch.

»Du siehst genau aus wie damals!«, meinte er, als er mich ins angenehm warme Restaurant führte, und ich errötete wie ein Schulmädchen.

Beim ersten Glas Wein berichtete ich ihm bruchstückhaft von meinem Leben, wobei er manchmal staunend den Kopf schüttelte, als er meine Abenteuer zu verdauen versuchte. Beim zweiten Glas Wein begann er dann zu erzählen, und als unser Essen kam, war die erste Flasche Wein bereits geleert. Normalerweise trank ich wenig, doch dieses Wiedersehen versetzte mich zurück in meine Jugend, als ich noch gelegentlich rauchte und gern abends in Kneipen beim Wein saß. Und es gab nicht einen Moment der Verlegenheit zwischen uns.

Peter war zurück nach Deutschland gekommen, als der Brexit viele Universitäten in England hart traf. »Ich hatte plötzlich keine Erasmusstudenten mehr und viel weniger Geld für Forschungsarbeiten. Auch in Bath wurde es schwierig für mich, denn Harris hatte kaum mehr Geld für Projekte. Zwar betreut er weiterhin Grabungen, aber ohne ausländische Studenten und Hilfskräfte.«

Er fuhr mit dem Zeigefinger über den Glasrand. »Und so bin ich im letzten Jahr an die Uni Aachen gegangen und bearbeite jetzt ein Forschungsprojekt, das mit den Arbeiten meines Großvaters zu tun hat, einem renommierten Historiker, der vor vielen Jahren auch in Köln lebte. Ich pendele zwischen Aachen und Köln, habe in Aachen ein winziges Appartement, möchte aber lieber nach Köln ziehen, da ich auch mit hiesigen Instituten und den Museen zusammenarbeite. Falls du was von einer freien Wohnung hörst, sage mir Bescheid!«

Fast hätte ich ihm meine freien Gästezimmer angeboten, aber da wohnten derzeit Richard und Schumann. Und was würde wohl mein guter Freund Richard sagen, wenn ich plötzlich Peter ins Haus holte?

Beim Espresso wurde mein alter Freund, an dessen Lächeln und gestenreiche Sprache ich mich rasch wieder gewöhnt hatte, plötzlich ernst. »Sag mal, was habe ich da gehört? In deinem Haus sind zwei Skelette gefunden worden?«

Heute Morgen hatte eine Notiz in der lokalen Zeitung gestanden. »Mysteriöser Skelettfund in der Kölner Südstadt«. Erstaunlich, dass Peter richtig kombiniert hatte, wo man die Knochen entdeckt hatte.

Ehe ich antworten konnte, sagte er hastig: »Ich bin auf Amelie Feldmanns Haus gekommen, weil davor Polizeiwagen standen.

Ich bin schon gestern am Haus vorbeigegangen, als ich von deiner Mutter gehört hatte, dass du in Köln bist. Es erschien mir logisch, dass du dort wohnst. Ich habe deine Patentante vor langer Zeit mal getroffen. Und als ich diese Notiz gelesen habe, habe ich eins und eins zusammengezählt.«

Ich nickte. »Ja, ich habe das Haus geerbt, möchte es sanieren lassen und dann verkaufen. Es klingt wie aus einem Roman, aber tatsächlich wurden zwei Skelette entdeckt, ein sehr altes und eines aus dem vorigen Jahrhundert.«

»Weiß man schon, wer die beiden sind?«

»Das ältere ist an die zweitausend Jahre alt, könnte ein Römer sein, das zweite lag wohl seit den vierziger Jahren dort. Doch noch gibt es keine näheren Erkenntnisse. Professor Habicht und Julian Pelter sind am älteren Skelett dran, das jüngere wird in der Gerichtsmedizin auf verwertbare DNA-Spuren untersucht.«

Peter spielte mit seinem Kaffeelöffel. »So, so, der gute Habicht und dieser Ehrgeizling Pelter untersuchen also diese alten Knochen. Ich habe mit Pelter vor einigen Jahren zusammengearbeitet. Ein eitler Typ.«

Diesen Eindruck von Ernst Habichts jüngerem Kollegen konnte ich unterstreichen. »Da magst du recht haben«, sagte ich. »Man hat ein Schwert und einige Münzen aus der Zeit des Kaisers Augustus bei dem alten Skelett gefunden. Das Schwert ist wichtig für die historische Einordnung. Durch die Münzen lässt sich dieser Fund in die ersten Jahre nach Christi Geburt datieren.«

Mein alter Freund Peter schwieg eine Weile. Dann sagte er: »Würdest du mir diesen Fundort in deinem Keller zeigen?«

»Ja, warum nicht. Die Polizei hat ihre Untersuchungen beendet, und die Knochen sind fortgeschafft. Viel kannst du leider nicht mehr sehen.«

Von den beiden Einbruchsversuchen erzählte ich ihm nichts und auch nicht von der Leiche am Rhein, bei der man zwei Münzen wiedergefunden hatte. In der Zeitung hatte eine kurze Meldung über den Toten bei den Kranhäusern gestanden, in der aber diese Münzen nicht erwähnt worden waren. »Du kannst gern morgen vorbeikommen.« Hoffentlich waren dann Richard und Schumann nicht da. Ich hatte keine Lust auf lange Erklärungen.

Peter senkte seine Stimme, als er erwiderte: »Ähnliche Münzen habe ich bei Jeffrey Harris in Bath gesehen. Sie waren auf etwas mysteriösem Weg zu ihm gekommen, und er nannte sie das ›Blutgeld des Varus‹. Eigentlich sollte ich ihrem Ursprung nachgehen, doch dann hat Harris irgendwann behauptet, er wüsste, woher sie stammen, und er würde sie demnächst in den Thermen ausstellen. Das liegt einige Jahre zurück. Ich war seitdem nicht mehr dort und habe auch nichts darüber gelesen. Mit Sir Jeffrey Harris stehe ich kaum mehr in Verbindung.«

Nach kurzem Schweigen sagte er: »Der Fall interessiert mich, Anna. Gab es noch mehr Münzen? Wo ist der Rest geblieben? Weshalb lagen bei dem Toten sein Schwert und nur wenige Münzen? Das erinnert mich an das Forschungsprojekt meines Großvaters. Es ging darin um die Suche nach dem Verbleib einer Kriegskasse, die um die Zeit der Varusschlacht herum spurlos verschwunden ist. In Kalkriese hat man in letzter Zeit öfter Münzen gefunden, aber offenbar keine Spur dieser angeblich verschollenen Kriegskasse.«

Ich wollte Peter fragen, ob denn sein Großvater Faltermeyr gekannt hatte. Aber Peter nippte nur kurz an seinem zweiten Espresso und fuhr fort: »Vielleicht liegt dieser Schatz noch irgendwo in Köln. Und vielleicht hat das doppelte Grab in deinem Keller damit zu tun. Ein gewisser Jakob Faltermeyr, seinerzeit ein renommierter Lokalhistoriker, hat sich wohl auch mit der Thematik der geraubten Münzen befasst. Sein Name taucht in Quellenangaben zur Kölner Stadtgeschichte immer mal wieder auf.«

Ich nickte. »Faltermeyr war mit Tante Amelies Eltern befreundet. Es könnte sogar sein, dass einige seiner Bücher noch im Wohnzimmer stehen. Interessieren sie dich? Ich schaue gern nach.«

In diesem Moment blitzte vor meinem inneren Auge eine flüchtige Erinnerung auf: Tante Amelie in ihrem Arbeitszimmer mit einer dicken roten Kladde. Ich hatte nur flüchtig hingehört, als sie dabei murmelte: »Der gute alte Jakob! Was für ein treuer Freund! Das sind Aufzeichnungen aus der Zeit, als er unser Haus hütete. Die werde ich später in Ruhe lesen.«

Irgendwo musste diese Kladde sein. Ich würde sie suchen. Vielleicht entdeckte ich in ihr einen Ansatz zur Lösung des Geheimnisses um das doppelte Grab.

Der falsche Mönch

Köln im Jahr 1521

Abt Hieronymus blickte schweigend auf die versammelten Mönche im Refektorium, die still und bleich an dem großen Tisch saßen. Die Leiche Anselms von Kranenburg lag aufgebahrt in der Kapelle. Ein Tuch bedeckte seine tiefe Kopfwunde. Dennoch konnte man darunter die schreckliche Verletzung erahnen, die seinen Tod verursacht hatte.

»Sein Schädel wurde zerschmettert«, bestätigte Bruder Clemens, der als Medicus die Mönche betreute und sich mit Kräutern, Krankheiten und Verletzungen aller Art bestens auskannte. Denn er hatte vor seiner Zeit im Kloster, während des dritten Osmanisch-Venezianischen Krieges, in den Diensten der Venezianer auf dem Peloponnes als Gehilfe eines Feldschers Erfahrungen gesammelt. Nach Ende dieser Auseinandersetzungen war Marcellus, wie er eigentlich hieß, als Bruder Clemens in das Kloster eingetreten und bald auch außerhalb der Klostermauern als kundiger Medicus geachtet.

»Bruder Anselm ist durch einen Schlag mit einem schweren Gegenstand niedergestreckt worden«, verkündete er. »Dieser Schlag hat seine Stirn und den vorderen Teil seines Schädels zertrümmert. Er wird sofort tot gewesen sein.«

Entsetzen packte die Kongregation. Wer tat so etwas? Ging da draußen ein Mörder um? War Anselm nur ein Zufallsopfer, oder hatte es jemand bewusst auf ihn abgesehen?

Bruder Korbinian, der älteste anwesende Mönch, sagte mit dumpfer Stimme: »In diesen Zeiten weiß man nicht, ob es nicht jemand auf uns Ordensbrüder abgesehen hat und Anselm das erste Opfer ist.«

Die anderen Brüder beschlich leise Furcht. Ein Mörder, der Männer der Kirche überfiel und erschlug? Es waren unruhige Zeiten, wie Korbinian zu Recht bemerkte.

Anselm war am frühen Nachmittag zur Erledigung einiger Aufträge in die Stadt aufgebrochen. Als es dämmerte, fiel auf, dass er noch nicht zurückgekommen war. Bei der Vesper fehlte er ebenso wie beim Abendmahl. Man suchte ihn in allen Ecken des Klosters und im Umfeld, darunter im weitläufigen Klostergarten. Als es finster und bitterkalt wurde, brach man die Suche ab. Und dann war die Kunde von der Leiche am Rhein eingetroffen.

Die Mönche blickten sich betreten an. Schließlich sagte der Abt: »Wir müssen herausfinden, wo Anselm überall war, wer ihn zuletzt gesehen hat und wo er seinen Mörder getroffen haben könnte.«

Der Einzige, der sich nicht an der in gedämpftem Ton geführten Unterhaltung der anderen beteiligte, war Ambrosius. Still saß er am Tisch und wirkte abwesend. Bruder Markus legte ihm die Hand auf die Schulter: »Schlimm, was da geschehen ist. Anselm mag zwar nicht dein Freund gewesen sein. Doch einem solchen Verbrechen zum Opfer zu fallen, das ist schon fast jenseits unserer Vorstellungskraft.«

Ambrosius nickte nur und ging wenig später in seine Zelle. Die Turmuhr schlug Mitternacht, als es an seiner Tür pochte. Ohne auf eine Antwort von Ambrosius zu warten, trat Markus ein.

Ambrosius sah ihn überrascht und verwirrt an: »Was führt dich um diese späte Stunde zu mir?«

Markus schob Ambrosius sachte zur Seite und betrat die Zelle. »Sage mir die Wahrheit, Bruder, trägst du Schuld am Tod von Anselm? Ich habe heute Abend noch viel gegrübelt und frage mich, ob du ihn getötet hast. Wenn es so sein sollte, dann hast du es gewiss aus Jähzorn getan und nicht mit lang gehegter Absicht. Anselm hat dich fälschlich beschuldigt, er hat dich mit gehässigen Worten verfolgt, er hat dich sicherlich gereizt.«

Ambrosius starrte ihn fassungslos an: »Niemals hätte ich ihn getötet. Ja, ich habe mich gestern in der Tat mit ihm gestritten. Doch getötet habe ich ihn nicht. Er hat das Kloster gesund und munter verlassen, und ich bin ihm nicht gefolgt.«

Markus nickte. »Nun, ich glaube dir.« Damit verließ er die Zelle.

Am nächsten Morgen zogen Bruder Markus, Stephanus und Gerrit, ein jüngerer Mönch, in die Stadt, um zu erkunden, wo

Anselm gewesen war und wer sich an ihn erinnern konnte. Sie suchten zunächst Hanfried den Bäcker auf, bei dem Anselm für die nahende Fastenzeit Sauerteig bestellen sollte. Hanfried sagte, er habe Anselm am frühen Nachmittag kurz gesehen, aber sich nicht mit ihm unterhalten.

»Mein Lehrling Sigmund hat länger mit ihm geredet. Die beiden sind gleichen Alters, und Sigmund stammt aus Xanten. Das verbindet die beiden.«

Sigmund bestätigte, dass er sich mit Anselm unterhalten habe. »Er wollte weiter zu Meister Hartmut, dem Hufschmied.« Anselm sollte ihm auftragen, in den nächsten Tagen die Hufe der beiden Maulesel des Klosters neu zu beschlagen.

Meister Hartmut hatte ebenfalls nur ein paar Sätze mit Anselm gewechselt. Auch Frau Berthe, die gemeinsam mit ihrem Mann Hagen eine Schenke führte, deren Bier im Kloster vor allem in der Fastenzeit gern getrunken wurde, hatte nur den Auftrag des Klosters entgegengenommen und Anselm noch ein Wasser kredenzt. »Er ist dann weiter in Richtung Rhein gegangen«, sagte die Wirtin.

Die drei Mönche wollten just die Wirtsstube wieder verlassen, als die Tochter der Wirtsleute, Magda, eintrat. Sie hatte die Frage der drei nach Anselm gehört und wandte sich an Stephanus.

»Ich habe Anselm gesehen. Er eilte hinunter zum Rhein, was mich bei diesem trüben Wetter verwunderte. Auf dem Weg trat ihm ein Mönch entgegen, die Kapuze tief ins Gesicht gezogen. Die beiden haben kurz miteinander gesprochen, Anselm ist sehr rasch weitergegangen, der Mönch hinterher.«

Mehr konnte das Mädchen nicht sagen, doch immerhin wussten die drei Männer etwas mehr als zu Beginn ihres Rundgangs. »Sollte ein Mönch Anselm getötet haben?«, fragte Stephanus laut in die Runde.

»Oder war es jemand, der sich als solcher verkleidet hat? Kutte und Kapuze sind ideale Kleidungsstücke, um sich darunter zu verbergen«, meinte Markus.

Gerrit stellte die Frage, die allen auf der Zunge brannte: »Weshalb sollte irgendjemand Anselm erschlagen haben? Er trug nichts von Wert bei sich, also glaube ich kaum, dass er das Opfer eines Räubers geworden ist.«

Die Mönche sahen sich hilflos an. Viel weiter waren sie letztlich doch nicht gekommen. Sie traten aus der Schenke in die feuchte Februarluft. Vom Rhein drangen Gerüche nach Fisch und brackigem Wasser herauf. Sie gingen hinunter zu der Stelle, wo man die Leiche gefunden hatte.

»Ob er hier getötet wurde?« Gerrit stocherte mit einem Ast, der ans Ufer geschwemmt worden war, im Kies herum. Die grünbraunen Wellen des Flusses hatten allerlei Abfälle angespült, darunter Stofffetzen und zerbrochene Trinkschalen, Gemüsereste und vergammeltes, faulig riechendes Obst.

Gerrit wanderte ein Stück am Ufer entlang. Die beiden anderen riefen ihm hinterher: »Komm, das hat alles wenig Sinn. Wir sollten zurückgehen.«

Doch der Junge hörte nicht auf die beiden älteren Männer, sondern starrte angestrengt ins Wasser. Plötzlich rief er: »Hier, seht!« Er watete ein Stück in den Fluss, der den Saum seiner Kutte durchnässte, und bückte sich. Triumphierend hob er seine Hand: »Schaut her, ein Hammer!«

Tatsächlich. Gerrits Fund erwies sich als ein klobiger Hammer mit einem gesplitterten Stiel. Markus blickte das Werkzeug nachdenklich an und sagte: »Dieser Hammer könnte aus dem Kloster stammen. Der angebrochene Stiel erinnert mich an einen Hammer, der im Schuppen neben der Werkstatt mit anderem alten Werkzeug herumlag und eigentlich nicht mehr benutzt wird.«

Er nahm Gerrit den Hammer ab und fügte hinzu: »Ich bin mir sogar ziemlich sicher, dass dieser Hammer aus unserem Schuppen stammt. Aber ist Anselm damit erschlagen worden?«

Stephanus betrachtete das klobige Werkzeug und sagte: »Seht her! Da sind einige hellrote Flecken am Kopf. Könnte Blut sein, vom Wasser ausgewaschen.«

»Das heißt, dass der Mörder von Anselm den Hammer aus dem Kloster entwendet hat?« Gerrit war totenbleich geworden. »Wer von uns hätte denn einen Grund gehabt, Anselm zu töten?«

Markus schwieg. Er hatte einen vagen Verdacht, doch der Gedanke war so ungeheuerlich, dass er ihn zu verdrängen versuchte. Er wickelte den Hammer in einen Stofffetzen, den er am Ufer aufhob. »Wir müssen das sofort dem Abt melden«, sagte er dann.

In gedrückter Stimmung gingen sie zurück ins Kloster, wo der Abt in der Eingangshalle bereits ungeduldig auf sie wartete. Er erkundigte sich nicht nach dem Ergebnis ihrer Befragung, sondern empfing sie mit den Worten: »Bruder Ambrosius ist verschwunden.«

Markus erblasste. Sein mühsam unterdrückter Verdacht keimte wieder in ihm auf. »Er ist der Einzige von uns, der mit Anselm einen Zwist hatte«, brach es aus ihm heraus. »Er glaubt nämlich, dass Anselm ihm die Kopien der Thesen dieses Martin Luther untergeschoben hat, um ihm zu schaden.« Jetzt hielt Markus nichts mehr zurück. »Ich bin mir zwar sicher, dass Ambrosius diese Schriften nicht kopiert hat, doch er war sehr zornig auf Anselm.«

»Weshalb sollte Anselm Bruder Ambrosius das antun?« Der Abt schüttelte ungläubig den Kopf.

Markus überlegte sehr genau, bevor er sagte: »Anselm war eng mit Gregorius befreundet. Und er glaubte, dass Ambrosius in der Nacht, da sein Freund starb, im Skriptorium war und vielleicht mehr über den Tod von Gregorius weiß.«

Der Abt sah Markus entsetzt an: »Das ist ein schlimmer Verdacht!«

Betreten sagte Markus: »Anselm hat mir das vor geraumer Zeit gesagt, als ich ihn auf seine bösen Äußerungen über Ambrosius ansprach und ihn bat, das zu unterlassen. Er hat ihn gehasst.«

»Du glaubst also, dass Anselm diese Schriften in die Zelle von Ambrosius geschmuggelt hat, um ihn anzuschwärzen? Und dass nun Ambrosius sich gegen Anselm gewehrt hat, ihm vielleicht am Rhein auflauerte und ihn erschlagen hat? Niemals!« Der Abt war entrüstet. »Ambrosius mag einen anderen Grund gehabt haben, heute so jäh zu verschwinden. Sein Bruder ist in der Stadt. Vielleicht gibt es einen Notfall. Ich bin im Zweifel immer für den Angeklagten.«

Mit diesen Worten verließ der Abt die drei Männer. Er hatte den Hammer keines Blickes gewürdigt. Markus legte ihn auf eine Truhe in der Halle. Kurz entschlossen ging er zu der kleinen Zelle, in der Anselm die wenigen Monate seines Klosteraufenthalts verbracht hatte.

Auf der Pritsche lagen die Habseligkeiten, die Anselm bei seinem Eintritt ins Kloster vor gut acht Monaten mitgebracht hatte, darunter ein kleines Holzkreuz. Markus blickte sich in der Zelle um. Ein Stuhl, ein Tisch, eine Truhe. Er öffnete die Truhe. Darin lagen ein paar Kleidungsstücke und eine muffig riechende Wolldecke. Aus einem Gefühl heraus schlug er sie auseinander, und da waren sie, die Abschriften der Thesen des Doktor Martin Luther. Sorgsam gebündelt, sauber abgeschrieben. Nicht alle Thesen, aber die ersten vierzig, soweit Markus das überblicken konnte, der sich selbst mit Luthers Schrift beschäftigt hatte.

Markus seufzte. Also stimmte sein Verdacht, dass Anselm von ihm eigenhändig kopierte Seiten in die Zelle von Ambrosius geschmuggelt hatte. Ambrosius war unschuldig. Zumindest, was diesen Vorwurf betraf. Anselm von Kranenburg hatte ein böses Spiel getrieben. Aber wäre diese Intrige für Ambrosius ein ausreichender Grund gewesen, Anselm zu töten? Markus verließ schweren Schrittes die enge Zelle, die schon so kurz nach dem Tod ihres Bewohners kalt wie eine Gruft erschien.

Er hatte sich im Haus seiner Tante gerade für einen weiteren Gang in die Stadt zurechtgemacht, als es an der Tür des schmalen Hauses unweit des Alter Markts klopfte. Heftige Schläge, die die Mauern erschütterten. Er öffnete die Tür. Sein Bruder taumelte über die Schwelle, schweißgebadet, die Kutte unter seinem Wollumhang zerknittert, das Gesicht verschmutzt.

»Was ist geschehen, um Himmels willen!«

Der junge Mann sah sich ängstlich um und flüsterte: »Alles ist schiefgegangen. Unser Plan ist fehlgeschlagen!«

Die Kapuze war vom Kopf des Mönchs gerutscht, auf seiner Stirn zeigte sich ein Muttermal. Nicht Ambrosius stand verzweifelt in der Tür, sondern Hermann im Gewand seines Bruders.

Sie hatten einmal mehr die Rollen getauscht, wie sie das als Kinder schon häufig getan hatten, um ihre Mitmenschen zu täuschen. Manchmal war Ambrosius in der Lateinschule als Hermann aufgetreten, während Hermann zu Hause einen kränkelnden Ambrosius mimte, und umgekehrt. Allein das Muttermal verriet Hermanns wahre Identität, aber das versteckte der Jüngere unter einer Kappe oder schmierte sich Schmutz auf die Stirn.

Diesmal hatte die tief ins Gesicht gezogene Kapuze das verräterische Mal verdeckt. Während Hermann als Ambrosius im Kloster gewesen war, hatte sich sein Bruder als Hermann auf die Suche nach den möglichen Verstecken der Münzen gemacht.

Ambrosius reichte seinem Bruder einen Becher mit Wasser und fragte: »Was ist geschehen! Hat man im Kloster bemerkt, dass du in meine Kutte geschlüpft bist?«

Hermann schüttelte den Kopf. »Nein, aber Anselm von Kranenburg hat einige Bemerkungen in diese Richtung gemacht, die mich unruhig werden ließen. Und nun ist er tot!«

Ambrosius erstarrte. »Tot?«

»Hast du nicht mitbekommen, dass gestern Abend eine Leiche am Rheinufer entdeckt wurde, gar nicht so weit entfernt von diesem Haus?«

Ambrosius zuckte mit den Achseln. »Nein, ich war erschöpft und bin früh zu Bett gegangen.«

Hermann trank in hastigen Zügen. »Anselm ist gestern am frühen Nachmittag in die Stadt aufgebrochen, um einiges zu erledigen. Er war abends noch nicht zurück, und nach Anbruch der Dunkelheit hat man ihn am Rhein gefunden. Erschlagen!«

Ambrosius atmete tief durch. Was für ein Grauen! Als er vor zwei Tagen seinen Bruder gebeten hatte, für einige Zeit in seine Kutte zu schlüpfen, schien dieser Plan einfach und ohne Probleme durchführbar. Seine bisher vergebliche Suche nach dem Versteck der Münzen hatte ihn zu mehreren Kirchen geführt, darunter Sankt Georg, Groß Sankt Martin und Sankt Pantaleon. Zwei weitere Kirchen, darunter Sankt Severin, standen noch an, danach wollte er ins Kloster zurückkehren. Er war sich inzwischen fast sicher, dass er in einer dieser beiden Kirchen endlich fündig werden würde. Jetzt stand sein sorgsam durchdachter Plan auf dem Spiel.

»Warum bist du aus dem Kloster fortgegangen?«, fragte er seinen jüngeren Bruder ungehalten. »Du hast doch Anselm nicht getötet. Also, weshalb setzt du dich und damit ja im Grunde mich Verdächtigungen aus?«

Hermann druckste ein Weilchen herum, ehe er antwortete. »Ich hatte mit Anselm gestern einen bösen Streit, den leider Stephanus und Markus bezeugen können. Anselm hat mir vorgeworfen, ich trüge die Schuld am Tod von Gregorius.«

»Wie das?«

»Er hat mich natürlich für dich gehalten und behauptet, er habe in einer Nacht im vergangenen November einen Disput zwischen dir und diesem Gregorius mitbekommen. Als er dann aber später ins Skriptorium gekommen sei, um nach Gregorius zu schauen, wärst du allein dort gewesen, von Gregorius keine Spur mehr. Das erschien ihm seltsam. Als am nächsten Tag die Leiche seines Freundes am Fuße der Treppe zum Weinkeller gefunden wurde, da beschlich ihn der Verdacht, du hättest Gregorius im Zorn getötet.«

Er blickte seinen älteren Bruder fragend an: »Hast du Gregorius getötet?«

»Es war ein Unfall«, murmelte Ambrosius. »Er hat mich bedrängt, mir gedroht, und ich habe ihn nur von mir gestoßen. Er ist unglücklich gefallen. Ich habe ihn in den Keller gebracht, damit es so aussah, als sei er betrunken die Treppe hinuntergestürzt.«

Hermann sah seinen älteren Bruder entsetzt an.

Ambrosius hob die Hände. »Ich bin kein Mörder, doch wer hätte mir geglaubt? Gregorius hat gemerkt, dass ich am späten Abend immer heimlich an dieser Handschrift arbeite, und war begierig zu erfahren, was dies sei. Er wollte mich erpressen. Da kam es zum Streit. Doch egal, ob ich unschuldig bin oder nicht, wäre ich sicherlich im Kerker gelandet und sogar hingerichtet worden. Und falls Anselm in der Tat diesen Verdacht hatte, verstehe ich jetzt, weshalb er mir auf andere Art schaden wollte und mir diese Luther-Thesen untergeschoben hat.«

Hermann legte eine Hand auf den Arm seines Bruders. »Das ist eine schlimme Geschichte. Aber, Bruder, ich bin auf deiner Seite. Niemand sonst darf es erfahren. Das soll unser Geheimnis bleiben!«

Er zog seine Hand zurück. »Und nun hatte ich ebenfalls Streit mit Anselm. Aber nicht nur das. Ich bin nur wenige Augenblicke nach ihm aus dem Kloster gegangen, da ich dich besuchen wollte. Auf halbem Weg fiel mir ein, dass wir verabredet hatten, uns erst am Freitag wiederzusehen und dann unsere Rollen zurückzutauschen. Also bin ich in einer Schenke eingekehrt, habe dort einige Becher Bier getrunken und war zur Vesper zurück im Kloster.«

»Du meinst, man könnte dich verdächtigen, Anselm getötet zu haben? Wenn dich jemand in der Kneipe gesehen hat, kannst du deine Unschuld bezeugen.« Ambrosius sah seinen Bruder erwartungsvoll an.

Hermann antwortete: »Keiner wird mich erkannt haben. Ich hatte die Kapuze über meinen Kopf gezogen. Ein Mönch, der mehrere Bierbecher am helllichten Tag leert, ist nicht gerade ein Vorbild christlicher Tugend.«

»Und damit, dass du klammheimlich das Kloster verlassen hast, befreist du dich auch nicht von dem schweren Verdacht!« Ambrosius erhob sich und sah zum Fenster hinaus. Ein leichter Schneeregen rieselte auf die Gassen. Kaum ein Mensch zeigte sich bei diesem Wetter.

Geknickt wandte er sich wieder Hermann zu. »Was sollen wir jetzt tun? Wahrscheinlich ist es das Beste, ich kehre an deiner Stelle ins Kloster zurück und versuche, jeglichen Verdacht zu zerstreuen. Wenn alle Stricke reißen, dann werde ich fliehen müssen. Du bleibst hier und beginnst nächste Woche mit deiner Lehre. Unsere Tante darf nichts von unserem Spielchen merken.«

Hermann nickte. Dann fragte er: »Hast du denn gefunden, was du gesucht hast?« Er schien sich allmählich zu beruhigen. Seine Neugierde überwand seine Furcht.

»Noch nicht. Ich hatte nicht genügend Zeit. Heute hätte ich noch zwei Orte aufgesucht.«

»Dann lass mich für dich weitersuchen!«, rief Hermann und sprang auf.

Doch Ambrosius hob abwehrend die Hände. »Nein, so einfach ist das nicht. Ich werde schon Mittel und Wege finden, diese letzten Spuren zu verfolgen.« Er gestand sich ein, dass er Hermann bei aller Liebe nicht wirklich vertraute.

Mit bangem Gefühl und klopfendem Herzen tauchte Ambrosius zur Mittagsstunde wieder im Kloster auf und wurde sofort zum Abt gebracht. Er entschuldigte sich, dass er überraschend seine plötzlich erkrankte Tante habe besuchen müssen und wegen der Aufregung um den toten Anselm niemand Bescheid geben konnte.

Hermann hatte er gebeten, ihn nicht allzu bald zu besuchen. Denn obwohl der falsche Ambrosius nur wenig gesprochen und sich sehr zurückhaltend gezeigt hatte, würden doch dem einen oder anderen der Mönche in der Rückbesinnung bestimmte Eigenheiten Hermanns aufgefallen sein, die ihn, außer dem Muttermal, deutlich von Ambrosius unterschieden, zum Beispiel, dass Hermann leicht hinkte, seit ihm ein Pferd auf den rechten Fuß getreten war und den Knochen gebrochen hatte. Und Hermann hatte die Angewohnheit, die Nase hochzuziehen, was bei ihm oft wie ein Pfeifen klang.

Den Lederbeutel mit seinen Schriften und seinem Schreibzeug hatte Ambrosius wieder in der Amphore im Kreuzgang versteckt. Er würde ein wenig Zeit verstreichen lassen müssen, ehe er die beiden letzten Orte aufsuchen konnte. Heute war das unmöglich. Er wollte bis zum Beginn der Fastenzeit warten. In zwei Tagen wäre Aschermittwoch, und in der Woche darauf würde er erneut auf die Suche gehen.

Hermann hatte ihn zuletzt heftig gedrängt, ihn doch mitzunehmen, ihm sogar gedroht, er werde ihn verraten, wenn er ihn nicht an der Suche beteilige. Ambrosius wusste nicht, ob sein Bruder dies ernst gemeint hatte. Sie hatten sich in angespannter Stimmung getrennt, von ihrem früheren engen Verhältnis war nicht mehr viel zu spüren. Hermann wusste mehr über ihn, als ihm lieb war, und das beunruhigte Ambrosius.

Es drängte ihn allerdings, dem Rätsel des verschollenen Schatzes bald nachzugehen, denn er wusste, dass er der Lösung sehr nahe war. Ein zweiter Rollentausch mit Hermann kam für ihn aber nicht in Frage, auch wenn anscheinend niemand im Kloster gemerkt hatte, dass sein Bruder Hermann ihn zwei Tage lang verkörpert hatte.

Den Abt schien die Entschuldigung, Ambrosius habe seine kranke Tante besuchen müssen, nicht zu interessieren. Er sagte ohne weitere Umschweife: »Der Verdacht gegen dich, die Thesen Luthers kopiert zu haben und sogar ein Anhänger seiner Lehren zu sein, ist hinfällig. Bruder Markus hat in der Zelle von Anselm mehrere dieser kopierten Blätter entdeckt. Offenbar wollte dir Anselm eine Falle stellen. Doch wir wollen nicht weiter in dieser Angelegenheit forschen. Er hat sich schuldig gemacht, auch wenn sein Tod ein furchtbares Ereignis ist. Wäre sein Vergehen ruchbar geworden, hätten wir ihn des Klosters verwiesen. Er war ein dummer, fehlgeleiteter Junge. Es gilt jetzt, Anselms Mörder zu finden.« Der Abt nickte Ambrosius kurz zu und verschwand.

Keine Entschuldigung des Abtes, dass er Ambrosius verdächtigt und ihn tagelang isoliert hatte. Dass aufgrund dieses Verdachts auch die Mitbrüder ihn wie einen Aussätzigen behandelten und allein Markus ihm zur Seite gestanden hatte, erfüllte Ambrosius mit einem Gefühl bitterer Enttäuschung. Dabei hätte er eigentlich erleichtert sein sollen, nicht mehr beschuldigt zu werden, ein Anhänger dieses Martin Luther zu sein. Aber in seinem tiefsten Inneren kribbelte es unangenehm, und er blickte dem Abt mit gemischten Gefühlen nach.

Er ging ins Skriptorium und stellte sich an eines der Pulte. Es war nicht sein gewohnter Schreibplatz, meistens nutzte Markus dieses Pult. An was Markus derzeit arbeitete, wusste Ambrosius nicht. Wahrscheinlich an einem Evangeliar.

Gedankenverloren schob er einige Bücher beiseite, die auf dem Pult aufeinandergeschichtet lagen. Dabei rutschte zwischen zwei Folianten ein Blatt heraus. Ambrosius nahm es in die Hand, um es wieder zwischen die beiden Bände zu schieben – und erstarrte. Es war ein gedrucktes Papier mit der Überschrift »Disputatio pro declaratione virtutis indulgentiarum« – Disputation zur Klärung der Kraft der Ablässe. Auch wenn Ambrosius sich bisher nicht intensiv mit den Thesen des Martin Luther befasst hatte, erkannte er doch sofort, dass dies ein verbotenerweise in Umlauf gebrachter Abdruck der vor drei Jahren erstmals erschienenen »Propositiones wider das Ablas« sein musste. Was hatte Markus damit zu tun? Rasch schob er das Blatt wieder zwischen die Folianten.

Eine Stimme hinter ihm riss ihn aus seinen Grübeleien: »Nun hast du es also doch entdeckt, Ambrosius. Du bist schlauer als dein Bruder Hermann. Du glaubst doch nicht wirklich, dass ihr beide mich täuschen konntet? Dazu kenne ich dich zu gut. Schon als Kinder habt ihr gelegentlich dieses Spielchen betrieben. Auch Anselm hat es geahnt und mir gesagt, dass er glaubt, dein Bruder und du hätten die Rollen getauscht. Anselm hat versucht, mich zu erpressen. Er hatte diese Blätter gefunden, als er etwas auf dem benachbarten Pult suchte. Er stieß gegen die Bücher, die Blätter fielen herunter, und er wusste, was er da entdeckt hatte. Anselm wollte kein Geld, sondern verlangte von mir, dich ebenfalls des Mordes an Gregorius zu beschuldigen. Er brannte vor Rachegelüsten. Er sagte mir frech ins Gesicht, wenn ich ihn nicht unterstützen würde, dann wolle er dem Abt verraten, dass ich ein Gefolgsmann Luthers bin. Und er hat einige der Blätter kopiert und in deine Zelle gelegt.«

Ein leises Lachen ertönte. »In der Tat bin ich von den Propositiones sehr angetan. Sie überzeugen mich. Erpressen lasse ich mich aber von niemandem, vor allem nicht von dieser kleinen Kröte.«

Ambrosius drehte sich langsam um und sah Markus in die Augen. Eine kalte Welle überrollte ihn. Markus war der einzige Mensch, dem er im Kloster vertraut hatte! Konnte er sich so sehr in ihm getäuscht haben? Er stammelte: »Was hast du getan? Hast du Anselm getötet? Kaltblütig ermordet?«

Markus kniff seine Augen zusammen. »Das musst gerade du fragen? Wir stehen beide auf der dunklen Seite. Ich weiß, dass du in jener Novembernacht einen Streit mit Gregorius hattest, und Anselms Verdacht war durchaus begründet. Denn auch ich habe etwas gehört. Aber ich kenne dich. Du bist kein Mörder. Zu deinen Gunsten glaube ich, dass es ein Unfall war.«

Markus zog das verräterische Blatt mit den Propositiones zwischen den Büchern hervor. »Ich gebe zu, dass ich ihn am Rhein zur Rede gestellt habe. Eine heftige Auseinandersetzung, ein Gerangel, ein Sturz.« Markus lächelte kalt. »Als ich Anselm verließ, saß er benommen am Ufer, aber er lebte noch.«

»Und der Hammer?«

Markus zuckte mit den Achseln. »Wo warst du zu dieser Zeit? Anselm ist dir auf die Schliche gekommen. Er hielt dich für schuldig am Tod seines Freundes und hat dein doppeltes Spiel durchschaut. Vielleicht hast du ihn nach mir am Rhein getroffen, und er hat dich wieder beschimpft und bedroht. Wie willst du beweisen, dass du ihn nicht erschlagen hast? Wer wird dir glauben, wenn ruchbar wird, dass du mit deinem Bruder die Kutte getauscht hast?«

Markus lachte auf. »Glaub mir, Ambrosius, du kannst von Glück reden, wenn ich schweige, so wie du es auch wirst. Der Abt weiß bereits von deinem Streit mit Anselm. Ich habe ihm einiges dazu gesagt. Aber wenn ich nun schweige, wird er dem nicht weiter nachgehen.«

»Was willst du von mir?«, fragte Ambrosius. Er erkannte diesen Markus mit den harten Augen kaum wieder.

Der lächelte: »Kommt Zeit, kommt Rat. Mach nur weiter mit deiner Übersetzung dieser alten Schrift. Ich behalte dich im Auge. Und wir werden beide unsere Geheimnisse hüten. Ich komme auf dich zu.«

Mit diesen Worten ließ Markus Ambrosius stehen und eilte davon. Ambrosius starrte ins Dunkel. In der Ferne hörte er Markus kurz mit Stephanus sprechen. Beide lachten. Und dann wurde es sehr still. Ambrosius glaubte, die Stimme seiner Großmutter zu hören, die er als Kind sehr geliebt hatte: »Die Vergangenheit ist immer auch Gegenwart. Du kannst ihr nicht entkommen.«

Dunkle Geschäfte

Der Abend mit meinem alten Freund Peter hatte mir gutgetan. Vor allem die Unterhaltung über gemeinsame Erlebnisse in der Vergangenheit. Schöne Erinnerungen, die mich aber auch ein wenig nostalgisch stimmten. Wie hätte es ausgesehen, wenn Peter und ich ein Paar geworden wären? Ein gemeinsames Leben in England, vielleicht eine Familie?

Als ich ins Haus trat, schob ich diese Gedanken von mir. Es hatte Gründe gehabt, dass wir beide immer gute Freunde und nicht mehr waren. In meinem Anflug von romantischer Gefühlsduselei hatte ich verdrängt, dass Peter manchmal unter düsteren Launen litt, die ihn in einen sarkastischen Zyniker verwandelten. Er konnte sehr verletzend sein. Und mehr als einmal hatten wir beide uns gestritten und unsere »wunderbare Freundschaft« für beendet erklärt. Doch das lag lange zurück, und ich beschloss, nach dem Prinzip »Carpe diem!«, nutze den Tag, mit ihm auf der Basis der besseren Erinnerungen weiterzumachen. Alte Freunde, immer Freunde.

Im Wohnzimmer saßen meine beiden Mitbewohner bei einem Glas Wein.

»Wo warst du so lange?« Diese Frage von Richard hatte ich erwartet.

»Essen mit einem alten Studienfreund«, antwortete ich knapp.

Richard schien schon mehr als ein Glas getrunken zu haben. Schumann wirkte merkwürdig reserviert. Die Atmosphäre war angespannt. Deshalb versuchte ich, mit einem gekünstelt fröhlichen »Und wie war euer Abend?« die Stimmung aufzulockern.

»Na ja, Polizei-Talk«, antwortete Schumann kurz angebunden. »Es gibt noch nicht viel Neues von dem Toten am Rhein. Der Zeuge, der sich gemeldet hat, konnte nur eine sehr vage Beschreibung des angeblichen Täters geben. Eher groß, schlank, dunkle Kleidung. Er hat auch nicht die eigentliche Tat gesehen, sondern nur, wie diese Gestalt sich vom Rheinufer entfernte. Vergebliche Liebesmüh und ein verkorkster Abend. Aber darüber dürfte ich mit euch beiden nicht sprechen.«

»Nicht einmal über die Todesursache?«, fragte ich. Schumann schüttelte den Kopf. Ich wurde ärgerlich. »Was soll das, Hans? Der Mann war in meinem Haus. Und es wird ja ohnehin bald in der Zeitung stehen.« Mich nervte Schumanns Versuch, den korrekten Polizisten zu geben.

»Okay«, lenkte er ein. »Rogner ist wohl erstochen worden. Sein Mörder muss direkt vor ihm gestanden und ihm ein langes Messer zwischen die Rippen gejagt haben. Allerdings hat die Gerichtsmedizinerin noch nicht genau definieren können, was für ein Messer es war. So, mehr sage ich nicht.« Er presste die Lippen aufeinander und blickte so entschlossen drein, dass ich unwillkürlich grinsen musste.

Ich wandte mich schnell an Richard, ehe Schumann meine Reaktion bemerkte. »Und wie ist euer neuer Kollege bei ›Gutes für Geld‹?«

Richard machte ein Gesicht, als habe er auf eine Zitrone gebissen. »Ein Streber, mit dreißig schon Professor für Design an der Hochschule für Bildende Künste in Braunschweig. Jetzt, mit gerade mal vierzig, nach Berlin berufen und dort Chef einer neuen Abteilung an der Kunsthochschule in Weißensee. Für uns total überqualifiziert. Fachgebiet moderne Grafik, was bei uns in der Show selten vorkommt. Aber er soll sich vor allem um Uhren kümmern. Ehrlich gesagt weiß ich nicht, weshalb sie ausgerechnet diesen Typen in unser Team geholt haben.« Richard wirkte übel gelaunt.

»Du bist doch nicht etwa neidisch auf den Neuen?«, fragte ich.

»Neidisch? Ach du lieber Himmel! Nein, aber er hat beim Abendessen dermaßen vollmundig getönt, dass mir das Essen im Hals stecken geblieben ist. Er wird morgen zum ersten Mal dabei sein. Na ja, mal sehen, ob er nicht bloß lauter heiße Luft geblasen hat.« Richard goss sich ein weiteres Glas Wein ein. »Und wo warst du? In einem schicken Restaurant?« Er musterte mich. »Du hast dich ja richtig herausgeputzt.«

»Wie gesagt, ich habe einen alten Studienfreund getroffen. Es war sehr nett. So, ich bin müde und verschwinde ins Bett.«

Die beiden Männer sahen mich betroffen an. »Ist dir eine Laus über die Leber gelaufen?«, fragte Schumann.

»Nein, aber ich habe das Gefühl, dass ihr beide irgendwie nicht gut drauf seid. Und ich möchte nicht von eurer Superstimmung angesteckt werden.«

Ich wollte mich zum Gehen wenden, da sagte Richard leise: »Es tut mir leid. Ich bin nicht wegen dieses neuen Kollegen, diesem Professor Sebastian Stamm, schlecht gelaunt. Es ist etwas anderes. Anna, bitte setze dich zu uns. Ich will es loswerden.«

Mich überlief es eiskalt. Wollte er mir sagen, dass er eine andere Freundin hatte? Etwas Ähnliches war schon mal vor zwei Jahren passiert. Da hatte er plötzlich eine Affäre in Berlin. Eine frühere Kundin, die er auch nach ihrem Umzug von Hannover nach Berlin beraten hatte. Aber wir hatten uns im vergangenen Frühling versöhnt und einen neuen Anlauf unternommen, nicht den ersten seit unserem Kennenlernen im Jahr 2017. Mit zitternden Knien setzte ich mich auf einen der Plüschsessel.

Richard druckste herum und sagte dann schließlich: »Also, es hat mit dem Toten am Rhein zu tun.«

Mir fiel ein Stein von der Seele. Ich atmete tief durch.

Schumann nickte ermutigend. »Was ist mit ihm? Hast du ihn ermordet?«

Was wie ein Scherz klingen sollte, löste bei Richard ein heftiges »Um Gottes willen, was denkst du?« aus. Er schien sehr dünnhäutig zu sein.

»Also, was dann?« Schumann blickte auf seine Armbanduhr und unterdrückte ein Gähnen.

Richard antwortete: »Ich kenne diesen Mann, diesen Otto Rogner. Allerdings hat er sich bei mir unter einem anderen Namen vorgestellt. Das ist gut zehn Jahre her, also lange bevor ich Anna in Brester Holz getroffen habe.« Er lächelte ein wenig wehmütig bei seiner Erinnerung an unser erstes gemeinsames Abenteuer mit dem »Moormann« in einem kleinen Ort zwischen Stade und Bremervörde.

»Damals war ich dabei, mein Geschäft in Hannover aufzubauen. Da kam eines Tages dieser Mann herein, der sich als Sammler vorstellte, sich Sven Petersen nannte und mir ein Angebot machte. Ich hätte misstrauisch sein sollen, aber ich war glücklich über alle Offerten.« Richard ruckelte unruhig in seinem Sessel hin und her. Es war ihm sichtlich peinlich, sich an jene Ereignisse zu erinnern. Er war in den folgenden Jahren nicht immer nur auf dem geraden Pfad der Tugend gewandelt, doch stets mit einem blauen Auge davongekommen.

»Also, dieser Sven Petersen holte ein kleines Kästchen aus seiner Tasche und zeigte mir etwas verstohlen den Inhalt. Es waren drei Goldmünzen. Ich bin kein Numismatiker, habe aber etwas Ahnung davon. Die Münzen schienen mir echt zu sein. Es waren römische Münzen. Ich erinnere mich noch vage an die Inschrift auf der einen Seite, die mit ›divi‹ begann. Und dann stand da noch ›pater patriae‹. Petersen alias Rogner erklärte mir, es seien Münzen aus der Sammlung seiner Familie. Sein Großvater habe diese Sammlung angelegt. Er wolle jetzt einen Teil davon verkaufen. Auf meine naive Frage, weshalb er sie nicht einem Museum anbiete, antwortete er, er wolle nicht so lange warten, bis die Bürokratie des Ankaufs geregelt sei. Er verlangte zweitausend Euro pro Münze, was mir sehr viel vorkam. Schließlich einigten wir uns auf fünftausend Euro für drei Münzen. Er gab mir einen Beleg über den Kauf und eine Art von Zertifikat.«

Richard strich sich verzweifelt durchs Haar, das ohnehin schon wirr von seinem Kopf abstand. Ein Friseurbesuch würde ihm guttun, ging mir durch den Kopf.

»Zum Abschluss unseres Geschäfts meinte er, dass er mir demnächst vielleicht noch weitere Münzen anbieten würde. Doch ich hatte plötzlich ein mulmiges Gefühl und lehnte das ab. Zwei der Münzen habe ich tatsächlich ein paar Monate später an einen Sammler in Hamburg verkauft, für stattliche sechstausend Euro. Die dritte Münze besitze ich noch. Sie liegt in Hannover in meinem Safe. Inzwischen weiß ich, dass diese Goldmünzen aus der Zeit der späten Republik und frühen Kaiserzeit um die fünftausend bis sechstausend Euro pro Stück wert sind. Das Gesicht dieses Sven Petersen habe ich nie vergessen. Damals hat mich kurz mein Gewissen gequält, weil ich nicht intensiver nach der Provenienz gefragt habe. Aber ich akzeptierte ohne weitere Skepsis Petersens Erklärung, es seien Münzen seines Großvaters. Wenig später habe ich dann von Münzdiebstählen in Kalkriese aus einem Fundort im archäologischen Gelände gelesen und von einem Einbruch bei einem seriösen Sammler in Münster, der auf römische Gold- und Silbermünzen spezialisiert ist. Ich habe meine Zweifel an meinem Handel mit diesem Petersen bis heute erfolgreich verdrängt, und nun liegt dieser Kerl, der mir damals die Münzen angedreht hat, tot am Rhein und hat zudem römische Münzen aus dem doppelten Grab hier im Keller in der Tasche. Da ist alles wieder hochgekommen.«

»Du müsstest eigentlich deinen Verkauf von damals rückgängig machen«, sagte Schumann. »Wer war denn der Käufer?«

Richard winkte ab. »Datenschutz. Ich habe gestern versucht, den Mann zu erreichen. Vergebens. Das liegt nun auch neun Jahre zurück. Wer weiß, wo er inzwischen lebt und ob er überhaupt noch lebt. Er war damals um die siebzig.«

»Das lässt sich feststellen«, meinte ich.

»Genau das wollte ich vermeiden«, knurrte Richard. »Das ist Schnee von gestern.«

»Nicht, wenn es um Mord geht, selbst wenn du mit dem Tod von Rogner nichts zu tun hast.« Schumann sah Richard streng an.

»Meine Münzen haben garantiert mit diesem Mord nichts zu tun!« Richard wurde bockig. »Petersen alias Rogner hat sicherlich noch weitere und wesentlich üblere Dinge angestellt.«

Schumann erhob sich. »Da hast du durchaus recht! Ich habe Rogner damals in Stade wegen einer Reihe von Delikten verhaftet, wobei sich aber keine Münzen unter seinem Diebesgut befanden. Zudem wurde ihm Körperverletzung vorgeworfen. Kein liebenswürdiger Zeitgenosse. Ich werde möglichst diskret herauszufinden versuchen, was das eventuell mit deiner Geschichte von damals zu tun hat, Richard. Schade, dass wir ihn nicht mehr befragen können, woher er diese römischen Goldmünzen hatte, die er dir angedreht hat. Vielleicht lässt sich dein Fall ohne großes Aufsehen bereinigen.«

Richard wirkte trotz Schumanns Zusicherung am Boden zerstört. In der Vergangenheit war er mit seinen kleinen Nebengeschäften erstaunlich gut weggekommen, und seit einigen Jahren hielt er sich von allem fern, was auch nur im Geruch des Unseriösen stand. Umso schlimmer, dass ihn nun dieses Kapitel aus seiner Vergangenheit einholte.

Mit schleppenden Schritten ging er zur Treppe ins Obergeschoss. Er wandte sich zu Schumann um, der ihm folgte, und sagte: »Datenschutz hin oder her. Der Käufer meiner beiden Münzen heißt Thore Springstein. Er muss eine bedeutende Sammlung besitzen.«

Schumann runzelte die Stirn. »Thore Springstein? Den Namen kenne ich. In sein Haus in Eppendorf wurde vor vier Jahren eingebrochen. Es war ein großer Fall, der auch bei ›Aktenzeichen XY ... ungelöst‹ dokumentiert wurde. Bei dem Raub wurde seine Haushälterin niedergeschlagen, die aber überlebte. Ihm wurde eine Sammlung von Meissner Figuren gestohlen, zudem eine Uhren-Kollektion. Gesamtwert der Beute mehr als fünfhunderttausend Euro. Davon ist nichts wieder aufgetaucht. Von Münzen war aber nicht die Rede. Ich checke das.«

Die beiden Männer verschwanden im oberen Stockwerk, und ich ging ins Wohnzimmer ans Bücherregal, um nachzuschauen, ob dort irgendwelche Veröffentlichungen von Jakob Faltermeyr standen. Sowohl Julian Pelter wie auch Peter hatten sich dafür interessiert. Tante Amelie hatte diesen engen Freund ihrer Eltern mir gegenüber nie direkt erwähnt. Im Nachhinein fand ich das seltsam, da sie gelegentlich von ihren Eltern und deren Freunden erzählt hatte. Tatsächlich meistens Geschichten aus der Zeit zwischen 1940 und dem Kriegsende. Aber so oft war ich nicht bei ihr in Köln gewesen, und manche ihrer Erinnerungen waren aus meinem Gedächtnis verschwunden. Nur im Zusammenhang mit der roten Kladde war mir Faltermeyrs Name im Gedächtnis geblieben.

Im obersten Regal des Bücherschranks standen mehrere

Bände zur Geschichte Kölns. Müde studierte ich die Titel auf den Buchrücken. »Kölner Spaziergänge«, »Die Geschichte des Karnevals«, »Masken und Maskeraden«, »Klöster und Kirchen vor der französischen Besatzung« und dann ein Titel, der mich wieder munter machte. »Sankt Gallus und das Geheimnis des Weißen Mönchs«. Autor: Jakob Faltermeyr.

Was für ein Titel! Das klang schon fast wie ein Thriller von Edgar Wallace. Meine Neugierde war geweckt. Vielleicht war dieses Buch ausschlaggebend für Faltermeyrs Vorhaben gewesen, einen Kriminalroman zu schreiben. Ich nahm das Buch aus dem Regal, wischte den Staub vom Buchdeckel ab und schlug es auf. Es war 1941 erschienen und »meinen guten Freunden Gregor und Renata« gewidmet, Tante Amelies Eltern.

Dieser Fund genügte mir erst einmal. Morgen würde ich nach weiteren Veröffentlichungen von »Onkel Jakob« suchen.

Ich kuschelte mich in meinem gemütlichen Bett unter die Decke, während draußen der erste Herbststurm an den kahlen Bäumen zerrte, und begann mit der Lektüre.

Faltermeyr schrieb in seinem Vorwort, er sei bei seinen Recherchen zu ehemaligen Klöstern im Raum Köln auf einige sonderbare Vorkommnisse im ehrwürdigen Kloster Sankt Gallus gestoßen. Dieses Kloster war um das Jahr 1000 gegründet worden, ein kleines Kloster mit einer sehr schönen Kapelle und einer recht umfangreichen Bibliothek, die vor allem im späten Mittelalter, wie man alten Chroniken entnehmen konnte, sehr berühmt gewesen war. Nach der Besetzung Kölns durch die Franzosen wurde das Kloster wie so viele andere kirchliche Einrichtungen säkularisiert, eine Zeit lang als Hospital genutzt, dann aber verlassen und nie wieder bewohnt. Es begann um 1840 herum zu zerfallen, und viele der Steine wurden nach 1842 zum Ausbau des Kölner Doms abtransportiert. Als die Türme des Doms nach 1880 errichtet wurden, waren nur noch wenige Reste des alten Klosters vorhanden. Auch die verbaute man im Dom, der 1900 fertiggestellt wurde.

Von der Existenz der Mönche des Klosters Sankt Gallus, das einst gar nicht so weit entfernt vom Haus meiner Tante gestanden haben musste, zeugten nur noch einige alte Bücher und Schriften. Ein Großteil der Bibliothek war um 1560 einem Feuer zum Opfer gefallen, Reste der Schriftensammlung lagerten bis zum Jahre 1800 im ehemaligen Weinkeller des Gebäudes, der das Feuer überstanden hatte. Laut Jakob Faltermeyr befanden sich später einige dieser Bücher in Maria Laach, einige weitere im 1853 gegründeten Diözesanmuseum in Köln, dessen Neubau im Jahre 2007 als »Kolumba«-Museum eingeweiht wurde.

Was aber Jakob Faltermeyr insbesondere fasziniert hatte, war eine Reihe von Morden, die Köln um 1520 in Angst und Schrecken versetzte. Faltermeyr nannte als seine Quellen ein paar Chroniken aus dem 16. Jahrhundert, die er im Diözesanmuseum entdeckt hatte. Den Täter, dem mindestens sechs Morde zugeschrieben wurden, schilderten Zeugen als einen Mönch in schneeweißer Kutte. Seine Spur führte ins Kloster. Als man den Mönch endlich fasste, entzog er sich durch Flucht seiner Strafe.

In späteren Jahren drohten Eltern ungehorsamen Kindern damit, dass der Weiße Mönch sie holen werde. Ähnliche Drohungen hatte es wohl schon immer gegeben, um Kinder bei der Stange zu halten. Der mysteriöse Mörder galt nach seiner Flucht als Phantom. Er wurde nie wieder gesehen. Um 1540 soll einer seiner früheren Mitbrüder behauptet haben, der Weiße Mönch sei in die Toskana geflüchtet und besitze dort ein Weingut. Das wurde als wilde Phantasie abgetan und der Mönch, ein gewisser Bruder Gerrit, als Märchenerzähler abgestempelt. Ohnehin schienen hier Fakten und Fiktion ein buntes Kuddelmuddel zu ergeben.

Faltermeyr bezweifelte, dass der Weiße Mönch ein Serientäter gewesen war. Seine These lautete, dass diese Geschichte auf einer sehr viel älteren Legende beruhte und durch einige Mordfälle in Köln im 16. Jahrhundert wiederbelebt wurde. Wahrscheinlich, so Faltermeyr, habe man diese Fälle genutzt, um den Weißen Mönch als Kinderschreck und Sündenbock zu etablieren und einige ungeklärte Straftaten auf dem Konto des Mönchs zu verbuchen. Faltermeyrs Annahme, dass der »echte« Weiße Mönch schon einige Jahrhunderte davor gelebt hatte, beruhte auf einer Handschrift aus dem 12. Jahrhundert, in der von dem »fahlen Mönch« und seinem Gefährten, dem Teufel, die Rede war.

Gähnend legte ich das Buch um zwei Uhr morgens beiseite. Ein Serienkiller also. Faltermeyrs Schreibstil war etwas wirr. Ein guter Lektor hätte dieses Knäuel ordnen können. Doch wie ich einer Notiz auf der ersten Seite des Werkes entnehmen konnte, hatte Faltermeyr diese Publikation selbst bezahlt und zunächst im Selbstdruck veröffentlicht. Erst später bot ihm ein kleiner Kölner Verlag an, weitere Exemplare zu drucken.

Das Letzte, was ich in dieser Nacht wahrnahm, waren der Sturm und knackende Dielen, als ob jemand durchs Haus schlich. Aber ich war zu müde, um zu reagieren.

Irgendwann riss mich ein heftiges Klopfen aus einem recht angenehmen Traum. Vor meiner Tür ertönte Schumanns Stimme: »Anna, wach bitte auf, es gibt Neuigkeiten!«

Schlaftrunken wälzte ich mich aus dem Bett. Schumann stand fertig angezogen und frisch rasiert vor meiner Tür. Mein Anblick im schlabbrigen Bademantel und mit wüsten Sauerkrautsträhnen war dagegen sicherlich alles andere als attraktiv.

Er aber lächelte. »Durchsumpfte Nacht?« Ehe ich darauf antworten konnte, fuhr er fort: »Es ist kurz nach neun Uhr. Richard hat sich vor einer guten Stunde aus dem Staub gemacht. Sie fangen heute früh mit dem Dreh an. Ich soll dich herzlich grüßen. Er wollte dich nicht wecken und hofft, dass du ihm nicht böse bist. Wegen seines Geständnisses gestern.«

»Ach nein, ich kenne Richard seit fünf Jahren. Und er hat vor unserer Freundschaft so einiges an Mist gebaut. Das hier klingt geradezu harmlos.«

»Tja, er hat in diesem Fall wohl Glück gehabt.« Schumann schmunzelte. »Ich habe mich wegen dieses Thore Springstein schlaugemacht. Der gute Mann ist 2020 gestorben und hat seine Sammlungen verschiedenen Museen vermacht. Seine Münzsammlung hatte er offenbar bereits 2016 verkauft, leider an der Steuer vorbei. Wie ich erfahren habe, hatte er einen Zwischenhändler in England. Sehr undurchsichtig das Ganze. Da fallen Richards drei römische Münzen nicht mehr ins Gewicht. Ich bin mir ziemlich sicher, dass Springstein ahnte, dass die Münzen nicht ganz koscher waren. Er hat wohl auch nicht immer alles legal abgewickelt.«

Insgeheim freute ich mich für Richard, auch wenn ich nicht begeistert war, dass er immer wieder mit seiner, gelinde gesagt, grauen Vergangenheit konfrontiert wurde. Die musste endlich mal passé sein.

Schumann wirkte an diesem Morgen aufgekratzt. Deshalb wagte ich zu fragen: »Und, sonst noch etwas Neues?«

Er zögerte. »Okay, okay«, sagte er dann. »Rogner ist mit einem speziellen Dolch mit einer langen Klinge erstochen worden. Zwei Stiche in Magen und Lunge. Verblutet. Wir checken, was für eine Art Messer das gewesen sein könnte. Ich lasse jetzt seine Wohnung in Hannover durchsuchen. Vielleicht finden wir dort Hinweise auf seinen Kölner Auftraggeber. Di Luccio nimmt an, dass Rogner bei dir einbrechen und dieses Grab finden sollte. Irgendjemand muss daher von dem Grab gewusst und Rogner darauf angesetzt haben. Du hast Rogners Vorhaben gestört. Er wusste wohl nicht, dass das Haus wieder bewohnt ist. Plan B war dann der Einsatz von Dieter Knapp. Es würde mich nicht überraschen, wenn Rogners Auftraggeber ihn beseitigt hat. Ich tippe auf versuchte Erpressung.«

Schumann zupfte an seiner Krawatte, ein für ihn ungewohntes Kleidungsstück. »Andererseits könnte es auch Knapp gewesen sein, der mit seinem Kumpel in Streit geriet, vielleicht weil Knapp den Münzdiebstahl entdeckt hat und Rogner damit konfrontierte. Dagegen spricht allerdings, dass die Münzen noch in Rogners Tasche steckten. Ich halte Knapp nicht für den Täter. Di Luccio ist da anderer Meinung. Wir fahnden jedenfalls weiter nach ihm. Reichlich viele offene Baustellen!«

Ich murmelte, dass dieser Fall komplexer sei als gedacht.

Schumann grinste. »Deshalb bleibe ich dir noch eine Zeit lang erhalten. Vielleicht muss ich demnächst einen Tag nach Hannover, falls eine Spur in Rogners Wohnung meine Anwesenheit erfordert. Aber du kennst ja meinen cleveren Assistenten Hartmut Brink. Der kommt auch ohne mich klar. Die Lösung des Falls liegt in Köln.«

Ich sagte kurz: »Ist gut. Und irgendwann gehen wir dann wirklich mal gemeinsam essen!«

Wenig später verließ Schumann das Haus.

Nach meiner zweiten Tasse Kaffee konnte ich endlich wieder klarer denken. Also, Thore Springstein war tot, seine Sammlung in alle Winde verstreut, Richard konnte wieder durchatmen. Ich interessierte mich für die Goldmünze, die er nicht verkauft hatte. Die wollte ich gern sehen und sie Habicht zum Vergleich mit den Münzen aus meinem Keller zeigen.

Ich freute mich auf Peters Besuch. Mit ihm hätte ich den Mut, in den Keller zu steigen, was ich ansonsten tunlichst vermied. Seit meiner Kindheit ängstigte ich mich vor Kellerräumen und war doch erst im vergangenen Frühling in einen ziemlich düsteren Keller in einem alten Haus in Schottland gegangen, völlig naiv und töricht. Der Kölner Keller war nicht halb so unheimlich und dunkel wie der in Ivory Hall, und trotzdem scheute ich mich davor. Allein die Vorstellung von dem, was da unten geschehen sein könnte, bereitete mir Unbehagen. Zwei Skelette, ein doppeltes Grab, vielleicht sogar zwei Morde. Nein danke!

Es machte mich zudem nervös, dass alle auf der Stelle traten. Die Labors arbeiteten an den DNA-Spuren, Habicht untersuchte weiter die Umstände des Todes »seines« Römers, Schumann laborierte gemeinsam mit di Luccio am Fall herum, und Dieter Knapp blieb verschwunden. Ein wenig frustriert setzte ich mich ins Wohnzimmer, durch dessen Fenster an diesem feuchten Morgen ein gelbliches Licht fiel. Der Sturm hatte nachgelassen. Aber laut Wetteraussichten sollte er in der kommenden Nacht wieder auffrischen.

Ich schlug Faltermeyrs Buch auf und begann zu lesen. Kapitel fünf, »Der römische Schatz«. Es ging darin um eine Überlieferung aus dem 1. Jahrhundert, nach der während der Varusschlacht mehrere hundert Goldmünzen entwendet worden waren:

Durch einige alte Schriften im Diözesanmuseum bin ich auf ein Gerücht gestoßen, dass einer der Mönche des Klosters mit Hilfe seiner akribischen Übersetzung eines uralten Textes dem Geheimnis um eine verschollene Truhe mit römischen Goldmünzen aus der Zeit des Kaisers Augustus auf die Spur gekommen ist. Seine Übersetzung ist der Stoff für einen Kriminalroman und doch eine wahre Geschichte, die auf Tatsachen, nicht auf Fiktion aufbaut. Das heute fast vergessene Kloster Sankt Gallus entwickelt sich zu einem faszinierenden Ort, dessen Vergangenheit zu erforschen jede Mühe wert ist.

In meinem Kopf wirbelten die Informationen wild umher. Römische Goldmünzen, die Varusschlacht, ein mörderischer Mönch, ein antiker Text mit Geheimnissen. Ich versank in dieser Geschichte von Mord, Neid und Gier.

Fast hätte ich das Klingeln an der Haustür überhört. Und eigentlich war ich dankbar für diese Unterbrechung. Denn seltsamerweise glaubte ich in diesem Moment dem einstigen Verdacht Renata Schönherrs, dass es im Keller spukte. Ob nun der Geist des Weißen Mönchs oder des toten Römers – ich spürte das altbekannte Kribbeln in meinem Nacken, das meist nichts Gutes verhieß.

Bruder Jakob

»Dein Kellerbesuch ist da!«, ertönte es hinter dem großen Blumenstrauß vor meiner Tür. Als Peter hinter der herbstlich bunten Mischung hervoräugte, sah er mir an, dass ich nicht ganz auf der Höhe war, und fragte: »Komme ich ungelegen? Ich kann auch später vorbeischauen.«

»Nein, nein, ich habe nur etwas gelesen, was mir Kopfzerbrechen bereitet.«

Peter wartete ab, bis ich hinzufügte: »Ich habe tatsächlich im Wohnzimmer ein Buch von Jakob Faltermeyr entdeckt. Darin geht es um die Missetaten eines sogenannten Weißen Mönchs in Köln um 1520, einem frühneuzeitlichen Serienkiller, und um die damit irgendwie verbundene Geschichte des Klosters Sankt Gallus.«

Peter nickte. »Ja, das war mal ein recht bekanntes Kloster mit einer herausragenden Bibliothek. Ist aber während der französischen Besatzung um 1800 aufgelöst worden. Die Bücher aus dem Kloster befinden sich zum Teil im Kolumba. Ich kenne den Archivverwalter dort. Falls du Lust hast, dir alte Schwarten anzusehen, könnten wir das zusammen machen. Vielleicht finden wir da auch eine Chronik, in der es um diesen Weißen Mönch geht, von dem ich allerdings bisher noch nichts gehört habe. Aber irgendwo musste Faltermeyr seine Anregungen ja herhaben. Es gibt eine Fülle von lokalen Legenden und Spukgeschichten, die ich nicht kenne. Da ist eher Julian Pelter ein Experte.«

Peters Anwesenheit beruhigte mich. Ich stellte seinen Strauß in eine der letzten Vasen, die von Tante Amelies einstmals beachtlicher Sammlung übrig geblieben war. Die restlichen hatte meine Mutter dankend übernommen, die gern ihr Haus mit Blumen dekorierte. Den Kaffee tranken wir am Küchentisch, einem meiner Lieblingsorte in diesem Haus, und ich referierte kurz, was ich bisher in Faltermeyrs Buch über Sankt Gallus gelesen hatte.

»Es ist gar nicht sicher, dass dieser Serienkiller im Kloster lebte, doch man hat ihn mit Sankt Gallus in Verbindung gebracht, da angeblich mindestens zwei Klosterbrüder von ihm getötet wurden. Und da er in einer Mönchskutte umherging, verband man seine Existenz mit dem Kloster. Als man ihn erwischt hatte, verschwand er bei Nacht und Nebel auf Nimmerwiedersehen. Es wird gemunkelt, er habe den Kerkerwächter bestochen, ihn freizulassen. Er wurde lange Zeit von Eltern als Kinderschreck benutzt, ähnlich wie im Fall des hannoverschen Serienkillers Haarmann im 20. Jahrhundert.«

»Das ist ja eine veritable Horrorgeschichte«, kommentierte Peter meinen Bericht, »der Stoff für Gruselfilme!«

Ich unterbrach ihn. »Angeblich gab es im 12. Jahrhundert tatsächlich einen Weißen Mönch, der sein Unwesen in Köln trieb. Eine alte Legende, die im 16. Jahrhundert aufgefrischt wurde und als Erklärung für einige ungesühnte Missetaten herhielt.« Ich merkte, wie fasziniert ich von all diesen Geschichten war.

Meine Aufregung ließ meine Stimme zittern, als ich hinzufügte: »Interessant ist, dass das Kloster nicht weit entfernt von diesem Haus lag. Und Faltermeyr wird die Geschichte nicht von ungefähr aufgegriffen haben. Immerhin hatte er während des Krieges eine besondere Verbindung zu diesem Haus. Ich habe sogar den vagen Verdacht, dass Faltermeyr kurz vor seinem Tod auf das römische Grab gestoßen ist. Ich kann es allerdings nicht beweisen. Vielleicht finde ich noch persönliche Notizen von ihm zu dem Thema.«

Peter lachte und sagte: »Pelter ist sicher auch an Faltermeyrs Publikationen interessiert. Diese Legenden über den Weißen Mönch werden ihn amüsieren. Er ist eher der rationale Typ, der Märchen und Legenden nicht für wissenschaftlich tragbar hält.«

Peter schien Julian Pelter recht gut zu kennen. Bei seiner Bemerkung fiel mir die rote Kladde wieder ein.

»Es gibt vielleicht unter den Büchern im Regal auch noch eine dicke Kladde, die wohl eher eine Art persönliches Tagebuch von ›Onkel Jakob‹, wie Amelie ihn nannte, gewesen ist. Es könnte sein, dass er darin Dinge aufführt, die uns weiterhelfen, vielleicht auch Informationen zu seinen Forschungen oder sogar Hinweise auf das Grab im Keller.«

Peter schien nicht wirklich überzeugt zu sein. »Das wäre wirklich ein riesiger Zufall. Aber lass uns jetzt mal zu dieser Grabkammer pilgern«, sagte er mit einem leichten Lächeln und nahm meine Hand. »Hast du immer noch Angst vor Kellern?«

Dass er sich daran erinnerte! Ich verzichtete auf eine Antwort, da ich mir lächerlich vorkam.

Wie harmlos doch dieser Keller wirkte! Auch wenn die Wände fleckig aussahen und die Türen einen neuen Anstrich benötigten. Da hatte ich schon wesentlich gruseligere Kellerräume erlebt. Das Deckenlicht spendete genug Helligkeit, um sich orientieren zu können. Die ersten Räume sahen aus wie immer. Immer noch stand viel zu viel Gerümpel herum, ein zerbrochener Rasenmäher, eine Zinkwanne, zwei dreibeinige Gartenstühle. Höchste Zeit für den Sperrmüll! Das Kellerfenster, durch das nach Meinung der Polizei Otto Rogner eingestiegen war, war durch eine Plastikfolie verdeckt.

Am Fundort sah es anders aus als noch vor wenigen Tagen. Niemand hatte seither aufgeräumt. In der Ecke lag ein zerrissenes Absperrband, dazu fanden sich zerbrochene Fliesen, krümelnder Mörtel und ein feuchtes Loch. Auch bei meinem zweiten Besuch in diesen Tagen überlief mich wieder ein Schauder. In dieser Kuhle hatten jahrelang zwei Skelette gelegen.

Peter betrachtete das leere Grab mit eher nüchternem Blick: »Na ja, viel ist nicht mehr zu sehen. Die beiden haben nicht sehr tief im Boden gelegen. Ihre jeweiligen Mörder wollten sie rasch beseitigen.«

»Vielleicht hat der zweite Tote den Römer entdeckt, ihn ausgegraben und wurde dann von seinem eigenen Mörder überrascht, der sie beide hastig wieder unter die Erde gebracht hat.« In meiner lebhaften Phantasie konnte ich mir das gut vorstellen.

Peter blieb skeptisch. »Also, das klingt mir zu sehr nach Krimi. Warum hat der Mörder des zweiten Toten weder das Schwert noch die Münzen mitgenommen?«

»Das sind alles nur Gedankenspiele. Es kann doch sein, dass mehr Münzen im Grab lagen und der Mörder einige verloren hat, als er sie zusammenraffte. Und das Schwert wäre vielleicht hinderlich gewesen. Er hätte auch geplant haben können, später noch einmal wiederzukommen, wurde aber durch die ständigen Bombenangriffe auf Köln daran gehindert.« Mich bedrückte die Atmosphäre in dem kleinen Raum, selbst wenn er nicht mehr nach Moder, sondern nach Desinfektionsmitteln roch. Nur schnell wieder weg!

Peter warf im Vorraum einen raschen Blick auf das mit Plastik verhangene Fenster. »Ist der Einbrecher wirklich hier eingestiegen? Wie blöd kann man sein! Und dann noch die Münzen klauen!«

Ich antwortete: »Rogner hat schon früher auf dem Schwarzmarkt mit Münzen gedealt. Wahrscheinlich stammten die aus Einbrüchen oder aus Grabungen. Das alte Thema Raubgrabungen. Ich kann mir vorstellen, dass Rogner Sondengänger war und zum Beispiel in Kalkriese oder auf dem römischen Schlachtfeld bei Harzhorn in der Gegend von Göttingen tätig war. Die Goldmünzen aus dem Keller sind viel wert und lagen dort wie auf dem Präsentierteller. Die Chance hat er sich nicht entgehen lassen.«

Ich war erleichtert, als wir wieder im oberen Stock anlangten.

Die nächste Stunde verging recht angenehm. Peter lud mich ein, am nächsten Tag mit ihm ins Kolumba zu gehen. »Es würde mich reizen, ein paar Bücher aus Sankt Gallus im Original zu sehen. Man macht immer wieder erstaunliche Entdeckungen. Stell dir vor, wir finden eine Klosterchronik, in der diese uralten Morde aus dem 16. Jahrhundert erwähnt werden. Bisher hat nur Faltermeyr sich dafür interessiert. Von meinem Freund, dem Archivleiter, weiß ich, dass bisher nicht alle Bücher ausgewertet wurden. Zu wenige Hilfskräfte, zu wenig Geld. Und die geplante Digitalisierung geht auch nicht recht voran. Allerdings werden manchmal Bücher in der Dauerausstellung des Museums gegen Bücher aus dem Magazin ausgetauscht. Demnächst ist sogar eine Ausstellung unter dem Motto ›Unentdeckte Schätze – Objekte aus dem Magazin‹ geplant. Und vielleicht finden wir die von Faltermeyr erwähnte Schrift, die dieser Mönch im Kloster Sankt Gallus aus dem Lateinischen übersetzt hat.«

Peters Begeisterung steckte mich an. Wir verabredeten uns für den nächsten Tag. »Erst Essen, dann Museum«, sagte er zum Abschied und küsste mich auf beide Wangen. Ich blickte ihm nach, als er in sein Auto stieg und die Straße hinunterbrauste. Viel zu flott, doch das gehörte auch zu seinem Charakter. Den Begriff »langsam« kannte er nicht, und Stillstand war für ihn ein Fremdwort.

Am Nachmittag setzte ich mich wieder in meinen Lieblingssessel und stöberte weiter in Faltermeyrs Buch. Ich überschlug dabei einige Seiten und ließ drei Kapitel über Umbauten im Kloster Sankt Gallus aus. Doch dann bemerkte ich, dass der letzte Absatz des dritten, von mir so schnöde übergangenen Kapitels recht interessant zu sein schien. Das Kapitel hieß »Der Weinkeller«, was nicht sehr reißerisch klang. Es ging darin vor allem um Weinsorten und die Lagerung von Wein in der frühen Neuzeit. Doch die letzten Sätze entfachten meine Neugierde:

In diesem Keller kam im Jahr 1520, wie eine 1550 entstandene Chronik von Sankt Gallus berichtet, ein Novize zu Tode. Er war in angetrunkenem Zustand die steile Treppe hinuntergestürzt. Seither war der Keller kein Ort, den die Mönche freiwillig aufsuchten. Deshalb beschloss Abt Benedikt, der seit März 1521 das Kloster leitete, nachdem sein Vorgänger Hieronymus angeblich ein Opfer des berüchtigten Weißen Mönchs geworden war, den Keller neu zu gestalten. Das bedeutete einen großen Aufwand und zog sich über mehrere Jahre hin. Man begann im Jahre 1523 mit den ersten Vorarbeiten. Der Chronist Rüdiger von Hürth schildert, dass 1545 in einem der hinteren Räume ein fast vollständig erhaltenes Skelett entdeckt wurde. Darauf lagen drei römische Münzen, die Rüdiger als »Denare des Augustus« bezeichnet. Ob dieser Fund mit den Bluttaten des Mönchs zu tun hatte oder auf eine viel frühere Epoche des Klosters, ja sogar auf die römische Siedlungszeit hinweist, konnte bisher nicht ergründet werden. Das Alter der Knochenrelikte ließ sich nicht feststellen, den Schädel fand man erst einige Wochen später in einem anderen Teil des Kellers. Diese Ereignisse gaben der Legendenbildung um den Weißen Mönch für einige Zeit neue Nahrung. Da man Gewandfetzen an den Knochen entdeckte, kam das Gerücht auf, der Tote im Weinkeller sei ein Mönch gewesen. Man bestattete die Überreste auf dem nahen Friedhof. Die Goldmünzen liegen heute im Diözesanmuseum und stammen tatsächlich aus der Zeit des Kaisers Augustus. Also ein weiteres Rätsel aus der Kölner Stadtgeschichte und der des Klosters Sankt Gallus. Der Kellerumbau endete erst 1546, im schlimmsten bis dato bekannten Dürrejahr der Menschheitsgeschichte, über das es in einem Geschichtsband aus dem Jahr 1843 heißt: »Im Weltgebäude schien damals eine gänzliche Verrückung der Zonen vorgegangen zu seyn. Die sonst rauen Bezirke am Fichtelgebirge waren gedrückt von afrikanischer Hitze. Viele Monate fiel kein Regentropfen. Mit unerträglicher Glut spielte die Sonne am stets wolkenlosen Himmel. Die Bäume senkten ihr Laub matt und welk zur Erde. Gärten und Auen, verbrannt von der Sonnenhitze, gewährten einen widerlichen Anblick.«

Das Kapitel endete mit den Worten:

Die Mönche suchten in jenem Sommer im Keller Zuflucht vor der Hitze und hätten wohl gern ihre Weinfässer gegen Wasser getauscht.

Römische Münzen, ein Skelett unbekannter Herkunft im Klosterkeller? Offenbar wiederholte sich Geschichte immer wieder. Ich fragte mich, ob Jakob Faltermeyr bei seinen Recherchen den Namen des Mannes herausgefunden hatte, der damals in die Sandalen des ursprünglichen Weißen Mönchs geschlüpft war. Kein Wunder, dass »Onkel Jakob« unbedingt einen Thriller schreiben wollte. Denn die vielen unbekannten Fakten ließen ihm noch ausreichend Raum für saftige Fiktion mit vielen Schauerelementen einer Gothic Novel.

Am späteren Nachmittag rief mich Julian Pelter an, der fragte, ob er am nächsten Tag gegen Abend kurz vorbeischauen und sich Bücher von Jakob Faltermeyr ausleihen dürfe, falls ich fündig geworden war. Ich bestätigte es. Er schien sehr erfreut zu sein, einerseits rührend, andererseits lästig. Wir verabredeten uns für achtzehn Uhr.

Auf meine Frage, ob man inzwischen mehr über das römische Skelett wisse, erwiderte er nur: »Wir sind auf dem Wege. Wahrscheinlich römischer Offizier, der etwa im ersten Jahrzehnt oder wenig später in Köln gestorben ist.«

»Und die Todesursache?« Ich ließ nicht locker.

»Unsere anthropologische Forensikerin glaubt, er sei durch ein Schwert gestorben. Wahrscheinlich ein Stoß ins Herz. Ob das Schwert aus dem Grab die Tatwaffe war, ist noch ungeklärt. Es wird auf Blutspuren untersucht, die man selbst nach so langer Zeit durchaus noch feststellen kann. Doch Frau Dr. Decker ist noch nicht fertig mit ihren Untersuchungen. So schnell schießen die Preußen nicht.« Etwas hastig brach er unser Gespräch ab. Komischer Kauz!

Richard und Schumann tauchten gemeinsam kurz nach Einbruch der Dämmerung um dieselbe Uhrzeit auf, verkündeten, sie hätten Hunger, und bestellten bei einem Pizzadienst riesige Mühlräder, belegt mit Käse, Tomaten und Salami. Wieder hatte ich meiner Mutter absagen müssen, die mit einem tiefen Seufzer reagierte.

»Ich muss morgen nach Hannover«, erklärte Schumann, nachdem er die Hälfte seiner Pizza verschlungen hatte. »In Rogners Wohnung hat man weder Handy noch Laptop gefunden. Die hatte er sicherlich in Köln dabei. Natürlich verschwunden. Doch mein Assistent Hartmut Brink hat etwas ausgegraben unter all den Bergen von Papierkram, die in der Wohnung verstreut lagen. Ich werde mir das selbst vor Ort ansehen.« Weiter wollte er sich nicht dazu äußern.

»Ich fahre mit dir«, sagte Richard mit vollem Mund.

»Wieso das denn?« Ich sah ihn erschrocken an. War unsere gelegentlich ein wenig instabile Beziehung schon wieder in eine

Krise geraten? Schon meldete sich mein schlechtes Gewissen. Zu viel Peter, zu wenig Richard.

Richard winkte ab. »Mach dir keine Sorgen. Ich muss etwas Geschäftliches regeln. Wir drehen erst nächste Woche weiter. Unser neuer Kollege hat sich heute den Fuß verstaucht.« Richards boshaftes Lächeln verriet seine unverhohlene Schadenfreude.

Er fügte hinzu: »Deshalb können wir erst am kommenden Montag weitermachen. Wir verlieren zwar Zeit und Geld, aber das gibt mir die Gelegenheit, die Münze zu holen, die ich noch aus dem Rogner-Deal habe. Ich werde di Luccio nicht unter die Nase reiben, woher ich sie habe, sondern so tun, als sei alles mit rechten Dingen zugegangen. Ich werde einfach behaupten, sie stamme von Thore Springstein, der in der Tat vor einigen Jahren Münzen auf Auktionen angeboten hat. Ihr seid die beiden Einzigen, die die Wahrheit kennen.«

Der gute alte Richard! Er ließ das Mausen nicht. Natürlich würden wir seine Geschäfte von einst nicht an die große Glocke hängen. Man sollte schlafende Hunde nicht unnötig wecken. Ich hatte ihn ohnehin bitten wollen, mir die Münze zu zeigen. Das fügte sich alles bestens.

»Okay, dann rechne ich mit euch beiden spätestens wieder am Sonntag. Und, Richard, ich bin sehr gespannt auf deine Münze. Vielleicht schließt sich mit ihr ein Kreis. Ich werde während eurer Abwesenheit weiter die Veröffentlichungen von diesem sogenannten ›Onkel‹ Jakob Faltermeyr studieren. Ganz spannend, was er über die Stadtgeschichte recherchiert hat, und vielleicht kommt dieses Haus auch darin vor. Immerhin hat er es fast vier Jahre betreut. Falls ich dabei wichtige Details erfahre, sage ich euch Bescheid.«

Auch wenn ich bedauerte, dass die beiden Männer mich verließen, war ich nicht wirklich unglücklich. So hätte ich genügend Zeit, mit Peter im Magazin des Museums nach den Schriften aus dem Kloster Sankt Gallus zu suchen. Der Gedanke, mehr Zeit mit meinem alten Freund zu verbringen, freute mich. Ich würde Richard allerdings nichts davon sagen, denn er konnte sehr eifersüchtig sein.

Nach der Pizzaorgie saßen wir entspannt im Wohnzimmer. Langsam braute sich der für diesen Abend angekündigte Sturm zusammen. Die Zweige der Linde vor der Haustür ächzten, im Garten schüttelten sich die Büsche im Wind. Ich war sehr dankbar, nicht allein in dem alten Haus zu sein. Es knarrte schon an normalen Tagen im Gebälk. Bei Sturm klagten die alten Balken und Fensterläden mit unterschiedlichen Stimmen. Die nächsten drei Tage würde ich schon irgendwie überstehen, und das Gästezimmer bei meiner Mutter blieb immer noch eine Option.

Richard berichtete von den heutigen Ereignissen bei »Gutes für Geld« und verriet, wie sich der »Neue« den Fuß verstaucht hatte: »Er wollte unbedingt besonders flott an seinen Expertentisch marschieren, ist auf einem feuchten Fleck in der Halle ausgerutscht und hingefallen. Leider sah das so albern aus, dass wir alle lachen mussten. Er war stinkwütend und hat den Kameramann angeschnauzt. Der wiederum lässt sich nichts gefallen, und so kam es zu einem handfesten Streit. Und Sebastian Stamm humpelte mit puterrotem Gesicht davon, ließ sich zum nächsten Krankenhaus fahren und teilte uns später mit, dass er seinen verstauchten Fuß einige Tage schonen müsse. Bis Montag wäre er rekonvaleszent. Da wurde das Ganze für den Rest der Woche auf Eis gelegt. Leider brauchen wir ihn für die Begutachtung von einer Rokoko-Uhr und einer Pendüle.« Richard grinste. »Ich gehe jede Wette ein, dass er uns nicht lange erhalten bleiben wird.«

Schumann dagegen war eher wortkarg. Darauf angesprochen, brummelte er, die Arbeit mit di Luccio sei mühsam, man käme mit der Forensik nicht vom Fleck, die KTU hätte am Fenster zu wenige Hinweise auf den Einbrecher gefunden, und die Tatwaffe im Fall Rogner wäre nicht auffindbar.

»Vom Rhein verschlungen oder irgendwo in einer der tausend Mülltonnen Kölns entsorgt. Und dieser Dieter Knapp ist immer noch verschwunden. Handyortung nicht möglich, da er sicherlich ein Prepaidhandy benutzt hat, und die Firma Hülstermann kann uns auch nicht helfen.« Er stand auf. »Ich möchte gern morgen gegen acht Uhr losfahren. Entschuldigt mich bitte. Ich bin hundemüde.«

Er wandte sich an mich: »Tut mir leid, dass ich so ein lausiger Gesellschafter bin. Doch ich fühle mich auf dem mir fremden Territorium in Köln nicht wohl. Mir fehlen Hartmut Brink und Professor Sauerwein, den ich für wesentlich effektiver halte als diese Frau Dr. Eva Malström. Ich bin hier ein Außenseiter, der nur geduldet wird. Deshalb hoffe ich, dass ich in Hannover ein paar wichtige Hinweise auf Rogner und seine Hintermänner finde. Brink ist auf eine Bekannte von Rogner gestoßen, die ihn wohl auch während seiner Haft in Celle öfter besucht hat.«

»Schlaf gut, und hoffentlich kommt ihr bei dem miesen Wetter gut in Hannover an.« Ich war ehrlich ein wenig besorgt.

Das Heulen des Windes nahm stetig zu. Ein heftiger Windstoß rüttelte an der Terrassentür. Und dann brach der Regen wie eine Flutwelle los. Die Tropfen klatschten an die Fenster und die gläserne Terrassentür. Das alte Haus schien sich zu schütteln. Schumann sah hinaus. »Ja, ich hoffe, dass es morgen besser aussieht.« Mit müden Schritten ging er aus dem Wohnzimmer.

»Der arme Hans«, meinte Richard. »Dieser Andrea di Luccio scheint ihm das Leben schwer zu machen und ihn wie das fünfte Rad am Wagen zu behandeln. So, ich folge meinem Fahrer.«

Er nahm mich kurz in die Arme. »Nächste Woche wird alles besser. Wenn ich diese blöden Dreharbeiten hinter mir habe, dann lass uns Köln genießen. Ohne Skelette im Keller oder Leichen am Rhein. Das geht uns nichts an. Es ist ein reiner Zufall, dass du gerade jetzt hier warst, als dieses doppelte Grab gefunden wurde. Aber das hat nichts mit dir zu tun. Deshalb musst du nicht die Miss Marple von Köln spielen.«

Diese Anspielung auf meine früheren Abenteuer und auf Schumanns Meinung zu meinem »unbefugten« Einmischen in diese Fälle nahm ich ihm fast übel. Ich sah das anders, sagte aber nichts dazu. Das doppelte Grab gehörte zu meinem ererbten Haus, und alle damit verbundenen Geheimnisse betrafen mich durchaus.

Wenig später stieg ich die Treppe zu meinem Zimmer hinauf. Das Klingeln eines Handys drang schrill bis ins Treppenhaus.

Eindeutig Schumanns Handy, das ein besonders enervierendes Klingelzeichen hatte. Und dann hörte ich seine Stimme, die mir noch mehr durch Mark und Bein fuhr als der Klingelton:

»Nein, echt? Ihr habt ihn gefunden?« Kurze Pause. Dann: »Du lieber Himmel! Wo, sagst du? Auf dem Parkplatz von welchem Lokal?« Wieder Pause. »Wie heißt das? Das soll doch wohl ein schlechter Witz sein?« Pause. »Vor dem ›Germanicus‹? Okay, ich bin gleich da! Schicke mir bitte einen Wagen vorbei!«

Er stürzte so schnell aus seinem Zimmer, dass er auf der Treppe fast mit mir zusammenstieß. »Was ist los?«, brachte ich gerade noch heraus, ehe Schumann hinunter zur Haustür stürmte.

Atemlos rief er mir zu: »Sie haben Knapp gefunden. Auf dem Parkplatz vor einer Kneipe im Severinsviertel. Im Auto. Tot. Wahrscheinlich erstochen!«

Kneipengeflüster

Es war in den frühen Morgenstunden, als ich im Halbschlaf die Haustür hörte. Richard war seltsamerweise von Schumanns abendlichem, lautstarkem Telefonat nicht geweckt worden oder hatte es einfach ignoriert. Mühsam öffnete ich meine Augen. Kurz nach vier. Ich drehte mich um und versank wieder in Tiefschlaf.

Das ausgebleichte Licht des Novembermorgens drang in mein Zimmer, als ich das nächste Mal meine Augen aufschlug. Sieben Uhr dreißig. Ich rappelte mich aus dem wunderbar warmen Bett, schlüpfte in meinen überdimensionalen Bademantel und schlurfte zur Tür. Es war völlig still im Haus. Elvira würde gegen zehn Uhr kommen und mir weiter mit den Büchern helfen. Waren die beiden Männer schon unterwegs nach Hannover und hatten mich schlafen lassen? Doch als ich meine Schlafzimmertür öffnete, hörte ich eine Dusche und aus Richards Zimmer eine Stimme: »Ja, ich komme später. So gegen vierzehn Uhr. Bis dann!«

Kaum hatte ich den Kaffee aufgesetzt und den Wasserkocher für Schumanns Frühstückstee angeworfen, tauchten die beiden auf. Richard wirkte munter und schien wieder gut gelaunt zu sein, Schumann dagegen rieb sich die Schläfen und knurrte: »Drei Stunden Schlaf reichen nicht.« Also war er tatsächlich erst gegen vier Uhr morgens zurückgekehrt.

Das Frühstück verlief schweigend. Auch wenn Richard weder verkatert noch müde war, sagte er nichts, sondern starrte auf sein Handy und las Online-Nachrichten. Irgendwann brach er das Schweigen: »Seht mal, hier steht, dass vor einem Kölner Lokal in der Altstadt-Süd eine Leiche in einem Auto entdeckt worden ist.«

Schumann brummte: »Du hast wohl nicht mitbekommen, dass ich gestern Abend spät noch verschwunden bin. Wegen dieser Leiche. Deshalb habe ich dir die SMS geschickt, dass wir heute nicht vor neun Uhr losfahren können. Brink hat mir gemailt, dass diese Frau, die Rogner während der Haft besucht hat, eine gewisse Alexa Rossbach, wohl tatsächlich eine gute Bekannte von Rogner war und deshalb eine Zeugin ist. Hannover muss sein.«

»Ist ja gut«, lenkte Richard ein. »Wir fahren los, sobald du das Startzeichen gibst.«

Schumann trank mit inbrünstiger Konzentration seinen Tee. Ich wandte mich an ihn. »Hans, erzähl doch mal von gestern Nacht. Ich habe mitbekommen, dass du erst gegen vier wieder hier warst.«

Schumann biss in seinen dick mit Honig bestrichenen Toast. Er mochte morgens kein Müsli, sondern liebte, wie er mir einmal gesagt hatte, »möglichst viele süße Kalorien«.

»Kein schöner Anblick, dieser Tote in dem leicht ramponierten Wagen«, sagte er mit vollem Mund. »Blutüberströmt hing er überm Lenkrad. Das Auto stand in der Nähe einer Kneipe mit dem Namen ›Germanicus‹ im Severinsviertel. Di Luccio kennt diesen Ort, an dem vor allem zu Karneval Highlife ist. In der zweiten Novemberhälfte ist es etwas ruhiger. Aber am 11.11., also genau heute vor einer Woche, war da wohl eine Riesenparty.«

»Was hat das mit dem Toten zu tun?«, unterbrach Richard, den Schumanns weitschweifiger Erzählstil nervte.

Schumann ignorierte ihn. »Als ich ankam, waren di Luccio und sein Team natürlich schon längst da. Der Wirt, Friedbert Gaymann, hat den Toten entdeckt. Ihm war der Wagen aufgefallen, der seit Einbruch der Dunkelheit herumstand. Und als niemand ein- oder ausstieg, hat er dann gegen einundzwanzig Uhr trotz des Regens seine Kneipe verlassen und ist zum Auto gegangen. Tja, und da sah er den Toten, wobei er allerdings, wie Gaymann zu Protokoll gab, erst dachte, der Mann sei hinterm Steuer eingeschlafen und habe deshalb weder sich noch sein Auto die letzten drei Stunden bewegt. Erst als er an der verschlossenen Tür rüttelte, bemerkte er, dass die Körperhaltung des Mannes unnatürlich wirkte. Da hat er dann sofort die Polizei gerufen.«

»Und was hat das mit der Party vom 11.11. zu tun?«, insistierte Richard.

»Da komme ich gleich drauf!«, wies ihn Schumann mit einem Anflug von Strenge zurecht. Er wandte sich zu mir: »Dein alter Freund Lutz Hallmann war nur wenige Minuten später vor Ort, zusammen mit seiner besseren Hälfte Dörte Huth. Hallmann hat den Toten schnell erkannt. Der seit Tagen gesuchte Dieter Knapp. Um es abzukürzen, Frau Malström, die zusammen mit di Luccio aufkreuzte, stellte rasch fest, dass Knapp mit einem Messer getötet worden ist. Die Tatwaffe ist verschwunden. Aber ein Messer lässt sich leicht entsorgen. Die Malström meinte, es sei ein ähnliches Messer wie bei Rogner gewesen. Ziemlich eklig, eine tiefe Bauchwunde und ein zweiter Stich in die Lunge. Dieter Knapp muss innerhalb weniger Minuten verblutet sein.«

Schumann unterbrach seinen Bericht und sagte: »Verdammt, ich darf euch das alles gar nicht erzählen. Aber was soll's. Ihr seid meine engsten Freunde. Bitte nichts weitersagen!«

Richard und ich nickten, und Richard fügte hinzu: *»Cross my heart!«*

Schumann schien zufrieden und fuhr fort: »Also, jetzt zum 11.11. und zu Richards Frage. Friedbert Gaymann hat auf Nachfrage, ob er den Toten schon mal gesehen habe, gesagt, dass er ziemlich sicher sei, dass dieser Mann am 11.11. bei ihm in der Kneipe bei einer Karnevalsfete war. Er sei ihm aufgefallen, weil Knapp stolperte und dabei drei Gläser Bier vom Tresen stieß. Eindeutig ziemlich betrunken. Seine zwei Begleiter hätten ihn daraufhin nach draußen geführt. Di Luccio vermutet nach der Aussage von Gaymann, dass der eine der beiden anderen Typen Rogner gewesen sein könnte. Den dritten Mann konnte er nicht beschreiben, weil der angeblich eine riesige feuerrote Perücke trug und eine mehrfarbige Sonnenbrille. ›Dieter Knapps‹ echter Name war übrigens Gerhard Riemer. Er hatte einen Personalausweis dabei, der echt zu sein scheint. Geboren 1988 in Osnabrück, wohnhaft in Köln-Niehl.«

Eine zweite Scheibe Toast verschwand in Schumanns Mund. Er schluckte und stand auf. »Die Befragung von Gaymann und seiner Lebensgefährtin Ella, die zusammen die Kneipe führen, zog sich ziemlich hin. Der Wagen wurde noch nachts von der

KTU abgeholt, die Spusi macht heute weiter. Letzte Nacht war ohnehin nichts mehr zu finden. Und dieser Kölner Dauerregen hat alle möglichen Spuren verwischt. Was für ein Mistwetter!«

Schumann schien sich nicht zu erinnern, dass es in Hannover kaum weniger regnete als in Köln. Doch er reagierte stets allergisch auf Wetter, das ihm die Arbeit erschwerte.

»Wir werden die Kollegen in Osnabrück nach Knapp alias Riemer befragen. Wie lange er schon in Köln wohnt, wird di Luccio heute Morgen recherchieren. Und natürlich, woher sich Rogner und Riemer gekannt haben können.« Er wischte sich die Toastkrümel aus den Mundwinkeln und sagte dann: »Los, Richard, lass uns starten. Um fünfzehn Uhr soll ich diese Bekannte von Rogner treffen.«

Zu mir meinte er: »Am Montag ist dann hier volles Programm. Ich brauche den Samstag für ein paar Dinge, die ich in Hannover überprüfen muss. Sonntagabend kommen wir zurück. Aber warte nicht mit dem Essen auf uns! Komm jetzt, Richard, es wird Zeit!««

Er benahm sich, als seien er und Richard ein Paar. Bis vor wenigen Monaten hatte das anders ausgesehen. Richard zwinkerte mir zu und folgte Schumann. »Ich rufe dich an, und ich denke an die Münze«, sagte er an der Haustür. »Vergiss mich nicht!«

Weg waren die beiden, und ich blieb mit vielen Fragen zurück, verärgert, dass Schumann mir so wenig über den neuen Fall erzählt hatte. Aber im Grunde handelte er nur korrekt. Und ein paar Angaben hatte er immerhin gemacht.

Der Tag dehnte sich vor mir. Elvira würde erst in einer knappen Stunde kommen. Heute war Freitag, und ich beschloss, Einkäufe zu erledigen. Zum Erbe meiner Tante gehörte ein uraltes Fahrrad mit zwei abgeschabten Fahrradtaschen am Gepäckträger. Tante Amelie konnte seit fast fünfzehn Jahren nicht mehr mit dem Rad gefahren sein. Es fristete seither in einer Ecke des Vorratsraums unter einer Plastikfolie ein tristes Dasein.

Ich ging erneut in den ungeliebten Keller und zog die Hülle ab. Da das Rad Jahre nicht benutzt worden war, sah es reichlich verstaubt aus. Erstaunlicherweise schienen die Reifen noch prall gefüllt zu sein.

Ich hievte das Rad aus der Ecke und bemerkte dabei, dass die Wand dahinter einige feuchte Stellen aufwies. Noch mehr Arbeit für die Firma Hülstermann. Der Boden wirkte ein wenig uneben, und ich dachte: Vielleicht liegt da Skelett Nummer drei. Ich musste grinsen bei der Vorstellung, obgleich der Gedanke äußerst makaber war. Ein ganzer Friedhof in Tante Amelies Keller? Je schneller ich das Haus loswurde, umso besser.

Die Kellertür zum Garten lag im nächsten Raum. In der Tür steckte ein leicht verrosteter Schlüssel, der sich aber gut drehen ließ, und dann musste ich das ungelenke Vehikel noch die Treppe hinauf in den Garten schleppen. Ich lehnte es an den Zaun, stieg wieder in den Keller hinunter und besah mir noch einmal die feuchte Ecke. Thomas Krauss und seine Männer wollten ja ohnehin am Montag wiederkommen. Es interessierte mich, wie der gute Mann auf die Nachricht von der Ermordung von Knapp reagieren würde. Sicher ein großer Schock. Ich stieß mit dem Fuß an die Wand. Mörtel bröselte heraus. Höchste Zeit, dass Krauss auch hier Hand anlegte.

Wenig später radelte ich durch diesen leicht verschlafenen Stadtteil im Kölner Süden zum nächsten Supermarkt. Kein Regen mehr, der Wind raunte sanft in den fast kahlen Sträuchern der gepflegten Gärten. Nur die Schlaglöcher in der Straße, in der mein Haus lag, bereiteten mir ernsthafte Probleme. Mehrmals wäre ich fast gestürzt. Aber die Stadt ließ sich Zeit mit der Straßensanierung. Diese Schlaglöcher kannte ich seit mehreren Jahren. In jedem Winter wurden sie größer und tiefer.

Meine Einkaufsliste war nicht sehr lang, und so konnte ich eine Stunde später zusammen mit Elvira an das Ordnen der Bücher im Wohnzimmer gehen.

Ich schätzte Elvira sehr und verstand sie gut, als sie sagte: »In den Keller möchte ich bitte nicht. Gern mache ich sauber, wenn die Sanierungsarbeiten fertig sind. Ich mochte diese Räume noch nie. Dumpf und dämmrig.« Umso eifriger half sie mir beim Aussortieren der Bücher. Einen Teil wollte ich verschenken, aber mein Hauptziel war es, weitere Veröffentlichungen von Jakob Faltermeyr zu finden.

Im obersten Regal stieß ich auf ein völlig ramponiertes Buch des Althistorikers Paul Grävenitz, von dem mir meine Mutter erzählt hatte. Der Titel klang eher nichtssagend, aber das Thema reizvoll: »Auf den Spuren der Varusschlacht«. Erschienen 1938, in erster und wahrscheinlich einziger Auflage im Mercurius-Verlag, der sicher schon lange nicht mehr existierte.

Offenbar hatte jemand dieses Büchlein, das knapp hundertzehn Seiten umfasste, öfter gelesen. Eselsohren in den Seiten und Risse im Einband, der einen römischen Helm und ein Schwert zeigte. Ich legte es beiseite und forschte nach weiteren Büchern. Und tatsächlich entdeckte ich zwei von »Onkel« Jakob. »Die Wurzeln des Karnevals« und »Katakomben und Kerker – eine Reise durch das alte Köln«. Dieses letztere Werk war aus dem Jahr 1941. Das Buch erschien mir vielversprechend. Ob der Weiße Mönch aus dem Mittelalter auch darin vorkam, oder ob es vor allem um das römische Köln ging?

Gegen zwölf Uhr jibberte ich nach einem Kaffee. Meine Kehle war nach der Sichtung all dieser staubigen Bücher ausgetrocknet. Elvira hatte die Kartons mit anderen Büchern vollgepackt, darunter erstaunlich viele Kriminalromane aus den neunziger Jahren und außerdem die Gesamtwerke von P. D. James und Sir Arthur Conan Doyle, die ich mit blutendem Herzen aussortierte. Doch ich hatte alle diese Bücher in meiner hannoverschen Bibliothek bereits doppelt, auf Deutsch und auf Englisch.

Elvira erbat sich zwei von den in der Toskana angesiedelten Krimis des Autorenduos Fruttero und Lucentini, die neben älteren Ausgaben von Elizabeth George, Val McDermid und Ann Granger standen. Sie machte sich anschließend daran, die Küche und das obere Stockwerk zu putzen, und marschierte fröhlich »Bella Ciao« pfeifend davon. Italienische Lebensfreude pur!

Kurz bevor ich mich zu meinem Treffen mit Peter aufmachte, rief di Luccio an. Er klang wie immer distanziert: »Sie haben ja gehört, dass wir Dieter Knapps Leiche gefunden haben. Ich würde gern noch einmal bei Ihnen vorbeikommen. Morgen ist zwar Samstag, aber ich möchte Ihnen etwas zeigen, das wir bei

Knapp gefunden haben. Ich hoffe, dass die Firma Hülstermann bei ihrer Arbeit ab Montag keine neuen bösen Überraschungen ausgräbt! Zwei Leichen im Keller sollten reichen!«

Das Letzte meinte er scherzhaft, aber ich reagierte darauf mit einem heftigen »Bitte nicht!«.

Er lachte. »Auf keinen Fall. Ich darf Ihnen über die Ermittlungen nicht viel verraten, doch eines sage ich Ihnen: Knapp alias Riemer wurde laut Obduktion mit derselben Art von Waffe getötet wie Rogner. Ein Messer mit einer auffallend langen Klinge. Ich schätze mal, dass da wohl jemand ungeliebte Mitwisser beseitigen wollte.«

In was war ich da wieder hineingeraten! Einerseits wäre ich gern auf Distanz geblieben, andererseits quälte mich meine altbekannte Neugierde. Deshalb plante ich, nach meinem Museumsbesuch mit Peter heute noch kurz bei der Kneipe vorbeizuschauen, vor der man Knapps oder besser Riemers Leiche entdeckt hatte. Tatortbesichtigung. Ganz unauffällig. Dachte ich mir. Eigentlich hätte ich aus meinen früheren Abenteuern lernen sollen.

Gerade zog ich mir meinen Mantel an, als mein Handy klingelte und Peter sich meldete: »Anna, es tut mir furchtbar leid. Aber ich muss unser Date verschieben. Können wir uns morgen treffen? Mittagessen geht klar, und ins Archiv dürfen wir auch.«

Ich ließ mir meine Enttäuschung nicht anmerken. Nach di Luccios für den nächsten Tag angekündigtem Morgenbesuch hatte ich am Samstag nichts weiter vor. »Ist schon okay«, sagte ich, »wenn auch etwas schade. Ich wollte dir ein Buch von diesem Paul Grävenitz aus dem Jahr 1938 zeigen. Ich habe es beim Aufräumen gefunden, ›Auf den Spuren der Varusschlacht‹. Kennst du es?«

Peter schwieg einen Moment. Dann sagte er: »Von dem Buch habe ich gehört. Es hat Grävenitz damals sehr viel Ärger gebracht, weil er darin einige kritische Bemerkungen zum Verhalten des Cheruskers Arminius beziehungsweise Hermann gemacht hat. Diese Kritik an dem hehren Germanenführer passte nicht in die Zeit um 1940. Meine Eltern besaßen sogar ein Exemplar dieser Veröffentlichung. Alle anderen sind damals eingestampft worden, wohl außer dem Buch, das du jetzt gefunden hast. Der Verlag existiert seit 1939 nicht mehr. Wie schön, dass ich es bei dir ansehen kann.«

Der nächste Anruf folgte sogleich. Es war Habichts Assistent, der Doktorand Albert Schulte. Schüchtern fragte er, ob ich Bücher von Faltermeyr bei meiner Aufräumaktion gefunden hätte.

»Sehen Sie, vielleicht könnte ich davon etwas für meine Doktorarbeit über vergessene Klöster verwenden«, sagte er mit seiner sehr sanften Stimme mit leicht rheinischem Dialekt.

Ich lud den eifrigen Jüngling für Sonntag zum Tee ein, ich würde ihm Faltermeyrs »Katakomben und Kerker« und das Werk über Sankt Gallus ausleihen. Julian Pelter musste sich zunächst mit dessen Werk über den Karneval zufriedengeben. Und in das »Katakomben«-Buch wollte ich bis dahin zumindest hineinlesen. Ich suchte immer noch nach einer Verbindung zwischen diesem Haus, dem doppelten Grab und den Forschungen Faltermeyrs.

Die nächste Stunde verbrachte ich mit der Suche nach der roten Kladde, von der ich mir einiges an privaten Informationen über Faltermeyrs Recherchen erhoffte. Aber leider vergeblich. Im Bücherschrank lag sie nicht. Ich schlug deshalb leicht frustriert den Band zum Thema »Katakomben und Kerker« auf. Der Titel versprach Einsichten in eine längst vergessene Welt.

In der Tat behandelten die ersten Seiten römische Funde in Köln, frühe Tempel und Ruinen, auf denen später Kirchen und Siedlungen errichtet worden waren. Das zweite Kapitel kam meinem Interesse schon näher. Da beschrieb Faltermeyr ausführlicher das Gerücht von der geraubten Kriegskasse aus der Varusschlacht. In diesen Raub waren die Gelder der 17. und 18. Legion involviert. Er erwähnte in einer Fußnote die Untersuchungen seines Freundes Grävenitz zu dem Thema.

Als Kaiser Augustus erfuhr, dass in diesen furchtbaren Kämpfen zwanzigtausend Legionäre gefallen und die beiden Legionen ausgelöscht worden waren, soll er gerufen haben: »Varus, Varus, gib mir meine Legionen wieder!«

Die Münzen blieben verschwunden. Ob noch in Köln verblieben oder längst zurück nach Rom transportiert, konnte Faltermeyr auch nicht sagen. Er zitierte eine Fülle alter Gerüchte über den angeblichen Verbleib des Schatzes, für die er keinerlei Belege hatte.

Der größte Teil des Buches behandelte jedoch die Entstehung des mittelalterlichen Köln. Der Weiße Mönch kam in einem späteren Kapitel über »Die Sage von Herwig von Castelraun« vor. Darin hieß es, dass bereits im 12. Jahrhundert ein Mönch namens Ludolf, geboren als Herwig von Castelraun, mehrere Untaten in Köln beging, stets in eine helle Kutte gekleidet. Als er eine ältere Frau überfallen und beraubt hatte, stellte man ihn und verurteilte ihn zum Tode. Er konnte jedoch aus dem Kerker entfliehen und wurde nie wieder gesehen. Leider war dies ein sehr kurzes Kapitel und stellte keine Verbindung zu Faltermeyrs Bericht in seinem Werk über Sankt Gallus und den Weißen Mönch aus dem 16. Jahrhundert her, der wie eine Rückkehr des Phantoms aus dem 12. Jahrhundert wirkte. Enttäuscht legte ich das Buch weg.

Da mir noch einige Stunden bis zu Pelters Besuch blieben, beschloss ich, mich erneut aufs Fahrrad zu schwingen und zum »Germanicus« zu radeln. Die Luft fühlte sich wieder feuchter an, doch es regnete nicht. Nur der Wind frischte auf. Nach knapp einer Viertelstunde stieg ich vor der Kneipe vom Rad.

Kein Polizeisperrband mehr auf dem kleinen Parkplatz davor. Es stand auch kein Auto da. Ohnehin hätten nicht mehr als vier Wagen hier Platz gehabt. Dies war eine durchschnittlich aussehende Kölner Kneipe mit diversen Reklamen für Bier an der Außenwand und einer Speisekarte hinter Glas. Der Name »Germanicus« stand auf einem großen rostigen Schild über der Eingangstür, etwas windschief und vom Zahn der Zeit benagt. Die Kneipe hatte schon geöffnet. In dem dämmrigen Schankraum saßen zwei ältere Männer in einer Ecke und tranken ihr Kölsch. Sie blickten nur kurz auf, als ich eintrat, und starrten dann weiter schweigend in ihre Gläser.

Ich setzte mich ans Fenster und studierte die Speisekarte. Mein Magen knurrte leicht, da ich nach Peters Absage auf mein Mittagessen verzichtet hatte. Eine junge Frau trat herbei und fragte freundlich nach meinen Wünschen. Cola und ein Würstchen mit Kartoffelsalat. Sie lächelte und wollte die Bestellung aufgeben, als ich sie fragte: »Sagen Sie, stimmt es wirklich, dass vor Ihrer Tür ein Toter gefunden wurde?«

Sie sah sich vorsichtig um und antwortete fast flüsternd: »Ja, auf dem Parkplatz. Mein Chef ist hingegangen.« Sie schüttelte sich. »Der Anblick muss furchtbar gewesen sein.« Ihre anschließende dramatische Schilderung, wie ihr Chef die Leiche entdeckt hatte, brachte nichts Neues. Aber sichtlich erschüttert zog sie ein rosa Taschentuch aus ihrer Kitteltasche und schnäuzte sich lautstark.

»Das ist ja schrecklich«, sagte ich. »Und was ist dann passiert?«

Wie gut, dass die junge Frau, die laut des Namensschilds auf ihrer Bluse »Marga« hieß, so gesprächig war. Ihr Chef hätte mir wahrscheinlich keinerlei Auskunft gegeben.

Marga sah sich wieder um und senkte ihre Stimme: »Ja, die Polizei ist gekommen und hat uns befragt. Ich hatte noch Dienst. Und mein Chef, der Friedbert, konnte sich erinnern, dass der Mann mit zwei anderen Typen am 11.11. hier war. Die sind ihm aufgefallen, weil der eine sturzbetrunken war und die beiden anderen ihn auf die Straße gebracht haben.« Marga schluckte. »Jetzt ist er tot.«

Auch Marga konnte den dritten Mann nicht näher beschreiben, der die beiden anderen begleitet hatte. »Der hatte eine Wahnsinnsperücke auf und spiegelnde Brillengläser in bunten Farben. So wie die Brillen von Elton John.« Sie lächelte. »Den finde ich klasse.«

Sie wollte noch etwas hinzufügen, verstummte aber schlagartig. Denn hinter der Theke tauchte ein stattlicher Mann auf. »Oje, mein Chef«, flüsterte Marga. Laut sagte sie: »Kartoffelsalat und Cola kommen gleich.« Und weg war sie.

Friedbert Gaymann war fast zwei Meter groß. Er hatte kleine Augen in einem sehr bärtigen Gesicht. Er wirkte auf mich nicht sympathisch. Mit großen Schritten steuerte er auf mich zu und sagte: »Belästigen Sie bitte unsere Bedienung nicht. Sind Sie von der Zeitung?«

Ich schüttelte den Kopf.

Sein Blick wirkte kalt und abschätzend. »Das mit dem Toten hat sich schon herumgesprochen, wie ich annehme. Aber wir können und wollen dazu nichts sagen. Das ist Polizeisache. Ist schon schlimm genug, dass vor meinem Lokal eine Leiche im Auto sitzt. Also keine Fragen an Marga!« Damit verzog er sich hinter den Tresen und sortierte Flaschen, behielt mich aber im Auge.

Mein Essen kam nach wenigen Minuten. Der Kartoffelsalat schmeckte fettig, die lauwarme Wurst fade, die Cola allerdings war eiskalt.

Als ich nach der Rechnung verlangte, kam der Wirt selbst und kassierte die neun Euro und fünfzig Cent, die ich auf zwölf Euro aufrundete. »Für Marga«, sagte ich und verließ das Lokal. Die beiden Männer in der Ecke saßen immer noch schweigend vor ihren Gläsern, die Friedbert Gaymann allerdings inzwischen zweimal aufgefüllt hatte. Es hatte zu nieseln begonnen. Ich wischte den Sattel meines Rades trocken und wollte gerade aufsteigen, als Marga aus einer Seitentür der Kneipe huschte.

»Ich wollte Ihnen noch was sagen, was ich vergessen habe, der Polizei zu erzählen.«

»Und warum dann mir?«

Marga lächelte. »Sie scheinen nett zu sein, und der Friedbert ist oft so fürchterlich grimmig. Der macht uns allen manchmal Angst. Es ist sicher auch nicht wichtig, aber der zweite Typ, den der Friedbert angeblich nur flüchtig beschreiben konnte, war schon öfter bei uns im ›Germanicus‹ und kennt Friedbert wohl ganz gut. Denn den hat er geduzt und ›Otto‹ genannt. Aber den Dritten scheint Friedbert echt nicht gekannt zu haben. Ich habe gehört, wie er zu diesem ›Otto‹ gesagt hat: ›Lass dich nicht mit jedem ein.‹ Aber ›Otto‹ war auch so voll, dass er darauf nicht reagiert hat. Und dann sind sie raus aus dem Lokal. Aber, wie gesagt, dieser Otto war nicht zum ersten Mal bei uns, seine Kumpels habe ich dagegen noch nie zuvor gesehen. Na ja, den mit der Perücke hätte ich nicht einmal erkannt, wenn es mein Nachbar gewesen wäre.«

Mit diesen Worten eilte Marga zurück in die Kneipe. Ihre Beobachtungen hätte ich eigentlich sofort an di Luccio weitergeben müssen. Wenn ich dies aber di Luccio meldete, dann würde auffliegen, dass ich mal wieder auf eigenen Pfaden wandelte und mich in laufende Ermittlungen einmischte.

Mit heftigen Gewissensbissen fuhr ich durch den immer stärker werdenden Regen nach Hause zurück. Ich war hin- und hergerissen. Aber wie sollte ich meine Information an di Luccio weitergeben? Offenbar hatte Friedbert Gaymann keine Absicht, der Polizei zu berichten, dass tatsächlich Otto Rogner zusammen mit Riemer in der Kneipe gewesen war und der Wirt ihn sogar recht gut kannte. Was sollte ich machen? Immer dasselbe Spiel, wenn ich mich, von meiner Neugier getrieben, in alle Nesseln setzte, und diesmal konnte mich Hans Schumann vielleicht nicht schützen wie in den früheren Fällen. Di Luccio würde mich kaum freundlich die »Miss Marple von Köln« betiteln, sondern mir die Leviten lesen. Mist!

Nach der zweiten Tasse Tee, mit der ich den säuerlichen Nachgeschmack meines wenig erquicklichen Mahls im »Germanicus« heruntergespült hatte, klingelte es an der Haustür. Ein überpünktlicher Julian Pelter, dachte ich. Doch da stand ein patschnasser Kommissar Andrea di Luccio und sagte: »Entschuldigen Sie, aber ich muss dringend mit Ihnen sprechen.«

Zeichen an der Wand

Mir war es sehr recht, als Pelter mich anrief und mir mitteilte, er würde sich um eine Stunde verspäten. »Ich bin in einer Sitzung mit Habicht zu Finanzierungsfragen. Das zieht sich hin. Aber ich komme auf jeden Fall«, sagte er.

Di Luccios überraschender Besuch hatte mich so durcheinandergebracht, dass ich kurz erwog, Pelter abzusagen. Doch nach dem Gespräch mit di Luccio wäre sogar der wenig empathisch wirkende Julian Pelter eine angenehme Ablenkung.

Der sonst immer so selbstsichere Kommissar hatte sich im Wohnzimmer auf das bunt geblümte Sofa gesetzt. Er druckste eine Weile herum, bis er sagte: »Wir waren heute in der Wohnung, die sich Dieter Knapp alias Gerhard Riemer in Köln gemietet hatte. Auf Nachfrage haben die für Osnabrück zuständigen Behörden uns mitgeteilt, dass Riemer wegen Diebstahl und Körperverletzung bereits zweimal eingesessen hat. Und während seiner zweiten Haft hat er wohl Otto Rogner getroffen. Beide waren in der JVA in Celle.«

Ich wartete geduldig, dass di Luccio zum Punkt kam, und bot ihm etwas zu trinken an. »Ja, Wasser wäre schön«, antwortete er.

Er stürzte das erste Glas wie in Verdurstender hinunter und fuhr dann fort: »In Osnabrück war Riemer schon lange nicht mehr gemeldet. Er ist bei einer Tante aufgewachsen, da seine Eltern früh verstorben sind, hat seine Lehre als Maurer abgebrochen, von Gelegenheitsarbeiten gelebt, dann mehrere kleine Diebstähle begangen, wurde bei einer seiner Touren in einem Elektromarkt geschnappt, als er sich eine Kamera unter den Nagel riss. Er kam dann aber auf Bewährung frei und – jetzt kommt es – hat bei einem Einbruch mitgeholfen, bei dem 2017 einem Sammler von Antiquitäten aus der Gegend von Osnabrück unter anderem antike Münzen entwendet wurden. Er wurde verhaftet und kam vor Gericht. Die Diebesbeute wurde nicht bei seiner Verhaftung gefunden. Riemer wollte damals den Namen seines Komplizen, der ihn zu der Tat angestiftet hat, nicht nennen. Rogner kann es nicht gewesen sein. Der saß ein. Dieser Sammler bezifferte den Wert der gestohlenen Münzen auf etwa einhunderttausend Euro. Ein vom Gericht beauftragter Experte allerdings meinte, allein die gestohlenen Münzen aus dem frühen Mittelalter hätten diesen Wert gehabt. Insgesamt einhundert Münzen aus verschiedenen Epochen. Riemer wurde zu vier Jahren verurteilt, zumal er bei seiner Festnahme einen Polizisten niedergeschlagen und verletzt hatte. Er hätte bis letzten Januar einsitzen sollen, wurde aber schon letztes Jahr im August wegen guter Führung vorzeitig aus der JVA Celle entlassen.«

Di Luccio füllte selbst sein Glas auf. »Zunächst war er noch in Osnabrück gemeldet, danach verliert sich seine Spur, bis er hierhergekommen ist. Wir vermuten, dass er in Hannover vorübergehend bei seinem Kumpel Rogner untergekommen ist. Seit diesem Frühling lebte er in Köln, war hier sogar gemeldet und hat als Aushilfe bei verschiedenen Handwerksbetrieben gejobbt. Nie lange, immer nur wochenweise.«

»Woher wissen Sie das so genau?«

»Wir haben in seiner Wohnung diverse Quittungen gefunden und Abrechnungen von insgesamt vier Betrieben, bei denen er kurzzeitig gearbeitet hat. Darunter eine Autowerkstatt und ein Getränkelieferant. Immer auf Stundenbasis, knapp unterhalb der Steuerpflicht. Dann hat er wohl eine längere Pause eingelegt und sich zuletzt mit seinem alten Spezi Rogner in Verbindung gesetzt. Er hat ihn mehrfach vom Festnetz angerufen, wie wir nachweisen konnten. Sein Handy ist weg.«

Di Luccio kramte in seiner Jackentasche und zog ein Taschentuch aus Stoff heraus. »Das wollte ich Ihnen erst morgen zeigen. Doch nun bin ich schon mal bei Ihnen.«

Umständlich wickelte er eine Münze aus dem Stoff. »Die haben wir in Riemers Wohnung gefunden. Sehen Sie die Ähnlichkeit zu Ihren Kellerfunden? Es waren laut Habicht ursprünglich drei Münzen, bei Rogner haben wir nur zwei gefunden. Ich bin mir sicher, dass dies die dritte ist. Entweder hat Rogner diese Münze Riemer als anteilige Bezahlung gegeben, oder Riemer hat sie vorher schon selbst gestohlen.«

Ich nahm die goldene Münze vorsichtig in die Hand. Eine schöne Prägung aus den ersten Jahren des Imperators Augustus. »Könnte das nicht auch eine der Münzen aus dem Einbruch bei dem Sammler sein?«, fragte ich.

»Nein, der besaß keine Münzen aus der Zeit des Augustus, sondern sein Schwerpunkt lag auf dem 2. und 3. Jahrhundert. Dies muss die dritte Münze aus dem Doppelgrab sein. Nach ersten Schätzungen ungefähr fünftausend Euro wert.«

Di Luccio nahm mir die kleine Kostbarkeit wieder aus der Hand. »Aber das war es nicht, weshalb ich heute schon zu Ihnen gekommen bin«, sagte er.

»Nun bin ich aber gespannt!« Ich wollte mit meiner Bemerkung ein wenig von der latenten Spannung im Raum abbauen, aber di Luccio ging nicht darauf ein.

»In seiner Wohnung, übrigens ein ziemlich verschmutztes Zimmer voll mit leeren Pizzakartons und Coladosen und einem Kühlschrank gefüllt mit Bierflaschen, haben wir weder Handy noch Laptop gefunden. Da lag nur noch das Kabel herum. Aber unter seinem Kopfkissen, dessen Zustand ich Ihnen lieber nicht schildern möchte, lag ein verkrumpelter Zettel.« Di Luccio hielt mir sein leeres Glas vor die Nase. »Kann ich bitte mehr haben?« Der adrette Kommissar schien völlig von der Rolle zu sein.

»Auf diesem Zettel steht Ihre Adresse mit dem Vermerk ›O. und K. informieren‹. Dazu eine Handynummer, die aber nicht mehr existiert, wohl wieder mal ein Prepaidhandy, und ein Name, den wir noch recherchieren. Ein gewisser Tobias Funk. Der Name sagt uns nichts, ist in keiner Polizeiakte aufgeführt. Wir sind aber dran. Mich beunruhigt das Gefühl, dass hinter all dem eine sehr viel größere Sache steckt.« Er stellte das Glas auf den Tisch.

»›O.‹ steht sicher für Otto, wer aber ist ›K.‹?«, fragte ich.

»Die beiden Toten sind offenbar von einer dritten Person manipuliert worden. Die Frage ist, könnte irgendjemand schon vor der Entdeckung des doppelten Grabes bei Ihnen im Keller davon gewusst haben oder früher schon einmal selbst vor Ort gewesen sein?«

Ich schüttelte ungläubig den Kopf. Das alles klang für mich sehr weit hergeholt. »Da kann ich Ihnen nicht weiterhelfen. Mir fällt ad hoc niemand ein. Ich selbst recherchiere gerade noch in den Bücherbeständen meiner Tante, ob es da irgendeine Veröffentlichung gibt, in der etwas in diese Richtung angedeutet wird. Falls jemand diese Bücher kennt, könnte er auf eine Spur gestoßen sein. Ist aber eher unwahrscheinlich. Diese Bücher sind längst vergriffen, höchstens noch antiquarisch erhältlich.«

Ich ging zum Bücherschrank und holte zwei der Werke von Jakob Faltermeyr, das Buch über »Katakomben und Kerker« und »Der Weiße Mönch«.

Di Luccio lächelte ein wenig, als er die Titel las. »Junge, Junge, das klingt sehr reißerisch. Ist das seriös?«

»Faltermeyr, der dieses Haus in den letzten Kriegsjahren hütete, galt in seiner Zeit durchaus als renommierter Experte und verlässlicher Sachbuchautor. Ich gebe aber zu, dass diese Titel ziemlich dramatisch klingen.«

»Und was soll ich mit diesen Büchern? Ich habe echt keine Zeit, auch noch in alten Schmökern zu stöbern.« Er war schon ein echter Charmebolzen, dieser Andrea di Luccio!

»Wie ich schon sagte, könnten in diesen Büchern einige wichtige Informationen enthalten sein. Vielleicht hilft das in diesem Fall weiter. Ich habe sie allerdings schon jemandem versprochen.«

Di Luccio unterbrach mich rüde. »Lassen Sie's gut sein. Diese Art von Büchern ist wohl eher etwas für historisch interessierte Leser. Ich ziehe Magazine über Sport und Restaurantführer vor.« Er winkte ein wenig ungeduldig ab.

Ich dachte, er wäre fertig mit seinem Anliegen, wobei ich nicht recht verstand, weshalb er mir unbedingt heute diesen Zettel zeigen musste. Das hätte Zeit bis zum nächsten Tag gehabt. Doch der gute Kommissar hatte offensichtlich noch etwas auf dem Herzen.

»Liebe Frau Bentorp, ich weiß ja, dass Sie sich von dieser Angelegenheit tangiert fühlen. Und natürlich sind Sie erpicht, Details zu erfahren. Schließlich geht es um Ihr Haus. Aber dies ist eine laufende Ermittlung. Wir informieren Sie so weit und so viel wie nötig über die Fakten, die Sie betreffen. Das sollte Ihnen genügen. Ich habe Ihnen schon mehr erzählt, als ich eigentlich befugt bin zu sagen. Doch da diese Morde wahrscheinlich mit dem Fund in Ihrem Haus zu tun haben, habe ich meine Grenzen überschritten und Ihnen einiges anvertraut.«

Sein Blick wurde kalt, als er hinzufügte: »Aber ich bin nicht Hans Schumann, der immer sehr viel Verständnis für Ihre Eskapaden bewiesen hat. Ich dagegen verbitte mir solche Alleingänge und Einmischungen.«

Ich spürte, wie mir die Röte ins Gesicht schoss. Seine Stimme klang bedrohlich: »Sie glauben doch nicht etwa, dass mir Ihr kleiner Ausflug zum ›Germanicus‹ verborgen geblieben ist.«

Mist, dachte ich, so ein verdammter Mist. Woher wusste er das denn? Ich stotterte: »Woher weiß Gaymann, wer ich bin?«

Di Luccio lächelte kühl. »Friedbert Gaymann ist ein alter Bekannter von mir. Wir sind im selben Fußballverein, und meist feiern wir Karneval zusammen. Er ist ein durch und durch seriöser Geschäftsmann. Neben dem ›Germanicus‹ gehören ihm die ›Römerstuben‹, ein sehr gutes Restaurant am Rhein. Er hat mich gleich nach Ihrem Besuch angerufen und mich über Ihren Auftritt in seinem Lokal informiert. Wobei er Ihren Namen natürlich nicht kannte, sondern sich über eine, ich zitiere, ›lästige Dame in mittleren Jahren‹ beschwerte, die sein Personal behelligt habe. Ich habe ihn darüber aufgeklärt, wer Sie sind, dass Ihnen das Haus von Amelie Feldmann gehört und dass in Ihrem Keller zwei Skelette gefunden wurden. Er zeigte sich verständnisvoll, als er hörte, dass der Tote vor dem ›Germanicus‹ in den Fall involviert war. Aber ich kann Sie nur dringend vor weiteren Recherchen warnen. Also keine Privatinterviews mehr!«

Er stand auf. »Danke für das Wasser. Ich wünsche Ihnen einen guten Abend. Mein für morgen angedachter Besuch ist damit hinfällig.«

Er hatte es mir so richtig gegeben. Und ich beschloss, ihm kein Sterbenswörtchen von Margas Beobachtungen zu erzählen. Die würde ich höchstens Schumann anvertrauen. Mit di Luccio war ich durch. Dieser arrogante Schnösel. Echt Kölner Klüngel. Zusammen mit Friedbert Gaymann im Karnevalsverein! Als ob das aus diesem dubiosen Wirt einen Heiligen machte. Ich schnaubte zornig.

Als er das Haus verließ, knallte ich die Tür hinter ihm zu. Ich brauchte jetzt etwas Stärkeres als Tee, aber außer einer Flasche mit uraltem Sherry stand nichts im Küchenschrank.

Mein Handy klingelte. Schumann.

»Hallo, meine liebe Anna«, begrüßte er mich. Welche Wohltat, seine Stimme zu hören. »Wir sind gut angekommen, aber das wirst du ja schon von Richard gehört haben.«

Pustekuchen! Richard hatte mich nicht einmal einer SMS gewürdigt.

»Ziemlich regnerisch unterwegs. Aber ich bin rechtzeitig zu der Begegnung mit der Bekannten von Otto Rogner gekommen. Recht aufschlussreich. Leider darf ich dir nicht viel erzählen. Nur eines: Sie ahnte, wie sie sagt, dass er ein Ding am Laufen hatte. Es hat mehrere Anrufe gegeben, die er immer auf dem Balkon entgegennahm. Sie dachte erst, er hätte eine andere Freundin. Aber dafür waren die Telefonate zu kurz, wie sie sich erinnert. Das Handy haben wir nicht gefunden. Das ist das Übliche, Handy weg, Laptop verschwunden. Wäre noch schöner, wenn alles immer reibungslos liefe.«

Er räusperte sich. »Anna, di Luccio hat mich angerufen. Offenbar hast du im ›Germanicus‹ mal wieder selbstständig recherchiert. Er hat mich gebeten, dir auch noch mal ins Gewissen zu reden. Bitte keine Alleingänge!«

Ich wäre fast explodiert. »Dieser hinterfotzige Kerl!«, brach es aus mir heraus. »Er kennt den Wirt vom Fußball und vom Karneval und möchte deshalb nicht, dass man allzu sehr nachfasst. Wenn du mich fragst, Friedbert Gaymann kommt mir suspekt vor. Ich glaube nicht, dass er eine weiße Weste hat.«

Sollte ich Schumann wirklich von meinem Gespräch mit Marga

berichten? Ich war plötzlich verunsichert. Vielleicht sprach ihm di Luccio aus der Seele, und beide waren sich einig, mich aus dem Fall herauszuhalten. Dagegen hatte ich im Prinzip nichts, da ich in den letzten Jahren genügend Abenteuer überstanden hatte. Aber ich wollte nicht wie eine Idiotin behandelt werden. Und zudem ging mich die Geschichte durchaus etwas an.

Ich beschloss, Schumann erst einmal nichts zu sagen. Das könnte ich immer noch. Leider lernte ich selten aus meinen Fehlern, und genau diese Art von Entschlüssen hatte mich schon früher in Gefahr gebracht. Meine Mutter pflegte über mich zu sagen: »Sie mag ja recht gebildet sein, ist aber weder weise noch vorsichtig – und zudem stur.«

Schumann reagierte gelassen auf meinen kleinen Ausbruch. »Goosfraba!«, zitierte er aus dem Film »Die Wutprobe« und bewies damit, dass er gelegentlich ins Kino ging. »Ich kann mir diesen Wirt noch mal vornehmen. Aber bitte mische dich nicht ein. Wir wissen, dass es eine Verbindung zwischen Rogner und Riemer gab und die beiden gemeinsam im Auftrag eines Dritten gehandelt haben. Unsere Suche konzentriert sich auf diesen Hintermann.«

Der Meinung war ich auch. Es gab irgendeine Verbindung zwischen Rogner und Gaymann. Aber ich verkniff mir jeglichen Kommentar und schwieg, was mir schwerfiel.

Schumann verabschiedete sich und versprach mir, sich vor der Rückfahrt nach Köln zu melden. »Wie schon gesagt, es wird am Sonntag eher spät werden.«

Ich überlegte, wie ich dann mehr Informationen aus ihm herauskitzeln könnte. Ihn mit Bier abfüllen? Ihn mit ein paar Fitzeln aus Margas Beobachtungen ködern? Ich musste mir etwas ausdenken.

Richards Anruf folgte, als hätte er es mit Schumann abgesprochen, wenige Minuten später. Er habe die Münze gefunden. Eindeutig eine Goldmünze aus der ersten Regierungsdekade von Kaiser Augustus. »Also ähnlich wie die Münzen aus dem Grab.«

Er klang etwas gestresst und sagte auf meine besorgte Frage nach seinem Befinden, er müsse am Samstag seine Kunstsprechstunde halten, da sich mehrere Leute mit Objekten für eine Expertise angemeldet hätten. Richard meinte, er wolle das nicht auf die lange Bank schieben. »Es wird aber mehrere Stunden dauern. Manchmal nerven mich diese Geister, die ich rief.«

Im Grunde liebte er dieses auch für ihn lukrative Nebengeschäft und hatte dabei nicht nur etlichen Klienten bei der Bewertung von Funden aus Erbe, Keller oder Speicher helfen können, sondern im Gegenzug selbst den einen oder anderen Gegenstand für sein eigenes Geschäft erworben.

Er fragte mich, ob ich etwas Neues über meine Skelette im Keller wisse – er sagte tatsächlich »deine Skelette« –, und sagte mir zum Abschied ein paar freundliche Nichtigkeiten. Meine Stimmung war dank di Luccios Besuch und Schumanns herablassendem »Goosfraba« gedämpft, und ich blieb eher wortkarg. Bei mir eine Seltenheit.

Eine halbe Stunde nach di Luccios Abgang tauchte Julian Pelter auf. Ähnlich wie di Luccio sah er wie ein begossener Pudel aus und nahm dankend den Tee an, den ich ihm zum Aufwärmen anbot. Ich spürte, dass er ungeduldig war, und rückte deshalb rasch mit den drei Büchern Faltermeyrs heraus.

»Oh, ›Katakomben und Kerker‹, das ist eine Rarität«, freute er sich. Wie ich erwartet hatte, zeigte er sich aber begeisterter von dem »Weißen Mönch«.

»Von dieser Figur habe ich schon im Zusammenhang mit einer völlig anderen Geschichte gehört«, sagte er. »Dabei ging es um eine antike Schrift, die ein junger Mönch von Sankt Gallus übersetzt haben soll. Diese Geschichte jedenfalls stand in einer Stadtchronik Kölns aus dem Jahr 1550. Diese und einige frühere Chroniken kannte Faltermeyr wohl auch, die Schrift von Bruder Lambertus, entstanden 1528, und eine Chronik von 1521. Mühsam zu lesen, aber spannend. Die Übersetzung der alten Texte dieses Mönchs von Sankt Gallus hat den Krieg überdauert. Sie müsste in einem Archiv liegen. Ich tippe aufs Kolumba. Angeblich soll es davon auch noch eine Kopie gegeben haben, die aber wahrscheinlich in den Kölner Bombennächten verbrannt ist.«

»Was wissen Sie denn über diesen Weißen Mönch?« Pelter war eine wahre Quelle an Informationen. Ich war neugierig geworden.

»Es geht die Fama, dass dieser besagte Mönch im 16. Jahrhundert den ursprünglichen Übersetzer des Textes aus der Antike ermordet haben soll, um an das Dokument und das darin verborgene Geheimnis der verschollenen Kriegskasse der 17. und 18. Legion bei der Varusschlacht zu gelangen. Ich glaube längst nicht mehr an diese Geschichte und halte auch die Gruselmär vom Weißen Mönch für maßlos übertrieben. Meine Interpretation dieser Geschichte ist, dass es vielleicht zwei oder drei ungeklärte und unerklärbare Morde in der Zeit gegeben und der Volksmund daraus eine Horrorstory gewoben hat. Die Menschen haben immer schon Freude an Sensationen gehabt.«

Ich nickte. So weit war ich mit meinen Erkenntnissen auch schon gekommen. Pelter dozierte weiter.

»Aber im Kloster Sankt Gallus gab es um 1520 tatsächlich ein paar mysteriöse Vorkommnisse. Und einer der Mönche wird in der Chronik von Bruder Lambertus aus dem Jahr 1528 als überzeugter Anhänger von Martin Luther beschrieben, was zu allerlei Querelen geführt haben muss. Denn Köln blieb auch während der Reformation eine Hochburg des Katholizismus. Mag sein, dass aus diesem Querdenker in der Legende der Weiße Mönch wurde, dem man als Gefolgsmann Luthers allerlei zutraute, auch, sich mit dem Bösen einzulassen.«

Das war nun schon die dritte Variante über die Identität des mysteriösen Mönchs. Ein Anhänger Luthers? Es wurde immer skurriler.

Ich rang einige Sekunden mit mir. »Gut, dann nehmen Sie beide Bücher mit. Aber ich habe sie auch Albert Schulte versprochen, der sie sich für seine Doktorarbeit ausleihen möchte und am Sonntag vorbeikommt. Ich selbst interessiere mich auch dafür, zumal ich gern mehr über das Schicksal von Jakob Faltermeyr wissen möchte, der eng mit der Familie meiner Patentante verbunden war.«

Pelter bedankte sich überschwänglich und sagte: »Ich bringe sie Ihnen am Sonntagmittag wieder zurück. Falls darin Themen sind, die ich für meine Arbeit als wichtig erachte, kann ich die Stellen scannen. Oder ich leihe mir die Bücher später nochmals aus.«

Er packte beide Bücher in einen fleckigen Leinenbeutel und ging zur Haustür. Doch dann blieb er jäh im Flur stehen. »Dürfte ich noch einmal kurz in den Keller?«, fragte er fast schüchtern. »Ich würde gern einen sozusagen letzten Blick auf das Grab werfen. Es gibt sicherlich nichts mehr zu entdecken, aber dennoch spüre ich so etwas wie Ehrfurcht, wenn ich daran denke, dass hier ein Römer vor zweitausend Jahren seine letzte Ruhestätte gefunden hat.«

Zusammen gingen wir in den kleinen Raum. Pelter starrte gedankenverloren auf die aufgewühlte Erde und die zerbrochenen Fliesen, als erwarte er eine Offenbarung.

»Wir sind dank der Untersuchungen von Frau Decker diesem Toten ein Stückchen nähergekommen, wissen, dass er ein Mann in den besten Jahren war, dass er durch ein Schwert getötet wurde. Aber dennoch stehen wir erst am Anfang. Die Forensik kann nicht überall Licht ins Dunkel bringen. Uns fehlen leider bisher schriftliche Zeugnisse zu diesen Ereignissen rund um die Varusschlacht. Vielleicht sollten wir diese alte Handschrift aus dem Kloster Sankt Gallus auftreiben.«

Ich ließ Pelter mit seiner Andacht allein und ging in den vorderen Raum. Wieder fielen mir die Flecken an der Wand auf, die lange Zeit durch das Fahrrad verdeckt gewesen waren. Was mich dazu trieb, mit dem Fuß kräftig dagegenzustoßen, weiß ich nicht mehr. Vielleicht wollte ich testen, inwieweit die Feuchtigkeit die Wand schon zerstört hatte. Jedenfalls begann die Wand zu bröckeln. Es entstand ein faustgroßes Loch mit gelblich schimmernden Rändern.

Ich fuhr mit den Fingern über die Umrandung. Der Mörtel blieb an meiner Hand kleben, und das Loch vergrößerte sich. Drum herum zeigten sich Risse, die sich wie ein Spinnennetz ausbreiteten. Vorsichtig stieß ich noch einmal dagegen. Ein Stück Stein knallte vor mir auf den Boden. Ich bekam es mit der Angst zu tun. Was, wenn die ganze Wand einstürzte? Lieber den Notdienst der Firma Hülstermann anrufen. Ich hatte ihre Notnummer in meinem Handy gespeichert.

In diesem Moment kam Julian Pelter aus dem hinteren Raum.

»Danke, dass ich das noch einmal sehen durfte. Es muss ein merkwürdiges Gefühl für Sie sein, diese zwei Skelette im eigenen Keller gehabt zu haben. Wie aus einem Gruselroman.« Er blieb stocksteif stehen, als er mich vor dem Loch in der Wand erblickte. »Du lieber Himmel, was ist denn hier los? Bricht die Wand zusammen?«

»Ich hoffe nicht. Aber ich rufe den Notdienst. Das ist unheimlich. Ich habe diese feuchten Stellen gerade erst entdeckt. Und das Loch sieht beängstigend aus.«

Pelter stellte sich neben mich und spähte hinein. Er hüstelte und sagte: »Ich glaube, da steckt etwas in der Wand.«

Ich starrte ihn schockiert an. »Was soll da sein? Eine kaputte Leitung?«

»Da ist eine größere Aushöhlung, so eine Art winziger Zwischenraum.«

Ich zückte mein Handy und schaltete die Taschenlampenfunktion an. Behutsam leuchtete er in das Loch hinein. »Viel kann ich nicht sehen. Doch das scheint mir eine tiefe Nische zu sein. Sie sollten wirklich so schnell wie möglich einen von Hülstermanns Leuten kommen lassen.«

Eine Stunde später tauchte Thomas Krauss persönlich auf, der, wie er mir sagte, heute Notdienst hatte. »Ihr Keller entwickelt sich allmählich zu einem Alptraum«, meinte er halb scherzhaft. Ich konnte ihm nur zustimmen.

»Na, dann wollen wir mal. Dieser Raum steht auch auf unserer Liste für die Sanierung. Aber mit solchen bröckelnden Wänden darf man nicht scherzen.« Mit einem freundlichen Lächeln stieg er hinunter in den Keller.

Es dauerte keine zehn Minuten, da hallte seine Stimme bis ins Wohnzimmer, wo ich mit Pelter saß, der mir dankenswerterweise Gesellschaft leistete. Vielleicht war Pelter doch nicht so übel, wie ich gedacht hatte.

»Frau Bentorp, kommen Sie bitte schnell! Sie werden nicht glauben, was in der Wand steckt! Und rufen Sie am besten auch gleich diesen Kommissar di Luccio an! Dieser Keller ist eine echte Gruselkammer. Junge, Junge, wenn das die gute Frau Feldmann geahnt hätte!«

Lucius und Ambrosius

Köln im Jahr 1521

Ambrosius fühlte sich wie ein Gefangener. Er war wieder einmal allein im Skriptorium, spürte aber ein Kribbeln im Nacken. Ein Zeichen für ihn, dass etwas nicht stimmte. Ob Markus ihn beobachtete? Seit ihrer denkwürdigen Begegnung hier in diesem Raum waren drei Tage vergangen. Die Fastenzeit hatte begonnen, und Abt Hieronymus hatte Ambrosius mit der Abschrift eines durch Feuchtigkeit fast unleserlich gewordenen Textes beauftragt.

Lustlos machte er sich an die Arbeit. Er traute sich derzeit nicht, sich wieder an seine eigene Übersetzung zu setzen. Dabei drängte die Zeit. Er wollte so bald wie möglich seine Suche nach den Goldmünzen des Varus fortsetzen.

Was aber würde er tun, wenn er die Münzen tatsächlich fand? Er konnte nicht mit einem Sack voller Gold zurück zu seinen Eltern in die Eifel. Wie sollte er seinen gottesfürchtigen Eltern erklären, dass er, angeregt durch eine alte Schrift, zum Schatzsucher geworden war? Selbst wenn er ihnen großzügig einen großen Teil seines Fundes schenkte, wäre vor allem sein Vater wenig begeistert von seinem Sohn, der das Kloster verließ und sich dem schnöden Mammon hingab.

Ambrosius steckte in einem selbst verschuldeten Dilemma. Ursprünglich hatte er mit der Übersetzung der alten Schrift aus purer Neugierde begonnen. Ihn faszinierte diese Reise in die Vergangenheit, diese Begegnung mit Menschen, die vor anderthalbtausend Jahren gelebt hatten. Bald war er in den Bann der mysteriösen Geschichte um den geraubten Münzschatz als Teil eines grausamen Kapitels der Weltgeschichte geraten. Allmählich aber wurde er von der Begierde, den vielleicht noch in dieser Stadt verborgenen Schatz zu finden, erfasst. Und diese Gier wuchs stetig. Doch bisher war alles nur ein Spiel gewesen. Er hatte sich über die Konsequenzen keinerlei Gedanken gemacht.

War es erstrebenswert, diesen mit Blut befleckten Schatz zu besitzen? Sollte er nicht lieber die Bergung der Münzen späteren Generationen überlassen und sich damit zufriedengeben, dass er dank seines Scharfsinns den Schatz entdeckt, ihn aber nicht gehoben hatte? Seine Schrift würde er als sein Vermächtnis der Nachwelt hinterlassen, den Gedanken an die verlockenden Goldmünzen verdrängen und sich wieder anderen Aufgaben widmen.

Ambrosius seufzte. Ja, das war die Lösung, mit der er leben konnte. Er sah seine Zukunft nicht in der materiellen Welt, sondern im Kloster. Er spürte förmlich, wie die Gier, dieses verhängnisvolle Gift, von ihm wich. Eine ungeheure Erleichterung erfasste ihn, eine stille Freude. Statt nach dem Schatz zu trachten, würde er die Geschichte des Römers als Quelle für einen Roman nutzen.

Ambrosius kannte sich mit Literatur aus und hatte als Jugendlicher einige Ritterromane gelesen, darunter den »Parzival« von Wolfram von Eschenbach, den »Tristan« von Gottfried von Straßburg und die Sagen um den legendären König Artus. Auch das Nibelungenlied war ihm vertraut. Was wäre, wenn er eine Historie über die Varusschlacht schrieb? Über Verrat, Tod und Rache? Ambrosius verlor sich in seinen Gedanken. Dafür würde er seine Übersetzung ausbauen, durch die eigene Phantasie und erfundene Figuren ergänzen. Eine wundersame Vermischung von wahren Begebenheiten und Phantasie.

Ambrosius riss sich aus seinen Träumen. Erst die Arbeit, dann das Vergnügen.

Den Text für seinen Abt kopierte er in rasendem Tempo. Er fühlte sich neu inspiriert. Nicht die Goldmünzen wären sein Lohn, sondern die Freude an der eigenen Schaffenskraft. Schon bald würde er ein eigenes Werk erschaffen, nichts könnte ihn aufhalten. In seiner frisch entfachten Begeisterung vergaß er sogar Markus und die Bedrohung, die wegen Gregorius' und Anselms Tod, derer er Ambrosius zu beschuldigen drohte, von ihm ausging.

Kurz nach Mitternacht eilte er beschwingt in seine Zelle. Als er eintrat, erhob sich eine dunkle Gestalt von seinem schmalen Bett.

Markus. Der einstige Freund begrüßte Ambrosius mit einem Lächeln, das den jungen Mönch schaudern ließ. Es erinnerte ihn an die Abbildung eines Seeungeheuers in einem Buch in der Bibliothek über Kreaturen der Finsternis, deren Mäuler wie zu einem Lachen aufgerissen schienen, derweil die scharfen Zähne den Tod brachten.

»Ich mache dir ein Angebot, Ambrosius«, begann Markus. »Du bist nicht sehr klug hinsichtlich des Verstecks deiner Schriftstücke gewesen. Diese Amphore im Kreuzgang habe auch ich vor geraumer Zeit entdeckt und benutzt. Ein recht gut gewählter Ort für geheime Papiere. Ich habe mir inzwischen angeschaut, was du so überaus emsig im Skriptorium neben deinen anderen Verpflichtungen geschrieben hast. Sehr interessant! Ich hoffe, dieser Schatz befindet sich nach so langer Zeit noch in der Stadt und du findest heraus, wo er ist. Ich möchte nur einen Teil davon, genug, um das Kloster hinter mir zu lassen und ein neues Leben zu beginnen.«

Ambrosius sackte in sich zusammen. Markus entwickelte sich zu einem Dämon, dem er nicht entkommen konnte.

»Ich werde darauf achten, dass du in den nächsten Tagen genügend Zeit hast, die Orte aufzusuchen, an denen diese Kriegskasse der römischen Legionen liegen könnte. Eine großartige Geschichte, die du entdeckt hast. Sehr viel spannender als all die Stundenbücher und Bibeltexte.«

Eine Welle des Abscheus, grenzend an Hass, überflutete Ambrosius. Er fühlte sich ausgeliefert, hilflos.

Markus erhob sich. »Denk nicht lange darüber nach, ob du auf meinen Vorschlag eingehst oder nicht. Keine Sorge, ich werde dem Abt sagen, dass ich dir einen besonderen Auftrag erteilt habe, der deine Zeit in Anspruch nimmt. Du kannst in aller Ruhe auf Schatzsuche gehen. Viel Erfolg!«

Markus verschwand im dunklen Gang, und Ambrosius blieb verzweifelt zurück.

Es war ihm klar, dass er so bald wie möglich von hier verschwinden musste. Der Abt würde Markus eher glauben als ihm. Ihm fiel keine Möglichkeit ein, wie er Abt Hieronymus die Wahrheit über Markus' Anhängerschaft an Luther und den möglichen Totschlag des erpresserischen Anselm beibringen konnte. Denn Markus selbst hatte im Herzen des Abtes die ersten Zweifel gesät. Und Markus stand hoch in Ehren, vor allem, da er der Spross einer wohlhabenden Adelsfamilie war, die dem Kloster viel Geld gespendet hatte.

Den Rest der Nacht quälten Ambrosius düstere Träume und finstere Gedanken.

Am nächsten Morgen ging er früh ans Werk. Das Skriptorium wurde für ihn zum sicheren Hort, denn Markus würde ihn hier kaum stören. Er schrieb wie von Furien gejagt und versuchte, Markus' Drohungen zu vergessen. Es war ihm, als ob dieser Römer Lucius ihm näherkam und so etwas wie ein Freund wurde, der ihm auftrug, seine Geschichte für die Nachwelt aufzuschreiben. Das Schicksal des jungen Römers nahm immer mehr Gestalt an.

Sorgfältig überarbeitete Ambrosius seine Übersetzung und versuchte, die Lücken zu füllen, die er aufgrund der manchmal fast unleserlichen Originalhandschrift nicht genauer zu entziffern vermochte. Es blieben nur noch wenige Blätter aus der kleinen Holzkiste, die Ambrosius übersetzen musste. Allmählich fügte sich alles zusammen. Ärgerlich war nur, dass in der Abschrift seines Vorgängers gegen Ende eine Passage fehlte. Absichtlich vernichtet oder verloren gegangen. Ambrosius konnte sich keinen Reim darauf machen.

Als der Abend dämmerte, war sein Werk vollendet. Er spürte eine tiefe Zufriedenheit und Erleichterung und trug die Papiere in seine Zelle. Immer stärker nahm seine Idee Gestalt an, daraus einen Roman zu machen. Einen Titel hatte er schon: »Das Schwert des römischen Verräters«.

Ambrosius las in jener Nacht noch einmal den gesamten Text. Ausführlich berichtete Lucius von seiner Kindheit in der Toskana, von dem Leben weitab von Rom. Ambrosius verspürte bei der Beschreibung der Landschaft Sehnsucht nach den Hügeln und Weinbergen, den Dörfern in den Bergen um Florenz. Er kannte das Werk des berühmten Florentiners Dante Alighieri, da eine Ausgabe der »Göttlichen Komödie« aus dem Jahr 1481 in der Bibliothek lag. Die Bilder dazu hatte der große Künstler Sandro Botticelli geschaffen. Das Werk war das Geschenk eines reichen Florentiners namens Lorenzo di Medici an das Kloster Sankt Gallus. Ambrosius hatte es sich mehrfach angeschaut, da er aber kein Italienisch konnte, vermochte er das Buch trotz seiner Kenntnisse des Lateinischen nur schwerlich zu lesen.

Eine wichtige Rolle im Leben von Lucius hatte der ehemalige Sklave seines Großvaters, Briann, gespielt, der von der Grünen Insel Irland stammte. Als Briann spürte, dass er bald sterben werde, erzählte er Lucius von dessen Großvater, mit dem er einst in den Norden Germaniens gezogen war. Die Erzählungen des sterbenden Dieners trieben den jungen Mann dazu, seine Heimat zu verlassen und die beschwerliche Reise nach Köln anzutreten. Damals waren zwar seit jener Schlacht der drei römischen Legionen gegen das Heer des Arminius schon mehr als vierzig Jahre vergangen, aber Lucius glaubte fest daran, dass es noch nicht zu spät sei, seinem Großvater die Gerechtigkeit zukommen zu lassen, die ihm einst versagt geblieben war.

Rom hatte lange Zeit gebraucht, um den Verlust zweier Legionen zu verwinden. Selbst die Siege des Germanicus in den Folgejahren vermochten diese Scharte nicht ganz auszuwetzen. Und über Lucius' Familie schwebte noch immer wie eine dunkle Wolke der Verdacht, dass sein Großvater Marcus Quentius Tuscius einst aus Geldgier zum Mörder und Dieb geworden war.

Ambrosius las die Szene mehrmals, in der der junge Lucius aufschreibt, wie Briann ihm von jenen Ereignissen des Jahres 9 berichtete:

Der alte Mann, ein Freigelassener, der in unserer Familie stets eine wichtige Rolle als Großvater-Ersatz gespielt hatte, rief mich zu sich. »Lucius«, sagte er mit schwacher Stimme. Das Sprechen bereitete ihm große Mühe. »Dein Großvater war ein ehrenwerter Mann, der sich niemals bereichert hätte oder zum Verräter geworden wäre. Er kannte den Anführer der aufständischen Stämme,

Arminius, da sie gemeinsam manchen Kampf gegen die Feinde Roms überstanden hatten. Umso entsetzter war dein Großvater, als er von den Aufständen hörte und erfuhr, wer ihr Anführer war. Er sah in Arminius einen Verräter, und Varus hätte keinen treueren Gefolgsmann finden können als deinen Großvater, der in der 18. Legion diente. Neununddreißig Jahre war dein Großvater Marcus Quentius Tuscius alt, als er im Herbst jenes Jahres starb, deine Mutter erst vier Jahre, dein Onkel Severus zwei Jahre älter. Severus starb kurz nach deiner Geburt in einem der vielen Scharmützel mit den Thrakern. Er zählte damals gerade dreiundzwanzig Jahre und hinterließ weder Frau noch Kinder. So erbte deine Mutter das Landgut. Nach Rom, wo der Ruf deines Großvaters beschmutzt war, wollte sie nicht zurückkehren.«

Der alte Briann keuchte und klammerte sich an meinen Arm. »Ich habe deinen Großvater in jenem Herbst in den unwirtlichen Norden jenseits des Rheins begleitet. Ein furchtbares Land. Wälder und Sümpfe, kalte Winde und eisiger Regen, Nebel und Dunkelheit. Wie gut war es, im Oppidum Ubiorum, das seit Kurzem Colonia Claudia Ara Agrippinensium heißt, innezuhalten, ehe wir weiter in den grauen Norden zogen. Arminius hatte große Scharen aus seinem eigenen Stamm zusammengezogen, den Cheruskern, aber auch andere Stämme schlossen sich ihm an. Publius Quinctilius Varus war Statthalter jener Region am Rande der Welt, kein starker, aber ein durchaus ehrenwerter Mann, und er hätte nie geglaubt, dass ein Sturm dieses Ausmaßes losbrechen würde.« Briann hustete, und ich reichte ihm einen Becher mit Wasser.

»Ich werde dir nicht erzählen, welch entsetzliche Dinge während der Kämpfe geschahen, die an mehreren Orten in dieser unseligen Landschaft stattfanden. Unsere Legionen wurden in tödliche Fallen gelockt. Viele starben, viele wurden grausam niedergemetzelt, obschon sie sich ergeben hatten. Das Blut tränkte die Erde, und die Luft war erfüllt mit Schreien und Flehen. Während die Kämpfe immer wieder aufflammten, kam der Zahlmeister und Hüter der Kriegskasse, Gaius Arolus Magnus, ein alter Freund deines Großvaters, zu ihm und bat dringlich um

ein Gespräch. Ich vernahm keine Einzelheiten, doch es ging um die Kriegskasse der 17. und 18. Legion. Soviel ich mitbekam, bat Gaius deinen Großvater, mit einem Teil der Goldmünzen heimlich aufzubrechen, um sie vor der Beutegier der Cherusker zu retten. Diese feierten den Sieg über unsere Legionen, ehe er besiegelt war. Dein Großvater erklärte sich bereit. Er sollte damit nach Oppidum Ubiorum reiten und die Münzen sorgfältig aufbewahren, um sie zu gegebener Zeit dem zuständigen Oberbefehlshaber zu übergeben.«

Briann rang wieder nach Luft. Vor meinem inneren Auge und vor allem meinem inneren Ohr sah und hörte ich die furchtbaren Schlachtenszenen. Welch ein Grauen musste das gewesen sein! Selten erlebten unsere Legionen ein solches Elend und eine solche Schmach.

Als ich geboren wurde, hatte Germanicus einen Teil dieser Verluste wieder wettgemacht, und inzwischen gab es acht Legionen anstelle der früheren sechs am Rhein. Der siegreiche Feldherr ließ sogar die gefallenen Legionäre bestatten, was aber bei Tiberius nicht auf Wohlwollen stieß. Die Legionäre sollten nicht durch solcherlei fatale Erinnerungen an die Vergangenheit verunsichert werden. Aber das Grauen ließ sich nicht einfach verdrängen. Einer der Kriegsveteranen dieser Feldzüge des Germanicus, ein alter Freund meines Großvaters, kam, als ich gerade zehn Jahre alt war, meine Mutter besuchen und berichtete ihr von seinen Eindrücken:

»Mitten auf dem Felde lagen bleichende Knochen, zerstreut oder in Haufen, je nachdem, ob sie von Flüchtigen oder von einer noch Widerstand leistenden Truppe stammten. Daneben lagen zerbrochene Waffen und Pferdegerippe, an Baumstämmen waren Schädel befestigt. In Hainen in der Nähe standen die Altäre der Barbaren, an denen sie die Tribunen und Zenturionen ersten Ranges geschlachtet hatten.«

An dieser Stelle unterbrach Ambrosius seine Lektüre. Ihm liefen Schauer über den Rücken. Was für ein Drama hatte sich damals in den nördlichen Wäldern abgespielt! Eine überaus grausame

Geschichte. Doch waren Kriege und Schlachten je weniger schrecklich gewesen?

Ambrosius versuchte weiterzulesen. Aber etwas störte ihn. Er blickte auf und lauschte. Raschelte es da vor seiner Tür? Aber vielleicht brauste auch nur der Wind mit Vorfrühlingswehen um die alten Gemäuer. Seine Kerze war fast niedergebrannt. Er musste sie ersetzen.

Vorsichtig spähte er in den dunklen Gang vor seiner Zelle. Es ging auf die Mitternacht zu, und alle seine Mitbrüder schliefen. Wirklich alle? Oder trieb sich Markus irgendwo herum? Er traute ihm alles zu und fragte sich, wie lange Markus im Kloster bleiben würde, ehe er sich zu seiner neuen »Berufung« als Gefolgsmann Luthers bekannte. Sankt Gallus war derweil ein gutes Versteck für ihn. Anselm lebte nicht mehr, und Ambrosius würde schweigen.

Was er nicht verstand, war, dass der Abt die Suche nach Anselms Mörder offenbar eingestellt hatte. Nach gängiger Meinung war Anselm von einem Dieb getötet worden, der Anselm aus Enttäuschung erschlug, als er entdeckte, dass der Novize weder Geld noch Wertsachen bei sich trug. Und keiner fragte mehr danach, wie denn der Hammer aus der Klosterwerkstatt in die Nähe des Tatorts geraten sein könnte. Ambrosius rätselte noch immer, ob Markus der Mörder war. Wer sonst kam in Frage?

Ambrosius war tief in Gedanken versunken, als er mit seiner frischen Kerze zurück in seine Zelle kam. Er setzte sich wieder an den kleinen Tisch, entzündete die Kerze an dem alten Docht und nahm sein Schreibzeug zur Hand. Doch er hielt jäh inne. Hatte er die Blätter tatsächlich ungeordnet auf dem Tisch liegen gelassen? Ihn beschlich ein vager Verdacht, der sich verstärkte, als er bemerkte, dass zwei Blätter unter dem Tisch lagen. Er hob sie auf. Es waren die beiden zuletzt korrigierten Seiten. Wenn das Geräusch vor seiner Tür nicht der Wind, sondern ein Mensch – er verdächtigte Markus – gewesen war, dann hatte dieser nur den passenden Augenblick abgewartet, um in die Zelle zu schleichen und einen schnellen Blick auf den Text zu werfen. Um zu sehen, wie weit Ambrosius mit seiner Übersetzung gediehen war?

Ambrosius ordnete die Blätter. Es hatte keinen Sinn, sich den Kopf zu zerbrechen. Er konnte das Problem nicht lösen. Jedenfalls nicht heute Nacht. Markus würde ihm weiter im Nacken sitzen. Ihm blieb eigentlich nur ein Ausweg: das Kloster zu verlassen.

Er rückte die Kerze zurecht und zog die Seiten zu sich heran. Die nächsten Textstellen berichteten von den weiteren schrecklichen Kriegserfahrungen des Kriegsveteranen, der für einige Tage auf dem Landgut gastierte. Überraschend war, dass nicht die Römer den Cheruskerfürsten Arminius töteten, sondern seine eigenen Verwandten ihn ermordeten. Was für ein trauriges Ende für einen so ruhmreichen Anführer!

Ambrosius überflog die nächsten Zeilen. Endlich kam Lucius wieder auf seine eigene Geschichte zu sprechen.

Briann hatte später von seinem Großvater die Einzelheiten des Plans erfahren, die Münzen in Sicherheit zu bringen. In dem Versorgungslager am Rande des großen Waldes lagerte die dort verbliebene Kohorte mit ihren vierhundertachtzig Mann, die auf ihren Einsatz warteten. Marcus Quentius Tuscius verabredete sich mit dem Verwalter der Kriegskasse, Gaius, in der ersten Abenddämmerung. Sie wollten den Inhalt der Geldkiste in vier große Satteltaschen packen, und Marcus Quentius sollte gemeinsam mit Briann im Dunkeln das Lager verlassen. Marcus kam sich zwar wie ein Verräter vor, doch Gaius versprach ihm, alles zu regeln.

»Wenn die Cherusker auch noch diese Münzen in ihre gierigen Hände bekommen, ist der Schaden für uns noch viel schlimmer«, versicherte Gaius seinem Freund. »Unser Centurio Gaius Varilius Tertius ist ja auch ein guter alter Freund von dir, Marcus. Er weiß von diesem Plan und wird dich unterstützen.«

Der Lärm der Kämpfe kam immer näher, und die Legionäre in dem kleinen Lager legten vorsorglich ihre Rüstungen an. Jeden Augenblick konnte das Unheil über sie hereinbrechen. Die mord- und beutegierigen Germanen würden keine Gnade kennen. Die Zeit drängte. Als Marcus Quentius und Briann kurz vor Sonnenuntergang beim Zelt von Gaius eintrafen, fanden sie weder ihn noch die Kriegskasse. Es war unheimlich still in dem Zelt, das der Zahlmeister im Gegensatz zu den meisten anderen Legionären allein bewohnte. An dieser Stelle ließ Lucius den alten Diener wieder selbst das Wort ergreifen:

Briann hatte sich auf seinem Lager aufgerichtet und um einen Becher Wein gebeten. Dann ergriff er meinen Arm und sprach: »Ich stamme von einer Insel, deren Bewohner sich damit rühmen, den sechsten Sinn zu haben. Ich wandte mich daher an Marcus und sagte: ›Ich fürchte, dass Gaius etwas Böses zugestoßen ist.‹ Marcus glaubte mir nicht, sondern rief mehrmals nach ihm. Keine Antwort.

Wir traten aus dem Zelt, und wieder überkam mich dieses unerklärliche Gefühl von Unheil. Ich konnte nur noch Umrisse erkennen, da die Dämmerung vollends eingesetzt hatte. Aber als ich hinter das Zelt schaute, glaubte ich unter einem nahen Baum eine leblose Gestalt wahrzunehmen. Schnell lief ich hin und stand vor Gaius. Er lag mit ausgebreiteten Armen auf dem Moos, den Kopf zur Seite gedreht. Aus einem tiefen Schnitt im Hals war Blut über seine Tunika geflossen.

Marcus tauchte neben mir auf, entsetzt und starr vor Schrecken. Mit seiner linken Hand schien Gaius etwas zu umklammern. Ich löste die eiskalten Finger. Eine Goldmünze rollte aus seiner Faust und fiel mir zu Füßen. Marcus hob sie auf und sagte mit bebenden Lippen: ›Ich ahne, wer Gaius getötet hat und mit den Münzen verschwunden ist. Ich werde den Mörder verfolgen.‹

›Wenn du jetzt aufbrichst und der tote Gaius wird entdeckt, wird jeder glauben, du hättest ihn getötet und seist mit der Kriegskasse geflüchtet. Denn nur wir drei wussten von dem Plan des Gaius.‹ – ›Nein‹, sagte dein Großvater mit finsterer Miene. ›Nicht nur wir drei. Gaius Varilius Tertius, der Centurio, weiß auch um den Plan. Gaius musste ihn einweihen, damit wir ungehindert das Lager verlassen können. Ich kenne Varilius seit seiner Jugend. Er stammt aus unserem Dorf in den Hügeln bei Florentia. Er ist zehn Jahre jünger als ich, aber wir haben uns dennoch gut verstanden, und ich habe mich gefreut, als er vor

drei Jahren zum Centurio ernannt wurde. Seine Frau ist entfernt mit meiner Frau verwandt, und sein Sohn hat mit meinem Sohn gespielt.‹

›Und du glaubst, dass dieser Mann dazu fähig ist, Gaius zu ermorden und mit der Kriegskasse zu entfliehen? Wohin soll er damit? Was kann er mit diesem Schatz anfangen?‹

Dein Großvater zögerte kurz. ›Er wird damit sicherlich nicht sofort nach Italia zurückkehren. Vielleicht plant er auch, sich woanders niederzulassen. Ja, ich traue es ihm zu. Denn Gaius Varilius war schon immer gierig nach Geld und Ruhm. Wer weiß denn, ob er nicht sogar mit Arminius gemeinsame Sache gemacht hat? Ich habe ein Gerücht gehört, dass er sich öfter mit Arminius getroffen habe, als dieser noch in römischen Diensten stand. Das mag nichts bedeuten, aber vielleicht hat Arminius ihn für sich gewonnen. Ich bezweifele allerdings, dass Gaius sich den Germanen anschließen würde. Dazu liebt er das Leben im Luxus allzu sehr. Briann, wir dürfen keine Zeit verlieren. Lass uns aufbrechen, um Gaius zu stellen und ihn der Gerechtigkeit zuzuführen.‹

Ich warf einen mitleidigen Blick auf den toten Zahlmeister. Dein Großvater bemerkte dies und sagte: ›Wir sollten Gaius Arolus Magnus zumindest mit Erde bedecken, damit die Tiere der Nacht und am Morgen die Krähen sich nicht auf ihn stürzen.‹

Und so legten wir die Leiche in die Grube, die wir hastig aushoben. Dein Großvater holte den Mantel und das Schwert des Toten aus dem Zelt, verhüllte seinen Leichnam und gab ihm das Schwert mit ins Grab und dazu die Goldmünze, damit er den Fährmann für die Überfahrt ins Totenreich bezahlen konnte. Dann bedeckten wir ihn mit Erde.

›Wenn er gefunden wird, ehe die Germanen das Lager überfluten, so kann sein Leichnam noch in Würde bestattet und seine Asche in einer Urne in seine Heimat zurückgebracht werden‹, sagte dein Großvater.

Wir stiegen auf unsere Pferde und ritten in die Nacht. Die Hoffnung, die Urne von Gaius könne nach Italia gebracht werden, erfüllte sich nicht. Ich erfuhr wenig später im Oppidum

Ubiorum, dass unser Lager kurze Zeit nach unserem Aufbruch gestürmt wurde. Alle vierhundertachtzig Legionäre starben.«

Lucius schilderte anschließend, wie sein Großvater und Briann nach Köln kamen, das damals noch Oppidum Ubiorum hieß, wie sein Großvater den Mörder des Zahlmeisters tatsächlich aufspürte, mit ihm stritt und ihm drohte, ihn dem Gericht zu überstellen. Marcus Quentius Tuscius forderte ihn auf, die Münzen herauszugeben.

Doch Gaius Varilius weigerte sich, verneinte sogar, irgendetwas mit dem Tod des Zahlmeisters und dem Diebstahl zu tun zu haben, und verhöhnte Marcus zunächst. Doch dieser ließ nicht locker, sodass Gaius Varilius schließlich sagte, er habe den Zahlmeister in Notwehr getötet, da dieser ihm mit dem Schwert entgegentrat. Er bot Marcus Quentius an, das Gold mit ihm zu teilen. Als Marcus jedoch darauf nicht einging, feilschte er weiter und sagte ihm zu, ihm die Münzen zu übergeben, wenn er ihn entkommen ließe. Er wollte nicht mehr zurück in seine Heimat, sondern plante, nach Lusitania am westlichen Rand des Imperiums zu ziehen und seine Frau und seinen Sohn zu verlassen.

Als Briann seinen Herrn das nächste Mal wiedersah, lag Marcus tot in der Nähe des kleinen Venustempels in den Rheinwiesen. Neben ihm sein Schwert, in der Hand mehrere Münzen. Marcus war hinterrücks niedergestochen worden. Briann wagte es nicht, seinem Herrn einen Scheiterhaufen zu errichten und seine Asche in einer Urne zum Familiengrab bei Florentia zu bringen. Er trug die Leiche stattdessen in ein leer stehendes Haus in der Nähe des Tempels, legte sie dort nieder, bedeckte sie mit Erde und verließ den Ort. Die Münzen hatte er dem Toten für seine letzte Reise in den Hades gelassen, das Schwert nahm er mit.

Briann verbrachte noch einige Tage im Oppidum, hörte viele Einzelheiten von den Kämpfen im Norden und vom Tod des Varus. Der geschlagene Feldherr tötete sich selbst. Andere Offiziere folgten seinem Beispiel, um der Gefangenschaft zu entgehen. Briann vernahm auch das sich rasch verbreitende Gerücht, dass ein Offizier den Zahlmeister der 17. und 18. Legion ermordet habe und mit mehr als tausend Goldmünzen entkommen sei. Der tapfere Centurio des Lagers, in dem dieses Verbrechen geschah, habe sich dem Täter Marcus Quentius Tuscius entgegengestellt. Er sei zwar überwältigt worden, dem Mörder aber dann gefolgt, um ihn zur Strecke zu bringen und die Münzen zu sichern. Doch Marcus Quentius Tuscius sei mit dem Schatz verschwunden.

Was Briann wunderte, war, dass Gaius Varilius Tertius unbehelligt seine Lügengeschichten erzählte und niemand den Wahrheitsgehalt der von ihm geschilderten Ereignisse anzweifelte. Er war sich seiner sehr sicher gewesen und wartete wahrscheinlich noch auf den Zeitpunkt, an dem er unauffällig mit seiner Beute, diesem »Blutgeld«, wie Briann es nannte, das Oppidum verlassen konnte. Briann, der um seinen Herrn trauerte und vor allem ob der gemeinen Lügen des Gaius vor Wut schäumte, fand später heraus, dass Gaius in einer Villa am Südrand des Oppidums wohnte.

Ambrosius starrte auf die wenigen Absätze, die er noch einmal überarbeiten wollte. Seine Vermutung, wo sich die Goldmünzen befinden könnten, erschien ihm auf einmal lächerlich. Wieso war er sich so sicher, dass dieses »Blutgeld« noch in der Stadt war? Irgendetwas geisterte in seinem Kopf umher, das nun an die Oberfläche drängte.

Er zog die allererste Seite des kopierten Textes näher ins Kerzenlicht. Und auf einmal wusste er, woher seine ursprüngliche Gewissheit kam, dass der Schatz Köln nie verlassen hatte. Die ganze Zeit hatte diese eine wichtige Information direkt vor ihm auf dem allerersten Blatt gestanden, wobei der anonyme Schreiber sogar das Deutsch jener Zeit benutzt hatte, welches Ambrosius weniger gut verstand als das ihm vertrautere Latein. Die Lösung des Rätsels lag vor seinen Augen. Der Schatz war im Sockel eines Sarkophags in einer Krypta verborgen. Und er kannte die Kirche.

Erleichtert und fast fröhlich setzte er seine Arbeit fort. Er würde die Münzen finden, sie nicht anrühren und Hermann weismachen, dass der Schatz fort sei. Der musste lernen, mit seiner

Enttäuschung zu leben. Schwieriger war es dagegen, Markus abzuschütteln.

Im letzten Teil des Berichts beichtete Briann auf seinem Sterbelager, dass er dem Mörder seines Herrn aufgelauert und ihn durch pure Gewalt dazu gebracht hatte, ihm die Münzen auszuhändigen. Er verriet keine Einzelheiten, aber am Ende schlug er Gaius Varilius Tertius nieder und ging davon, ohne zu wissen, ob dieser noch lebte. Briann brachte die Münzen zum Grab seines Herrn, wo er sie in ein Versteck legte. Er verspürte keine Gier danach.

Briann kehrte auf das Landgut in der Nähe von Florenz zurück, um seinen Herrn trauernd und betrübt, dass er dessen guten Ruf nicht wiederhergestellt hatte. Das Schwert übergab er seiner Herrin und blieb weiterhin in ihren Diensten. Sie hatte ihm angeboten, in seine Heimat zurückzureisen. Doch er beschied ihr, dass er außer einem trunksüchtigen Onkel dort keine Familie habe und er die sanften Hügel um Florentia den grünen Wiesen seiner Insel vorzog. Gaius dagegen tauchte nie wieder in der Gegend auf. Briann hörte, dass er überlebt und Colonia kurze Zeit später verlassen hatte, doch eines Tages zurückkehrte und weiter seine Rolle als heldenhafter Bezwinger von Marcus Quentius spielte. Gaius' Frau starb wenig später, und ihr Sohn wuchs bei den Großeltern in Pompeji auf.

Lucius erfuhr vom sterbenden Diener seines Großvaters, wo er die Münzen versteckt hatte. Er schwor dem Sterbenden, nach Gaius zu suchen. Und so brach Lucius auf, fand das Grab seines Großvaters in dem zur Ruine zerfallenen Haus. Er legte das Schwert, das Briann gerettet hatte, auf das Grab und machte sich auf die Suche nach dem Mörder seines Großvaters, auch wenn er fürchten musste, dass dieser inzwischen längst gestorben war:

Ich durchstreifte die schöne Stadt, in der allerorten neue Häuser und Gartenanlagen, Tempel und Sportstätten entstehen. Auf den Märkten traf ich freundliche Menschen, und auf dem mächtigen Fluss fuhren Boote vorüber. Was für ein Treiben und welche Lebensfreude! Die Tochter des Germanicus, verheiratet mit unserem

Kaiser Claudius, hat den Ort ihrer Geburt zu einer Stadt erhoben, die nicht im Schatten von Augusta Treverorum steht.

Ich wohnte in einem Gasthof am Rhein, fragte überall nach Gaius Varilius, vor allem in den Tavernen. Erfolglos. Es war mein fünfter Abend in der Stadt, als ich in eine Schankwirtschaft kam, in der eine Gruppe älterer Männer zusammensaß. Ich bestellte bei dem Wirt, dessen feuerrote Nase seine eigene Trinkfreude verriet, einen Becher Wein und setzte mich in die Nähe der Männer. Ich erkannte in ihnen Kriegsveteranen. Und so wagte ich es, einen von ihnen anzusprechen. Er sah mich nicht unfreundlich an und fragte: »Was möchtest du? Du scheinst ein Fremder in dieser Stadt zu sein.«

Ich bat den Wirt, den drei Männern Wein zu bringen, und wandte mich dann wieder an den ersten von ihnen: »Ja, ich bin fremd und suche einen Mann, der einst die Schlacht gegen Arminius überlebt hat. Ich soll ihm eine Botschaft aus der Heimat bringen.«

Ein Mann mit einer großen Narbe im Gesicht erwiderte: »Meinst du Gaius Varilius Tertius, der einst den Mörder Marcus Quentius Tuscius verfolgt hat?«

Ich verkniff mir eine scharfe Antwort. »Genau den suche ich. Lebt er noch?«

Die drei lachten. »O ja«, sagte der Mann mit der Narbe. »Er war einige Jahre in Lusitania, kehrte dann aber wieder hierher zurück und bewohnt ein schönes Haus rheinaufwärts mit seiner jungen Ehefrau, die ihm guttut.« Wieder lachten die drei.

Der Mörder meines Großvaters lebte tatsächlich noch in dieser Stadt. Und mein Großvater galt nach wie vor als Verräter und Mörder. In mir brodelte es. Nach etlichen Bechern Wein und vielen Geschichten über Kriegsheldentaten und Mannesmut verriet mir der Mann mit der Narbe, wo Gaius wohnte. Es wurde spät an diesem Abend, und am nächsten Morgen brummte mein Kopf. Ich beschloss, erst am folgenden Tag zum Haus von Gaius Varilius Tertius aufzubrechen. Was ich tun würde, falls ich ihm gegenüberstünde, wusste ich nicht. Ich legte mein Schicksal in die Hände der Götter.

Und hier war Finis. Das Blatt sah am unteren Ende aus, als habe jemand ein Stück abgerissen. Ambrosius ärgerte sich. Gern hätte er erfahren, was Lucius noch in Köln erlebte, ob er den Mörder seines Großvaters traf und wie diese Begegnung verlief. Aber das war nun seiner eigenen Phantasie überlassen.

Am nächsten Tag würde er sich aufmachen und die Münzen an geweihter Stätte suchen, wo der unbekannte Kopist sie der Begehrlichkeit der Welt hatte entziehen wollen. Das jedenfalls glaubte Ambrosius, der diesem Beispiel zu folgen gedachte.

Ambrosius erhob sich. Nur noch knapp zwei Stunden bis zum ersten Morgengebet. Er ordnete die vielen Seiten und rollte sie zusammen. Er würde ein neues Versteck dafür finden müssen. Er legte sich auf sein Bett, zufrieden mit seiner Leistung und voller Tatendrang. Der Schlaf übermannte ihn binnen weniger Augenblicke. Als er in das warme Dunkel sank, hörte er wie von ferne, wie sich seine Tür öffnete. Ihr Schließen vernahm er nicht mehr.

Verlorene Spuren

Im vorderen Abstellraum meines Kellers stand Thomas Krauss vor der geöffneten Wand. Er war ein wenig blass um die Nase herum. Trotzdem rang er sich ein Lächeln ab. »Also, ich bin gespannt, was es in diesem Keller noch alles zu finden gibt! Stellen Sie sich vor, die Medien kriegen das spitz, oder jemand veröffentlicht das auf Facebook!«

Bisher war nur sehr wenig über den Fund in meinem Haus an die Öffentlichkeit gedrungen. Eigentlich nur das, was Peter mir bei unserem Abendessen erzählt hatte. Kommissar di Luccio hielt seine Hand darüber. Eine Schonfrist für mich. Mir bangte davor, dass das Haus, wenn ich es auf den Markt brachte, wegen der Knochenfunde im Keller keinen Käufer finden würde. Ein Haus, in dem man Skelette entdeckt hatte, die offenbar Opfer von Morden waren – selbst wenn die viele Jahre, ja sogar Jahrhunderte zurücklagen –, schien wenig attraktiv, außer der Preis lag weit unter Marktwert.

Julian Pelter stand im Keller ein Stückchen hinter mir. Thomas Krauss hielt einen Gegenstand in der Hand, den ich erst nicht genau erkennen konnte. Dann aber sah ich, dass es ein Messer war, alt, schartig und mit einer Schneide voller rostroter Flecken. Auffallend war die abgebrochene Spitze.

Meine erste Reaktion war, den braven Handwerker allzu scharf anzugehen: »Sie haben das Messer angefasst und damit eventuelle Spuren verwischt!«

Thomas Krauss lief rot an und legte das Messer sofort auf einen Tisch an der Wand, der mit einer bunten Gartendecke aus Wachstuch bedeckt war.

Pelters Stimme klang hohl: »Ich schätze, das spielt in diesem Fall kaum eine Rolle für die Identifizierung der Toten. Denn womit sollte man eventuelle DNA-Spuren abgleichen? Da stellt sich eher die Frage, ob das die Tatwaffe ist, mit der dieser immer noch unbekannte Tote aus dem vorigen Jahrhundert getötet wurde.«

Er hatte recht, und ich sah Krauss entschuldigend an. Das Messer schimmerte im Schein der leicht schwankenden, von der Decke baumelnden Birne, die den Raum kaum erleuchtete, sondern ihn eher in Schatten hüllte.

Thomas Krauss räumte sein Werkzeug in den Handwerkskasten. »Jetzt muss erst mal die Polizei einen Blick auf dieses Loch werfen. Ich kann nicht weitermachen. Aber am Montag kommen wir ja sowieso wieder, um zunächst den anderen Raum fertig zu machen. Er ist jetzt wohl knochenfrei.« Er grinste, und ich hoffte, dass er recht hatte und nicht plötzlich der Schädel aus irgendeiner Ecke kullern würde.

Pelter und ich folgten Krauss zurück ins Erdgeschoss. »Sie sollten hierbleiben, bis ein Beamter Ihre Entdeckung protokolliert hat«, meinte ich.

Krauss lächelte. »Haben Sie ein Bier für mich? Dann bleibe ich freiwillig.«

Pelter wirkte unruhig. »Ich werde sicher nicht mehr gebraucht«, sagte er. »Ich würde gern nach Hause fahren und mir die beiden Bücher anschauen, wenn das recht ist. Wir sehen uns dann am Sonntag!« Er verabschiedete sich hastig und trat hinaus in den feinen Nieselregen, der die kräftigen Schauer abgelöst hatte.

Schon eine Viertelstunde später hielt ein Polizeiwagen vor meiner Tür, und mein alter Freund Lutz Hallmann betrat zusammen mit einem sehr jugendlich wirkenden Kollegen das Haus. »Es fällt allmählich auf, wie oft ich bei Ihnen bin. Vielleicht sollten wir uns woanders treffen«, ulkte er. Dann stellte er seinen Kollegen vor: »Das ist Martin Köhler, der heute Dörte Huth vertritt.«

Thomas Krauss leerte mit Genuss die letzte Bierflasche, die ich im Kühlschrank gefunden hatte. Er rülpste kräftig und sagte zu Hallmann: »Dann kommen Sie mal mit. Frau Bentorp hatte mich angerufen, weil im vorderen Raum ein Stück Wand herausgebrochen ist. Wie gut, dass ich heute Notdienst habe. Mich überrascht in diesem Haus nichts mehr.«

Hallmann schaltete eine Taschenlampe ein, um sich das inzwischen recht umfangreiche Loch in der Wand genauer anzusehen. Man konnte mühelos in eine Nische blicken.

»Hier hat das Messer gelegen«, verkündete Krauss, der seine gute Laune wiedergewonnen hatte. Was ein Bier doch für Wunder bewirken kann, dachte ich mir.

»Ich habe da reingefasst, weil ich gemerkt habe, dass dort drinnen was liegt. Hätte auch eine tote Ratte sein können. Und siehe da, ich hatte das Messer in der Hand.«

Hallmann leuchtete in die Nische. »Halt«, sagte er, »da ist noch etwas!« Er steckte seine Hand in das Loch, dessen Ränder wie schartige Zähne aussahen, und zog einen Lappen hervor.

»Aha, darin war das Messer sicherlich eingewickelt«, kommentierte Krauss. Das Stück Stoff maß etwa dreißig mal fünfzig Zentimeter, ein graubrauner Fetzen, der einem Staubtuch ähnelte. Hallmann zog eine Plastiktüte aus seiner Jacke und schob das Tuch hinein. Dann betrachtete er das Messer auf dem Tisch.

Sein Kollege Köhler hatte noch kein Wort gesprochen. Nun aber sagte er kurz: »Dann wollen wir mal«, streifte sich Einweghandschuhe über und nahm das Messer in die Hand. Im Strahl von Hallmanns Taschenlampe wirkten die rostroten Flecken wie geronnenes Blut.

»Blut«, sagte Hallmann dann auch prompt, als ob er meine Gedanken gelesen hätte. Das Messer hatte eine eher breite Schneide, die in eine lange Spitze überging. Das vorderste Stück fehlte. Pelter hatte eine Messerspitze im Grab gefunden. Wahrscheinlich passte sie dazu. Der Griff war aus dunkel verfärbtem Holz.

Hallmann sagte: »Ich schätze, dass die Länge der Klinge ungefähr fünfzehn Zentimeter beträgt, das ganze Messer könnte so um die dreißig Zentimeter lang sein. Interessantes Modell. Fast elegant. Ich bin kein Messer-Experte, aber ich habe vor einiger Zeit meinem Vater, einem passionierten Jäger, ein Messer geschenkt. Ein gewöhnliches Jagdmesser. In dem Jagdgeschäft lag auch ein Messer, das diesem hier ähnelte. Der Verkäufer nannte es einen Grabendolch und erzählte mir, dass diese Messer im Ersten Weltkrieg speziell für die Grabenkämpfe entwickelt worden seien. Dies könnte so ein Messer sein.«

Thomas Krauss war wieder blass geworden. Er schluckte und fragte mit heiserer Stimme: »Könnte ich bitte gehen? Diesen

Wandschaden kann ich ohnehin nicht sofort beheben. Da muss ich sicher noch abwarten, bis Sie alles durchleuchtet haben, und ich muss einiges an Baumaterial bestellen.«

Hallmann nickte. Ich war froh, als wir alle zusammen den schummrigen Raum verließen. Die beiden Polizisten gingen mit mir ins Wohnzimmer.

»Ich werde Kommissar di Luccio informieren. Ich glaube, dass dies die Tatwaffe für den zweiten Mord ist. Diese braunen Flecken sind eindeutig Blut. Und auf dem Tuch befinden sich auch eingetrocknete Blutspritzer. Ich bringe das heute noch ins Labor. Der Kommissar wird dann sicherlich morgen vorbeikommen.«

Ich hatte mich insgeheim gefreut, dass ich endlich einmal meine Ruhe vor dem nervigen di Luccio haben würde. Aber ich sah ein, dass der Fall eine neue Wendung genommen hatte, die den Kommissar auf den Plan rief.

Hallmann sah mich fast mitleidig an. »Viel Spaß hatten Sie ja bisher nicht mit dem Erbe Ihrer Tante. Ein seltsames Haus. Hier muss einiges passiert sein. Ein toter Römer, ein ermordeter Mann aus dem 20. Jahrhundert, dessen Schädel immer noch nicht aufgetaucht ist. Also, das ist ein richtiges Horrorhaus!«

Das fand ich zwar nicht, da das restliche Gebäude gemütlich und freundlich wirkte, doch ganz unrecht hatte Hallmann nicht. Die Befürchtung von Krauss, dass vielleicht noch mehr böse Überraschungen in diesem Gemäuer auf mich warteten, mochte ich nicht von mir weisen. Der Anblick des Messers mit den eingetrockneten Blutflecken hatte mich stärker erschüttert, als ich zugeben wollte.

Ich verkroch mich früh in mein Bett und nahm Peter Mannsfelds Anruf nicht an, der mir eine lange Nachricht auf meine Box sprach. Später würde ich mir das anhören. Stattdessen googelte ich den Begriff »Grabendolch« und stieß im Internet auf eine reiche Auswahl, zu ganz unterschiedlichen Preisen. Dabei erfuhr ich, dass die ersten Messer dieser Art 1915 entstanden waren. Hallmann hatte den Grund für die Entwicklung dieser Dolche korrekt angeben: die schrecklichen Grabenkämpfe des Ersten

Weltkriegs. Diese Grabenkriege forderten Millionen von Opfern. Und die für den Nahkampf konzipierten Messer spielten dabei leider eine traurige Rolle.

Als Nächstes gab ich »römische Münzen« ein und fand einen ausführlichen Bericht über Münzfunde in Kalkriese, dem mutmaßlichen Ort der Varusschlacht. In den letzten Jahren waren dort immer wieder Objekte aus der Zeit um 9 nach Christus entdeckt worden, vor allem Silber- und Goldmünzen.

Diese wilde Geschichte, von der sowohl Faltermeyr in seinem Buch als auch Pelter berichtet hatten, dass ein Offizier den Auftrag erhielt, einen Teil der Kriegskasse vor den siegreichen Heerscharen des Arminius zu retten, erschien mir durchaus glaubwürdig. Und dass ebendieser Römer in meinem Keller begraben war, war zumindest möglich. Noch aber war das Rätsel, wo die Münzen abgeblieben waren, nicht gelöst. Diesen zweitausend Jahre alten Fall würde nicht einmal der eitle Andrea di Luccio lösen können.

Ehe mir die Augen zufielen, suchte ich im Internet nach Peters früherem Arbeitgeber Sir Jeffrey Harris, prominenter Experte auf dem Gebiet der römischen Besiedlung Britanniens und ein herausragender Numismatiker, der selbst Privatsammler antiker Münzen war. Ich fand einige Angaben über ihn. Geboren 1950 in Truro, aufgewachsen in Glasgow, Studium in Cambridge und Berlin. Spezialgebiet: römische Geschichte der ausgehenden Republik und der frühen Kaiserzeit, Doktorarbeit zum Thema »Münzfunde aus der Zeit der Neunten Legion in Britannien«.

Diese Legion »Hispana« kannte ich aus diversen Kinofilmen. Angeblich war sie nach einem Marsch ins feindliche Land der Pikten jenseits des Hadrianswalls, im heutigen Schottland, spurlos verschwunden. Andere Quellen aber sprachen von ihrer Auflösung nach einer vernichtenden Schlacht gegen die Parther Mitte des 2. nachchristlichen Jahrhunderts im Osten des Reiches. Im 1. Jahrhundert, geraume Zeit nach den Ereignissen der Varusschlacht, war die Legion Hispana längere Zeit in Britannien stationiert gewesen. Damit hatte sich Sir Jeffrey beschäftigt.

Gähnend legte ich den Laptop auf meinen Nachttisch. Vielleicht sollte ich mit Sir Jeffrey Kontakt aufnehmen. Sicherlich konnte er als Experte für römische Münzen aus dem 1. Jahrhundert etwas zu den Münzen in meinem Keller sagen. Insgeheim interessierte mich auch, wie er Peter einschätzte. Irgendwie hatte ich das dumpfe Gefühl, dass mein alter Freund mir etwas verheimlichte. Aber es war nicht greifbar. Vielleicht irrte ich mich auch. Sollte ich ihn einfach danach fragen? Lieber nicht, dachte ich im Halbschlaf. Meine Neugierde drohte gelegentlich Grenzen zu überschreiten. Doch mein Bauchgefühl trog mich meistens nicht.

Am nächsten Morgen klingelte di Luccio mit seinem freundlichen Assistenten bereits um acht Uhr an der Haustür. Noah Weißgerber sah wie aus dem Ei gepellt aus, Andrea di Luccio dagegen erinnerte mich an Tommy Lee Jones in »Men in Black«, reichlich zerknautscht und übellaunig.

»So, Thomas Krauss hat also ein Messer in Ihrem Keller entdeckt«, sagte di Luccio, der direkt zur Sache kam.

»Ja, diese feuchte Stelle in der Kellerwand ist mir erst kürzlich aufgefallen, weil ein Fahrrad sie verdeckt hatte«, versuchte ich zu erklären. Aber di Luccio hörte gar nicht zu, sondern marschierte geradewegs in den Keller. Er fühlte sich offenbar hier wie zu Hause.

Weißgerber gönnte mir ein schüchternes: »Guten Morgen«, ehe er seinem Chef folgte.

Ich machte Kaffee. Nach wenigen Minuten kamen die beiden aus dem Keller zu mir in die Küche. Weißgerber schnupperte und meinte: »Das riecht aber gut!« Nach diesem Wink mit dem Zaunpfahl blieb mir nichts anderes übrig, als den beiden Kaffee anzubieten.

Sogar di Luccio bedankte sich. Er schien den gestrigen Abend verdrängt zu haben, zückte seinen kleinen grünen Notizblock und sagte: »Von Lutz Hallmann hörte ich, dass Thomas Krauss das Messer in dieser Nische in der feuchten Wand entdeckt hat. Er hat es herausgeholt und verständlicherweise dabei angefasst. Wir werden also seine DNA darauf finden. Mal sehen, ob und wie diese alten Blutflecken uns weiterhelfen.«

»Das Tuch hat Hallmann aus der Nische gefischt. Es lag ganz hinten«, ergänzte ich.

Di Luccio knurrte nur. »Beides befindet sich jetzt in unserem Labor. Wir gehen aber davon aus, dass dieser sogenannte Grabendolch die Waffe ist, mit der das zweite Opfer im Doppelgrab zu Tode kam. Am Gerippe wurden Spuren von Messereinstichen gefunden. Da sein Schädel noch immer unauffindbar ist, wissen wir nicht, ob er zunächst niedergeschlagen und dann von hinten erstochen wurde. Die Messerspitze, die Julian Pelter im Grab gefunden hat, passt zu dem Dolch. Der Stoß mit dem Messer muss mit ziemlicher Kraft erfolgt sein.«

Wie nüchtern das klang! Empathie gehörte nicht zu di Luccios Charaktereigenschaften.

»Noch kein Hinweis, wer dieser Tote sein könnte?« Ich goss den beiden Polizisten Kaffee nach.

»Hätten wir den Schädel, wäre das leichter, weil man selbst uralten Zähnen noch ausreichend DNA entnehmen kann. Aber das nützt uns vielleicht gar nichts, wenn wir keinen Vergleich anstellen können. Der Tote wird nicht irgendwo eine Zahnbürste hinterlassen haben, die wir dafür gebrauchen könnten. Und in diesen letzten Kriegsmonaten sind so viele Menschen spurlos verschwunden, von den Bomben getötet oder unter herabstürzenden Häusern begraben worden, dass wir nicht einmal eine vollständige Liste der Vermissten haben. Selbst bei diesem Jakob Faltermeyr ist ja ungewiss, ob er tatsächlich in seiner Wohnung umgekommen ist oder woanders.«

»Ich dachte schon, er könnte das Skelett sein«, warf ich ein.

»Das haben wir uns auch überlegt und uns gefragt, wer Interesse daran gehabt haben könnte, ihn umzubringen. Was wäre das Motiv?« Di Luccio hielt mir die Tasse entgegen. Der letzte Rest aus der Kanne. Ich hatte nichts abbekommen.

»Ich habe keine Ahnung«, gestand ich.

»Wir können wilde Spekulationen anstellen, wer dieser Tote ist«, sagte di Luccio. »Wir wissen bisher nur, dass er um 1944 oder 1945 gestorben ist. Wahrscheinlich lässt sich dieses Rätsel ebenso wenig lösen wie die Frage, wer dieser tote Römer war.«

Da wusste ich eventuell mehr als di Luccio. Für den Bruchteil einer Sekunde spürte ich einen vagen Anflug von Empathie für den müden Kommissar. Doch dann konnte ich mir nicht verkneifen zu fragen: »Wussten Sie eigentlich, dass Friedbert Gaymann, der Wirt vom ›Germanicus‹, Otto Rogner kannte?« Nun war es doch aus mir herausgerutscht. Am liebsten hätte ich mir die Zunge abgebissen.

Di Luccio sah mich überrascht an. »Haben Sie etwa schon wieder herumgeschnüffelt? Waren wir uns nicht gestern Abend einig, dass Sie nichts unternehmen in dieser Sache?«

Also hatte er es doch nicht verdrängt, dachte ich, und wir waren uns nicht einig. Laut sagte ich: »Ich hatte ehrlich gesagt gar keine Zeit zum Schnüffeln, wie Sie das so charmant bezeichnen. Aber mir wurde das aus einer vertrauenswürdigen Quelle zugetragen. Wie wäre es, wenn Sie das überprüfen?«

»Vermischen Sie jetzt bitte nicht die Fälle!«, schnauzte der liebenswerte Kommissar. »Hier geht es um einen Altfall, der mehr als siebzig Jahre zurückliegt, und wenn man den Römer einbezieht, um einen Altfall von vor gut zweitausend Jahren. Das hat aber nichts mit Rogner und Riemer zu tun.«

»Sie wissen genau, dass diese Fälle zusammenhängen!« Jetzt wurde ich kratzbürstig. »Offenbar hat jemand von diesem Doppelgrab erfahren und eine Chance auf reiche Beute gewittert. Rogner und Riemer waren doch nur Helfershelfer! Es gibt einen Drahtzieher, der die beiden mit diesen Einbrüchen beauftragt hat.«

Di Luccios Gesichtsfarbe glich einer saftigen Tomate. »Sie halten sich endgültig da raus!« Seine Stimme klang wie eine schlecht gestimmte Tuba, die misstönend in mein Ohr dröhnte.

Es war hoffnungslos. Zwischen di Luccio und mir würde die Chemie nie stimmen. Zwei Welten oder besser zwei Mentalitäten prallten aufeinander. Ich versuchte dennoch, die Ruhe zu bewahren. »Ich behaupte nicht, dass Ihr Freund Gaymann involviert ist. Doch er hat Rogner gekannt. Warum fragen Sie ihn nicht?«

»Sie sind eine Nervensäge!« Weißgerber zuckte bei dieser heftigen Bemerkung seines Chefs zusammen. »Wir werden uns jetzt erst einmal um dieses Messer kümmern.« Damit stürmte di Luccio aus dem Haus.

Weißgerber zögerte einen Moment. Dann flüsterte er mir zu: »Ich werde versuchen herauszufinden, in welcher Beziehung Friedbert Gaymann zu Rogner stand. Auf jeden Fall melde ich mich bei Ihnen. Viel Neues wissen wir nicht. Schumann kommt morgen zurück. Er hat mit Rogners Freundin gesprochen. Das könnte weiterhelfen.« Er huschte zur Tür hinaus.

Ich setzte erleichtert eine neue Kanne Kaffee auf und ging mit einem gut gefüllten Becher, den der Kölner Dom zierte, ins Wohnzimmer. Wenn ich doch diese rote Kladde finden könnte! Ich war mir sehr sicher, dass damit dieses Puzzle leichter zu lösen wäre.

Ich hatte Peters Nachricht vom gestrigen Abend nicht abgehört, aber das war jetzt auch nicht mehr wichtig. Denn er erschien um zwölf auf den Glockenschlag der beiden Kirchen in der näheren Umgebung. Ich mochte das Läuten, das jeden Morgen um acht Uhr von zwei Seiten ertönte. Zudem hatten die Glocken beider Kirchen einen harmonischen Klang, der mich beruhigte.

Peter machte nicht viele Worte, sondern fuhr mit mir ohne Umschweife in die Stadt. Das Lokal, in dem wir eine Kleinigkeit aßen, lag nicht weit vom Museum Kolumba entfernt. Er blieb auch während des Essens recht schweigsam. Als ich ihn darauf ansprach, winkte er ab. »Ich habe dir das gestern Abend mitgeteilt.«

Wie peinlich, dass ich seine Nachricht nicht angehört hatte! Ich stotterte etwas verlegen herum, dass ich keine Zeit gehabt hätte, meine Mailbox abzuhören.

Er wirkte zwar ein wenig irritiert, sagte dann aber: »Ich sitze an einem größeren Projekt. Deshalb war ich gestern verhindert. Es ist zermürbend. Wahrscheinlich muss ich in den kommenden Tagen nach Norddeutschland fahren. Ein Kollege von mir, der Grabungen bei Kalkriese beaufsichtigt, hat mich gebeten, ihn zu unterstützen. Er möchte meine Meinung zu einem Fund wissen. Er tat sehr geheimnisvoll. Ich kenne Severin Obermeister schon seit Ewigkeiten. Er neigt dazu, Dinge zu dramatisieren. Deshalb muss ich aber nicht alles hier stehen und liegen lassen.«

Ich konnte es kaum erwarten, Peter von dem Messerfund in der Wand zu berichten. Er war überrascht und zugleich fasziniert.

»Das Haus deiner Tante scheint ja ein Hotspot für Verbrechen gewesen zu sein, ist es noch immer, wenn ich an diese Einbrüche denke. Was sagst du? Ein Grabendolch? Ich erinnere mich vage, dass mein Vater einen besaß, den er von seinem Großvater geerbt hatte. Der wiederum hatte ihn als Offizier im Ersten Weltkrieg bei sich getragen. Mein Vater sagte einmal, dass sein Großvater gleich bei seinem ersten Einsatz im Winter 1915 verwundet wurde, ins Lazarett kam, und, da er einen Arm verloren hatte, nicht mehr zurück ins Kampfgeschehen musste. Er hat seine Waffen nie benutzt, das Messer aber hat er behalten.«

»Hast du es geerbt?«

Peter schüttelte den Kopf. »Nein, das Messer ist seit Jahren verschwunden. Ich glaube, meine Mutter hat es als Küchenmesser benutzt und irgendwann verloren.« Er lachte. »Sie neigte dazu, ständig Sachen zu verlieren. Eine liebenswürdige, aber nicht sehr lebenstüchtige Frau. Sie ist vor zehn Jahren gestorben, kurz nach meinem Vater. Sie haben mir ihr Haus vererbt, das ich verkauft habe. Ich hätte mit dem Verkauf warten sollen. Es ist jetzt viel mehr wert, doch ich wollte es gleich nach dem Tod meiner Mutter loswerden. Allein das Ausmisten dieses kleinen Hauses hat mich zwei Wochen gekostet. Viel habe ich nicht behalten von all dem Kram, den meine Eltern in den fast fünfzig Jahren ihrer Ehe angesammelt hatten.«

Er klang traurig. Dann aber lächelte er. »Lass uns lieber an das Heute denken. Mit der Vergangenheit habe ich beruflich zu tun, das reicht mir.«

Der Weg zum Museum dauerte nur wenige Minuten. Peters Bekannter Moritz Ruschke, der Archivar, begrüßte uns und führte uns in die unteren Räume. Dort standen zahlreiche Regale mit alten Werken, die in den Ausstellungsvitrinen bisher keinen Platz gefunden hatten. Illuminierte Handschriften aus dem späten Mittelalter, Inkunabeln und Codices.

»Dies ist keine Bibliothek«, erklärte Ruschke, der, wie mir Peter erzählt hatte, auch als Buchrestaurator arbeitete. »Wir lagern hier Bestände, die wir gelegentlich in der Dauerausstellung zeigen wollen. Im kommenden Frühjahr planen wir eine Ausstellung mit bisher nicht gezeigten Werken aus unserem Magazin. Einige Handschriften muss ich noch restaurieren. Leider sind vor ein paar Jahren sehr wertvolle Originale bei einem Wasserrohrbruch in einer Restaurationswerkstatt durchfeuchtet worden. Pergament verträgt Wasser noch weniger als unser heutiges Papier.«

Ich mochte Ruschke auf Anhieb. Er war Mitte vierzig, eher klein, mit dicken, an den Spitzen ergrauten Locken und sehr freundlichen braunen Augen.

»Ich zeige Ihnen gern unsere besonderen Schätze. Peter hat gesagt, dass Sie sich vor allem für Handschriften aus dem 16. Jahrhundert interessieren.«

»Das stimmt. Was wissen Sie über diese Handschrift des Mönchs, der um 1520 im Kloster Sankt Gallus gelebt hat und sich mit der Abschrift älterer Texte befasste?«, fragte ich ihn. »Ich bin durch ein Buch von Jakob Faltermeyr auf ihn gestoßen. Er erwähnt diese Übersetzung der Kopie eines antiken Schriftstücks.«

Ruschke strahlte. »Die Handschrift ist erst vor wenigen Wochen wieder hierher zurückgekommen, da sie restauriert werden musste. Ein sehr interessantes Werk. Auch die Geschichte dieses Buches ist spannend. Es lag wenig beachtet im Diözesanmuseum. Dort hat es Jakob Faltermeyr wahrscheinlich bei seinen Recherchen für die von ihm angedachte Fortsetzung seines Buches über Katakomben und Kerker entdeckt. Er hatte das schon länger geplant, wie er im Nachwort der ›Katakomben‹ andeutet. Faltermeyrs enger Vertrauter Paul Grävenitz hatte die Erlaubnis, den einzigartigen Text zu kopieren. Das muss so um 1944 gewesen sein. Leider ist dann diese Abschrift in den letzten Kriegstagen, wie wir annehmen, vernichtet worden. Grävenitz selbst hat noch bis 1971 gelebt.«

Ruschke wandte sich an Peter. »Ein spannender Mann und

ein guter Fachmann für römische Provinzialgeschichte. Er hatte ähnliche Interessen wie du. Als er nach seiner Professur in Heidelberg in den fünfziger Jahren zurück nach Köln kam, lag sein Fokus als Privatier aber auf anderen Themen. Ich glaube, dass ihn besonders keltische Siedlungen im Rheinland in vorrömischer Zeit mehr interessierten als die römische Epoche. Die Originalhandschrift des Mönchs namens Ambrosius verblieb unbeachtet im Magazin. Sie sah recht mitgenommen aus. Jetzt ist sie wieder präsentabel. Ich habe sie inzwischen in unseren Katalog aufgenommen und wollte sie genauer unter die Lupe nehmen. Es scheinen gegen Ende des Textes einige Passagen zu fehlen. Doch das tut dem Wert des Werkes keinen Abbruch.«

Ruschkes Eifer wirkte ansteckend. »Und was haben Sie mit dieser Handschrift vor?«, fragte er mich.

Peter mischte sich ein. »Wir wollen nur mal einen Blick darauf werfen. Frau Bentorp lebt in dem Haus in Köln, in dem Faltermeyr bis zu seinem Tod gewohnt hat. Es ist pure Neugierde. Diese Übersetzung des antiken Textes hat Faltermeyr sehr inspiriert, und Frau Bentorp hat einige seiner Bücher gefunden, die mit der Entwicklung Kölns seit der Römerzeit zu tun haben.«

Ruschke lächelte. »Das Deutsch, das Ambrosius benutzt, ist sehr altertümlich, noch nicht von Luthers Bibelübersetzung geprägt. Ich habe nur kurz hineingesehen. Es geht darin um gestohlene Goldmünzen während der Varusschlacht und Ähnliches mehr. Dahinter steht sicherlich genauso eine Legende wie die vom mörderischen Weißen Mönch, der auch in Faltermeyrs Werk vorkommt. Ich hatte das Glück, dieses längst vergriffene Buch über das Kloster Sankt Gallus vor Jahren antiquarisch zu bekommen. Leider ist es bei einem meiner häufigen Umzüge verloren gegangen. Zwar tauchen heute noch gelegentlich Münzen aus der Römerzeit in Köln auf, aber dass irgendwo in der Stadt ein ganzer Hort davon herumliegt? Klingt wie ein Märchen.« Er schüttelte den Kopf.

»Hast du denn noch nicht von dem Skelettfund in Frau Bentorps Haus gehört? Ich dachte immer, die Buschtrommel ist vor allem in Köln sehr aktiv«, sagte Peter.

Ruschke sah ihn ein wenig konsterniert an. »Ja, davon habe ich gehört. Klar, Habicht war vorgestern hier, um nach einer Handschrift zu fragen. Er hatte Pelter dabei, der mir das erzählt hat. Ein doppeltes Grab! Ein Schwert und Münzen aus der Zeit des Augustus. Eine Wahnsinnsgeschichte. Nur sehe ich den Zusammenhang zwischen der Legende von den geraubten Münzen der Legionen und dem römischen Skelett nicht. Glaubt man etwa, dass dieser Römer im Keller damit zu tun hat?«

Ich antwortete: »Es könnte sein. Aber es gibt noch keine Klarheit. Man weiß auch nicht, wer der zweite Mann in diesem Grab ist. Und die Münzen, die im Grab lagen, hat ein gewisser Otto Rogner gestohlen.«

»Und der ist inzwischen ermordet worden«, ergänzte Peter meinen Bericht.

Ruschke schwieg. Er wirkte ein wenig verwirrt. Als ob ihn etwas beschäftigte, er jedoch nicht recht weiterwusste. Dann gab er sich einen Ruck.

»Diese Münzen erinnern mich an einen Fund, der beim Gießen des Fundaments unseres Museumsneubaus entdeckt wurde. Es waren allerdings nur etwa zehn Stück, und die liegen seit Langem im Römisch-Germanischen Museum. Sie stammten auch aus der Zeit des Augustus, also noch vor der Stadtgründung durch Agrippina um das Jahr 50. Man vermutet, dass sie Teil eines größeren Kontingents sind. Aber man hat danach keine weiteren Münzen dieser Qualität mehr entdeckt.«

Nach kurzer Pause sagte er mit einem Hauch seiner alten Fröhlichkeit: »Jetzt zeige ich euch diese Handschrift. Wie gesagt, ich möchte sie in den kommenden Wochen genauer untersuchen. Schade, dass die Abschrift von Grävenitz nicht mehr existiert. Das wäre wie eine Sicherheitskopie.«

Wir näherten uns einem Regal im hinteren Abschnitt des lang gestreckten Magazins. Dort standen zahlreiche Folianten. Ruschke studierte sie, ging am Regal hin und her, verschob das eine oder andere Buch, spähte nach unten und nach oben, wurde sichtlich nervöser und aufgeregter.

Schließlich blieb er stehen und sagte mit fast tonloser Stimme:

»Sie ist nicht mehr da! Die Handschrift ist weg. Ich habe sie vor drei Tagen selbst aus dem Regal genommen und abgestaubt. Und sie dann wieder an ihren angestammten Platz gestellt. Da ist sie nicht mehr. Ich kann es nicht fassen! Sie ist weg!«

Moritz Ruschke stand wie angewurzelt vor dem Regal. Er hatte Tränen in den Augen. Wenn man genau hinsah, konnte man eine schmale Lücke zwischen den Werken im Regal sehen. Aber jemand war schlau genug gewesen, die anderen Werke so eng zusammenzuschieben, dass man das Fehlen dieses Textes nicht sofort bemerkte. Peter und ich sahen uns geschockt an.

Der Alptraum geht weiter

Den Rest dieses Nachmittages verbrachten Peter und ich mit einem Spaziergang am Rhein. Der mächtige Fluss kroch träge durch sein Bett. Es regnete sanft, und nur vereinzelte Spaziergänger, vor allem Hundebesitzer, wagten sich an die feuchte Luft dieses Novembertages. Peter stülpte sich eine uralte braune Mütze über den Kopf, die einen etwas muffigen Geruch verströmte, ich wickelte mich in meinen Schal. Am Schokoladenmuseum hatte der Aufbau des mittelalterlichen Weihnachtsmarktes begonnen. Nur noch knapp eine Woche bis zum ersten Advent.

Peter sagte lange Zeit nichts. Das war mir recht, denn ich grübelte nach, wer diese außerhalb eines sehr begrenzten Kreises unbekannte Handschrift entwendet haben könnte. Ruschke hatte uns eilig aus dem Museum hinausgeführt, zunächst seinen Chef und dann die Polizei über den Diebstahl informiert. Ich hörte noch, wie er am Telefon sagte: »Nein, keine Ahnung. Die Handschrift war vor drei Tagen noch da. Ich habe das Magazin abgeschlossen, wie immer.«

Als er uns verabschiedete, hatte er laut gedacht: »Also, die Letzten, die vor euch mit mir da unten waren, sind Habicht, Pelter und Habichts Assistent Albert Schulte gewesen. Ich habe ihnen nicht den Ambrosius gezeigt, da sie nach etwas anderem gesucht haben. Die drei hielten sich im vorderen Teil des Raums auf und haben sich Inkunabeln aus dem 14. Jahrhundert angeschaut. Und danach habe ich die Tür verschlossen und erst heute für eure Stippvisite wieder geöffnet. Etwas anderes kann ich der Polizei auch nicht sagen.« Er stöhnte laut. »Was für ein Desaster!«

Ich verstand ihn allzu gut. Dieser Text mochte vielleicht nicht die kostbarste Handschrift der Sammlung sein. Doch allein der Gedanke, dass jemand ein solches Buch faktisch unter den Augen des zuständigen Museumsmitarbeiters gestohlen hatte, war erschreckend.

Peter brach schließlich das Schweigen und fragte: »Wieso ausgerechnet diese Schrift und zu diesem Zeitpunkt? Wer könnte daran Interesse haben? Ich sage dir, das hängt alles mit deinem Doppelgrab zusammen. Denn offenbar hat jemand mitbekommen, dass dieses Römerskelett eventuell mit dem Drama um die geraubte Kriegskasse zu tun hat. Und stell dir vor, diese Münzen liegen doch noch irgendwo in Köln herum, das wäre unglaublich!«

Ich antwortete: »Die Liste der Verdächtigen ist nicht sehr lang. Pelter, Habicht, Schulte waren die Einzigen, die Ruschke vor uns ins Archiv geführt hat. Und Pelter und Schulte wären sicherlich daran interessiert.«

»Du wirst doch nicht ernsthaft behaupten wollen, dass diese drei etwas mit dem Diebstahl zu tun haben könnten! Das grenzt schon an Verleumdung.« Peter reagierte sehr heftig.

Ich dachte laut weiter: »Oder jemand, der diese Handschrift haben wollte, hat einen anderen damit beauftragt, sie zu stehlen. So ähnlich wie bei Rogner und Riemer, die nur Handlanger für eine dritte Person waren.«

Peter lächelte verkrampft. »Deine Phantasie in Ehren. Wobei du allerdings recht haben könntest, dass es ein Auftragsdiebstahl war.« Wir drehten uns im Kreis.

Peter brachte mich nach Hause, kam aber nicht mit hinein. Er habe leider eine dringende Verabredung mit zwei seiner Studenten, sagte er. Doch er würde sich melden, bevor er nach Kalkriese fuhr. »Komm doch einfach mit!«, sagte er zum Abschied.

Frustriert setzte ich mich an meinen Computer. Gegen achtzehn Uhr beschloss ich, Sir Jeffrey Harris in Bath anzurufen und ihn zu den Münzen zu befragen. Es hatte im Fall des großen Münzenraubs vor einigen Jahren einen Zwischenhändler in England gegeben. Vielleicht waren Sir Jeffrey schon ähnliche Münzen für das Museum oder privat angeboten worden.

Die Festnetznummer von Sir Jeffrey Harris bekam ich auf wunderbar altmodische Art über die Auslandsauskunft. Die Handynummer war unbekannt. Ich versuchte es mit der *landline*. Mein Anruf schlug fehl. Mailbox. Ich hinterließ eine Nachricht.

Am Montag würde ich versuchen, ihn über die Nummer der Zentrale der Römischen Thermen in Bath zu erreichen.

Ich wandte mich wieder der Arbeit an dem Katalog für die Osnabrücker Ausstellung zu. »Helden und Heilige« – ein schönes Motto. Am kommenden Dienstag sollte ich mich im Kolumba mit dem Kurator Clemens Krämer treffen, und gemeinsam wollten wir uns die geplanten Leihgaben für die Osnabrücker Ausstellung anschauen.

Ich war Krämers Vorgänger vor einigen Jahren begegnet, Herwig Rasmussen, der dann in dem Jahr ans Römisch-Germanische Museum wechselte, als es aufgrund von umfangreichen Sanierungsarbeiten seine Tore schloss und für die Übergangszeit in das sogenannte Belgische Haus zog. Das war Ende 2018. Doch wie ich zu meinem Erstaunen erfahren hatte, war Rasmussen vor einem halben Jahr entlassen worden. Weshalb, hatte mir niemand genauer sagen können. Es gab Gerüchte über »Unregelmäßigkeiten«, und in der Zeitung stand, dass es »Differenzen zwischen ihm und der Museumsleitung« gegeben hätte.

Ich hatte ihn als ruhigen, kompetenten Mann schätzen gelernt, der mich damals bei einer Frage zu römischem Glas beraten hatte. Ich wusste nicht, wo Rasmussen steckte, ob er noch in Köln lebte oder längst woanders. Aber da ich ihn nicht näher kannte, ließ ich es dabei bewenden.

Bei dem Gedanken an die künftige Ausstellung in Osnabrück fiel mir mein Lieblingsheiliger Sankt Georg ein, auch ein Held. Und der Mittelpunkt meines Abenteuers im vergangenen Frühling. Es war wie Gedankenübertragung, als in diesem Augenblick mein Handy klingelte und sich mein alter Bekannter Harald Frostauer aus Hannover meldete, der in die Ereignisse rund um das geraubte Gemälde »Sankt Georg und der Drache« von Paolo Uccello involviert gewesen war.

Harald Frostauer war ein Phänomen. Er hatte Geschichte, Kunst und Archäologie studiert, arbeitete als Berater für Museen, schrieb ein Sachbuch nach dem anderen, galt als kompetenter Kenner der niedersächsischen Geschichte seit dem Mittelalter, wusste immer alles besser, womit er sein Umfeld furchtbar nervte, kämpfte ständig mit Minderwertigkeitskomplexen, war aber im Grunde eher harmlos und hilfsbereit. Er hatte mich einmal verehrt, doch glücklicherweise seine Annäherungsversuche inzwischen aufgegeben.

Nach Abschluss unseres letzten Falls vor mehr als vier Monaten hatte er sich nicht bei mir gemeldet und auf meine Nachfrage eine SMS mit der fadenscheinigen Ausrede geschrieben, er müsse so intensiv an seinem neuen Buch arbeiten, dass er keine Zeit für private Kontakte habe.

Auch Richard, der sich mit ihm recht gut vertrug, hörte nichts mehr von ihm. Seltsamerweise vermisste ich Harald trotz seiner ewigen Besserwisserei. Man musste nur sehr tolerant sein, um ihn länger als eine Stunde zu ertragen.

Haralds Angewohnheit, am Telefon mit flötendem Singsang zu sprechen, hatte ich vergessen. Aber da war es wieder, dieses melodische Auf und Ab seiner leicht quäkenden Stimme. »Liebste Anna, wie geht es dir? Bist du glücklich in Köln? Ich habe Richard heute zum Mittagessen gesehen. Und Kommissar Schumann kam zum Kaffee noch vorbei.«

Mir gelang es nicht, Haralds Redeschwall zu unterbrechen. Kichernd fügte er hinzu: »Der liebe Hans hatte eine recht flotte Dame dabei und seinen Hund. Tja, Anna, der Kommissar wandelt wohl auf Freiersfüßen.« Eine Spitze gegen mich?

Endlich kam ich dazwischen. Etwas unwirsch entgegnete ich: »Schön, Harald, dass du dich mal wieder meldest. Du hast dich seit dem Frühling rargemacht.«

Harald hüstelte: »Na ja, ich bin ein sehr beschäftigter Mann. Mein Manuskript habe ich im August abgegeben und sitze jetzt an meinem nächsten Werk, diesmal eine Auftragsarbeit.«

Wie gut, dachte ich leicht boshaft, dann wird es wenigstens gedruckt. »Und was verschafft mir die Ehre deines Anrufs?« Eigentlich freute ich mich, dass Harald aus der Versenkung gestiegen war. Irgendetwas musste im Frühling passiert sein, das ihn aus der Bahn geworfen hatte. Doch weder Richard noch Schumann, geschweige denn ich, hatten je erfahren, was der wahre Grund für Haralds Abtauchen gewesen war.

»Meine Liebe«, flötete Harald, »Richard hat mir von diesem doppelten Grab in deinem Kölner Keller erzählt. Was für ein Schock! Aber das bringt mich zum Thema. Mein neues Projekt beschäftigt sich mit der immer noch aktuellen Frage, ob Kalkriese der einzige Ort der Varusschlacht gewesen sein könnte. Du hast ja 2009 diesen schönen Artikel in ›Archäologie heute‹ verfasst, in dem es um gefälschte Waffen und Rüstungen ging, die im Zuge des Gedenkens an dieses Ereignis von vor 2000 Jahren in Umlauf kamen. Damals«, er kicherte wieder, »bist du mir das erste Mal begegnet, wenn auch nur auf dem Papier.«

»Und?«, drängte ich. Er begann mich leider schon wieder zu enervieren.

»Ach ja, es ist nämlich so, dass ich eine Broschüre zu dem Für und Wider der Idee verfassen soll, ob diese Region im heutigen Niedersachsen der wichtigste Ort der Schlacht war. Ich fahre nächste Woche nach Kalkriese und treffe Severin Obermeister, den zuständigen Grabungsleiter. Er hat vor Kurzem eine erstaunlich gut erhaltene Satteltasche voller Goldmünzen entdeckt. Um mich auf unser Treffen vorzubereiten, wollte ich gern morgen mit Richard und Schumann nach Köln kommen, um ein bisschen in den Kölner Museen zu recherchieren. Und natürlich dich wiederzusehen.«

Ich japste. Harald Frostauer in Köln! Mir blieb nichts erspart. Ehe ich antworten konnte, sagte er: »Keine Angst, ich wohne bei einem Freund in der Nähe vom Chlodwigplatz. Er ist Journalist, Gebhard Weiler, ganz bekannt. Er schreibt für diverse Magazine. Netter Typ.«

Was Harald unter »netter Typ« verstand, war sehr ambivalent. »Okay«, murmelte ich, »dann sehe ich dich eventuell morgen Abend. Aber bitte sag deinem Freund nichts über die Skelette im Keller. Bisher wissen nur Insider davon, es gab nur eine kleine Notiz online. Dein Freund wird die Details früh genug erfahren.«

»Und du gibst ihm ein Interview!«, trompetete Harald frohgemut. Offenbar hatte er seine Probleme vom Frühjahr überwunden und war wieder der Alte. Schöne Aussichten!

Richards Anruf folgte eine halbe Stunde später. Auf Harald

angesprochen, entschuldigte er sich: »Was sollte ich machen? Er ist wie eine Klette.«

Das war keine Überraschung. Harald Frostauer würde sich nie mehr ändern! Ich erzählte Richard vom Diebstahl der alten Handschrift.

Seine Reaktion: »Nicht schon wieder! Also, wenn dieser Fall hoffentlich demnächst gelöst sein wird, dann ziehe ich mit dir ins nördliche Kanada, weit weg von geheimnisvollen Toten, mittelalterlichen Mönchen und antiken Dramen.«

»Sei dir nicht so sicher, dass im nördlichen Kanada dann nicht irgendwelche Inuit oder Indianer uns mit magischen Beschwörungen und Totemtieren verfolgen.«

Richard seufzte. »Mit dir an meiner Seite muss ich mit solchen Dingen wohl rechnen. Aber den Titel Miss Marple vom Polarkreis fände ich sehr hübsch für dich.«

Richard hatte mich aufgeheitert. In dieser Nacht störten mich keine Geräusche oder Träume. Dafür weckte mich gegen neun Uhr das »Ping« einer eingehenden SMS. Pelter. »Es tut mir sehr leid, aber ich kann heute nicht bei Ihnen vorbeikommen. Die Bücher gebe ich heute Morgen an Albert Schulte direkt weiter. Dann muss er nicht extra zu Ihnen kommen. Einen angenehmen Sonntag, Julian Pelter.«

Ich war nicht unglücklich über Pelters Absage. Ein ruhiger Sonntag also. Eine günstige Gelegenheit, um weiter nach Faltermeyrs Kladde zu suchen.

Vergebens. Als letzter möglicher Ort blieb mir nur noch der Dachboden, vor dem mir graute. Zwischen Richard und mir gab es diesen etwas lächerlichen Running Gag über Dachbodenfunde. Ich hatte vor einigen Jahren auf dem Dachboden eines Schlosses im Ith, dessen Besitzerin mit meiner Patentante befreundet gewesen war und demnächst ihren dreiundneunzigsten Geburtstag feierte, wertvolle Gemälde und Briefe aus dem 18. Jahrhundert entdeckt und in einem Schrank drei uralte Puppen. Eine davon saß in meiner Wohnung in Hannover in einem Schaukelstuhl und lächelte sanft vor sich hin, die beiden anderen befanden sich noch immer in Richards Geschäft in Hannover und waren unverkäuflich. Vielleicht sollte Richard statt meiner auf den Dachboden steigen! Er war Experte für Dachbodenentdeckungen.

Am frühen Nachmittag lud mich meine Mutter zum Tee ein. Als ich ihr von den jüngsten Ereignissen erzählte, sagte sie plötzlich: »Ich habe in den letzten Tagen häufiger über Faltermeyr und Grävenitz nachgedacht. Die Leiche von Faltermeyr wurde nie gefunden, und auch Paul Grävenitz ist 1971 in den Dolomiten während einer Wanderung spurlos verschwunden. Ich habe ihn als junge Frau einige Male gesehen, nachdem er Mitte der sechziger Jahre emeritiert wurde und nach Köln zurückkehrte. Ich mochte ihn seltsamerweise nicht besonders, fand ihn arrogant und verschlossen.«

Meine Mutter hielt inne, wie sie es in letzter Zeit ständig tat, leerte ihre dritte Tasse Tee mit einem energischen Schluck und sagte dann: »Habt ihr euch mal überlegt, ob das eine Skelett im Keller nicht Faltermeyr sein könnte? Irgendwie würde es passen. Er hat den toten Römer entdeckt, vielleicht sogar diese Goldmünzen, und ist überfallen worden.«

Meine eigene blühende Phantasie hatte ich von keiner Fremden. Mir waren ähnliche Gedanken durch den Kopf gegangen. »Und wer hat ihn deiner Meinung nach auf dem Gewissen? Grävenitz? Oder ein Einbrecher? Es waren chaotische Zeiten, und angeblich wohnte Faltermeyr nicht mehr in dem Haus.«

»Man weiß doch das genaue Todesdatum nicht. Es heißt, er sei kurz vor den Bombardierungen im Oktober 1944 zurück in seine Wohnung gezogen«, unterbrach mich meine Mutter. »Aber vielleicht ist er noch einmal ins Haus zurückgegangen. Und wer als Täter in Frage kommt? Grävenitz eventuell, der immer ein wenig neidisch auf Faltermeyr war. Das jedenfalls hat Amelie mir erzählt, oder es war dieser Assistent von Grävenitz, dieser Fritz Schneider. Der ist nämlich auch seit Kriegsende nicht mehr gesichtet worden. Er gilt ebenfalls als Bombenopfer.«

Ehe ihre Phantasie überbordete, lenkte ich sie auf andere Themen und versprach, sie demnächst zu einem Konzert ihrer Wahl in der Philharmonie einzuladen. »Ins Weihnachtsoratorium«, verlangte sie daraufhin sofort.

Ich nahm ihre Denkanstöße mit nach Hause und versuchte, mir ein eigenes Bild zu machen. Es war so vage, dass alles möglich schien. Ich versuchte, Schulte zu erreichen und ihn zu bitten, mir die Bücher möglichst rasch zurückzugeben. Seine Mailbox meldete sich, auf der ich ihm meine Nachricht hinterließ: »Ich möchte die Bücher nur für eine kurze Recherche haben. Sie können sie danach gern wieder ausleihen.«

Sir Jeffrey Harris hatte sich bisher nicht gemeldet. Ich entschuldigte dies damit, dass er sicherlich den Sonntag ohne berufliche oder halb berufliche Telefonate verbringen wollte.

Ein bisschen bangte mir vor diesem Abend. Schumann, Richard und Harald – das war eine schwer verdauliche Kombination. Doch am frühen Abend tauchten nicht nur diese drei Musketiere bei mir auf. Ein Vierter im Bunde hatte sich zu ihnen gesellt, den mir Harald nach einer übertrieben stürmischen Umarmung als seinen »guten Freund Gebhard Weiler« vorstellte.

»Gebhard würde gern mit dir über das doppelte Grab sprechen, aber natürlich ganz inoffiziell«, erklärte Harald. Ich sah ihn wütend an. Dieser Schwätzer! Aber Harald redete sofort weiter: »Im Netz stand heute eine größere Notiz zu dem Kellerfund. Diese Geschichte bleibt nicht länger geheim.«

Gebhard Weiler, ein kräftig gebauter Mittfünfziger mit eindeutig blond gefärbtem Haar und einer überdimensionalen Brille auf der Nase, lächelte etwas verlegen. »Sorry, aber Harald hat nur seine Reisetasche bei mir abgestellt und mich gleich hierher mitgenommen. Tatsächlich gibt es online eine Notiz einer Nachrichtenagentur über die Entdeckung von zwei männlichen Skeletten in einem Wohnhaus im Kölner Süden. Mit ein paar netten Details.«

Ich ärgerte mich. Wer hatte nicht dichthalten können? Etwa di Luccio selbst? Ungehalten fragte ich: »Was stand denn genau in der Meldung?«

Weiler kramte in seiner Jackentasche. Er zog allerlei Krimskrams hervor, darunter Hustenbonbons, zerknüllte Papiertaschentücher und eine Taxiquittung. »Ah, hier ist es!«, sagte er schließlich triumphierend. Er hatte diese Nachricht aus dem Internet ausgedruckt:

Sensationsfund! In einem Haus in der Kölner Südstadt fanden Handwerker bei Sanierungsarbeiten die Skelette zweier Männer. Nach Angaben des renommierten Kölner Archäologen und Stadthistorikers Julian P. (38) ist das ältere der beiden Skelette auf die frührömische Zeit in Köln zurückzuführen, das jüngere scheint nach bisherigen Erkenntnissen ein Toter aus der Mitte des 20. Jahrhunderts zu sein. Bei dem römischen Skelett wurde ein Gladius (römisches Schwert) gefunden. Wie Kommissar Andrea di L. (46) auf Nachfrage mitteilte, können bisher keine weiteren Angaben zur Person des Toten aus der Neuzeit gemacht werden. Die Ermittlungen in diesem sensationellen Altfall laufen auf Hochtouren. Ob dieser Fund im Zusammenhang steht mit der Ermordung des in Unterweltkreisen bekannten Otto R. und des Kleinkriminellen Gerhard R., ist bisher ungewiss.

Ich war wütend. »Verstehen Sie bitte, wenn ich dazu nichts sagen möchte«, beschied ich Gebhard Weiler.

»Stimmt denn der Tenor der Meldung?«, fragte der.

»Ja, aber dazu kein weiterer Kommentar. Die Hintergründe sind noch völlig unklar. Das ist zudem Sache der Polizei und nichts für wilde Medienspekulationen.«

Weiler nickte. »Ist okay. Wenn Sie Lust haben, mir mehr zu erzählen, stehe ich bereit. Ich werde selbst ein paar Recherchen anstellen. Meine Artikel sind keine Sensationsberichte, sondern fundierte Beiträge für bekannte Magazine.« Er drückte mir seine Karte in die Hand und wandte sich an Harald: »Du willst wahrscheinlich noch hierbleiben. Den Schlüssel für die Wohnung hast du ja. Dann bis später.« Mit diesen Worten ging Weiler und ließ Harald bei uns.

»Gut, dass er weg ist«, hörte ich Schumanns tiefe Stimme. »Ich habe einiges in Erfahrung gebracht. Das ist aber nicht für alle

Ohren gedacht. Also leider auch nicht für dich, Harald. Besser, du folgst rasch deinem Freund.«

Harald grummelte. Mir fiel eine Narbe auf seiner Stirn auf, die er bei unserem letzten Treffen im Frühjahr noch nicht gehabt hatte. Als ich ihn darauf ansprach, errötete er.

»Erinnerung an unser Abenteuer im Mai. Der Rest ist Schweigen. Da ist was dumm gelaufen.«

Ich zückte mein Handy, in dem ich Nachrichten über längere Zeiträume speicherte. »Hat das etwa mit deiner SMS an mich von damals zu tun?« Diese begann mit den Worten: »Liebe Anna, ich habe eine Wahnsinnsüberraschung für dich.« Ich sollte ihn damals bei Nacht und Nebel aufsuchen, doch in einer wenig später nachfolgenden SMS hatte er das Treffen abgesagt. Danach hatte ich nichts mehr von ihm gehört.

Harald zwinkerte nervös mit den Augen. »Ich glaube, ich gehe jetzt besser. Bestell mir bitte ein Taxi. Wir können uns morgen unterhalten. Ich bin müde.« Exit Harald Frostauer.

Meine beiden Logiergäste beschwerten sich zwar, dass ich kein Bier gekauft hatte. Dennoch saßen wir wenig später sehr entspannt im Wohnzimmer bei Brot, Aufschnitt und Wein zusammen.

Schumann kaute genüsslich an seinem Wurstbrot. »Di Luccio wird mich killen, wenn er erfährt, dass ich euch so viel erzähle. Aber ihr könnt mir vielleicht helfen«, sagte er.

»Wie, du willst freiwillig die Unterstützung von Miss Marple?«, fragte ich.

Er nickte. »Dich betrifft der Fall letztlich direkt. Deshalb weihe ich euch beide ein.« Er rückte sich auf dem Sessel zurecht, zupfte an seinen Jackettärmeln und räusperte sich. Das wirkte reichlich melodramatisch. Aber egal, Hauptsache, er würde reden.

»Ich habe mir Otto Rogners Wohnung angeschaut. Eine eher kümmerliche Bleibe. Kaum Möbel, aber ein überdimensionaler Fernseher. Interessant waren die Kataloge, die wir gefunden haben, über antike Münzen, Bronzen und Waffen aus der Römerzeit. Ein Buch über Kalkriese und ein Werk über Kölner

Stadtgeschichte. Eine sehr ungewöhnliche Lektüre für einen Illiteraten wie Rogner, der sich, wie ich vom Direktor der Celler JVA erfahren habe, nur Comics aus der Gefängnisbibliothek geliehen hat.«

Schumann griff zur nächsten Wurstscheibe und legte sie auf ein dick mit Butter beschmiertes Stück Brot. Seine neue Flamme in Hannover hatte zwar dafür gesorgt, dass er ein paar Kilo abnahm. Nun aber, da er ihrer Aufsicht entronnen war, schlug er wieder zu. So sah ich das jedenfalls.

»Interessant auch die Freundin von Rogner. Eine Nachbarin im selben Mietshaus konnte Brink eine detaillierte Beschreibung einer Frau geben, die sie öfter im Haus gesehen hatte, auch als Rogner offensichtlich verreist war. Nach einigem Hin und Her haben wir sie aufgetan. Alexa Rossbach, Altenpflegerin, vierundvierzig Jahre alt. Nette Frau, die Rogner während seiner Haft im Rahmen eines Programms für Resozialisierung von Strafgefangenen Briefe geschrieben hatte. Als er entlassen wurde, hat sie sich um ihn gekümmert, ihm die Wohnung verschafft. Sie wohnt nicht weit entfernt. Die ersten Wochen liefen wohl recht gut mit den beiden. Alexa meinte, er habe sich ehrlich bemüht, ein bürgerliches Leben zu beginnen. Doch er tat sich schwer, einen Job zu finden, arbeitete wie früher mal hier, mal da.«

Schumann biss ins Brot, schluckte hastig und fuhr fort: »Alexa erzählte mir, dass Rogner immer unruhiger wurde, abends verschwand, sie oft allein in seiner Wohnung ließ und spätnachts zurückkam. Auf ihre Fragen antwortete er wortkarg und abweisend, eines Abends rastete er aus und wurde handgreiflich. Zwar entschuldigte er sich sofort, änderte aber seinen Lebensstil nicht. Wörtlich sagte Alexa: ›Er hat, wenn er abends mal nicht wegging, immer häufiger auf dem Balkon telefoniert. Und das, obwohl wir schon Ende Oktober hatten und es ziemlich kalt war. Ich habe immer nur Bruchstücke mitbekommen, darunter die Worte Köln, Kneipe und Treffen.‹ Am 28. Oktober erklärte ihr Rogner, er habe ein interessantes Jobangebot im Rheinland und werde für einige Monate Hannover verlassen.

Sie solle nach seiner Wohnung sehen und die jämmerlichen drei Topfpflanzen auf seiner Fensterbank wässern. Er werde sich bei ihr melden.«

Schumann vertilgte den Rest der Schnitte und füllte sein Glas mit Wein. Meinen ungeduldigen Blick ignorierte er. Richard saß schweigend mit vollem Mund da, und Schumann fuhr endlich fort:

»Wörtlich habe er gesagt, so Alexa: ›Wenn ich wieder hier bin, dann suche ich eine schönere Wohnung für uns beide. Dieser neue Job wirft einiges an Geld ab.‹ Danach hat er sie nur noch einmal Anfang November angerufen. Sie versuchte, ihn zu erreichen, aber sein Handy war entweder ausgeschaltet oder entsorgt. Sie hat noch zehn Tage seine Pflanzen gewässert, dann aber der Vermieterin gesagt, sie könne sich nicht länger um Herrn Rogners Blumen kümmern. Sie hatte sich entschlossen, sich von ihm zu trennen. Es sei keine große Liebe von ihrer Seite gewesen, eher Mitleid.«

Nachdem er das Glas Wein geleert hatte, raffte sich Schumann wieder auf: »Ich glaube ihrer Versicherung, sie habe keine Einzelheiten über seinen sogenannten Job im Rheinland gewusst. Sie gab mir allerdings einen Tipp: Ihr Freund verkehrte öfter im ›Schwarzen Kater‹, einer Kneipe im Steintorviertel von Hannover. Sie war ihm einmal heimlich dorthin nachgegangen, um zu sehen, wohin er abends so oft verschwand.« Schumann griff nach der Flasche und füllte sein Glas wieder.

»Wir haben den Wirt befragt, Michael Krampe. Ein ehemaliger Sträfling, aber rehabilitiert, keine Probleme seit seiner Entlassung vor zehn Jahren. Angeblich soll Rogner, der im ›Schwarzen Kater‹ zu den Stammgästen gehörte, sich gelegentlich mit einem Typen getroffen haben, auf den die Beschreibung von Gerhard Riemer passt. Krampe war gegen Ende Oktober aber aufgefallen, dass Rogner mit einem ihm unbekannten Mann in der Ecke saß und tuschelte. Der Wirt erinnert sich daran, weil er meint, dass dieser Unbekannte nicht seinen üblichen Gästen entsprach. Viel zu gut gekleidet. Seinen Hut behielt er auf, sodass sein Gesicht im Schatten lag. Der Wirt glaubt, es sei ein Mann durchschnittlicher Größe gewesen. Da die beiden sehr leise gesprochen haben, konnte Krampe nichts von ihrem Gespräch verstehen, nur den Tonfall der Stimmen zuordnen. Rogner hatte eine Fistelstimme, dagegen klang der andere eher dumpf und dunkel. So hat Krampe es ausgedrückt. Ich schätze also mal, dass sich Rogner und sein Auftraggeber in Hannover trafen. Knapp drei Tage später hat Rogner die Stadt verlassen.«

Richard brach sein Schweigen. »Das beweist, dass Rogner und Riemer für eine dritte Person gearbeitet haben. Dieser mysteriöse Mann mit dem Hut und der dumpfen Stimme klingt nach altmodischen Krimis.« Er grinste. »Aber mal ernsthaft. Viel weiter bringt uns das nicht.«

Ich unterbrach ihn. »Die verschwundene Handschrift aus dem Kolumba war wahrscheinlich die Quelle für Faltermeyrs Forschungen zu dem Münzschatz. Was, wenn es irgendeine Verbindung gibt zwischen dem Römer und dem zweiten Toten? Der zweite Tote hat vielleicht das Skelett entdeckt und wurde wegen seines Wissens getötet. Dieser dritte Mann, dieser Auftraggeber von Rogner und Riemer, könnte etwas gewusst haben, was damit zu tun hat!«

Richard war aufgestanden und wanderte durchs Zimmer wie der Panther in Rilkes Gedicht durch seinen Käfig.

Schumann lehnte sich zurück. »Na ja, das klingt für mich sehr weit hergeholt. Deine Phantasie in Ehren, liebe Anna. Diese beiden Altfälle lassen sich wohl kaum mehr klären. Es geht uns vor allem um die beiden ermordeten Komplizen unseres unsichtbaren Dritten.«

»Aber der könnte doch von all diesen Geschichten erfahren und versucht haben, an die Münzen kommen.« Ich ließ nicht locker.

»Alles ist möglich.« Schumann winkte ab und wandte sich an Richard. »Zeig uns doch mal deine Münze.«

Richard zog einen kleinen Beutel aus seiner Jackentasche und entnahm ihm eine Münze. Behutsam platzierte er sie auf den Tisch. Sie glänzte im Lampenlicht. »Sie ist fast fünftausend Euro wert«, murmelte Richard und strich sanft über das Bildnis des Kaisers Augustus. Er bemerkte meinen kritischen Blick und sagte: »Keine Angst, ich verkaufe sie nicht. Ich habe vor, sie dem Römisch-Germanischen Museum zu schenken, wenn es voraussichtlich 2025 zurück ins sanierte Hauptgebäude zieht.«

»Sehr edel von dir«, meinte Schumann mit einem spöttischen Unterton.

Er schmierte sich ein Käsebrot und sagte eher beiläufig: »Vorher werden wir aber noch einen kleinen gemeinsamen Ausflug nach Niedersachsen unternehmen, von dem unser aller Freund di Luccio nichts wissen muss. Ich habe in Hannover einen früheren Klassenkameraden getroffen, der im Landesmuseum manchmal Ausstellungen betreut. In zwei Jahren soll er eine Ausstellung über Römer in Niedersachsen zusammenstellen. In Zusammenarbeit mit Kalkriese. Ich habe ihm die Fotos der gestohlenen Münzen aus deinem Keller gezeigt, Anna. Er hat fast gejuchzt und gesagt, dass diese eindeutig aus der Zeit der Varusschlacht stammen und dass sein Kollege Severin Obermeister, Regionalarchäologe und alter Bekannter von unserem Schlaumeier Harald Frostauer, vor Kurzem eine uralte Satteltasche mit ähnlichen Münzen entdeckt hat. An dieser Fundstelle hat er vor wenigen Tagen mit einer Grabung begonnen. Ich habe läuten gehört, dass er dort etwas gefunden hat, was mit dem Münzfund zusammenhängt. Mehr weiß ich auch noch nicht. Das sollten wir uns ansehen. Donnerstag Aufbruch? Wenn nicht hier noch etwas Gravierendes passiert und alle Pläne wieder durcheinanderwirbelt.«

Richard und ich nickten beide. »Die Dreharbeiten für ›Gutes für Geld‹ sind am Mittwoch zu Ende. Wir schaffen jeweils fünf Folgen pro Tag«, sagte er. »Dann habe ich bis zum Frühling Ruhe und muss auch den Neuen nicht mehr ertragen.«

»Ich hoffe, dass Pelter die Bücher von Faltermeyr tatsächlich an Albert Schulte weitergegeben hat. Ich hätte sie gern dringend zurück«, sagte ich. Warum hatte sich Albert Schulte noch nicht gemeldet?

»Weshalb verleihst du sie auch?«, meinte Richard konsterniert.

Ich gähnte. »Goosfraba«, sagte ich. Schumann grinste, während Richard verständnislos dreinblickte. Der gute Richard war im Gegensatz zu mir kein Kinofan.

Eigentlich wollte ich Schumann noch nach seiner Freundin, der verwitweten Hundebesitzerin, und nach seinem eigenen Hund fragen. Aber in diesem Moment klingelte mein Handy. Es war Habicht. Völlig außer Atem.

»Frau Bentorp, ist Schulte bei Ihnen? Er hat mir um sechzehn Uhr eine Nachricht geschrieben, dass er sich mit Ihnen und Julian Pelter gegen Abend treffen wollte. Und ich sollte dazukommen. Doch ich war beim neunzigsten Geburtstag einer Tante in Bonn. Ich habe diese Nachricht erst jetzt gelesen.«

»Nein, keiner der beiden ist hier, und ich habe auch nichts von ihnen gehört«, antwortete ich. »Das kommt für mich überraschend. Was wollte Albert Schulte denn?«

Habicht rang nach Luft. Er sagte: »Schulte behauptet, er sei einem Geheimnis auf die Spur gekommen, das mit der Handschrift eines Mönchs aus dem Kloster Sankt Gallus zu tun hat. Offensichtlich hat sich dieser Wahnsinnige diese Handschrift aus dem Kolumba, wie er es formuliert, heimlich ausgeliehen. Aber wo ist er nun abgeblieben?« Habicht klang fast hysterisch.

»Schulte hat diese Handschrift mitgehen lassen?« Ich fiel aus allen Wolken.

Habicht schnaufte. »Ja, das war nicht gut. Er hat sich, wie er in der SMS schreibt, für eine Minute weggeschlichen, als Pelter und ich mit dem Archivar geredet haben. Offenbar wusste er sehr genau, wo diese Schrift steht. Und er hat sie aus dem Archiv geschmuggelt. Ganz schön dreist. Das wird ein Nachspiel haben! Ich habe Ruschke gerade informiert.«

Der schrille Ton von Schumanns Handy unterbrach Habichts aufgeregten Bericht. Schumanns Gesicht glich einer Maske, als er lauschte und dann fragte: »Wo genau?« Nach wenigen Sekunden fügte er hinzu: »Ja, ich komme sofort.«

Langsam drehte er sich zu Richard und mir um und sagte mit tonloser Stimme: »Man hat Albert Schulte gefunden. Jemand hat ihn brutal zusammengeschlagen. Er liegt in der Uniklinik im Koma. Die Ärzte bezweifeln, dass er je wieder aufwacht.«

»Um Gottes willen, was ist geschehen? Und wo hat man ihn denn gefunden?« Habicht hatte mitgehört und schrie so laut, dass alle ihn verstehen konnten.

Schumann nahm mein Handy und erwiderte: »Er war mit dem Fahrrad unterwegs. Wahrscheinlich sogar auf dem Weg hierher. Etwa in Höhe der Kranhäuser am Rhein fand ein Mann, der seinen Hund Gassi führte, ein auf dem Boden liegendes Fahrrad, Schulte knapp einen Meter davon entfernt. Neben ihm seine leere Umhängetasche. Ich vermute, dass er darin die Bücher hatte, vielleicht sogar die ›geborgte‹ Handschrift. Ich muss leider los. Di Luccio ist vor Ort.«

Würde dieser Alptraum denn nie enden?

Als ob Richard meine Gedanken erraten hätte, sagte er mit erstaunlich ernster Stimme: »Das kann ja noch heiter werden. Als ob der Weiße Mönch aus Faltermeyrs Buch noch immer durch Köln spukt!«

Gefährliche Alleingänge

Am Montagmorgen erschien Thomas Krauss mit seiner Truppe. Diesmal begleiteten ihn zwei junge Männer, die aus Italien stammten und Michele und Donato hießen. »Mal sehen, was wir in Ihrem Gemäuer noch so alles finden«, scherzte Krauss. Er verlor kein weiteres Wort über den Grabendolch in der Wand.

Die drei machten sich ans Werk. Richard hatte früh das Haus verlassen, die Dreharbeiten zu den neuen Folgen von »Gutes für Geld« fingen zeitig an. Schumann erschien kurz nach neun Uhr in der Küche und beklagte sich über den Lärm im Keller. Erst nach der zweiten Tasse Tee fühlte er sich bemüßigt, mir von seinem gestrigen Abend zu berichten.

»Dieser arme Kauz Albert Schulte«, sagte Schumann. »Ihn hat es böse erwischt. Eine ältere Dame, die zufällig am späten Nachmittag in der Nähe der Kranhäuser einen Spaziergang unternahm, hat sich bei der Polizei gemeldet und berichtet, dass ihr ein Wagen aufgefallen sei, der mit rasender Geschwindigkeit aus dem Parkhaus unter den Kranhäusern düste. Dabei habe er sie fast überfahren. Wenig später stieß sie auf den Mann mit dem Hund, der Albert gefunden hatte. Der Mann war völlig durch den Wind. Er hatte bereits die Polizei alarmiert und stand unter Schock. Die ältere Dame versuchte, ihn und seinen Hund zu beruhigen, musste ihn aber dann verlassen, weil zu Hause ihre schwer kranke Schwester auf sie wartete. Von ihrer Wohnung aus hat sie die Polizei über den rasenden Autofahrer informiert. Es sei ein größerer Wagen gewesen, dunkelblau oder dunkelgrün, wahrscheinlich ein BMW, könnte aber auch ein Audi, ein VW oder ein Mercedes gewesen sein, um mal alle größeren deutschen Automarken durchzuzählen.« Schumann wirkte frustriert.

»Dieser Fall nimmt ungeahnte Dimensionen an. Ich muss zurück ins Präsidium. Di Luccio will dem Kolumba gleich offiziell melden, dass Schulte diese Handschrift heimlich mitgenommen hat und sie nun leider erneut gestohlen wurde. So ein Dummkopf! Falls er durchkommt, muss er mit einem Verfahren rechnen. Schlimmer ist, dass dieses Werk nun ernstlich verschwunden ist. Sein Wert liegt laut Versicherung bei etwa zehntausend Euro. Auf dem Schwarzmarkt wird es vielleicht noch höher gehandelt.«

»Wer wusste, dass Schulte diese Bücher bei sich hatte? Warum sie gestohlen wurden, kann ich mir denken«, sagte ich.

Schumann sah mich gespannt an. »Weshalb?«, fragte er.

Ich fasste mich kurz: »In all diesen Büchern kommt ein Schatz vor. Faltermeyr hat sich ausführlich damit befasst, und ich glaube, einige seiner Erkenntnisse beruhen tatsächlich auf dieser Handschrift von Ambrosius, einem Mönch des Klosters Sankt Gallus. Übrigens scheint auch er damals spurlos verschwunden zu sein. Ob ermordet oder selbst ein Mörder, lässt sich natürlich heute nicht mehr klären.«

»Und du meinst, dass hier irgendein Schurke umherwandelt, nach dem Schatz sucht und dabei alle möglichen Menschen ins Jenseits befördert, die ihn bei seiner Suche behindern? Oder zu viel wissen? Im Fall von Riemer und Rogner halte ich das für durchaus möglich. Aber derjenige, der Albert Schulte niedergeschlagen hat, müsste jemand sein, der den Inhalt der Bücher und ihre eventuelle Relevanz kennt. Und warum ihn niederschlagen? Unsere These ist eher, dass Schulte Opfer eines Raubüberfalls wurde. Der Dieb hat die Tasche an sich gerissen und auf Geld gehofft. Wenn er sieht, was er da erwischt hat, wird er wenig begeistert sein. Nur die alte Schwarte ist etwas wert. Nein, ich glaube, dass Schultes Unglück ein böser Zufall ist.«

Er hatte gewiss recht. Es musste ja nicht alles mit dem Fall zusammenhängen. Auch wenn Habicht von einem Geheimnis gesprochen hatte, das Schulte entdeckt haben wollte.

Schumann füllte seine Kaffeetasse nach. »Ich habe auf deine Anregung hin noch mal über diesen Friedbert Gaymann recherchiert. Der Wirt vom ›Germanicus‹ ist nicht ohne. Er hat wegen Schmuggel zwei Jahre gesessen, mehrere Verwarnungen wegen tätlicher Gewalt eingeheimst, die er immer erfolgreich als Notwehr bei handgreiflichen Gästen in seiner Kneipe deklariert hat. Außerdem scheint er ein Waffennarr zu sein. Er sammelt Stichwaffen und alte Pistolen. Das ist nicht strafbar. Dennoch würde ich mich gern mal länger mit ihm unterhalten.«

Schumann lief zu Hochform auf. »Di Luccio wehrt sich dagegen, seinen Kumpel Gaymann unter die Lupe zu nehmen. Fußball und Karneval. Und ihm ist auch egal, dass Gaymann vorbestraft ist, wobei Gaymanns zwei Lokale einen ordentlichen Ruf haben. ›Die Römerstuben‹ am Rhein gelten als richtig gutes Restaurant. Da sollten wir essen gehen!« Er grinste.

»Aus Freundschaft oder wegen der Recherche?« Ich zwinkerte Schumann zu.

»Man sollte stets das Angenehme mit dem Nützlichen verbinden«, erwiderte Schumann. »Allerdings glaube ich nicht, dass Rogner oder Riemer dort je gegessen haben. Das ›Germanicus‹ passt eher zu den beiden.«

Etwas zögerlich sagte ich: »Ich habe meine spärlichen Informationen zu Gaymann und Rogner von einer sehr netten jungen Bedienung namens Marga. Vielleicht kannst du sie ja mit deinem Charme dazu bringen, etwas mehr zu sagen, wenn ihr Chef nicht in der Nähe ist.«

Schumann brummte: »Du bist unverbesserlich. Wie schon gesagt, halte dich raus. Aber ich werde mich nach Marga umschauen.« Er stand auf. »So, ich muss los. Falls sich Harald bei dir meldet, sag ihm doch bitte, er soll mich anrufen. Sein Freund Weiler ist nicht der brave Journalist, wie Harald uns das weisgemacht hat. Weiler hat einiges auf dem Kerbholz, von Plagiatsvorwürfen bis zu Artikeln, die völliger Fake waren. Und er jagt gern hinter Sensationen her. Das hat er gestern ein wenig anders dargestellt. Wie wir aus unseren früheren gemeinsamen Abenteuern wissen, fällt Harald gern auf halbseidene Typen herein!« Mit energischen Schritten marschierte er hinaus in den grauen Novembermorgen.

Das Klopfen und Hämmern im Keller wich einem schrillen Bohrgeräusch. Mein Kopf brummte. Der Vormittag zog sich zäh wie Kaugummi hin. Gegen elf Uhr kam Elvira vorbei, und wir packten noch mehr Bücher in Kartons. Viele standen nicht mehr im

Bücherschrank. Und keine weiteren Werke von Faltermeyr oder Grävenitz. Ich bat die tüchtige Frau, mich auf den Dachboden zu begleiten, um mit mir die rote Kladde zu suchen. Zuvor aber brachte sie den drei Handwerkern einen Kaffee und plauderte mit Michele und Donato lautstark auf Italienisch.

»Nette Jungs«, sagte sie hinterher zu mir. »Sie stammen aus Apulien.« Damit war alles Wichtige gesagt! Und sicherlich wollte sie mich damit beruhigen.

»Questi ragazzi di Apulia sono molto onesti«, fügte sie hinzu. Diese Jungs aus Apulien sind sehr ehrlich. Aber ich fürchtete ohnehin nicht, dass ein zweiter Dieter Knapp alias Gerhard Riemer unter dem Deckmantel der Firma Hülstermann hier auftauchen würde.

Der Dachboden von Tante Amelie glich all den Dachböden, die ich in den letzten Jahren durchstöbert hatte. Staubig, dunkel, weil durch die kleinen Fenster nur wenig Tageslicht drang und die Deckenleuchte mit einer Dreckschicht überzogen war. Überall Gerümpel, was bedeutete, dass ich ein weiteres Mal eine Entrümplungsfirma für Dachboden und Keller engagieren musste. Und dann dieser leichte Geruch nach Marder und anderen, nicht näher identifizierbaren Tieren. Ein paar Tauben hatten auch ihre Spuren hinterlassen.

Ich sah mich um. Ein Schaukelstuhl fiel mir auf, den ich Richard schenken würde. Ein wenig aufgemöbelt könnte er etwas hermachen. In der Nähe stand ein Schrank, aus dem Altkleider quollen. Diverse Pelzmäntel, stark mit Mottenpulver eingesprüht, Abendkleider aus der Zeit, da Tante Amelie noch zu Festen ging. Mindestens vierzig Jahre alt. Bei dem Anblick dieser Seidenkleider überrollte mich der Kummer über Tante Amelies Tod wie eine große Welle. Der Gedanke stimmte mich wehmütig, dass sie so viele Jahre allein gelebt und ganz gewiss seit mehreren Jahrzehnten keine Festivitäten besucht hatte. Selbst zu meiner Hochzeit, die lange zurücklag, war sie nicht erschienen. Damals – und das war 1998 – ging es ihr bereits gesundheitlich nicht gut. Die letzten Jahre ihres langen Lebens war sie an einen Rollstuhl gefesselt.

Elvira hatte sich ein paar Kartons vorgenommen, in denen sie akribisch wühlte. »Rote Kladde« lautete die Mission, die sich bald als »Mission Impossible« erwies. In den Kartons befanden sich Alben voller Schwarz-Weiß-Fotos, die ich mir gern in Ruhe angeschaut hätte, das älteste aus dem Jahr 1955. Ein weiteres Objekt für Richards Geschäft entdeckte ich in einer Ecke. Ein wunderschön ziselierter Schachtisch. Richard spielte selbst gern Schach. Allerdings nicht mit mir. Ich war keine gute Gegnerin, immer zu spontan und, wie er sagte, nicht rational genug. Daran hatte selbst meine Begeisterung für die Serie »The Queen's Gambit« nichts verbessert.

Nach zwei Stunden stiegen wir staubbedeckt und müde die steile Treppe vom Dachboden wieder hinunter. Ich hatte zwar ein Tagebuch von Tante Amelie in einer Truhe gefunden, aber das begann am 1. Januar 1951 mit der Bemerkung »Schön, wieder in Köln zu sein!« und endete am 31. März 1952 mit dem Satz »Ich werde niemals heiraten!« Ich schmunzelte. Sollte ich das Tagebuch lesen? Oder wäre das zu indiskret, obgleich meine gute Tante nun schon anderthalb Jahre tot war? Sieben Jahre nach diesem schicksalsträchtigen Vorsatz hatte sie dann doch geheiratet.

Elvira versprach mir, am Mittwoch wiederzukommen und sich den Dachboden noch einmal vorzunehmen. Ein vager Hoffnungsschimmer. Erschöpft sank ich in den Sessel bei der Verandatür und nickte ein.

Die dröhnende Stimme von Thomas Krauss riss mich aus dem Schlaf. »Frau Bentorp, wir machen jetzt Feierabend. Keine weiteren Knochen oder Mordwaffen entdeckt. Dafür aber sehr schlecht gekalkte Stellen in den Wänden, bröselnden Mörtel, feuchte Flecken und zerbrochene Fliesen in dem vorletzten Raum. Wir werden morgen einen Trockner aufstellen. Während der läuft, nehmen wir uns einen der anderen Räume vor.«

Michele und Donato bedankten sich für den Kaffee und zogen pfeifend davon. Draußen dämmerte es. Mich stimmten diese kurzen Novembertage immer etwas melancholisch.

Ich blickte auf meine Armbanduhr und wunderte mich,

dass Harald Frostauer sich gar nicht gerührt hatte. Ursprünglich wollte er sogar schon am Vormittag vorbeischauen. Wahrscheinlich erzählte er seinem Journalistenfreund Weiler alle unsere Abenteuer der vergangenen fünf Jahre, vom Moormann bis zum verlorenen Uccello. Es wäre interessant, zu wissen, wie Weiler mit diesen Geschichten umspringen und sie gewiss noch um einiges aufbauschen würde. Armer Harald! Er war der schlechteste Menschenkenner, den man sich vorstellen konnte. Hoffentlich nutzte Weiler ihn nicht aus.

Mein Versuch, Harald telefonisch zu erreichen, schlug fehl. Ich unterließ es, auf seine Mailbox zu sprechen, deren Wortnachricht mit Smetanas »Moldau« unterlegt war. Er war schon ein sonderbarer Kauz!

Ich hätte jetzt gern mit Peter Mannsfeld geplaudert. Doch bei seinem Handy antwortete ebenfalls die Mailbox. Das enttäuschte mich ein wenig. Aber vielleicht hatte er eine Freundin und bei aller mir erwiesenen Aufmerksamkeit keinerlei Ambitionen, aus unserer Freundschaft mehr zu machen. Ich hatte ihn bislang nicht nach seinem Privatleben gefragt, da ich mich vor intimeren Fragen scheute. Und ich hatte einen Mann in meinem Leben. Ich mochte Richard und versuchte, unsere On-off-Beziehung in ein stabileres Verhältnis umzuwandeln. Nicht einfach, jedoch reizvoll.

Gerade hatte ich mir einen Tee bereitet, als es klingelte. Nicht Harald stand vor der Tür, sondern Habicht. Er sah ziemlich mitgenommen aus. Dankbar nahm er meine Einladung zum Tee an.

»Ich mache mir große Sorgen«, begann er. »Natürlich vor allem um Schulte. Ich kann seine Tat nicht billigen, und sollte er wieder gesund werden, was wir alle hoffen, dann muss er die Konsequenzen tragen. Aber was ihm passiert ist, erfüllt uns alle mit Entsetzen. Der arme Junge!«

Ich stimmte ihm zu. Schultes »Ausleihmethode« im Kolumba ging entschieden zu weit. Aber jetzt war das Wichtigste, dass er überlebte.

Der Professor strich sich durch sein volles weißes Haar. »Übrigens hat Pelter sich auch gestern am späteren Abend nicht mehr gemeldet. Er müsste die SMS von Schulte bekommen haben.«

»Ich habe sie nicht erhalten«, sagte ich. »Von Schultes Wunsch, uns hier zu treffen, habe ich von Ihnen erfahren.«

Habicht rührte nachdenklich zwei Stücke Zucker in den Tee. »Ja, seltsam. Ich ahne nicht, was passiert sein könnte. Nur, Pelters Benehmen ist eigenartig. Wir wollten uns heute Morgen treffen, um die jüngsten Ergebnisse von Sibylle Deckers Untersuchungen der Knochen und des Schwertes zu besprechen. Es gibt nicht viel Neues, aber einiges hat sich bestätigt. Tod durch zwei Stiche zwischen die Rippen mit einem Schwert, das wahrscheinlich seine Lunge durchbohrt hat. Jedoch nicht mit dem Schwert aus dem Grab. Darauf finden sich keine Spuren von Blut. Der Mörder hat die Tatwaffe damals mitgenommen. Pelter wollte dem alten Gerücht von der verschwundenen Kriegskasse nachgehen. Der Getötete war mit ziemlicher Sicherheit in dieses Ereignis involviert. Wir kennen seinen Namen bislang nicht, aber vielleicht finden wir noch Hinweise.«

Ich bot ihm eine weitere Tasse Tee an, die Habicht mit gierigen Zügen leerte. Er schien sich ein wenig zu entspannen.

»Was Pelter als nächstes Projekt plante, ist die Bebauungsgeschichte dieses Teils von Köln. Es muss einen Venustempel in der Nähe Ihres Hauses gegeben haben. Und wenn ich Faltermeyrs Buch über die frühe Stadtgeschichte recht in Erinnerung habe, dann lag das damals sehr bedeutende Kloster Sankt Gallus auch nicht weit von hier. Davon ist nichts mehr übrig. Nach der französischen Besatzung hörte es auf, als spiritueller Ort zu existieren.«

Die alte Standuhr im Esszimmer, die Elvira heute entstaubt und frisch aufgezogen hatte, schlug achtzehn Mal. Habicht zuckte zusammen. »Was ich sagen will, ist, dass ich Pelter nicht erreiche. Ich mache mir große Sorgen.«

Insgeheim vermochte ich Habichts Aufregung wegen Pelters Abtauchen nicht nachzuvollziehen. Deshalb sagte ich: »Warten Sie doch ab. Wahrscheinlich hat er private Gründe für sein Verhalten.«

Habicht lachte etwas gekünstelt. »Ja, das stimmt wohl. Also, wissen Sie, ich mache nicht gern die Pferde scheu. Aber nach dem, was mit Schulte passiert ist ... Es wundert mich einfach, dass Pelter nicht erreichbar ist.«

»Wo wohnt er denn?«

»In Rodenkirchen. Seit seiner Scheidung vor einem Jahr, nach nur zwei Jahren Ehe, ist er dort in eine kleine Wohnung in einem Wohnpark am Rhein gezogen. Seine Frau, die aus einer wohlhabenden Arztfamilie stammt, bewohnt weiterhin das frühere gemeinsame Haus in Lindenthal. Glücklicherweise haben sie keine Kinder.«

»Waren Sie schon bei seiner Wohnung?«

Habicht verneinte. »Wir haben privat keinen Kontakt. Und ich wollte nicht einfach plötzlich bei ihm auftauchen. Das erschien mir dann doch zu viel des Guten. Falls er zu Hause ist und aus irgendwelchen Gründen seine Ruhe haben möchte, käme ich mir lächerlich vor. Vielleicht ist er krank.«

»Irgendwelche Freunde, bei denen er sein könnte?«

»Er geht mit Herwig Rasmussen gelegentlich ein Bier trinken, dem früheren Kurator am Römisch-Germanischen Museum. Rasmussen ist einige Jahre älter, aber sie haben ähnliche Interessen. Geschichte, Fußball und Pferderennen.«

Ich grinste unwillkürlich. Pferderennen – das schien nicht zu Pelter zu passen. Doch falls er wettete, hatte er vielleicht Schulden und steckte in Schwierigkeiten.

Habicht sagte: »Ich weiß nicht viel über Pelter. Ein Einzelgänger. Oft launisch, sehr intelligent, aber ehrgeizig und unberechenbar. Man munkelt, dass deshalb seine Ehe auch nicht lange gehalten hat. Von Ehe gesprochen – ich sollte nach Hause fahren. Meine Frau wartet schon auf mich.«

Beim Hinausgehen sagte er: »Falls Sie etwas von Pelter hören, rufen Sie mich bitte an. Meine Handynummer gebe ich nur wenigen Menschen, aber Ihnen gern.« Er kritzelte sie auf einen Zettel und drückte ihn mir in die Hand. Als er hinaus in die Dunkelheit des sinkenden Abends trat, sah er plötzlich alt und müde aus.

Schumann und Richard kamen wie aufs Stichwort gleichzeitig nach Hause. Beide erschöpft und griesgrämig. Bei unseren früheren gemeinsamen Abenteuern hatte ich mich stets wie ein Mitglied eines Teams gefühlt. Diesmal nicht. Dieser Fall begann mich zu nerven. Ich fühlte mich unnütz und hilflos.

Richard taute beim zweiten Glas Wein auf. Schumann brummte: »Wann gibt es endlich wieder Bier? Das kannst du auch beim Getränkeservice bestellen.«

Obwohl ich seine Bemerkung als dreist empfand, war ich zu erschöpft, um dagegen etwas zu sagen. Mit einer tiefen Verbeugung versprach ich Besserung. Daraufhin entschuldigte er sich und gelobte seinerseits Besserung. Er berichtete nur kurz, dass man den Wirt vom »Schwarzen Kater« in Hannover gebeten habe, einem Polizeizeichner Angaben zum Unbekannten in seiner Kneipe zu machen. Das eher nichtssagende Bild nach den Vorgaben des Wirts glich aber niemandem aus Täterkarteien oder Fahndungsunterlagen.

»Hier in Köln habe ich mir Gaymann heute Morgen zur Brust genommen. Er ist eingeknickt und hat mir erzählt, dass er Rogner Ende Oktober das erste Mal im ›Germanicus‹ gesehen hat. Damals allein. Beim zweiten Mal begleitete ihn eine junge Frau, mit der Rogner aber einen Streit vom Zaun brach, worauf die Frau ihren Mantel von der Stuhllehne riss und davonstürmte. Das nächste Mal, ein paar Tage später, kam er zusammen mit Riemer. Und da sei Rogner mit Gaymann ins Gespräch gekommen. Nach einigen Bier und ein paar Schnaps hat Rogner wohl etwas von einem großartigen Job in Köln gelabert und Gaymann nach seinen Kontakten zu bestimmten Schwarzmarktkreisen gefragt.«

Wenn der gute di Luccio das von seinem Klüngel-Kumpel wüsste! Ich genehmigte mir ebenfalls ein Glas Wein. Schumann öffnete die zweite Flasche und fuhr fort.

»Rogner schien gut über Gaymanns Vergangenheit informiert zu sein. Doch Gaymann schwor mir, dass er seit seiner Haft nichts mehr mit solchen Aktivitäten zu tun hat. Rogner fing aber wieder damit an. An dem Abend vom 11.11., als die beiden sich mit dem dritten Mann trafen, hat Gaymann, wie er sagt,

Rogner damit gedroht, ihn anzuzeigen, wenn er ihn weiter belästigt. Danach habe er Rogner nicht mehr gesehen und wisse auch nicht, wer der Dritte im Bunde war. Er streitet ab, Knapp alias Riemer persönlich gekannt zu haben. Er nannte ihn Rogners ›Mitläufer‹. Rogner habe er zwar geduzt, doch das würde er bei den meisten Gästen so handhaben, die mehr als einmal in seiner Kneipe auftauchten. Mehr habe ich nicht von ihm erfahren. Er stand unter sichtlichem Druck und murmelte etwas von einem wichtigen Termin außerhalb von Köln.«

»Hast du Marga gesehen?«, fragte ich Schumann.

»Nein, keine Marga, da war nur eine dürre Frau mit raspelkurzem Haar. Laut Namensschild heißt sie Ella. Ich habe nicht nach Marga gefragt. Das hätte ihr sicher unnötigen Ärger beschert. Dieser Gaymann ist nicht gerade ein Sympathieträger.«

Darin konnte ich ihm nur zustimmen. Ich fragte nach Schulte. Schumann zufolge ging es Albert Schulte unverändert. Er lag im Koma, und seine Eltern waren aus Heidelberg angereist. »Alles sehr traurig«, meinte Schumann.

Als ich ihm von Habichts Stippvisite berichtete, sagte er: »Pelter wird schon wiederkommen. Auch Gelehrte brauchen eine Pause. Oder vielleicht ist sein Handy kaputt. Glaubst du denn, dass Pelter etwas mit der Sache zu tun hat?«

Ich antwortete: »Sein Interesse für Faltermeyrs Bücher fiel mir schon auf. Aber offensichtlich hat er die Bücher, wie verabredet, an Schulte weitergegeben. Warum sollte er den Jungen denn überfallen? Ich hätte ihm die Faltermeyr-Bücher ja noch mal ausgeliehen. Und die Handschrift aus dem Kolumba hätte er sich auf legalem Weg beschaffen können. Wahrscheinlich sitzt er in seinem stillen Kämmerlein und recherchiert auf eigene Faust zu Kerkern und Katakomben. Habicht ist zwar sein Doktorvater gewesen, aber Pelter ist sehr ehrgeizig und mag ihn nicht besonders, wie mir scheint. Er will garantiert dem ›Alten‹ beweisen, dass er ihm längst über den Kopf gewachsen ist. Das Gefühl habe ich jedenfalls.«

Schumann lachte. »Annas berühmtes Bauchgefühl. Was würden wir nur ohne deine Instinkte machen! Du kommst dir sicher blöd vor, weil du diesmal keine Texte aus dem Englischen übersetzen musst und dieser Fall bisher irgendwie an dir vorbeigeht.«

Ich protestierte heftig, und auch Richard meinte: »Pass auf, Hans, Anna wird den Fall entwirren, ehe du auch nur in die Nähe einer Lösung kommst!«

Lieb von Richard, dachte ich. Er kann richtig süß sein. Wobei ich es seltsam fand, dass er so gar nichts über seinen heutigen Drehtag erzählte. Wahrscheinlich keine erwähnenswerten Vorkommnisse.

Die beiden Männer zogen sich vor den Fernseher zurück. Schumann brummelte, wenigstens seien Chips da, wenn ich schon kein Bier hätte. Fing er schon wieder damit an! So viel zum Thema »Besserung«. »Dann kauf dir selbst dein Bier«, sagte ich und verkroch mich in meinen Lieblingssessel.

Ich döste gerade gemütlich weg, als mein Handy mich aus diesem angenehmen Schwebezustand zwischen Tag und Traum riss. Unbekannte Nummer. Doch dann erkannte ich die englische Vorwahl und wurde hellwach. Eigentlich hatte ich ihn heute über das Museum in Bath kontaktieren wollen, das aber völlig verschwitzt. Umso besser, dass er mich jetzt anrief.

»Hello, is that Anna speaking?« Sir Jeffrey Harris.

»Ja, ich bin es. Sir Jeffrey, wie schön, dass Sie sich melden.«

»Sorry, dass ich erst jetzt zurückrufe. Ich war die ganze Woche auf einer Grabung nördlich von Bath, um sie winterfest zu machen, und bin erst heute zurückgekommen. Sie erwähnten in Ihrem Anruf römische Münzen aus dem 1. Jahrhundert. Wie kann ich Ihnen helfen?«

Die Stimme von Sir Jeffrey, der zweiundsiebzig Jahre zählte, klang überraschend kräftig, und er kam sehr direkt zur Sache. Kein Small Talk. Auf den Fotos im Internet sah er ein bisschen aus wie Richard Harris als Dumbledore in den ersten Harry-Potter-Filmen. Am Telefon wirkte er wesentlich jünger.

Ich erzählte ihm in wenigen Worten von dem Fundort in meinem Keller, den dort entdeckten Goldmünzen, die sich inzwischen in Gewahrsam der Kölner Polizei befanden, und dem

Gerücht, dass diese Münzen aus einem sehr viel größeren Hort stammten. Stichwort Varusschlacht im Jahr 9.

Er saugte hörbar Luft durch seine Zähne, ehe er antwortete: »Am liebsten möchte ich Sie persönlich treffen. Ich würde Ihnen einiges zeigen. Vor ein paar Jahren habe ich zu diesem Thema selbst Nachforschungen angestellt. Ich war von einem sehr renommierten Sammler antiker Münzen, der bei Bath lebt, um Rat gefragt worden. Man hatte ihm einige Silberdenare angeboten. Doch er fürchtete, dass dahinter nicht ganz saubere Machenschaften steckten. Tatsächlich handelte es sich um sehr geschickt gefälschte Münzen. Die angeblichen Verkäufer wurden nicht enttarnt. Aber wenig später kam es erneut zu einem ähnlichen Vorfall, diesmal angeblich Goldmünzen aus der Zeit des Augustus.«

Sir Jeffrey hustete. »Entschuldigung, ich leide an einer chronischen Bronchitis, die um diese Jahreszeit schlimmer wird. Bitte schicken Sie mir doch ein Foto der Münzen aus Ihrem Keller. Und vielleicht können Sie es einrichten, mich zu besuchen. Bath ist wunderschön, und die Flugverbindung von Köln nach Bristol funktioniert auch recht gut. Bristol liegt nur knappe vierzig Autominuten von Bath entfernt.«

Ich versprach ihm, ein Foto der Münzen zu schicken und ihn, wenn möglich, bald in Bath zu besuchen. Mir war jeder Grund recht, nach England zu reisen, Brexit hin oder her. Ehe ich unser freundliches Gespräch beendete, fragte ich nach seinem früheren Mitarbeiter Peter Mannsfeld. Sir Jeffrey schwieg einige Sekunden, dann antwortete er: »Darüber möchte ich nicht gern am Telefon sprechen.«

Ich schluckte. Was sollte diese Aussage bedeuten? Doch dann fuhr Sir Jeffrey fort: »Es war eine unglückliche Verkettung von Missverständnissen. Leider. Peter war ein herausragender Dozent und Mitarbeiter. Entschuldigen Sie bitte meine Zurückhaltung bei diesem Thema.«

Das klang rätselhaft. Hatte Peter sich während seiner Zeit in Bath etwas zuschulden kommen lassen, hatte es einen falschen Verdacht gegen ihn gegeben? Ob ich Peter direkt danach fragen sollte? Er wollte theoretisch in dieser Woche nach Kalkriese fahren. Schumann musste ja auch dorthin, und falls Richard mitkäme, würden wir diese Fahrt zu viert antreten können. Eigentlich gab es gegen diese Idee nichts einzuwenden, außer Richard und Peter kämen sich ins Gehege.

Während die beiden Männer sich königlich vor dem Bildschirm amüsierten, sandte ich die Fotos der Goldmünzen an Sir Jeffrey. Ich beschloss, unauffällig nach oben zu verschwinden.

Als ich lautlos zur Wohnzimmertür schleichen wollte, vibrierte mein Handy, dessen Ton ich ausgeschaltet hatte. Wer rief noch um diese Uhrzeit an? Peter? Nein, die Nummer auf dem Display kannte ich nicht. Etwas zögerlich nahm ich den Anruf an. Ich vernahm nur einen dumpfen Ton, ein leises Dröhnen.

»Hallo? Hallo, ist da jemand? Ich kann Sie nicht hören! Rufen Sie bitte noch mal an!«, rief ich und legte auf.

Die beiden Männer drehten den Ton des Fernsehers leiser und wandten sich zu mir. »Wer war das?«, fragte Schumann.

»Keine Ahnung. Es hat gebrummt, aber da war keine Stimme.«

»Ach, das kenne ich«, rief Richard. »Entweder falsch verbunden oder schlechte Leitung. Wenn jemand etwas von dir will, wird er sich schon wieder melden.«

Wieder vibrierte mein Handy. Dieselbe Nummer. »Hallo?«

Eine völlig verzerrte Stimme antwortete: »Frau Bentorp, hier ist Julian Pelter. Ich stecke in einem fürchterlichen Dilemma und möchte erst mit Ihnen sprechen, ehe ich die Polizei informiere.«

»Wo sind Sie, Julian? Man vermisst Sie bereits!«

»Ich weiß, aber ich bin in Kalkriese und habe einen großen Fehler gemacht. Ich habe mich da auf etwas eingelassen, das mir über den Kopf wächst.« Die Verbindung riss ab. Wieder dieses dumpfe Brummen, durch das jäh ein ferner Schrei drang: »Nein, nein, nicht!« Und dann war nur noch Schweigen.

Ich wartete noch eine ganze Weile. Mit zitternder Stimme sagte ich schließlich zu den beiden Männern: »Das war Pelter, völlig aus dem Häuschen. Er behauptet, in Kalkriese zu sein und Probleme zu haben.« Falls Schumann überrascht war, zeigte er es nicht.

»Ich informiere erst mal di Luccio. Danach wenn nötig meine Kollegen in Bramsche«, sagte er.

»Was treibt der Kerl denn da oben?«, mischte sich Richard ein.

»Das ist doch egal. Es klang, als ob er in Gefahr sei.« Meine Stimme brach.

Schumann legte seine Hand auf meinen Arm. »Ich kümmere mich drum.«

Er zog etwas umständlich sein Handy aus der Jackentasche, während ich ungeduldig auf meinen Füßen wippte. Manchmal war der gute Kommissar recht behäbig in seinen Bewegungen. Dann hatte er es geschafft. Doch ehe er die Nummer des Kommissars drücken konnte, schrillte sein Handy.

Ich konnte di Luccio deutlich hören: »Schumann! Gerade ist ein Notruf bei der Polizei in Bramsche eingegangen. Auf der Grabungsstätte von Severin Obermeister in Kalkriese soll ein Toter liegen. Wenn es stimmt, was meinem Kollegen vor Ort über die Identität des Toten gesagt wurde, fürchte ich, dass der Fall uns betrifft. Wir fahren morgen um acht Uhr los.«

Als mein Handy erneut vibrierte, schwante mir nichts Gutes. Harald Frostauers Stimme überschlug sich. »Anna, ich brauche dich. Ich komme jetzt sofort zu dir. Gerhard ist verschwunden, und ich weiß nicht, wo er ist.«

Der Weiße Mönch

Köln im Jahr 1521

Als Ambrosius die Augen aufschlug, wusste er nicht, wo er sich befand. Auf jeden Fall nicht in seiner Zelle. Er lag auf einem harten Boden. Um ihn herum Dunkelheit. Das Letzte, an das er sich vage erinnerte, war, dass die Tür zu seiner Zelle sich geöffnet hatte. Danach versank alles in einem diffusen Nebel. Er hatte nicht die geringste Ahnung, wie er in diesen düsteren Raum geraten war. Vergeblich versuchte er, sich aufzurichten. Doch seine Beine und Hände waren mit einem Strick zusammengebunden.

Ambrosius fühlte sich so hilflos wie ein Käfer auf dem Rücken. Er lauschte in die Stille. Langsam kroch Angst in ihm hoch. Mit aller Kraft schrie er um Hilfe. Doch die Rufe prallten an den Wänden ab. Keine Antwort. Seine Glieder wurden allmählich steif, sein Rücken schmerzte, und er vermochte den Kopf kaum zu heben. Entmutigt sank er in sich zusammen und wartete. Was konnte er auch anderes tun?

Trotz seiner Beschwerden fiel Ambrosius in einen unruhigen Schlummer, bis eine Stimme das feine Gespinst seines Traumes zerriss. Er öffnete die Augen und blinzelte. Das schwelende Flackern einer Fackel durchbrach die tiefe Schwärze des Raums. Mühsam hob er den Kopf und starrte in das Gesicht von Markus, der mit einer Fackel in der Hand über ihm stand. Durch das unstete Zucken der Flamme sah sein Gesicht aus wie eine Maske mit dunklen Augenhöhlen. Ambrosius schüttelte sich. Und dann verwandelte ein Grinsen diese starre Maske in eine dämonenhafte Fratze, ähnlich den Wasserspeiern an Kirchen.

»Gut geschlafen?«, höhnte Markus. Ambrosius fuhr sich mit der Zunge über die ausgetrockneten Lippen. Markus wartete keine Antwort ab. »Weißt du, wo du hier bist? Ich erspare dir das Raten. Im Weinkeller, nicht weit von der Stelle, an der wir Gregorius gefunden haben. Du hast deine Tat damals geschickt getarnt, Ambrosius. Aber nicht nur Anselm hat die Wahrheit geahnt. Auch ich habe nie geglaubt, dass Gregorius betrunken die Treppe hinuntergestürzt ist. Ich nehme dir aber ab, dass du ihn nicht töten wolltest.«

Markus hockte sich neben den regungslosen Ambrosius. »Aber das ist die Vergangenheit. Jetzt zu heute. Es wird Zeit, dass du mir sagst, wo diese Goldmünzen versteckt sind. Ehrlich gesagt bin ich an dem Text gescheitert, den ich mir ohne dein Wissen ausgeliehen habe. Aber du weißt mehr und wirst es mir verraten. Ich möchte so schnell wie möglich jenseits dieser engen Klosterwelt ein neues Leben beginnen.«

Ambrosius hustete, um seine Stimmbänder zu befreien, und richtete sich, so gut er konnte, auf. »Ich bin noch nicht ganz am Ziel«, flüsterte er. »Ich habe eine Ahnung, doch ich habe mich schon mehrmals geirrt. Das Gold liegt längst nicht mehr dort, wo es der Enkel des ermordeten Offiziers gefunden hat. Der Kopist der alten Texte hat es in ein neues Versteck gebracht. Aber ich bin nicht ganz sicher, wo das ist.« Eine Notlüge, doch Ambrosius musste Zeit gewinnen.

Er fiel wieder auf den Steinboden zurück. Seine Kräfte verließen ihn. Seine Zunge fühlte sich wie ein vertrockneter Schwamm an.

Markus hatte die Notlüge nicht bemerkt, denn er lächelte. »Nun gut. Ich werde dir eine Gelegenheit geben, die Münzen für mich zu holen. Nimm dies hier als eine letzte Warnung. Du weißt, dass ich sonst Beweise anführe, um dich der Morde an Gregorius und Anselm zu beschuldigen. Du hattest Gründe, beide zu beseitigen. Und die Möglichkeit dazu.«

»Aber ich wollte Gregorius nicht töten, und an Anselms Tod trage ich keine Schuld!« In Ambrosius stieg Verzweiflung auf. Er steckte in einer Falle.

»Nein, Anselm hast du nicht getötet.« Markus' Stimme wurde sehr sanft. »Ich war es auch nicht. Doch es wäre mir ein Leichtes, dich als den Schuldigen hinzustellen.«

»Was meinst du damit?« Ambrosius war verwirrt.

Markus blickte Ambrosius fast mitleidig an. »Ein Mönch in

einer weißen Kutte. Als ich Anselm am Rhein noch lebendig verließ, kam mir dieser Mönch entgegen.«

»In einer weißen Kutte?« Ambrosius glaubte zu träumen. Was erzählte ihm Markus für Horrorgeschichten?

»Und dieser Mönch, mein lieber Confrater, hat Anselm getötet. Er ging hinunter zum Fluss, und für einen Augenblick konnte ich sein Gesicht sehen. Als ich schon ein Stück entfernt war, hörte ich, wie Anselm erst lachte, ihn dann beschimpfte, ihm drohte, und dann war Schweigen. Du und ich wissen, wer unter dieser Kutte steckte.«

Ein eiskalter Schauer lief Ambrosius den Rücken herab. Ihm wurde schwarz vor Augen. Das konnte nicht sein, das durfte nicht sein! Was Markus andeutete, übertraf sein Vorstellungsvermögen. »Warum sollte er das getan haben?«, stammelte er. Er vermied es, den Namen zu nennen.

Markus zuckte mit den Achseln. »Anselm hat ihn verspottet und ihm gedroht. Er hatte euer beider Spiel durchschaut. Aber der Hass und der Zorn, den er ihm entgegenschleuderte, galt eigentlich dir.«

»Aber warum hatte dieser weiße Mönch den Hammer dabei?« Seltsam, dass ihm trotz seiner Lage diese Einzelheit einfiel.

»Warum? Frag ihn doch selbst, wenn du ihn das nächste Mal siehst. Und warum trug er eine weiße Kutte? Unsere Kutten sind dunkelbraun, Weiß tragen die Kamaldulenser oder auch Zisterzienser. Woher hatte er diese Kutte? Ja, mein lieber Ambrosius, so eine Kutte kann eine perfekte Tarnung sein, aber ein Mönch in einem weißen Habit fällt auf. Da hätte er doch lieber das unauffällige Braun wählen sollen.«

Markus beugte sich zu Ambrosius. »Oder glaubst du, dass damit die Legende vom Weißen Mönch neu ersteht? Ein Phantom aus der Vergangenheit, ein Geist.« Er lachte. »Aber wer glaubt denn in unserer Zeit noch an solche Ammenmärchen!«

Ambrosius antwortete nicht. Ihm schossen tausend Gedanken durch den Kopf, und keiner war angenehm.

»Ich binde dich jetzt los«, sagte Markus. »Wir treffen uns morgen Schlag Mitternacht wieder hier. Du gibst mir die Münzen, ich lasse dich von da an in Frieden und werde das Kloster verlassen. Ein Schreiben habe ich schon verfasst und erkläre darin, dass ich meine Zukunft in der Gefolgschaft von Martin Luther sehe. Ich werde weit fort von Köln ein neues Leben beginnen. Du kannst derweil deinen Neigungen folgen, deine Schreibkunst segensreich in den Dienst von Sankt Gallus stellen und vielleicht sogar eine Historie verfassen. Ein Werk voller Mord und Intrigen. Erzählerische Phantasie traue ich dir zu.«

Er zog ein Messer aus dem Ärmel und durchtrennte die Stricke. Ambrosius taumelte, als er versuchte, sich zu erheben. Markus stützte ihn. Gemeinsam gingen sie im schütteren Licht der Fackel die steilen Stufen hinauf ins Skriptorium.

»Zeit fürs Morgengebet«, sagte Markus und löschte die Fackel.

Ambrosius konnte kaum glauben, dass es noch mitten in der Nacht war und die Matutin gerade erst begann, als er in die Kapelle hastete. Er hatte geglaubt, es seien etliche Stunden vergangen, seit er erschöpft eingeschlafen und im Weinkeller aufgewacht war.

Müde schleppte er sich später aus der Kapelle zurück in seine Zelle und war dankbar, dass er nicht Benediktiner geworden war, wie der Dorfpriester ihm geraten hatte, sondern Karmeliter. Deshalb hatte er eine eigene Zelle und teilte den Schlafraum nicht mit vielen anderen. Doch ihm blieb kaum Zeit für ein Nickerchen. Denn der Morgen dämmerte, und die Laudes begannen. Ambrosius stöhnte. Er würde den Abt bitten, ihn für einige Stunden zu entschuldigen. Er müsse dringende Besorgungen erledigen und seinen Bruder aufsuchen, der für ihn einen Brief nach Hause mitnehmen solle. Er musste Hermann unbedingt sehen.

Aber was sollte er tun, um Markus abzuschütteln? Er wollte ihm auf keinen Fall die Münzen überlassen. Doch Markus hatte ihn in der Hand.

Abt Hieronymus erwies sich als großzügig, bat aber Ambrosius, auf seinem Weg durch die Stadt für ihn ein Geschäft zu tätigen. Beim Färber Matthias sollte er einen früher dunkelblauen Stoffmantel abholen, den dieser passend zur Kutte dunkelbraun eingefärbt hatte. Der Abt trug meist gemäß der Ordensregel einen weiten weißen Mantel. Aber für diese noch immer kühlen Tage brauche er einen, wie er es ausdrückte, einfachen, warmen Alltagsmantel. Die Färberei lag etwas abseits der Altstadt. Ambrosius erklärte sich bereit, diesen Auftrag zu erfüllen, da er hoffte, dadurch mehr Zeit für sich zu gewinnen. Als er das Kloster verließ, spürte er den Blick von Markus im Rücken, und als er sich umdrehte, zwinkerte Markus ihm zu. Ambrosius wurde übel.

Er erledigte den Auftrag und eilte am Rhein entlang in Richtung Dom. Tante Hildegard, bei der Hermann sich einquartiert hatte, wohnte nicht allzu weit davon entfernt. Wahrscheinlich hatte sie gar nicht gemerkt, dass ein »falscher« Hermann bei ihr genächtigt hatte.

Die Werkstatt des Steinmetzes Sieghard, bei dem sein Bruder in die Lehre ging, lag ebenfalls beim Dom. Derzeit wurde am Langhaus gearbeitet. Ambrosius betrat die Werkstatt, in der zahlreiche Männer klopften, hämmerten und feilten. Zwei von ihnen bearbeiteten gerade einen Wasserspeier mit furchterregender Fratze, die Ambrosius schaudernd an sein Erlebnis in der letzten Nacht erinnerte. Er entdeckte Hermann im Gespräch mit einem älteren Mann. Die beiden lachten laut, und Ambrosius spürte, wie sein Herz schwer wurde.

Hermann sah ihn und kam strahlend auf ihn zu. Als er den ernsten Blick seines älteren Bruders bemerkte, stockte er, setzte dann aber seinen Weg fort und umarmte Ambrosius.

»Ich muss mit dir reden. Doch nicht hier, wo so viele Menschen sind«, sagte Ambrosius und ging hinaus. Hermann trottete hinterher.

Es war ein kühler Tag mit einem ersten Hauch von Vorfrühling in der Luft. Die Sonne hatte sich durch die Wolken gekämpft und erwärmte die alten Stadtmauern. In vier Wochen war Ostern, und die Natur, so schien es, rüstete sich für dieses hohe Fest. Die ersten Knospen zeigten sich an den Sträuchern, am Himmel zogen Schwärme von Wildgänsen nach Norden. Ambrosius hatte für das neu erwachende Leben um ihn herum keinen Blick übrig. Er lenkte seinen Bruder in den Schatten der mächtigen Kirche.

»Hermann«, begann er. Fast versagte seine Stimme. »Hermann, ist es wahr, dass du Anselm getötet hast? Sag mir die Wahrheit!«

Hermann erblasste. Er sah sich um. Kein Mensch in der Nähe, nur ein paar wohlgenährte Tauben watschelten gurrend über den Kirchenvorplatz. Er druckste herum und fragte dann: »Wer hat das behauptet?«

Ambrosius sah ihn traurig an. »Markus sagt, du hast Anselm erschlagen. Die beiden hatten einen Streit. Anselm, der überall herumschnüffelte, drohte Markus damit, dem Abt zu verraten, dass er die Abschriften der Luther-Thesen in der Zelle von Markus entdeckt hatte. Erst wollte Anselm mir damit schaden, doch dieser Plan ist fehlgeschlagen. Anselm und Gregorius waren zwei bösartige Jungen, die gern Zwietracht und Missgunst säten. Und nach Einfluss gierten. Das aber wäre kein Grund gewesen, sie zu töten. Gregorius ist durch ein Unglück gestorben, Anselm jedoch wurde absichtlich erschlagen.«

»Nein«, brauste Hermann auf. »Das ist nicht wahr! Ja, ich gebe zu, dass ich ihn getötet habe. Ich hatte mir diese lächerliche Verkleidung ausgedacht, diese weiße Kutte, die ich in der Scheune des Klosters versteckt hatte. Ich habe sie vor einigen Monaten bei uns im Dorf einem Trödler abgekauft, der durch die Eifel wanderte und allerlei Kleidungsstücke feilbot. Ich fand es lustig, damit herumzuspazieren, weil die Leute glaubten, ich sei ein Mönch, und mir Respekt erwiesen. Ich habe diese Kutte nach Köln mitgenommen. Anselm schien unseren Rollentausch aus irgendeinem Grund durchschaut zu haben und machte seltsame Bemerkungen, um mir zu zeigen, dass er Bescheid wusste. Da wollte ich ihm Angst einjagen und ihm damit eine Warnung zukommen lassen, in Zukunft solcherlei Spielchen zu unterlassen. Es gibt eine uralte Legende von einem Mönch mit Namen Herwig von Castelraun. Und dieser Weiße Mönch hat vor einigen hundert Jahren in der Kutte eines Kartäusermönchs sein Unwesen getrieben, Raubüberfälle gemacht und dabei mehrere Menschen getötet. Als man ihn endlich stellte, gelang es ihm, seinen Häscher niederzuschlagen und zu entkommen. Man hat ihn nie wieder in

Köln gesehen. Die Legende erzählt, dass er nach England übersetzen wollte und sein Schiff in einem Sturm unterging. Legenden können sehr nützlich sein.«

Hermann blickte betreten zu Boden. Tränen standen in seinen Augen. In diesem Moment liebte Ambrosius seinen jüngeren Bruder mehr denn je. »Und weiter?«, drängte er ihn.

»Ich dachte mir, es wäre eine gute Möglichkeit, Anselm das Fürchten zu lehren, wenn ich mich ihm als der Weiße Mönch näherte. Mir war zu Ohren gekommen, dass Anselm zu Aberglauben neigte.«

»Aber warum hast du diesen Hammer mitgenommen?«

»Den habe ich in der Scheune gefunden, als ich die Kutte holte, und ihn eingesteckt. Ich wollte damit gegen mögliche Angreifer gewappnet sein. Köln ist keine friedliche Stadt. Du lebst in deinem Kloster in einer heilen Welt. Doch die wahre Welt ist nicht freundlich. Schlägereien, Überfälle, Betrunkene, Mord und Totschlag sind Teil dieser Wirklichkeit«, erklärte Hermann.

Ambrosius wurde unruhig. »Was geschah dann?«

»Ich beobachtete aus einiger Entfernung im Schatten eines Baumes, wie Markus mit Anselm heftig stritt und ihn am Ende ins Wasser stieß. Anselm schlug mit dem Kopf auf die harten Kieselsteine in Ufernähe, blieb halb im Wasser liegen, bewegte sich aber noch. Markus rief ihm zu: ›Das soll dir eine Lehre sein, dich niemals mit mir anzulegen.‹ Dann eilte er davon, und ich trat aus dem Schatten. Dabei muss Markus mich gesehen und erkannt haben, denn die Kapuze rutschte von meinem Kopf. Doch er schien mich nicht zu beachten und lief weiter. Ich ging zu Anselm. Der erstarrte vor Schreck, als er mich erblickte.«

Hermann sagte einige Augenblicke nichts. Dann fuhr er fort: »Doch dann erkannte er mich und fing sogar an zu lachen. Ich habe zu ihm gesagt, er solle mit seinen bösen Machenschaften aufhören. Aber da lachte er wieder und meinte, dass er Markus und uns beide in der Hand hätte. Und er würde dem Abt alles berichten. ›Das ist meine Rache für den Tod meines besten Freundes Gregorius‹, rief er. Mit hämischer Miene erwähnte er auch unseren Rollentausch und spottete über meine alberne Maskerade. ›Du glaubst wohl, der böse Weiße Mönch könnte außer Kindern noch irgendjemanden das Fürchten lehren? Wer glaubt denn noch an diese alte Legende?‹, höhnte er. Ich wollte, dass er endlich schweigt. Sein meckerndes Lachen drang mir durch Mark und Bein. Um dich und mich von diesem hinterlistigen Menschen zu befreien, Ambrosius, habe ich mit dem Hammer auf ihn eingeschlagen.« Tränen strömten aus Hermanns Augen. Tränen der Reue und der Verzweiflung.

Ambrosius nahm die Hände seines Bruders in die seinen. »Ich weiß, dass du kein böser Mensch bist, Hermann. Doch wenn diese Tat ruchbar wird, dann ist dein Leben dahin. Sie werden dich hängen.«

»Ob ich ihn wirklich töten wollte, weiß ich nicht mehr. Ich war erfüllt mit rasendem Zorn, der mir ungeheure Kraft verlieh. Doch kaum lag Anselm in seinem Blut vor mir am Rheinufer, überkam mich Reue. Zu spät. Ich schleuderte den Hammer von mir und eilte zurück ins Kloster. Ich versteckte die weiße Kutte, die nur wenige Blutspritzer abbekommen hatte. Verzweifelt versuchte ich, das Geschehene zu verdrängen. Aber es gelang mir nicht. Mir ergeht es wie dir nach dem Streit mit Gregorius, der mit seinem Tod endete. Meine Tat allerdings ist viel schlimmer als deine. Auf mich wartet das Höllenfeuer. Immer wieder versuche ich, mir einzureden, dass ich dadurch uns beide gerettet habe. Doch ich werde die Dämonen nicht los.«

Ambrosius sah ihn voller Mitgefühl an. Er fühlte sich hilflos angesichts der Verzweiflung seines Bruders. Dann sagte er: »Zurzeit glaubt man, dass ein Räuber Anselm aus Wut erschlagen hat, weil er keine lohnende Beute bei dem Jungen fand. Da offenbar außer dem Hammer weitere Werkzeuge vermisst werden, meint man, der Räuber sei zuvor beim Kloster gewesen und habe bei einer Suche nach verwertbaren Dingen den Hammer eingesteckt. Aber das sind nur Vermutungen statt Erklärungen. Der Fall wird nicht mehr verfolgt. Nur Markus kennt die Wahrheit und erpresst mich damit. Ich möchte nicht, dass du stirbst, Bruder.«

Hermann erblasste. Ambrosius legte seinen Arm um den Jüngeren: »Du musst Köln verlassen. Sag deinem Meister, dass unsere Eltern dich brauchen. In wenigen Monaten kommt ihr elftes Kind zur Welt. Du kannst zu Hause mehr erreichen als in dieser Stadt, die dich ins Verderben zieht. Ich werde dir einen Beutel mit Münzen mitgeben. Es sind genügend da. Du kannst sie einschmelzen. Den Rest der Münzen möchte ich aber nicht Markus opfern, diesem falschen Freund, sondern sie an der geweihten Stätte lassen und keinen Anteil daran haben.«

Hermann blickte Ambrosius mit tränenerfüllten Augen an. »Das würdest du für mich tun?«

»Ja, aber nur, wenn du diese Stadt hinter dir lässt und nicht weiter in mich dringst, den Münzschatz mit dir zu teilen. Es ist Blutgeld, Hermann. Diese Münzen bringen kein Glück, glaube mir. Sie haben schon genügend Unheil verursacht. Ich möchte den Kreislauf durchbrechen.«

Hermann sah Ambrosius verständnislos an. »All diese Mühe für nichts?«

Ambrosius strich seinem Bruder sanft über den Arm und erwiderte: »Am Anfang wollte ich diese Münzen unbedingt besitzen. Die Gier danach hatte mich für einige Zeit betäubt. Wahre Freude hat mir jedoch diese Reise in die Vergangenheit bereitet. Das war jede Mühe wert. Der Weg zur Lösung des Rätsels ist besser als die Lösung selbst.«

Er schmunzelte. »Das größte Glück ist aber, dass ich mich in meinem Wunsch bestärkt fühle, selbst eine Historie zu verfassen, eine abenteuerliche Queste zur Zeit der Römer.«

Hermann sah seinen Bruder fast verächtlich an. »Und wie willst du die nächsten Tage überstehen? Markus erpresst dich, und du faselst von deinem Wunsch, eine Historie zu schreiben. Ich fasse es nicht.«

Ambrosius' Lächeln versiegte. »Du hast recht. Ich habe mich wieder einmal in meine Träume verirrt. Ja, er hat uns beide in der Hand.« Ambrosius spürte Verzweiflung in sich aufsteigen. Sie verdrängte all sein Glück bei dem Gedanken, endlich selbst schöpferisch tätig zu sein und nicht länger nur der geschickte Kopierer der Handschriften anderer Schreiber. »Was soll ich denn tun? Um Mitternacht erwartet Markus von mir die Münzen.«

Hermann sah seinen älteren Bruder liebevoll an. »Du bist besorgt um mein Wohlergehen und bist sogar bereit, gegen dein Gewissen zu handeln und mir von den Münzen abzugeben. Das werde ich dir nie vergessen. Höre du mir jetzt einen Augenblick zu und unterbrich mich nicht. Es geht um uns beide, um unsere Zukunft.«

Schweigend lauschte der ältere dem jüngeren Bruder, der die Würfel für ihrer beider künftigen Leben warf.

Die Geister von Kalkriese

Keine halbe Stunde nach seinem Anruf tauchte Harald Frostauer bei mir auf. Kalkweiß im Gesicht. Er tat mir leid. Ich bot ihm an, im Wohnzimmer zu schlafen. Das ehemalige Arbeitszimmer im Erdgeschoss, das meine Tante sich als Schlafzimmer hatte herrichten lassen, war ausgeräumt. Doch das Sofa im Wohnzimmer hatte auch mir schon als Schlafstätte gedient. Harald dankte mir überschäumend.

Er erzählte uns, dass sein Freund Gebhard am Vortag eine Nachricht erhalten habe, er solle nach Kalkriese kommen, falls er sich für eine »heiße« Story über die neuen Funde dort interessiere.

»Ich weiß nicht, wer ihn kontaktiert hat«, jammerte Harald. »Gebhard ist immer hinter irgendwelchen wilden Reportagen her. Ursprünglich wollte er mich nach Kalkriese begleiten. Ich habe eine Verabredung mit Obermeister gegen Ende der Woche. Doch er handelt immer spontan, zumal wenn er eine tolle Story wittert. Keine Ahnung, wen er treffen wollte. Dieser Typ hat ihm auch noch gesagt, dass es eventuell eine Verbindung zu den Kölner Ereignissen gibt.«

»So ein Idiot«, schimpfte Schumann. »Falls die ›heiße‹ Story wirklich mit unserem Fall zu tun hat, dann hätte er uns informieren müssen. Diese verdammte Heimlichtuerei!«

»Aber wer könnte denn ein Interesse haben, Gebhard zu schaden?«, sagte Harald.

Schumann schnaubte wie ein altes Zirkuspferd. »Grabungsleiter Obermeister hat vor einer Woche diesen außergewöhnlichen Münzfund gemacht. Und vorgestern sind sie bei der Grabung auf eine weitere Sensation gestoßen, von der keiner etwas wissen sollte. Wahrscheinlich hat Weiler gedacht, er habe einen absoluten Knüller in der Hand. Und wäre damit in der Poleposition. Dass er sich nicht meldet, bedeutet ja nicht, dass ihm etwas zugestoßen ist.«

Er klopfte Harald auf die Schulter. »Reg dich nicht auf. Er ist dir gegenüber nicht meldepflichtig. Wahrscheinlich hängt er in irgendeiner Kneipe herum oder sitzt in einem Hotel in Bramsche und schreibt bereits seine heiße Story. Allerdings sollten wir dennoch versuchen, ihn bald zu erreichen. Erstens gibt es eine Sperrfrist für seine Story, und zweitens muss er uns mit ins Boot holen.«

Schumann gähnte laut und ausgiebig: »So, Leute, ich verzieh mich. Morgen geht es früh los. Um acht Uhr Treffen im Präsidium.« Er wirkte angestrengt, als er die Treppe hinaufstapfte. Haralds Gezeter zehrte an den stärksten Nerven.

Ich hatte keine Lust, mir Harald Frostauers Klagelieder weiter anzuhören, und Richard meinte nur: »Ich hatte mit Donnerstag als Termin für unseren Ausflug nach Kalkriese gerechnet. Ich bin noch zwei Tage in Köln gebunden. Vielleicht können wir beide dann zusammen fahren.«

Mich juckte es, Schumann zu bitten, mich schon am nächsten Tag mitzunehmen. Doch ich wusste, dass di Luccio einen Terz aufführen würde. Auch gab es die Option, am Donnerstag mit Peter in den Norden zu fahren, allerdings dann lieber ohne Richard. Ich steckte in einer Zwickmühle.

Umso erstaunter war ich, als Schumann mich tatsächlich um sieben Uhr morgens weckte und fragte, ob ich Lust hätte mitzufahren.

»Wie das?« Ich fiel aus allen Wolken.

Schumann wirkte etwas verlegen. »Erstens fahre ich nicht gern allein mit di Luccio. Mir fehlt mein guter Assistent Hartmut Brink. Und zweitens kennst du Severin Obermeister.«

»Ich soll Severin Obermeister kennen? Das wüsste ich aber.«

»Na ja, kennen ist übertrieben. Aber er war damals bei der Eröffnung der Ausstellung in der hannoverschen Leibniz-Bibliothek mit den Landkarten aus der Zeit Georgs III. Das hat er mir jedenfalls erzählt.«

Ich blinzelte. Severin Obermeister? Und da tauchte aus dem Dunst meiner Erinnerungen ein Bild auf. Dieser Abend in der Leibniz-Bibliothek in Hannover, ein schlanker Mann, ungefähr Mitte vierzig, eine dünne Brille, schüttere blonde Haare, ein kraftloser Händedruck und eine leise Stimme. Er hatte mich auf mein Moorabenteuer angesprochen und mit mir über Moorarchäologie geredet. Nur wenige Minuten, dann hatte er sich verabschiedet und gemeint: »Falls Sie Lust auf Römer haben, besuchen Sie mich doch mal in Kalkriese. Ich arbeite dort hin und wieder als Grabungsleiter.«

Ich hatte Obermeister völlig aus meinem Gedächtnis verdrängt, aber jetzt erinnerte ich mich an ihn. »Was nützt euch das, dass ich ihn vor mehr als vier Jahren einmal kurz getroffen habe?«

Schumann grinste. »Ich habe di Luccio erzählt, dass du den Mann recht gut kennst und deshalb hilfreich sein könntest. Du kannst ihn zu den Besonderheiten seiner Grabung befragen und zu Münzen aus der Zeit der Varusschlacht. Eine gute Ausrede dafür, dich mitzunehmen! Übrigens ist Obermeister seit etwas mehr als einem Jahr fest in Kalkriese engagiert.«

»Was wird deine Freundin dazu sagen, dass du mich mitschleppst?« Irgendetwas ritt mich, das Gespräch auf seine hundeliebende Nachbarin zu bringen.

Schumanns Grinsen wurde noch breiter, ein seltener Anblick. »Die weiß von dir und dass wir beide gute Freunde sind.«

Gute Freunde? Ich feixte. Bis vor einem Jahr hatte das anders ausgesehen. Ich war nur nie auf Schumanns schüchternes Werben eingegangen. Aber wie sagte schon einer meiner Lieblingsautoren Oscar Wilde zu diesem Thema: »Freundschaft ist weit tragischer als Liebe. Sie dauert länger.« Für Richard und mich galt eher ein anderer Spruch dieses irischen Genies: »Zwischen Männern und Frauen ist keine Freundschaft möglich. Da gibt es nur Leidenschaften: Feindschaft, Anbetung, Liebe – aber keine Freundschaft.«

Da war mir meine Art der Beziehung zu Schumann fast lieber, auch ohne Tragik. Tragisch höchstens für ihn, als er vor einem Jahr sein Werben aufgab und sich einen Hund anschaffte. Welch ein Glücksfall, dass seine nette Nachbarin seinen Hund hütete und wohl immer öfter auch ihn.

So kam es, dass ich mich morgens aus dem Haus schlich, während Harald Frostauer lautstark in meinem Wohnzimmer schnarchte und Richard unter der Dusche »Sailing« sang, sehr frei nach Rod Stewart. Um Punkt acht Uhr hatte di Luccio vor der Tür gestanden. Im Wagen saß ich auf dem Rücksitz neben dem immer freundlichen Noah Weißgerber.

Di Luccio sagte lange nichts. Kurz vor dem Kamener Kreuz wandte er sich an Schumann, der ebenfalls stumm neben ihm sitzend mit seinem Handy spielte. »Die Identität des Toten steht eindeutig fest.«

Ich spitzte meine Ohren. Doch dabei blieb es, und Schumann fragte auch nicht nach. Bei mir kamen zwei SMS an, die eine von Peter, der mir schrieb, dass er sich auf unsere gemeinsame Fahrt nach Kalkriese am Donnerstag freue, die andere stammte von Clemens Krämer, dem Kurator des Kolumba, der unser Treffen für den Mittwoch auf den Nachmittag schob. Ich bat ihn, unseren Termin erst einmal zu stornieren, da ich leider keine Zeit hätte. Seine Antwort kam prompt: »Okay, aber bitte noch vor Weihnachten!«

Peters SMS beantwortete ich nicht. Dass ich Donnerstag noch einmal nach Norden fahren würde, schien mir sehr fraglich. Aber ich wollte es mir nicht mit ihm verscherzen. Also besser erst mal keine Reaktion.

Und dann entdeckte ich eine Nachricht von meiner Mutter: »Ich muss dich dringend sehen. Du hast meine Anrufe nicht entgegengenommen. Melde dich bitte.« Meine Mutter hatte in der Tat zweimal versucht, mich zu erreichen. Es musste wirklich etwas Wichtiges sein, da sie mir bisher fast nie eine SMS geschickt hatte.

Wenige Kilometer hinter Münster schlief ich ein. Viel Zeit für süße Träume hatte ich nicht. Kalkriese liegt knapp zwanzig Kilometer nördlich von Osnabrück in der Nähe von Bramsche, etwa zweieinhalb Stunden Autofahrt von Köln entfernt. Es war noch keine elf Uhr, als wir beim Museum parkten.

Vor dem imposanten Museumsbau aus rostenden Stahlplatten und Glasfenstern standen mehrere uniformierte Männer und eine

Frau, daneben Severin Obermeister, den ich an seiner Brille erkannte. Er hatte in den fast fünf Jahren seit unserer Begegnung in Hannover einige Kilo zugelegt, und die schütteren Haare waren einem glatt rasierten Schädel gewichen.

Schumann und di Luccio eilten zu ihren Kollegen, ich ging zu Obermeister und schüttelte seine Hand. Der kraftlose Händedruck war geblieben. Dafür begrüßte er mich umso herzlicher mit Worten, als seien wir enge Vertraute und Kollegen.

»Ich hätte Sie lieber wegen eines schöneren Anlasses hier gesehen«, sagte er. »Wir haben eine Wahnsinnsentdeckung gemacht. Darüber würde ich gern mit Ihnen reden. Ich hoffe, wir sehen uns noch in Ruhe. Habicht und Pelter haben ihren Besuch avisiert. Wie ich hörte, hat Schulte einen Unfall gehabt. Furchtbar!«

Obermeister hätte seinen Redeschwall wohl nicht unterbrochen, wenn di Luccio nicht dazwischengefahren wäre. »So, genug Small Talk«, schnauzte er in seiner unvergleichlich charmanten Art. »Wir fahren jetzt zum Tatort. Frau Bentorp sollte allerdings hierbleiben. Das Museum ist doch ein idealer Ort zum Warten«, fügte er süffisant hinzu.

»Ich glaube wirklich, du bleibst lieber hier«, sagte Schumann leise. »Wir schicken dir Obermeister schnell wieder zurück. Ich möchte, dass du dich mit ihm über seinen Münzfund und die von ihm angekündigte Sensation unterhältst. Vielleicht kann er irgendetwas Erhellendes beitragen.«

Und schon waren die Uniformierten samt di Luccio, Schumann und Weißgerber fort. Obermeister saß im Kölner Auto auf dem Platz, den ich auf der Herfahrt eingenommen hatte. Als der Wagen anfuhr, warf er mir einen wenig begeisterten Blick zu.

Aus dem Museum trat eine dunkelhaarige, hübsche junge Frau auf mich zu, die sich als Astrid Stegmann vorstellte. »Eigentlich freie Reporterin beim NDR in Oldenburg«, sagte sie. »Aber derzeit arbeite ich fürs Museum und gleichzeitig an einem größeren Bericht über die neuen Funde.«

Sie führte mich ins Museum, in dem ich seit der Eröffnung im Jahre 2002 nicht mehr gewesen war. Eines der Prunkstücke des Museums war eine eiserne Gesichtsmaske. Mich interessierten heute aber mehr die Münzen, die bei Grabungen in Kalkriese entdeckt worden waren. Ich blieb vor einer Vitrine mit Goldmünzen stehen.

»Die wurden 2016 gefunden«, sagte Astrid Stegmann und zeigte auf acht Münzen. Absolut identisch mit denen, die in meinem Keller gelegen hatten, und ebenso vergleichbar mit Richards Einzelstück. Ich gab keinen Kommentar ab. Irgendetwas hielt mich zurück.

Da ich noch nicht gefrühstückt hatte, verschob ich eine ausführlichere Besichtigung auf später, und Astrid Stegmann führte mich ins Museumscafé. Und wie aufs Stichwort rief Harald Frostauer an.

»Ich bin auf dem Weg nach Kalkriese«, posaunte er ins Handy. »Mir sagt ja keiner was! Ihr seid echt gute Freunde! Einfach ohne mich loszufahren! Gut, dass Richard mich unterrichtet hat. Ich komme laut Navi in einer Stunde an. Ich habe mir Richards Auto geliehen, der ja leider nicht mitfahren kann. Ohne ihn läuft es nicht bei ›Gutes für Geld‹.« Meinte Harald das ironisch? Humor war nicht gerade seine Stärke.

Astrid Stegmann sah meinen Gesichtsausdruck. »Sie haben gerade mit Harald Frostauer gesprochen? Ich habe seine Stimme erkannt. Der nervt uns, wenn ich das offen sagen darf, seit Wochen. Er sitzt an einer Broschüre zum Thema ›Starb Varus wirklich in Kalkriese?‹. Es geht um die verschiedenen Theorien zur Varusschlacht. Obermeister kennt ihn schon länger von früheren Grabungen, hat sich bisher jedoch immer vor diesem Gespräch gedrückt. Doch da das Niedersächsische Ministerium für Wissenschaft und Kultur Frostauers Auftraggeber ist, beißt er jetzt in den sauren Apfel. Sie wollten sich am kommenden Freitag treffen. Na ja, der gute Herr Frostauer ist wohl überpünktlich und kommt schon drei Tage vor dem Termin.« Astrid Stegmann lachte.

Ich dagegen sah Haralds Ankunft mit gemischten Gefühlen entgegen und verriet der freundlichen jungen Frau nicht die wahren Gründe für Haralds Übereifer.

Severin Obermeister kam eine knappe halbe Stunde später

zurück, ließ sich auf einen Stuhl fallen und sagte nur ein Wort: »Schrecklich!«

Astrid Stegmann eilte davon und brachte ihrem Chef einen Espresso und ein Glas Wasser. Er zog ein Pillendöschen aus seiner Jackentasche und entnahm daraus zwei kleine Tabletten. »Mein Blutdruck. Viel zu hoch!«, erklärte er.

Pedantisch, wie ich gelegentlich bin, dachte ich, dass sich Blutdrucksenker und Espresso wohl eher widersprechen. Aber ich beherrschte mich und lächelte freundlich.

Obermeister wandte sich an mich. »Es ist furchtbar. Seit drei Jahren graben wir in diesem Areal und haben immer wieder Kleinigkeiten entdeckt. Seit knapp einem Jahr bin ich der offizielle Grabungsleiter, davor war ich immer als fester Freier vor Ort. Dann der große Coup vor einer Woche. Es ist der größte Münzfund seit 2017. Damals waren es zweihundert Silbermünzen. Die hier bisher entdeckten Münzen sind fast alle datiert auf die Zeit um 9 nach Christus, also passend zum Aufstand der Cherusker und ihrer Verbündeten gegen die Römer.« Obermeister trank das Wasser in kleinen, hastigen Zügen.

»Und dann vor acht Tagen in einem Teil des Parks, der bislang noch nicht bis ins Letzte erforscht ist, diese Sensation! Etwa zwei Meter unter der Erdoberfläche eine verschlissene Ledertasche mit Goldmünzen, alle mit der Prägung des Imperators Augustus. Einhundert Münzen! Diese Ledertasche hat mein Restaurator Oskar Kunze als Satteltasche identifiziert, sehr sicher aus der Zeit um das Jahr 9. Wir haben uns nun auf die unmittelbare Umgebung dieses Fundes konzentriert. Und vor zwei Tagen sind wir in etwa anderthalb Metern Tiefe auf ein Skelett gestoßen. Recht gut erhalten. Wir haben es erst einmal an Ort und Stelle gelassen, und nur unsere forensische Anthropologin Martina Grünewald hat erste Untersuchungen vorgenommen. Noch haben wir das nicht an die Medien weitergegeben.«

Astrid Stegmann entschuldigte sich und ließ uns allein. Ich fragte: »Was kann Frau Grünewald bisher über den Toten sagen?«

Obermeister runzelte die Stirn. Er nahm seine Brille ab und säuberte ein wenig umständlich die Gläser mit einem Stofftaschentuch. Ohne Brille wirkte er sehr viel jünger. Seine Augen waren auffallend dunkelblau. »Noch nicht sehr viel«, sagte er und setzte die Brille wieder auf. Sofort verwandelte sich sein Gesicht in das eines ältlichen Gelehrten. Erstaunlich!

»Es scheint ein Mann um die vierzig bis fünfzig zu sein, mittelgroß. Teile seiner Kleidung sind erhalten geblieben. Eine Tunika aus teurem Gewebe. An seinen Fußknochen klebten noch einige Stücke seiner Sandalen. Er war in einen Mantel aus ursprünglich rot gefärbter Wolle gewickelt, von dem wir ebenfalls Reste gefunden haben. Heute sollte er geborgen und in die Gerichtsmedizin nach Osnabrück gebracht werden. Aber das geht nicht, da dieses antike Grab in den Augen der Polizei jetzt ein Tatort ist.« Er wirkte verzweifelt.

»Ein solcher Schock, als wir gestern Abend die Nachricht bekommen haben, dass da eine Leiche in unserem Römergrab liegt! Wir hatten gestern eine Grabungspause, und ich war gerade erst aus Oldenburg zurückgekommen. Doch ein Spaziergänger mit Hund, der noch in der Dämmerung übers Gelände lief, hat den Toten gemeldet.«

Obermeister ereiferte sich jetzt: »Dabei ist der Teil des Parks wegen der Grabung grundsätzlich abgesperrt, niemand hat dort was zu suchen. Diese offiziellen Absperrungen machen wir wirklich nur in Ausnahmefällen. Wir veranstalten sogar öfter öffentliche Grabungen, um Einblicke in unsere Arbeit zu vermitteln. Besucher gibt es zu dieser Jahreszeit ohnehin selten, aber wir haben ein paar unermüdliche Stammkunden wie den älteren Herrn, der die Leiche entdeckt hat. Herr Groß kommt mit seinem uralten Dackel Merkur regelmäßig hierher, egal, wie das Wetter ist. Gestern am späten Nachmittag ist er eher zufällig, wie er sagt, an dieser Stelle vorbeigekommen, und da hat er den Toten quer über dem Grab liegen gesehen. Ludwig Groß ist zwar fast achtzig, aber in jeder Hinsicht sehr präsent. Er hat sofort die 110 angerufen und ist dann, so schnell er konnte, zum Museum geeilt. Die Polizei war wenig später da, und ich bin mit Oberkommissar Jansen mitgegangen. Was für ein Anblick!«

Obermeisters von Haus aus bleiches Gesicht nahm einen grünlichen Ton an. »Der Mann lag blutüberströmt auf dem Skelett. Jansen meinte, Schlag auf den Hinterkopf. Sein Gerichtsmediziner Klostermann hat das bestätigt. Todeszeitpunkt auf den ersten Blick zwischen fünfzehn und sechzehn Uhr, also nur knapp ehe Ludwig Groß die Leiche gefunden hat. Man hat bisher keine Tatwaffe gefunden. Aber das überrascht nicht weiter. Es gibt hier rundum genügend Möglichkeiten, sie zu entsorgen.«

Als ich Obermeister gerade fragen wollte, ob er die Identität des Toten kenne, kam Schumann ins Café. Auch er sah blass aus. »Und?« Mehr sagte ich nicht.

Er antwortete: »Anna, du wirst nicht glauben, wer der Tote ist.«

»Wieso, kenne ich ihn?« Blöde Frage, aber Schumanns Antwort war auch nicht sehr geistreich.

»Ja, du kennst ihn seit Kurzem.«

Mich überlief eine Gänsehaut. Da man di Luccio herbeizitiert hatte, musste es jemand aus Köln sein. »Gebhard Weiler?« Obermeister und ich sahen Schumann beide gebannt an.

»Nein, der nicht.« Schumann weidete sich geradezu an unserer mühsam unterdrückten Spannung. »Ich habe gestern Morgen noch mit ihm gesprochen, und er faselte was von einem dringenden Termin außerhalb von Köln.«

»Nein, das kann nicht wahr sein!«, rief ich.

»Doch«, bestätigte Schumann. »Es ist Friedbert Gaymann.«

Mir fiel der Unterkiefer herunter. »Der Wirt aus Köln? Bist du sicher?«

»Und wie! Selbst wenn ich ihn nicht persönlich getroffen hätte und di Luccio ihn nicht sehr gut kennen würde, wäre die Identifizierung sehr einfach. In seiner Tasche steckte sein Portemonnaie mit Führerschein, Personalausweis, Geld, also kein Raubmord. Handy weg, aber die Autoschlüssel sind noch da, sein Wagen steht in der hintersten Ecke auf dem Parkplatz der Anlage.«

Ich konnte es nicht fassen. Was hatte Friedbert Gaymann in Kalkriese zu suchen? War er hier mit jemandem verabredet? War er wie Gebhard Weiler hierhergelockt worden? »Habt ihr schon irgendwelche Erkenntnisse, weshalb Gaymann hierhergefahren ist?«

Schumann räusperte sich. »Wir haben bisher nur vage Vermutungen. In seinem Auto fanden wir eine leere Aktentasche. Wir sind sicher, dass es einige DNA-Spuren gibt. Zwar scheint jemand den Beifahrersitz und die Konsole akribisch abgewischt zu haben. Aber die KTU findet meistens doch noch irgendwelche Spuren. Und so gründlich war derjenige dann auch wieder nicht. Unter dem Beifahrersitz lag ein zerrissenes Kaugummipapier. Gaymann scheint einen Beifahrer gehabt zu haben, der entweder der Täter ist oder vielleicht Tatzeuge. Wir nehmen an, dass Gaymann gestern am frühen Nachmittag hier angekommen ist. Er muss direkt nach meinem Gespräch mit ihm losgefahren sein. Mutmaßlich wollte er jemanden an der neuen Grabungsstätte treffen. Ein reichlich makabrer Tatort, man könnte sagen, das zweite doppelte Grab in diesem Fall.«

Schumann sah sehr unglücklich aus. Ich wettete, dass er sich in diesem Moment einmal mehr seinen treuen Assistenten Hartmut Brink herbeiwünschte.

»Sie kannten den Toten?«, mischte sich Obermeister ein.

»Ja, er hat mit dem Fall in Köln zu tun. Er gehörte zwar nicht unmittelbar zu unseren Verdächtigen, hat aber wohl mehr gewusst, als er uns sagen wollte. Gestern noch habe ich mit ihm gesprochen, und ich bin das Gefühl nicht losgeworden, dass er mir etwas verheimlicht. Ich hätte ihn mir garantiert noch einmal vorgenommen.«

Schumann stand auf. »Ich muss zurück zu di Luccio und zu unserem Kollegen aus Bramsche, Oberkommissar Gunther Jansen. Übrigens guter Typ. Ich habe vor einigen Jahren mit ihm wegen dieser Münzdiebstähle in Norddeutschland zusammengearbeitet. Da waren auch Goldmünzen aus den hiesigen Grabungen dabei, die auf dem Schwarzmarkt aufgetaucht sind und an Sammler verkauft wurden.«

Obermeister wirkte überrascht: »Davon wusste ich nichts. Gut, ich arbeite erst seit einem Jahr dauerhaft hier. Das muss länger zurückliegen.«

»Die Diebstähle gingen damals durch die Presse. Allerdings

nicht alle Details. Wir haben den Hinweis auf Kalkriese weggelassen. Aber ja, es waren mehrere Münzen aus hiesigen Grabungen dabei.«

Schumann wandte sich an Obermeister: »Ist hier gestern ein Reporter namens Gebhard Weiler vorstellig geworden? Der wird vermisst. Er müsste etwa zur selben Zeit wie Gaymann hier aufgetaucht sein.«

Obermeister überlegte einen Moment. »Ich war ab morgens in Oldenburg, und ein Herr Weiler ist mir nicht untergekommen.« Er rief laut nach Astrid Stegmann.

Auf seine Frage nach Gebhard Weiler verneinte auch sie und sagte: »Dieser Harald Frostauer ist derzeit der Einzige, der sich angemeldet hat. Reporter dürfen noch nicht zum Fundort. Wir wollten am Freitag eine Pressekonferenz abhalten.«

Schumann klinkte sich ein. »Wir werden nach Weiler suchen. Er scheint verschwunden zu sein. Das Gelände ist groß. Wir machen weiter.«

Er flüsterte mir zu: »Denk an dein Gespräch mit Obermeister über die Münzen und das Skelett!« Schon wollte er gehen.

Ich hielt ihn fest. »Schaffen wir es heute zurück nach Köln?«

»Du kannst zur Not mit dem Zug fahren. Von Bramsche nach Osnabrück, dann weiter nach Köln.«

Ich vergaß immer wieder, dass Schumann ein wandelnder Fahrplan der Deutschen Bahn war. Bei »Wetten, dass..?« hätte er, würde es diese Sendung noch geben, mit seinem Bahn-Wissen abgeräumt.

Beim Hinausgehen fragte er Obermeister: »Wissen Sie zufällig, ob Julian Pelter hier vor Ort war?«

Obermeister runzelte die Stirn. »Ich weiß, wer Pelter ist. Ich kenne ihn schon seit geraumer Zeit und habe ihn eingeladen, diese Funde zu begutachten. Er interessiert sich für Münzen aus der Zeit um Christi Geburt. Pelter hat mich vergangene Woche angerufen, doch gestern hatte ich keinen Termin mit ihm. Ich war den ganzen Tag bei meiner Mutter in Oldenburg. Wieso fragen Sie?«

»War er eventuell gestern doch hier und hat sich bei Ihrer Sekretärin gemeldet oder bei Frau Stegmann?«

»Davon wüsste ich.« Obermeister wirkte abweisend. Er fügte hinzu: »Ich bin kein Fan von ihm, aber er ist ein guter Kenner der römischen Feldzüge und der Siedlungsgeschichte in Germanien. Er wollte mit mir eine Theorie besprechen, die mit der Varusschlacht und dem römischen Einfluss in dieser Region zusammenhängt. Wenn erst einmal die Nachricht von dem Skelettfund öffentlich ist, rechne ich mit dem Besuch vieler Kollegen. Aber noch herrscht Ruhe.« Damit war das Thema für ihn erledigt.

Schumann murmelte, er müsse noch mal zum Tatort. Ich war verwirrt. Pelter hatte doch ausdrücklich gesagt, er sei in Kalkriese in ein Schlamassel geraten. Stimmte das nicht? Oder hatte er mit Weiler zusammen die Reise hierher angetreten? Kannten sich die beiden? War er Zeuge des Überfalls auf Gaymann? Hatte er den Täter gesehen und fühlte sich in Gefahr? Viel zu viele unbeantwortete Fragen. Bei meinen drei Versuchen, ihn anzurufen, sprang jedes Mal die Mailbox an, deren erste Worte irritierenderweise auf Latein verkündeten: »Absum autem redibo – ich bin weg, komme aber wieder.« Ich bat um seinen Rückruf.

Als habe er nur auf die Möglichkeit eines großen Auftritts gewartet, kam in diesem Moment Harald Frostauer zur Tür hereingestürmt. Er eilte auf mich zu. »Habt ihr ihn gefunden, habt ihr Gebhard gefunden? Wo ist er? Ist ihm etwas zugestoßen?« Der gute Mann schien völlig aus dem Häuschen zu sein. Obermeister schrak vor Haralds Heftigkeit zurück.

Ich sagte: »Nein, keine Spur bisher.« Wobei Schumann und di Luccio sich wohl bisher eher auf Gaymann als auf den verschwundenen Weiler konzentriert hatten.

Severin Obermeister zog sein Handy aus der Tasche, das schon eine Zeit lang lautstark gebrummt hatte, und mischte sich ein. »Meine Sekretärin Frau Patzek hat mir eine Nachricht geschrieben, die ich aber jetzt erst gesehen habe. Sie schreibt, dass ein gewisser Gebhard Weiler mich gestern am späten Nachmittag sprechen wollte. Da war ich nicht hier. Heute haben wir nichts von ihm gehört.«

Harald stierte Obermeister an. Der fühlte sich sichtbar unwohl. »Herr Frostauer, wir beide haben am Freitag um vierzehn Uhr nach der PK einen Termin, nicht heute.«

»Es geht nicht um mich!«, schrie Harald mit feuerrotem Kopf. »Es geht um meinen Freund Gebhard Weiler. Er ist hier irgendwo auf dem Gelände. Ich spüre das! Er hat einen Anruf erhalten, ist hierhergefahren, um jemanden zu treffen.«

»Nicht mich«, sagte Obermeister konsterniert. »Was hatte er hier zu suchen? Noch darf niemand die Grabung sehen. Wahrscheinlich wollte er ein Interview mit mir. Aber ich werde vor Freitag mit keinem Pressevertreter sprechen.« Er sah sehr grimmig drein.

Ehe ich etwas sagen konnte, machte Harald auf dem Absatz kehrt und stürmte aus dem Museumscafé. Es hatte zu regnen begonnen, und obwohl wir erst Mittag hatten, senkte sich ein grauer Schleier herab, der das Tageslicht dämpfte.

Wir saßen schweigend im Café. Schumann meldete sich auf dem Handy: »Die Leiche wird nach Köln gebracht. Frau Dr. Malström oder Professor Pürzel werden sich damit befassen. Spusi und KTU sind bereits hier. Wir werden wahrscheinlich heute doch noch mit dem Auto nach Köln fahren können.«

Ich fühlte mich erschöpft. Gaymanns Ermordung erschütterte mich, obgleich ich ihn weder näher kannte noch auf den ersten Blick gemocht hatte. Aber das war jetzt schon der dritte Tote in diesem Fall.

Gerade wollte ich Severin Obermeister ansprechen, um mit ihm über die Münzfunde zu reden, da verließ er wortlos das Café. Ich würde ihn mir schon noch greifen. Schumanns Kalkulation, dass Obermeister mit mir ausführlicher plaudern wollte, war bisher fehlgeschlagen. Also beschloss ich, einen Rundgang zu machen, um mir die Zeit zu vertreiben.

Als ich losmarschierte, versuchte ich, Richard zu erreichen. Mailbox. Er steckte wohl mitten in den Dreharbeiten zu »Gutes für Geld«. Peter antwortete ebenfalls nicht. Wir waren wie die zwei Königskinder, die nie zusammenkamen. Ich bat ihn, mich zurückzurufen. Um mein Gewissen zu entlasten, rief ich bei meiner Mutter an.

»Anna, das wird aber auch Zeit.« Sie klang enerviert. »Sobald du es einrichten kannst, komm bitte vorbei. Es ist wichtig. Also, wann, glaubst du, kannst du kommen?«

Meine gute Mutter! Eigentlich verspürte ich bei all dem Chaos um mich herum keine große Lust auf ihre angeblich so wichtigen Erkenntnisse. Trotzdem sagte ich: »Morgen zum Tee. Ist das okay?«

Sie legte ohne Antwort auf. Das interpretierte ich als Zustimmung.

Auf meinem Gang zu den Ausstellungssälen trieb mich etwas, Habicht anzurufen.

»Gut, dass Sie sich melden«, rief er. »Pelter ist wieder aufgetaucht. Ich bin sehr erleichtert.«

Habicht wusste offenbar nichts von Pelters Ausflug nach Niedersachsen. Ich unterbrach ihn. »Wussten Sie eigentlich, dass er gestern in Kalkriese war?«

Habicht antwortete: »Das kann nicht sein. Sicher ein Missverständnis. Er hat sich vorhin bei mir gemeldet und mir gesagt, dass er gestern hier in Köln einen kleinen Unfall hatte. Pelter liegt bei sich zu Hause flach. Zurzeit will er in Ruhe gelassen werden. Die Nachricht von dem Überfall auf Schulte hat ihn sehr mitgenommen. Wenn Sie mich fragen, nimmt er diesen Unfall als Vorwand, sich in seine Klause zurückzuziehen. Er pflegt gern seine Wunden.«

Nett klingt anders. Einerseits war ich erleichtert, andererseits überrascht. »Unfall?«

»Ja, mit dem Fahrrad gestürzt. Er sagt, gestern am späten Abend. Am Rhein. Mehr Einzelheiten weiß ich nicht. Was machen Sie gerade? Ich würde mich gern mit Ihnen über etwas unterhalten. Etwas Vertrauliches.«

»Ich bin gerade nicht in Köln«, sagte ich. »Aber morgen gegen achtzehn Uhr würde gehen.« Eine gute Ausrede, nicht zu lange bei meiner Mutter zu bleiben.

Habicht wirkte erleichtert. »Schön, dann bis morgen.«

Ich glaubte nicht, dass Pelter einen Unfall mit dem Rad gehabt hatte. Wie sollte er es in so kurzer Zeit von Kalkriese nach Köln geschafft haben, um spätabends am Rhein mit dem Rad gestürzt zu sein? Habicht wusste nichts von Pelters gestrigem Anruf bei mir. Er mochte ja glauben, Pelter sei mit dem Rad gestürzt. Da stimmte etwas ganz und gar nicht. Ich musste Pelter dringend sehen. Allein.

Ich stellte das Handy auf lautlos. Jetzt war erst mal Pause. Zeit für die spannenden Objekte aus römischer Zeit.

Meine Vorfreude auf ruhigere Momente wurde jäh zerstört, als Frostauer patschnass in die Eingangshalle des Museums stolperte und laut brüllte: »Ich habe ihn gefunden! Er liegt an einem Steinwall ganz weit hinten auf dem Gelände. Bitte ruf einen Krankenwagen. Ich habe mein Handy nicht dabei!« Mit diesen Worten brach Harald Frostauer vor mir zusammen.

Die rote Kladde

Home, sweet home! Selten hatte ich mich so sehr auf mein Bett gefreut wie in dieser Nacht. Die Rückfahrt nach Köln am frühen Abend weckte in mir mehrfach den Wunsch, ich hätte die Bahn genommen. Es goss in Strömen. Dazu fegte ein scharfer Wind über die Autobahn, der selbst das kompakte Auto von di Luccio zum Schlingern brachte. Die drei Männer schwiegen. Noah Weißgerber hielt seine Augen fest geschlossen, di Luccio konzentrierte sich aufs Fahren, und Schumann saß mit verkniffenem Mund neben seinem Kollegen und schien zu grübeln. Jedes Mal, wenn ich wegdöste, wackelte der Wagen so heftig, dass mich die Angst wieder munter werden ließ. Ich beschloss, mich abzulenken, indem ich die Stunden nach Frostauers dramatischem Zusammenbruch in der Eingangshalle des Museums rekapitulierte.

Der Krankenwagen war schnell gekommen, Frostauer hatte sich mühsam mit Hilfe der rasch herbeigeeilten Astrid Stegmann und meiner Unterstützung aufgerappelt und stammelte immer wieder: »Er liegt am Steinwall.«

Ich verfrachtete ihn zusammen mit Astrid Stegmann auf einen Stuhl im Café, und Obermeister tauchte wie ein Deus ex Machina auf. Schumann und di Luccio erschienen auch wie auf Kommando, beide in pitschnassen Parkas, und Noah Weißgerber zog mit Astrid Stegmann los, heiße Getränke zu organisieren.

Frostauer erklärte dem Notarzt, wo er Weiler gefunden habe: »Ich bin einfach losgegangen, und da habe ich ihn in dem Graben an dem hintersten Steinwall gesehen. Ehrlich gesagt bin ich sofort umgekehrt, um einen Krankenwagen zu mobilisieren. Mein Handy liegt wahrscheinlich in meinem Auto. Ich wollte keine Zeit verlieren.«

Er bestand darauf, im Krankenwagen mitzufahren und Gebhard Weiler in die Klinik nach Bramsche zu begleiten. Der Notarzt stimmte zu. Weiler hatte laut Frostauer wenige nahe Verwandte, einen Bruder in Berlin, der Anwalt war, und einen Onkel mütterlicherseits, der in einem Pflegeheim in Bonn wohnte. Frostauer fühlte sich für seinen Freund verantwortlich.

Schumann erzählte mir später, dass Weiler einen Schlag auf den Kopf bekommen hatte, aber wohl nicht dort, wo er mindestens zwanzig Stunden gelegen hatte. »Schwere Gehirnerschütterung, Verdacht auf Schädelbasisbruch, dazu völlig unterkühlt und dehydriert. Es scheint, als sei er mit demselben Gegenstand wie Gaymann niedergeschlagen worden, wahrscheinlich sogar an derselben Stelle, und dann zu der Ecke am südlichen Wall befördert worden. Der Täter hat Weiler seinem Schicksal überlassen. Wenn er noch länger dort gelegen hätte, wäre es wohl zu spät für ihn gewesen. Er verdankt Harald Frostauer sein Leben.«

Ich leistete Harald innerlich Abbitte. Sein Drängen, für uns andere nervig, hatte Weiler gerettet. »Habt ihr Spuren gefunden?«

»Meine liebe Miss Marple«, antwortete Schumann. »So weit sind wir noch nicht. Aber wahrscheinlich hat der Regen fast alles verwischt.«

Ich war erleichtert, dass nicht noch eine zweite Leiche nach Köln transportiert werden musste. Di Luccio und sein Kollege Gunther Jansen saßen eine Weile in einem Nebenraum des Museums, um das weitere Vorgehen zu besprechen. Ich fragte Schumann, ob es einen Verdächtigen gebe.

Er sah mich mit einem merkwürdigen Blick an, den ich nicht deuten konnte. Dann sagte er: »Es gibt da einen gewissen Tobias Funk, ehemaliger Archäologiestudent in Bonn. Der Name ist uns im Zusammenhang mit Riemer bereits untergekommen. Wie es der Zufall will, habe ich Obermeister gefragt, ob er Funk schon mal begegnet ist. Obermeister hat gelegentlich an der Bonner Uni Vorträge über den römischen Einfluss auf die Germanen in Norddeutschland gehalten. Allerdings war, wie er sagt, sein Hauptthema damals nicht die Varusschlacht, sondern der Kampf bei Harzhorn um 235, von dem du mir auch schon erzählt hattest. Dieser Kaiser Max Thrax –«

»Maximus Thrax«, verbesserte ich Schumann automatisch.

Er verdrehte die Augen. »Max oder Maximus, ist doch Jacke wie Hose. Klingt wie ein Bösewicht aus einem Avenger-Film.«

Ich musste lachen und schämte mich wegen meiner Pingeligkeit. »Kannte Obermeister diesen Funk?«

»Ja und nein. Er erinnert sich vage an einen Studenten, der ihn nach einem seiner Vorträge vor ein paar Monaten fragte, ob denn außer Waffen und Hufeisen auch Goldmünzen in Harzhorn gefunden worden seien. So wie in Kalkriese, soll der Jüngling hinzugefügt haben. Obermeister meint, dass das Tobias Funk gewesen sein könnte. Er fand ihn eher unsympathisch, da aufdringlich und frech. Leider konnte er ihn nicht genauer beschreiben. Eher groß als klein, eher dünn als dick, Haare unter einer Baseballkappe. Allerdings sei ihm etwas aufgefallen. Funk hat verschiedenfarbige Augen, eins blau, das andere grünbraun. Es gibt einen Fachausdruck dafür.« Er blickte mich fragend an.

»Bin ich ein wandelndes Lexikon?«, schnappte ich. Zufällig kannte ich sogar die Bezeichnung dafür, Heterochromie. Eine Jugendfreundin hatte zwei unterschiedliche Iris gehabt. Ein Auge braun, das andere hellblau. Sie wurde deswegen sogar gehänselt, bis plötzlich unser Klassenstar Ulrich erklärte, er fände das megaspannend. Seitdem hatte Birthe im Mittelpunkt des Interesses gestanden, und sie und Ulrich »gingen« eine Weile zusammen. Aber ich wollte vor Schumann nicht als Miss Besserwisser erscheinen.

»Was hat Tobias Funk mit Weiler zu tun? Und weshalb gilt er als Verdächtiger?« Meine Frage brachte Schumann wieder zurück zum Fall.

»Funk kannte Rogner, wie ich in Hannover von Alexa Rossbach erfahren habe. Sie erinnerte sich an einen Besuch vor drei Monaten, als ein eher schmächtiger Jüngling vorbeigekommen sei. Die beiden Männer hätten sich ins Wohnzimmer zurückgezogen und heftig diskutiert, wie Alexa meinte. Um was es ging, wusste sie nicht.«

Schumann schnäuzte sich lautstark in ein blau-rot kariertes Stofftaschentuch. »Und Weiler hat offenbar mit Funk kurz vor seiner Abfahrt von Köln SMS ausgetauscht. Di Luccio hat in Riemers Wohnung einen Zettel mit Funks Namen gefunden. Also hatte dieser Student mit den unterschiedlichen Augen zu mehreren Beteiligten unserer Ermittlung Kontakt.«

Den Zettel hatte mir der Kölner Kommissar gezeigt. Aber dass Funk beide Gangster und auch Weiler kannte, überraschte mich.

»Verdächtigst du jetzt ernsthaft diesen Funk? Woher kennst du Weilers SMS? Hat denn der Täter nicht Weilers Handy entsorgt? Das verstößt gegen jede Krimiregel.« Meine Ironie prallte an Schumann ab.

»Weiler hat sein Handy im Handschuhfach seines Autos aufbewahrt und es nicht mit aufs Gelände genommen. Warum auch immer. Sein Auto steht auch nicht auf dem Museumsparkplatz, sondern außerhalb. Frostauer kennt glücklicherweise die Marke, und in Weilers innerer Manteltasche steckte sein Autoschlüssel. Der Täter hat es eilig gehabt und Weiler nicht gründlich durchsucht, ehe er ihn an dieser Mauer deponierte.« Schumann wirkte auffallend gelassen.

»Und was hast du auf Weilers Handy entdeckt?« Ich ließ nicht locker.

»Es waren insgesamt drei SMS. Die erste lautet ungefähr ›Bin unterwegs‹, die zweite ›Bin da. Tobias, wo bist du?‹ und die dritte ›Ich gehe zum geplanten Treffpunkt. Beeil dich bitte!‹.«

»Und er hat die direkt an diesen Tobias geschickt? Gab es Antworten?«

»Weiler hat alle Namen und Nummern ordentlich gespeichert«, antwortete Schumann. »Aber in seinem SMS-Speicher sind nur diese drei Nachrichten. Alle anderen sind gelöscht und auch alle Telefonate. Tobias Funk war offenbar sein letzter Kontakt. Doch es gibt keine Antwort-SMS oder Mailboxnachricht von ihm. Hoffentlich kann Weiler selbst dieses Rätsel für uns lösen. Tobias Funk ist verschwunden, sein Handy scheint ausgeschaltet zu sein. Wir haben ihn zur Fahndung ausgeschrieben.«

»Es wäre auch ein Wunder, wenn das Handy von Tobias noch eingeloggt ist. Oder war es Prepaid?«

Schumann verneinte. »Ein reguläres Handy, trotzdem nicht zu orten.«

»Habt ihr denn Funks Adresse?«

»Die muss nicht mehr stimmen. Aber da weiß di Luccio eher Bescheid. Ist wohl so ein Kaff bei Bonn, wie er sagt.«

Ein Anruf von di Luccio genügte, um festzustellen, dass Tobias Funk in Alfter im Vorgebirge bei seiner Mutter gemeldet war. Als Hallmann und ein Kollege kurze Zeit später bei ihr auftauchten, erklärte sie, er lebe seit einigen Wochen immer mal wieder woanders bei Freunden in Köln und käme nur noch selten vorbei. Sie wusste aber weder die Namen noch die Adressen dieser Freunde ihres Sohnes.

»Zum Wäschewaschen taucht er noch bei mir auf«, sagte Frau Funk leicht verbittert. »Er ist lieber in der Nähe der Uni, da er an seiner Doktorarbeit über Münzen aus der Zeit der Stadtgründung Kölns sitzt. Sein Spezialthema ist Numismatik.«

Aber Frau Funk wusste nicht, bei welchem Dozenten ihr Sohn seine Arbeit schrieb. »Wahrscheinlich bei Professor Costa, einem sehr renommierten Numismatiker«, meinte di Luccio, als Hallmann ihm von seinem Besuch bei Frau Funk berichtet hatte und er seine Informationen an Schumann und mich weitergab. »Den kenne ich.«

»Im selben Karnevalsverein wie Sie?«, wagte ich zu fragen.

Di Luccio schoss mir einen bösen Blick zu. Schumann raunte mir zu, ich solle mich zurückhalten. Der Tod seines Kölner Kumpels Gaymann war für di Luccio weit mehr als ein »gewöhnlicher« Mordfall. Das war persönlich.

Frau Funks Aussagen hatten die Kommissare nicht weitergebracht. Bei uns tat sich auch nicht viel. Weiler war noch nicht wieder bei Bewusstsein. Frostauer meldete sich bei mir und sagte, dass er in Bramsche bleiben und am nächsten Tag mit Obermeister ein vorgezogenes Interview führen wolle.

»Wenn ich schon mal hier bin«, erklärte er. »Gebhard wird am Freitag nach Köln an die Uniklinik überstellt. Da fahre ich dann zusammen mit ihm. Glücklicherweise hat er keinen Schädelbasisbruch, aber eine sehr schwere Gehirnerschütterung und eine riesige Wunde am Hinterkopf, die mit zwanzig Stichen genäht werden musste. Der behandelnde Oberarzt meint, er sei mit einer Schaufel niedergeschlagen worden. Es gab noch Metallreste in der Wunde. Das muss jetzt aber die Polizei klären.« Frostauers Fürsorge für den Reporter wirkte rührend, sehr untypisch für diesen Mann, den ich als einen reichlich selbstbezogenen Profilneurotiker kennengelernt hatte. Er überraschte mich immer wieder.

Ehe wir Kalkriese verließen, gelang es mir, kurz mit Obermeister zu sprechen. Aber er war eher wortkarg, als ich ihn zu dem kürzlich gemachten Münzfund befragte. Ich warf ihm einen Köder zu, als ich meine These kundtat, der Tote in dem frisch entdeckten Grab könnte der Zahlmeister gewesen sein, dem angeblich ein römischer Offizier damals die Kriegskasse geraubt und ihn erschlagen habe. Immerhin war ja offensichtlich ein Teil der Münzen in Kalkriese verblieben.

»Das ist gut möglich«, knurrte Obermeister. »Wir würden gern mit unseren Untersuchungen fortfahren. Dann wissen wir mehr. Auf jeden Fall ähneln die Münzen denen, die in Ihrem Keller gefunden wurden.« Ich hatte ihm das Foto gezeigt, aber keine weiteren Einzelheiten zum Diebstahl der Kölner Münzen und zum toten Rogner verraten. Mehr konnte ich ihm nicht entlocken.

Er wirkte sichtlich erleichtert, als wir in die Autos stiegen, um bei einsetzender Dämmerung nach Köln aufzubrechen. Er winkte uns zu, neben ihm stand seine Sekretärin Monika Patzek. Irrte ich mich, oder schob sie ihre rechte Hand in seine linke? Sie war eine zierliche Frau mit rötlichen Locken, Anfang dreißig. Ich täuschte mich sicher.

»Ist Obermeister eigentlich verheiratet?«, fragte ich beiläufig, als wir das Gelände verließen.

Schumann nickte. »Ja, seine Frau ist Tierärztin, seine zwei Töchter studieren in den USA. Sie stammt sogar aus meiner Heimat. Ist in Stade geboren und hat ihren Mann während ihres Studiums in Hannover bei gemeinsamen Freunden kennengelernt. Er hat damals in Göttingen, später in Bonn studiert.«

»Woher weißt du das alles?«

»Recherche, meine Liebe! Nicht umsonst nennt man mich Schumanski. Ich bin sehr gut in meinem Metier.« Mein alter Freund Hans Schumann grinste selbstzufrieden.

»Übrigens hat Habicht angerufen. Pelter ist wieder aufgetaucht. Er hatte angeblich einen Fahrradunfall, sich verletzt und ist deshalb zu Hause geblieben, anstatt Habicht zu treffen«, sagte ich leise zu Schumann.

»Was sollte dann dieser merkwürdige Anruf? War das ein blöder Scherz? Wir werden uns den Burschen mal vornehmen müssen«, knurrte er.

»Keine Ahnung, aber der Anruf klang echt. Vielleicht war er in Kalkriese und hat den Unfall gehabt, als er nachts wieder in Köln war«, versuchte ich eine Erklärung, obwohl ich selbst daran zweifelte.

»Quatsch!«, bemerkte Schumann nur. »Das stinkt irgendwie!«

Ich gab ihm recht. Seine gute Laune war wie weggeblasen und verfinsterte sich immer mehr, als wir auf der Autobahn von Wolkenbruch zu Wolkenbruch fuhren und di Luccio hie und da einen kräftigen italienischen Fluch ausstieß.

»Wer jetzt kein Haus hat, baut sich keines mehr.« Weshalb mir diese Zeile aus Rilkes Gedicht »Herbsttag« einfiel, als ich mein Haus in Köln betrat, wusste ich nicht. Vielleicht, weil das Wetter so scheußlich war, dass man keinen Hund auf die Straße jagen würde. Ich freute mich, mich in mein Bett zu kuscheln. Mit einer Wärmflasche.

Schumann dagegen wollte noch mit di Luccio ins Präsidium fahren, um gemeinsam mit ihm und Weißgerber einen Bericht zu verfassen. Weißgerber gähnte ohne Unterlass. Aber die beiden Kommissare, die inzwischen wenigstens respektvoll miteinander umgingen, beschieden ihm, er müsse heute Überstunden machen. Am Samstag dürfe er, wie di Luccio meinte, dann pausieren. Sehr großzügig!

Das Morgenlicht kroch in mein Schlafzimmer, als ich nach bleiernem Schlaf die Augen aufschlug. Auf der Bettkante saß Richard, der mir einen Becher mit dampfendem Kaffee unter die Nase hielt.

»Willkommen zurück unter den Lebenden!«, begrüßte er mich. »Du hast wie ein Stein geschlafen. Ich war gestern Nacht bei dir im Zimmer. Doch selbst wenn man eine Kanone neben dir abgefeuert hätte, hätte dich das nicht gestört.«

Ich schnupperte am Becher und trank den Kaffee in gierigen

Zügen. »Wann bist du denn gestern zurückgekommen?«, fragte ich.

Richard ruckelte nervös hin und her. »Spät. Sogar nach dir.«

»Habt ihr so lange gedreht?«

»Nein, aber gestern war das Abschlussessen. Wir sind einen Tag früher fertig geworden, das musste gefeiert werden.«

Warum konnte er mir nicht in die Augen sehen? Das machte mich unruhig. »Und, war es nett?«

»Was soll dieses Verhör?«, maulte mein Freund.

»Ich frag doch nur!« Leicht verärgert leerte ich den Becher, der die Aufschrift »Köln forever« trug. Sehr passend. »Was machst du heute?«, fragte ich ihn in möglichst neutralem Tonfall.

»Ich habe frei und möchte etwas überprüfen. Ein Objekt, das uns vorgelegt wurde, ist meiner Meinung nach weit unter Wert taxiert und verkauft worden. Ich war nicht der Experte, sondern der ›Neue‹. Mittags treffe ich mich noch mal mit unserem Regisseur, dem ich ein paar Änderungen für künftige Shows vorschlagen werde.«

Sein Lächeln löste meine Verstimmung in Luft auf. »Du hast heute sicher kriminalistische Pläne«, meinte er beim Hinausgehen mit einem Augenzwinkern. Sein Handy klingelte, und ich hörte ihn sagen: »Das ist zu früh. Ja, wir sehen uns heute Mittag.«

Warum traute ich Richard immer noch nicht vollkommen? Was war es, das mich auch jetzt misstrauisch machte?

Im Wohnzimmer traf ich eine halbe Stunde später auf Schumann, der allein am Tisch saß und seinen Morgentee trank.

»Wo ist Richard?«, fragte ich.

»Er hat gerade einen Anruf bekommen. Es geht um eine Nachdrehe. Er musste erst mal nach Ossendorf ins Studio und meinte, dass er am Nachmittag wieder zurück sein wird.« Schumann wirkte unruhig. Wahrscheinlich lagen ihm die Vorkommnisse in Kalkriese im Magen.

»Gibt es Neuigkeiten? Hast du was zu Weilers Zustand gehört?«

Er antwortete fast hektisch: »Ja, Weiler hat das Bewusstsein wiedererlangt. Jansen war bei ihm. An den Vorfall selbst kann er sich nicht erinnern und hat bisher nur ausgesagt, er sei nach Kalkriese gefahren wegen einer Story, die mit den neuesten Funden zu tun hat. Er wusste nicht, wen er treffen sollte, weil das noch alles *off the record* gewesen sei. Eine anonyme Quelle. Angeblich weiß er nur noch, dass er im Park verabredet war, aber nicht mehr, wo, und danach ist alles ausgelöscht. Sagt er jedenfalls. Der Rest ist Schweigen. Jansen hat ihn nach Tobias Funk gefragt. Da hat Weiler dichtgemacht. Wenn er am Freitag wieder in Köln ist, werden wir ihn noch mal befragen. Vielleicht kehrt sein Erinnerungsvermögen zurück. Frostauer hat den Auftrag, das Gedächtnis seines Freundes anzukurbeln. Priorität hat jetzt aber, Freunde und Bekannte von Gaymann zu verhören. Ich bin mit Andrea beim ›Germanicus‹ verabredet. Bis später!«

Immerhin waren die beiden Kommissare schon beim Vornamen gelandet. Was aber nicht viel über ihr Verhältnis zu sagen hatte. Ich lief Schumann hinterher: »Ist die Tatwaffe bekannt?«

Er drehte sich an der Tür um. »Beide wurden sehr wahrscheinlich mit einer Schaufel niedergeschlagen. Bei Gaymann allerdings eindeutig mit der Absicht, ihn zu töten. Aber das ist noch inoffiziell.«

Mich schauderte. Allein gelassen, überlegte ich, wann ich am besten Pelter aufsuchen könnte. Am späten Vormittag wäre sicher eine gute Zeit. Als auf meinem Handy die Star-Wars-Fanfare ertönte, dachte ich, dass es Richard sei. Falsch gedacht. Die Nummer auf dem Display kannte ich nicht.

Clemens Krämer, der Kurator vom Kolumba, grüßte mich salopp mit einem »Hallo, wie geht's?« und fragte mich, ob wir uns eine Woche vor Weihnachten treffen könnten, »um dieses Hickhack unserer Termine damit in den Griff zu bekommen«. Das kam mir sehr entgegen.

Peter, dem ich mitteilen wollte, dass ich nicht mit ihm nach Kalkriese fahren würde, war nicht zu erreichen, und auch Richard nicht. Sein Handy war ausgeschaltet. Während eines Drehs keine Besonderheit. Ich wählte die Nummer der Zentrale des Studios, deren Nummer ich im Internet fand. Eine freundliche Dame leitete mich weiter zum Hauptstudio, wo sich ein Mann mit Bassstimme meldete und mir mitteilte: »Nachdrehe für ›Gutes für Geld‹? Nein, wir sind gestern fertig geworden. Sehr pünktlich sogar.«

»Ist Herr Bernhard denn vielleicht wegen anderer Fernsehtermine bei Ihnen? Oder könnte ich kurz den Regisseur der Show sprechen?«

»Nein. Richard hat jetzt erst mal bis März keine Verpflichtungen hier. Und unser Regisseur ist eine Regisseurin, Liz Mankowski. Aber die ist nicht mehr hier. Sie wohnt in Hamburg und wollte heute nach Hause.«

Der Boden unter meinen Füßen schwankte. Dieser verdammte Kerl! Er log mit einer Leichtigkeit, die mich immer wieder überraschte.

Es reichte mir! Richard und ich hatten uns erst im Mai ausgesöhnt und gemeinsam eine wunderschöne Reise nach Paris unternommen. Alles schien gut zu sein. Und nun das! Am liebsten wäre ich ins Gästezimmer gestürmt, hätte seinen Koffer gepackt und vor die Tür geworfen. Eine kleine Stimme in meinem Inneren ermahnte mich, erst einmal im Zweifel für den Angeklagten zu sein und seine Erklärung anzuhören. Aber Richard war ein Meister im Erfinden von Ausreden und Beschwichtigungen.

Es war nicht das erste Mal, dass ich bereute, Schumanns Werben immer schon im Vorfeld abgebremst zu haben. Der Kommissar war solide, vertrauenswürdig, loyal und gutmütig. Alles großartige Eigenschaften. Es mangelte ihm leider an Spontaneität und Charme. Was aber brachten mir diese Eigenschaften, die Richard im Übermaß besaß, wenn ich wie eine betrogene Ehefrau Trübsal blies? Der Gedanke, dass ich mit Peter Mannsfeld geflirtet hatte, tröstete mich etwas. Ich war nicht von Richards Gunst abhängig! Nur ärgerlich, dass Peter wie Röhrenwasser verschwunden war.

Ich raffte mich auf. Erst einmal zu Julian Pelter, dann ein lang geplanter Besuch im Wallraf-Richartz-Museum, morgen wollte ich dann endlich zwei der vielen romanischen Kirchen Kölns aufsuchen, Maria im Kapitol und St. Gereon. Inzwischen freute ich mich sogar auf den Tee bei meiner Mutter. Anschließend stand mir Habicht wieder ins Haus, und abends würde ich nett mit Schumann plaudern. Richard plante ich nicht ein.

Pelter ging nach dem fünften Klingeln an sein Handy und erklärte sich tatsächlich bereit, mich zu sehen. Er wohnte in einer Wohnanlage am Rhein im vierten Stock. Der Mann, der mir die Tür öffnete, sah nur entfernt dem stets adretten Julian Pelter ähnlich. Auf seiner Stirn prangte eine halb verkrustete Schramme, die Haare klebten strähnig an seinem Schädel, auf dem roten Pullover verrieten diverse Flecken, dass er zum Frühstück ein Ei gegessen hatte, und an den Füßen trug er keine Schuhe, sondern Socken in einem undefinierbaren Farbton. Mit einem verlegenen Lächeln bat er mich in die Wohnung.

Ein kleines Entree, ein größerer Raum, der als Wohn- und Esszimmer diente, eine Einbauküche. Ich sah mich um. Überfüllte Bücherregale, ein Couchtisch, auf dem mindestens sechs leere Bierflaschen standen, ein ausziehbares Sofa, auf dem Laken und Bettwäsche wild durcheinanderlagen, und zwei Sessel. Im Entree hatte ich einen Einbauschrank bemerkt. Nicht gerade eine Luxusbleibe, sah man vom Balkon ab, von dem man einen Blick auf den Rhein und das Siebengebirge hatte.

Ich setzte mich auf einen der beiden Sessel. Immerhin recht bequem und mit einem attraktiven dunkelblauen Stoff bezogen. Pelter stellte eine Flasche Wasser und ein Glas vor mich auf den Tisch. Er verschanzte sich auf der Schlafcouch und drückte ein Kissen an seinen Bauch. »Schmerzen?«, fragte ich.

»Nein, das ist eine blöde Angewohnheit von mir«, erwiderte er.

Ich kam gleich zur Sache. »Sie können sich denken, weshalb ich hier bin. Was hatte dieser Anruf vorgestern zu bedeuten?«

Pelter zuckte zusammen. Er presste die Lippen aufeinander.

»Ich möchte eine Antwort, und zwar schnell.« Ich wollte ihm nicht drohen. Da er nun aber immer noch schwieg, fügte ich hinzu: »Lieber Julian, ich könnte Ihren sonderbaren Anruf auch jetzt noch di Luccio melden. Sie wollten doch laut Ihrer eigenen Worte ohnehin zur Polizei gehen. Was hindert Sie daran?«

Pelter schob das Kissen hin und her und klammerte sich an dem knallgelben Bezug fest wie an einem Rettungsanker. Ich ignorierte sein seltsames Benehmen. »Also, was ist geschehen? Waren Sie tatsächlich in Kalkriese? Laut Severin Obermeister hatte er keinen Termin mit Ihnen. War Ihr Anruf ein misslungener Streich?«

Plötzlich sprudelte es aus Pelter heraus: »Nein, nein! Ich war tatsächlich dort. Weiler, den ich von früheren Recherchen kenne, rief mich an und fragte, ob ich Lust hätte, ihn zu begleiten. Er hätte einen spannenden Termin auf dem Grabungsgelände, wegen eines aufsehenerregenden Fundes, und dachte sich wohl, es wäre gut, mich als Experten dabeizuhaben. Ich hatte zunächst keine Lust, aber dann reizte es mich doch, zumal ich in Faltermeyrs Buch über Kerker und Katakomben diesen Hinweis auf die angeblich verschollene römische Kriegskasse gelesen hatte. Allerdings habe ich mein eigenes Auto genommen und mich mit ihm vor dem Museum getroffen. Montagnachmittag, schlechtes Wetter, deshalb keine Leute in Sicht. Alles ging gut, bis wir in den Park kamen. Weiler wurde sichtlich unruhig und sagte mir, ich sollte ein Stückchen entfernt auf ihn warten. Er wolle erst diesen Unbekannten allein treffen. Auf meine Frage, wer das sein könnte, sagte er, dass er das selbst nicht wüsste.«

Pelter fuhr sich mit den Händen durchs Haar. »Mir kam das alles seltsam vor. Und ich bereute, dass ich mich darauf eingelassen hatte. Außerdem war ich offenbar überflüssig. Er schien meine Expertise nicht zu benötigen. Ich bin dann in Richtung des durch Bänder abgesperrten Teils des Geländes gegangen. Ich wusste ungefähr, wo die neue Grabung ist. Als ich mich diesem Teil des Parks näherte, kam eine Gestalt auf mich zu. Dunkel gekleidet, Gesicht verdeckt. Diese Person wirkte sehr bedrohlich. Da bin ich weggelaufen, habe Ihre Nummer mehr aus Versehen als mit Absicht gedrückt, und dann spürte ich einen Schlag vor die Stirn. Ich habe gebrüllt. Das haben Sie ja am Handy gehört. Ich bin dann in die Knie gesunken, habe mich wieder aufgerappelt und bin davongerannt, in mein Auto gesprungen und abgehauen, ohne mich weiter nach Weiler umzusehen.«

Pelter sah mich unglücklich an. »Ich habe alles falsch gemacht. Natürlich hätte ich die Polizei alarmieren und mich um Weiler kümmern sollen. Doch im Grunde waren wir illegal vor Ort, und ich war feige. Irgendwie habe ich es geschafft, an dem Abend noch nach Köln zu kommen. Meine Stirn blutete wie verrückt. Ich hatte glücklicherweise in meinem Verbandskasten im Auto genügend Mullbinden und Pflaster.«

Ein schöner Held! Meine Abneigung gegen ihn wuchs minütlich. Dass er so ahnungslos war, wie er behauptete, konnte ich nicht recht glauben. »Und Sie haben nicht gewusst, dass Schulte am späten Sonntagnachmittag überfallen, niedergeschlagen und ausgeraubt wurde? Er hat, als er mit Ihnen im Kolumba war, die alte Handschrift von Mönch Ambrosius gestohlen. Diese Handschrift und meine beiden Bücher von Faltermeyr sind weg.«

Pelter blickte beschämt auf das Kissen auf seinem Bauch. »Ich hatte ihm Ihre beiden Bücher gegen elf Uhr vorbeigebracht, aber nicht mit ihm gesprochen. Er nahm sie nur entgegen. Und ich hatte auch keine Zeit für einen Plausch. Aber dass er diese Handschrift hat mitgehen lassen, ist ja ein Ding! Das hätte ich ihm nie zugetraut!«

Einen Augenblick lang trat so etwas wie Bewunderung in Pelters Augen. Dann aber sagte er: »Von diesem Vorfall weiß ich erst seit Montagabend, als ich mein Handy abgehört habe. Ich habe fast den ganzen Montag gelegen. Habichts Nachricht hat mir den Rest gegeben. Ich weiß nicht, ob er mir den Radunfall abnimmt.«

»Wahrscheinlich haben Sie in Kalkriese den Mörder von Friedbert Gaymann gesehen und sind mit Glück noch mal davongekommen. Sie müssen sich bei der Polizei melden, sofort.« Diese ganze Geschichte wirkte surreal.

»Gaymann ist tot?« Pelter starrte mich an. »Was ist denn passiert, und was ist mit Weiler?«

»Gaymann lag tot auf dem Grab des von Obermeister entdeckten römischen Skeletts, Weiler wurde offenbar ebenfalls vom

Täter niedergeschlagen und ein Stück entfernt am südlichen Teil des Walls abgelegt. Er lebt.«

»Das habe ich nicht gewusst«, stammelte Pelter. »Was hat Gaymann denn in Kalkriese zu schaffen? Oder war er der Unbekannte, den Weiler treffen wollte?«

»Unwahrscheinlich. Man hat übrigens sein Auto nicht gefunden. Könnte es sein, dass er mit Weiler zusammen dort war?«

»Eher nicht. Die beiden kannten sich nur flüchtig.« Pelter schien sich sicher zu sein.

Ich sah ihn an. »Und wenn Gaymann zusammen mit Tobias Funk nach Kalkriese gefahren ist? Und Funk Gaymanns Chauffeur war?«

»Keine Ahnung. Funk hat kein Auto, soviel ich weiß. Und woher sollten die beiden sich kennen?« Pelter drückte wieder das Kissen auf seinen Bauch. Ich glaubte ihm nicht. Irgendetwas war faul an seiner Geschichte. Ich stand auf. »Bitte rufen Sie sofort di Luccio an. Sie sind ein wichtiger Zeuge.«

Pelter nickte geistesabwesend. Seltsamerweise spürte ich keinerlei Mitleid mit ihm. Er war ein Feigling, der sich in seiner Höhle verkroch. Ich konnte nicht genau den Finger auf die Schwachstelle seiner Geschichte legen. Wie so oft befand ich mich in einem Dilemma. Sollte ich Schumann von diesem Besuch erzählen? Nun wusste ich wenigstens, dass Pelter tatsächlich in Kalkriese gewesen war. Ich konnte nur hoffen, dass er sich bei di Luccio meldete. Und falls er ihm von meinem Besuch erzählte, musste ich mit Konsequenzen rechnen.

Die Reaktionen konnte ich mir bereits vorstellen. Schumann würde genervt dreinblicken, di Luccio schnauben wie ein gereizter Stier. Und mich erneut belehren, mich nicht einzumischen. Aber Pelter hatte mich hineingezogen, ob ich wollte oder nicht.

Unzufrieden und missmutig fuhr ich in die Stadt. Richard hatte mehrfach auf meine Mailbox gesprochen. Ich verspürte nicht die geringste Lust, mit ihm zu kommunizieren. Selbst mein Streifzug durch das Wallraf-Richartz-Museum hellte meine Laune nicht auf. Allerdings stand ich wie immer gebannt vor Stefan Lochners »Jüngstem Gericht« aus dem Jahr 1435, entstanden zur selben

Zeit wie »Der Heilige Georg und der Drache« meines liebsten Renaissancemalers Paolo Uccello, und vor einem Gemälde aus dem 16. Jahrhundert, das den heiligen Antonius zeigte, von Dämonen gequält. An diesem Tag fühlte ich mich dem Heiligen auf dem Bild sehr verwandt.

Als meine Mutter mich zwei Stunden später zum Tee empfing, entspannte ich mich zum ersten Mal an diesem unerfreulichen Tag. »Na endlich!«, rief sie und führte mich direkt ins Wohnzimmer, wo der obligatorische Apfelkuchen auf dem hübsch gedeckten Tisch auf mich wartete. Doch neben meinem Teller lag etwas, das meine Aufmerksamkeit weitaus stärker fesselte als der nach Zimt duftende Kuchen: eine knallrote Kladde.

Meine Mutter lächelte und sagte: »Ich werde vergesslich. Aber gestern habe ich mich erinnert, dass mir deine Patentante Amelie vor einigen Jahren einen Karton mit verschiedenen Papieren ins Haus brachte. Sie bat mich, ihn bei mir unterzustellen, da sie keinen Platz mehr dafür habe. Gestern habe ich nach langer Zeit in den Karton hineingeschaut, der seitdem in meinem grundsoliden, langweiligen Keller herumsteht. Und da lag diese rote Kladde. Ich weiß, dass sie dir nützen kann, weil deine Patentante damals meinte, dass alles, was von Jakob Faltermeyr übrig ist, darin verewigt sei. Und du hast ja nach ihm gefragt.«

Glücklich nahm ich das dicke Heft in die Hand und konnte es kaum erwarten, nach Hause zu radeln.

Schon die ersten Sätze fesselten mich:

Im Haus meines Freundes Schönherr gehen Geister um. Man sieht sie nicht, man hört sie nicht. Aber sie existieren. Und ihren Spuren werde ich folgen, auch wenn sie mich in die ferne Vergangenheit führen und diese Reise gefährlich werden könnte.

Intrigenspiele

Pünktlich mit dem Glockenschlag erschien Habicht zu seinem angekündigten Besuch. Ich bedauerte insgeheim, dass ich ihn eingeladen hatte, da ich lieber weiter in der Kladde von Jakob Faltermeyr gelesen hätte. Ob Tante Amelie selbst je die rote Kladde studiert oder das immer wieder vor sich hergeschoben hatte, ahnte ich nicht.

Wie auch immer, ich fieberte danach, Faltermeyrs Notizen zu lesen. Davon erhoffte ich mir Einblicke in seine Arbeit, seine Recherchen über das alte Köln und vielleicht sogar versteckte Hinweise auf das Grab im Keller.

Schumann und Richard schienen wie vom Erdboden verschluckt. Aber immerhin hatte Peter versucht, mich anzurufen. Seine Nachricht erschien mir ein wenig kryptisch: »Ich melde mich morgen. Ohne dich kein Kalkriese. Gespräch mit Obermeister fällt bis auf Weiteres aus. Die Ereignisse der letzten Tage haben ihn schwer mitgenommen. Ich lade dich zum Essen ein. Bitte ruf mich an.«

Peter schien gut informiert zu sein. Sicherlich hatte schon etwas im Netz gestanden. Ich verzichtete aber darauf, das zu überprüfen. Obermeister würde seine Grabungen sicher in Bälde wieder aufnehmen. Dann würde ich mit Peter gemeinsam hinfahren – hoffentlich ohne weitere Leichenfunde in einem Römergrab.

Ernst Habicht wirkte gefasst, als ich ihm Einzelheiten von den Vorkommnissen in Kalkriese berichtete. Er verwies auf eine kurze Notiz im Internet, in der es nur geheißen hatte, dass man eine Leiche im archäologischen Park entdeckt habe, ohne Details.

Da Gaymann in Köln kein Unbekannter war, würden sich am nächsten Tag die Nachrichten zu seiner Ermordung wahrscheinlich überstürzen. Mitglied im Karnevalsverein, Inhaber zweier populärer Lokale, Unterstützer des 1. FC Köln – das alles verlieh ihm Ansehen in der Stadt.

Habicht äußerte sein Bedauern über Gaymanns Tod und

meinte: »Merkwürdiger Zufall, finden Sie nicht: Das zweite Doppelgrab innerhalb von einer Woche. Wobei wir diesmal wenigstens die Identität des Opfers kennen. Leider ist dies weder für Obermeister noch für das Image seiner Grabung förderlich. Diese Art von Publicity ist eher kontraproduktiv.«

Ich versuchte, ihn möglichst rasch zum Grund seines Besuches zu lenken, doch er ließ sich nicht hudeln. Also schaltete ich einen Gang runter. »Ja, sehr schlimm«, stimmte ich zu. »Gebhard Weiler wurde ebenfalls angegriffen. Er befand sich auch auf dem Gelände. Er war dorthin gelockt worden, um angeblich vorab schon Details über die Grabung zu erfahren, Insiderwissen, das er für einen größeren Bericht nutzen wollte. Anonymer Anrufer, und er wusste angeblich nicht, wer ihm diese Informationen zukommen lassen wollte.«

Habichts Gelassenheit wich einem Ausdruck des Erschreckens. »Gebhard Weiler? Er hat mich ein paarmal interviewt. Seine Artikel provozieren häufig, sind aber immer spannend und gut recherchiert. Er ist nicht ganz unumstritten, aber ich hatte nie Probleme mit ihm. Wie geht es ihm?«

»Den Umständen entsprechend gut.« Ein Satz, den ich immer lächerlich gefunden hatte, jetzt aber für zutreffend hielt.

Habicht seufzte ausgiebig. Dankend nahm er mein Angebot für ein Glas Wein an. Ich trank lieber Wasser. Wer weiß, was dieser Abend noch an Dramen bringt, dachte ich. »Warum wollten Sie mich sprechen?« Ich kam nun doch zum Punkt.

»Pelter, es geht um Julian Pelter«, antwortete er. Der Wein in seinem Glas schwappte, als er sich abrupt aufsetzte. »Ich mache mir Sorgen um ihn. Seit er in Ihrem Keller das Grab gesehen hat, wirkt er irgendwie verwandelt. Er war schon immer ehrgeizig, aber jetzt scheint es, als ob er nur noch darauf fixiert ist. Er vernachlässigt seine eigentliche Forschungsarbeit zum Thema Kelten im Rheinland, wälzt Bücher über die Varusschlacht, darunter die Beschreibungen von Sueton und Tacitus, und faselt von Geistern der Vergangenheit.«

Ich schenkte ihm Wein nach.

»Gut, dass ich mit dem Taxi gekommen bin«, lächelte er.

Das Lächeln verschwand rasch wieder, und er sagte: »Zurück zu Pelter. Bei genauerem Nachdenken bin ich zu dem Schluss gekommen, dass er mich angelogen hat und gar keinen Fahrradunfall hatte. Er besitzt nämlich kein Rad. Er leiht sich manchmal eines. Aber sicher nicht im November. Pelter hat Geheimnisse, und ich fürchte, dass sie mit dem Fall zu tun haben. Ich sollte meine Zweifel Andrea di Luccio berichten. Ich scheue mich aber, meinen Verdacht an die große Glocke zu hängen, ehe ich die Gründe für Pelters ungewöhnliches Benehmen kenne.«

Mir schwirrte der Kopf. »Aber warum sollte er so dreist lügen, und welche Interessen könnte er denn verfolgen?«

»Einen Schatz mit antiken Goldmünzen in Köln finden? Einen Kriminalfall aus der römischen Ära lösen? Seinen früheren Dozenten, nämlich mich, in den Schatten stellen mit Erkenntnissen über Zusammenhänge zwischen einem römischen Offizier und einem Mönch, der einst in Sankt Gallus lebte? Das Kloster existiert zwar schon lange nicht mehr, aber Teile davon wurden für diverse Hausbauten benutzt.«

Habicht sah sich im Wohnzimmer um. »Es kann sogar sein, dass Steine aus dem ehemaligen Kloster in diesem Haus verbaut wurden.«

Ich zuckte innerlich zusammen, als mir bei diesen Worten einfiel, dass in Faltermeyrs Buch von einem Skelett die Rede war, auf das man bei Umbauten im Weinkeller des alten Klosters gestoßen war. Waren vielleicht Relikte dieses Weinkellers Teil meines Kellers? Doch was würde das bedeuten? Sicherlich spukte kein Geist im Keller, wie die gute Renata Schönherr geglaubt hatte. Aber seit meiner intensiven Beschäftigung mit irischen Sagen vor ein paar Jahren konnte ich mir mehr zwischen Himmel und Erde vorstellen, als das, was, laut Hamlet, unsere Schulweisheit sich träumen lässt.

Habicht bemerkte meine Unruhe glücklicherweise nicht, sondern redete weiter: »Pelter war vor etwa drei Jahren bei einer Grabung in der Nähe von Bath dabei, die der bekannte Archäologe und Experte für Numismatik, Sir Jeffrey Harris, leitete. Eigentlich hatte ich damals mit Pelter gemeinsam ein Forschungsprojekt über römische Besiedlungspläne im heutigen Kölner Süden geplant. Dann zog er dieses Angebot von Sir Jeffrey vor, kam aber schon nach wenigen Wochen mit eingezogenem Schwanz zurück nach Köln und schloss sich mir wieder an. Irgendetwas muss in Bath vorgefallen sein. Ich habe ihn nie danach gefragt, und da ich Sir Jeffrey nicht persönlich kenne, wollte ich ihn nicht damit behelligen.«

Ich vergaß, dass ich Habicht gern möglichst rasch wieder losgeworden wäre. Julian Pelter in Bath? Es gab keine Zufälle. »Sie ahnen wirklich nicht, was in Bath passiert sein könnte?«

Habicht verneinte. Ganz verstand ich nicht, weshalb er mich an diesem Abend hatte besuchen wollen. Von seinem Misstrauen gegenüber Pelter hätte er mir am Telefon berichten können. Er schien meine Gedanken zu erraten.

»Der Hauptgrund, weshalb ich heute hier bin, ist, dass ich Sie warnen möchte. Und das am Telefon zu sagen finde ich zu lapidar. Ich sage es Ihnen lieber persönlich. Bitte glauben Sie nicht alles, was Pelter erzählt, und bitte lassen Sie ihn nicht wissen, falls Sie noch etwas von Faltermeyr finden sollten. Pelter spielt ein doppeltes Spiel. Es fällt mir schwer, das zu sagen, da ich lange Zeit mit ihm zusammengearbeitet habe, doch ein Mann mit Geldsorgen kann auf komische Ideen kommen.«

Ehe ich ihn zu dieser kryptischen Aussage näher befragen konnte, sah er auf seine Armbanduhr: »Zeit, zu gehen und Sie nicht länger zu stören.«

Ich unterdrückte meine Neugierde bezüglich seiner letzten Bemerkung über Pelter und fragte ihn stattdessen: »Wie stehen Sie zu Severin Obermeister?«

Habicht lächelte. »Ein komischer Kauz, aber brillant in seinem Fach. Er war schon immer ein Sonderling. Dennoch hat er immer viel Zulauf bei seinen Grabungen. Archäologiestudenten reißen sich darum, dabei zu sein. Wir kannten uns schon lange, bevor er vor knapp einem Jahr endgültig in Kalkriese gelandet ist.«

Auf dem Weg zur Haustür fragte er mich plötzlich: »Wie gut kennen Sie eigentlich Peter Mannsfeld?«

»Wie kommen Sie darauf?«, erwiderte ich überrascht.

»Ich habe mich ein wenig mit Ihrer Vita beschäftigt«, antwortete Habicht. »Sie haben zur selben Zeit wie Mannsfeld in Bonn studiert, zwischenzeitlich neben Geschichte und Kunstgeschichte auch zwei Semester Archäologie bei meinem Doktorvater Professor Heiko von Dannwitz. Mannsfeld hat für Sir Jeffrey in Bath gearbeitet, als Pelter auch dort war. Auch hier eine Verbindung.«

»Ja, ich kenne Peter Mannsfeld recht gut«, sagte ich kurz angebunden.

Habicht lächelte. »Ein interessanter Mann. Man müsste ihn zu Pelter befragen. Vielleicht könnte er erklären, weshalb Pelter so abrupt die Grabung bei Bath verlassen hat. So, danke für den Wein und Ihre Zeit. In den nächsten Tagen kann ich Ihnen mehr über Ihren Römer aus dem Keller erzählen. Die Untersuchungen sind fast abgeschlossen.«

Draußen wartete ein Taxi auf ihn. Beim Einsteigen winkte er mir zu. Nachdenklich blickte ich ihm nach. Seine Bemerkungen über Pelter gaben mir zu denken. Sollte Julian Pelter tatsächlich in den Fall involviert sein?

Schumann schickte mir gegen zweiundzwanzig Uhr eine SMS. »Bin noch beschäftigt. Bitte warte nicht auf mich.« Von Richard keine Nachricht mehr, kein Anruf, nichts. Meine Enttäuschung überwog meine Sorge, ob ihm etwas zugestoßen sein könnte. Nein, sicherlich war er noch immer ins Gespräch mit seinem »Regisseur« vertieft.

Ein Trost war die rote Kladde. Ich verzog mich mit ihr in mein Bett und begann zu lesen. Nach dem spannenden Einstieg in seine Aufzeichnungen erwiesen sich die nächsten Seiten, die ich wegen der schrägen Handschrift nur mit einiger Mühe entziffern konnte, als eher banal. Schilderungen von Faltermeyrs Recherchen zu seinen beiden Köln-Büchern, die sich aber auf lange Spaziergänge durch die romanischen Kirchen beschränkten, kleine Notizen zu Einladungen im Haus Schönherr (»köstliches Essen, sehr guter Wein«), dramatischere Eindrücke von den ersten Kriegsmonaten. Doch dann folgte dies:

Der Krieg tobt seit nunmehr drei Jahren. Und die Situation wird täglich schlimmer. Schönherrs fahren, sooft sie können, mit ihrer Tochter Amelie in die Eifel und bitten mich, ihr Haus zu hüten. Dieses Haus, das gegen Ende des 19. Jahrhunderts erbaut wurde, hat mich seltsamerweise stets fasziniert. Es gibt in Köln ältere Häuser, größere Häuser, schönere Häuser. Doch irgendetwas liegt hier im Verborgenen, als bewahre das Haus ein Geheimnis. Diesem Geheimnis will ich auf die Spur kommen. Sollte es sich als Einbildung erweisen, dann habe ich meine Lektion gelernt. Ich werde zunächst nur Paul Grävenitz davon erzählen. Er ist mein ältester Freund, vor Kurzem verwundet worden und nun nicht mehr wehrtauglich. Er arbeitet an einer ähnlichen Geschichte wie ich. Und ihm werde ich anvertrauen, was ich bei meinen Forschungen entdeckt habe.

Weiter kam ich nicht, weil die Haustür ging und ich Schritte auf der Treppe hörte. Schumann? Ich wollte gerade rufen, als meine Zimmertür aufsprang und Richard hereintrat. Oder eher hereintaumelte. Ich vergaß meinen Ärger und stieg rasch aus dem Bett. »Was ist passiert?«

Er antwortete ungewöhnlich leise: »Es war ein schrecklicher Tag.« Er sah nicht so aus, als hätte er angenehme intime Stunden mit Liz Mankowski verbracht.

»Dann lass uns ins Wohnzimmer gehen, und du erzählst mir alles in Ruhe.« Ich legte die Kladde auf meinen Nachttisch und streifte meinen Bademantel über. Das Treppenhaus war immer lausig kalt. Richard erwartete mich im Wohnzimmer. Er hatte sich ein Glas Rotwein geholt.

»Es tut mir sehr leid, dass ich mich nicht bei dir gemeldet habe«, begann er. »Aber ich wollte diese Sache hinter mich bringen und dich nicht mit meinen Sorgen zusätzlich belasten. Heute früh habe ich einen Anruf bekommen, dass ich mich mit der Produktionsleitung und dem Moderator der neuen Staffel treffen müsste. Du weißt, wir haben für jede Staffel im Wechsel einen anderen Moderator, was die Show belebt, aber auch manchmal chaotisch für die Vorbereitung ist. Mir schwante schon nichts

Gutes.« Richard nagte an seiner Unterlippe, ein Zeichen höchsten Ärgers.

»Dieser verfluchte Sebastian Stamm«, brach es schließlich aus ihm heraus. »Er hat mich bei unserer Regisseurin Liz Mankowski angeschwärzt.« Aha, jetzt gab Richard wenigstens zu, dass eine Regisseurin seine Show betreute. Er bemerkte mein Schmunzeln und fragte enerviert: »Was gibt es da zu grinsen?«

»Nichts, erzähl weiter!«, drängte ich ihn.

»Es geht um eine Ausgabe von ›Gutes für Geld‹, die zwei Jahre zurückliegt. Wie Stamm davon erfahren hat, ist mir ein Rätsel. Da brachte ein junger Kerl, Student, zwei antike Münzen mit, Silberdenare, die mich fatal an meine eigenen Erfahrungen mit den Münzen von Sven Petersen erinnerten. Er wirkte jedoch sehr überzeugend, als er schon im Vorgespräch und dann bei der Aufzeichnung erzählte, dass er sie von seinem Großvater, einem Münzsammler, geerbt habe. Da er selbst aber kein Sammler sei, wolle er sie verkaufen. Er habe auch bereits Erkundigungen zum Wert der Münzen eingezogen.« Richard nahm einen großen Schluck Wein.

»Dummerweise interessierten mich selbst diese Münzen, zumal ich dem Jungen glaubte und keine Tricks vermutete. Ich machte ihm im Vorfeld ein gutes Angebot, aber er lehnte ab und verkaufte sie später für fünfhundert Euro das Stück. Sie wären das Fünffache wert gewesen. Dieser junge Kerl hat wohl einem Bekannten erzählt, dass ihm der Experte, in diesem Fall ich, im Vorhinein eine beachtliche Summe für die Denare geboten habe. Im Nachhinein ärgerte er sich, dass er sie dann unter Preis an diesen Händler aus Aachen, Rolf Baumann, genannt Dickie, verkauft hatte. Und Stamm, unser Neuer, der von Stunde eins in der vergangenen Woche einen Groll gegen mich hegt, hat das Liz bei einem Bier unter dem ›Mantel des Vertrauens‹ kolportiert. Er hat mein Angebot als illegal hingestellt, was es nicht war. Vielleicht nicht ganz okay, aber auch meine Kollegen haben manchmal Objekte erstanden, ehe sie dann in der Sendung angeboten werden konnten. Stamm hat ihr nicht verraten, woher er das weiß. Und sie hat nicht nachgefragt.«

Richard kippte den Rotwein herunter, als sei es Wasser. Seltsamerweise überkam mich bei seinem Bericht ein sehr egoistisches Glücksgefühl. Kein untreuer Freund, keine heimliche Affäre mit seiner Regisseurin. Dennoch war ärgerlich, dass er wieder einmal seinem alten Laster, der Geheimniskrämerei, anheimgefallen war. Und natürlich dumm, was da gelaufen war. »Wie ist es ausgegangen?«, fragte ich.

»Ausgegangen? Das wird noch ein Nachspiel haben. Erst einmal aber wurde Stamm ermahnt, nicht irgendwelche internen Geschichten zu verbreiten. Wir haben heute gemeinsam herausgefunden, wer der Student von damals war, und den Händler kontaktiert, der die Denare gekauft hat. Dickie erklärte, er habe sie kurz nach der Ausstrahlung der Sendung für je tausend Euro an einen ehrbaren Sammler in Köln verkauft, alles legal. Unser neuer Moderator, ein cleveres Kerlchen, hat dann noch weiter recherchiert. Das zog sich alles in die Länge. Der Clou der Story ist, dass der Großvater dieses Studenten vor mehr als dreißig Jahren gestorben ist und niemals Münzen gesammelt hat. Ich hatte glücklicherweise noch mein Gutachten von damals abgespeichert. Es waren römische Denare aus der Zeit um Christi Geburt.«

Ich griff nach einem Glas Rotwein, obwohl ich ihn nicht vertrage. Aber in mir kribbelte es. Mir schwante fast, was folgen würde.

»Und jetzt kommt es: Genau solche Münzen wurden in Kalkriese gefunden. Wir haben diesen sonderbaren Archäologen Severin Obermeister angerufen, der natürlich noch wegen des Leichenfunds auf seinem Römergrab durch den Wind ist. Obermeister hat bestätigt, dass er zwar damals hauptberuflich noch nicht in Kalkriese war, aber vorübergehend für den damaligen offiziellen Grabungsleiter Professor Himmelsstern hie und da eingesprungen ist und vor drei Jahren eine Grabung beaufsichtigt hat, bei der an die einhundert Silberdenare gefunden wurden. Das ging durch die Presse, wie er sagt. Leider seien einige der kostbaren Fundstücke abhandengekommen. Der Verdacht auf Diebstahl lag nahe, war aber nicht zu beweisen. In seinem Grabungsteam waren mehrere Studenten. Du wirst nicht glauben, was ich dir jetzt verrate.«

Richard trank in aller Ruhe sein zweites Glas leer. Ohnehin wirkte er viel gefasster als noch vor einer halben Stunde. Ich maulte: »Mach hinne! Ich bin todmüde und habe keine Lust auf deine Spielchen!« Zudem schlug mir der ungewohnte Rotwein auf den Magen.

»Gut, ich spanne dich nicht länger auf die Folter. Einer der Assistenten des Grabungsleiters war Julian Pelter, der kurz zuvor aus England zurückgekommen war und den Obermeister schon länger von Grabungen in Süddeutschland und bei Xanten kannte. Und einer der Studenten bei dieser Grabung war ein gewisser Tobias Funk. Und dieser Tobias Funk hat uns die Silberdenare angeboten. Wenn das ein Zufall ist, gehe ich ins Kloster!«

An Zufälle glaubte ich schon längst nicht mehr. Ich wunderte mich aber insgeheim, weshalb Obermeister auf die Frage von Schumann, ob er Tobias Funk kannte, so getan hatte, als könne er sich nur vage an ihn erinnern. Wenn Funk vor drei Jahren bei der Grabung vor Ort war, bei der Obermeister die Grabungsleitung innehatte, dann musste er ihm begegnet sein. Es sei denn, es wimmelten dort so viele Helfer umher, dass Obermeister nicht den Überblick behalten hatte. Und Pelter als Assistent der Grabungsleitung in Kalkriese? Habichts Misstrauen in Bezug auf Pelter schien gerechtfertigt. Und auch Obermeister wusste mehr, als er zugab.

Richards Stimme drang durch meine Gedanken: »Ich bin mir nicht einmal sicher, ob ich diese Denare am Ende wirklich gekauft hätte. Leider müssen wir jetzt den Käufer der beiden Münzen informieren, die Münzen zurückholen und wohl Schadensersatz zahlen. Sehr blamabel. Wir müssen Funk so schnell wie möglich finden, und Schumann sollte ihn befragen.«

Wir schraken beide zusammen, als plötzlich Schumanns Stimme hinter uns erklang. »Tobias Funk?«, sagte er. »Den können wir zu nichts mehr befragen. Vor einer Stunde hat seine Mutter angerufen. Tobias ist vor ihrer Haustür von einem Wagen überfahren worden. Fahrerflucht. Automarke unbekannt, keine

Zeugen. Die Mutter hörte einen Wagen in ihrer abendlich ruhigen Straße davonbrausen und sah eher zufällig aus dem Fenster. Da lag Tobias zusammengekrümmt auf der Straße. Er hatte sie angerufen und ihr gesagt, er fühle sich bedroht und wolle bei ihr unterkriechen. Beim Überqueren der Straße von der gegenüberliegenden Bushaltestelle ist es dann passiert. Tobias muss sofort tot gewesen sein. Ich bin sicher, dass es Mord ist.«

Er wandte sich an mich: »Übrigens, Pelter ist spurlos verschwunden.«

Das Schweigen der Brüder

Köln im Jahr 1521

Die Kirchturmuhr schlug Mitternacht. Markus stand im Weinkeller mit einer Fackel in der Hand. Heute Nacht würde er das Kloster für immer verlassen. In seiner Zelle lag sein Abschiedsschreiben. Darin verkündete er Abt Hieronymus, dass er einen neuen Lebensabschnitt beginnen und sich in den Dienst des Reformators Martin Luther stellen wolle.

Er erwähnte, er wisse, wer Anselm erschlagen habe. Der Abt möge in seiner Umgebung nach dem Täter suchen. »Ein Mönch in einer weißen Kutte«, beschrieb Markus den Mann, der Anselm am Ufer des Rheins getötet habe. Aber er nannte keinen Namen. Markus war raffiniert genug, um zu wissen, dass der Verdacht alsbald auf Ambrosius fallen würde, dem er eine weiße Kutte in seine Zelle geschmuggelt hatte. Diese Kutte hatte er in der Scheune gefunden. Ein glücklicher Zufall, der ihm bei seinem Plan zugutekam. Mit Hilfe dieser Kutte würde er Ambrosius für immer loswerden, denn Zeugen hatten an jenem Abend, da Anselm starb, einen Mönch in einer weißen Kutte in der Nähe des Rheinufers gesehen. Leugnen würde Ambrosius in Anbetracht dieses Beweises nichts helfen.

Kaum war der letzte Glockenschlag verklungen, trat eine hochgewachsene Gestalt in den Weinkeller. Markus vernahm die Schritte und rief mit gedämpfter Stimme: »Gut, dass du da bist, Ambrosius. Ich hoffe, du hast die Münzen und versuchst nicht, mich zu hintergehen.«

Die Gestalt näherte sich. Sie trug eine weiße Kutte. Die Kapuze verdeckte das Gesicht.

»Was soll das, Ambrosius?«, rief Markus. Ihn durchzuckte ein jäher Schreck. Hatte Ambrosius die untergeschobene Kutte in seiner Zelle entdeckt? Aber er fasste sich rasch wieder. »Lass diese Spielchen. Gib mir die Münzen, ich verlasse das Kloster noch heute vor den Laudes, und du kannst weiter in Frieden leben.«

Eine dumpfe Stimme antwortete: »Wer dir traut, Markus, ist verloren.« Markus sah das Messer in der Hand des weißen Mönchs kurz aufblitzen. Ein heftiger Schmerz raubte ihm den Atem. Er sank zu Boden. Sterbend blickte er in das Gesicht des weißen Mönchs unter der Kapuze und vernahm bei seinem letzten Atemzug die Worte: »Du sollst nicht falsches Zeugnis ablegen, Markus, noch begehren deines Nächsten Gut.«

Den Brüdern fiel auf, dass der stets pünktliche Markus bei der Matutin fehlte und auch beim ersten Morgengebet. Bruder Stephanus ging zu seiner Zelle und fand den Abschiedsbrief. Markus bekannte sich zu den Lehren des Martin Luther!

Stephanus überreichte dieses Geständnis Abt Hieronymus. Er vermochte nicht zu glauben, dass ausgerechnet Markus, die Stütze des Klosters und vom Abt hochgeschätzt, einen solchen Verrat begangen haben könnte. Als Abt Hieronymus den Brief las, erblasste er, und als würde ein stechender Schmerz seinen linken Arm durchfahren, ließ er den Brief fallen.

Stephanus hatte auch Ambrosius bei den Morgenandachten vermisst und suchte ihn. Die Zelle war leer. Bis auf eine Handschrift in der wunderbar sorgfältigen Schrift des jungen Mönchs. Sie lag auf dem Tisch. Stephanus warf einen kurzen Blick darauf. Nicht auf Latein war sie verfasst, sondern auf Deutsch. Das verwunderte ihn. Er hob sie auf und blätterte darin.

Offenbar hatte Ambrosius einen älteren lateinischen Text ins Deutsche übersetzt. Illuminiert war das Werk nicht. Doch die zierliche, geschnörkelte Schrift des jungen Mönchs machte aus diesem Buch ein ansehnliches Werk. Gern hätte Stephanus darin gelesen. Doch ihm fehlte die Zeit.

Wo aber steckte Ambrosius? Er blickte sich forschend um und sah unter dem schmalen Bett einen weißen Stoffzipfel herausragen. Er zog daran und hielt einen Augenblick später eine weiße Kutte in den Händen. Stirnrunzelnd betrachtete Stephanus sie. Darauf waren vereinzelte rote Flecken. Blut? Ihn durchlief es siedend heiß. Die Gruselgeschichten von einem mörderischen Mönch fielen ihm ein, einem Mann, der im weißen Mönchsgewand Menschen getötet hatte und nach seiner Festnahme entkommen und spurlos verschwunden war. Aber das lag mindestens vier Jahrhunderte zurück und galt als Volkslegende.

Stephanus legte die Kutte über seinen Arm und ließ die Handschrift in der Zelle zurück.

Abt Hieronymus stand mit einigen anderen Mönchen zusammen in der Eingangshalle des Klosters. Ein eiskalter Raum mit alten bunten Wandmalereien, die aber die düstere Atmosphäre nicht aufheitern konnten. Der Abt erbleichte beim Anblick der Kutte und stammelte: »Er ist zurückgekehrt.« Mit diesen Worten glitt er zu Boden.

Stephanus eilte, um den Medicus zu holen. Doch der konnte nur noch den Tod des Abtes feststellen. »Der Weiße Mönch hat ihn getötet«, raunte Bruder Roderick, der kundig war in Sagen und Legenden.

Sollte Ambrosius in die Rolle des mordenden Mönchs geschlüpft sein? Stephanus zweifelte daran. Er hielt große Stücke auf den jüngeren Mönch.

Aber da Ambrosius nicht mehr auftauchte, ging bald das Gerücht um, er habe ein Doppelleben geführt. Nachts streiche er in der weißen Kutte durch Köln wie ein Werwolf, um Opfer zu suchen.

»Vielleicht ist er aber selbst ein Opfer des Weißen Mönchs geworden«, wagte Stephanus einzuwenden.

Man schickte zu den Eltern, die aber nichts von ihrem Sohn gehört hatten und voller Entsetzen vernahmen, dass er bei Nacht und Nebel das Kloster verlassen haben musste. Hermann hatte seine Lehre inzwischen an den Nagel gehängt und war in die Eifel zurückgekehrt, um seine Eltern zu unterstützen. Auch er bestritt, Ambrosius in letzter Zeit gesehen zu haben.

Der junge Mönch, der die Familie aufsuchte, konnte sich zwar des Gefühls nicht erwehren, dass Hermann ihm nicht alles verriet. Doch sein Drängen nützte nicht. Und so schloss man dieses

Kapitel. Das Rätsel um das Schicksal des Mönchs Ambrosius konnte nicht gelöst werden.

Stephanus hatte die Handschrift am Tag von Ambrosius' Verschwinden unter seiner Kutte in seine Zelle getragen. Seither las er abends bei Kerzenschein, was Ambrosius geschrieben hatte, und verlor sich in der Geschichte von dem jungen Römer Lucius, der einst auf der Suche nach den Relikten seines Großvaters nach Köln kam. Warum, fragte sich Stephanus, hatte Ambrosius dieses Buch nicht mitgenommen, falls er geflüchtet war? Oder hatte ihn doch der Weiße Mönch auf dem Gewissen?

Stephanus konnte sich keinen Reim darauf machen. Und so besuchte er den Steinmetz Sieghard. Er wusste, dass der Bruder von Ambrosius bei ihm in die Lehre gegangen war. Aber Sieghard beschied ihm, dass Hermann sehr plötzlich seine Lehrstelle mit der Begründung aufgegeben habe, er müsse sich um seine Familie in der Eifel kümmern.

»Er war ein tüchtiger Bursche, der geschickt mit Hammer und Meißel umzugehen verstand. Er wäre ein guter Steinmetz geworden. Aber nachdem ihn sein Bruder aufgesucht hatte, wirkte er verändert«, sagte Sieghard. »Er ging umher wie unter einer dunklen Wolke und hat uns bald darauf verlassen.«

Sieghard erinnerte sich nicht mehr genau an den Tag, an dem Ambrosius seinen Bruder getroffen hatte. Doch Stephanus ahnte, dass es am Tag vor seinem Verschwinden gewesen sein musste. Sieghard berichtete ihm, dass die beiden Brüder sich zurückgezogen hätten, wobei ihre Gesichter alles andere als fröhlich wirkten.

Bruder Stephanus ließ es bei diesen Aussagen bewenden und forschte nicht weiter. Er ahnte, dass die beiden Brüder gemeinsam etwas ausgeheckt hatten. Doch was es war, wollte er nicht wirklich wissen. Dass Ambrosius das Kloster bei Nacht und Nebel verlassen hatte, zur selben Zeit wie auch Markus, irritierte den guten Mann, aber er sah keinen Zusammenhang: Es musste ein Zufall gewesen sein. Das Motiv von Markus lag jedenfalls auf der Hand. Man hörte zwar nichts mehr von ihm, doch glaubte man, dass er in Wittenberg sein neues Zuhause gefunden habe.

Stephanus vermisste Ambrosius und dessen freundliche Art. Markus wurde weniger betrauert.

Schon bald verlor die Klostergemeinde das Interesse daran, was aus Ambrosius geworden sei. Eine Zeit lang wurde sein Name im Zusammenhang mit der Legende vom Weißen Mönch genannt, aber auch das lief sich tot. Das Kloster hatte genug Sorgen in diesen unruhigen Zeiten, zumal rasch ein Nachfolger für Hieronymus gesucht werden musste. Das Leben ging weiter, und wichtigere Probleme wie der Umbau des Kellers standen an.

Stephanus hütete die Handschrift, die ein Geheimnis zu bergen schien, welches er nicht zu ergründen vermochte. Er schätzte die Schönheit der Handschrift und stellte sie in die Bibliothek des Klosters.

Im Jahre 1542 wurde Stephanus Abt des Klosters, nachdem sein Vorgänger bei einem Bad im Rhein ertrunken war. 1545 aber holten ihn die Geister der Vergangenheit noch einmal ein.

Der dritte Mann

Was ist mit Paul los? Mein bester Freund, den ich während meines Studiums in der Bonner Mensa durch einen Zufall kennengelernt habe. Nie werde ich vergessen, wie mir durch meine Tollpatschigkeit der Teller mit der Roten Bete und dem falschen Hasen auf den Schoß flog. Und wie mein Tischnachbar Paul mir mit seinem blütenweißen Stofftaschentuch zu Hilfe eilte. Der Beginn einer wunderbaren Freundschaft, die dadurch gestärkt wurde, dass wir beide dasselbe studierten, er sich allerdings stärker auf Archäologie und Alte Geschichte konzentrierte, ich mich mehr auf Neuere Geschichte.

Doch seit einigen Monaten hat Paul sich verändert. Er ist von der Westfront mit einer Beinverletzung heimgekehrt. Seitdem hinkt er und muss nicht mehr zurück in diesen blutigen, schrecklichen Krieg, der Köln in eine Ruinenstadt verwandelt. Immer neue Bombenangriffe, die allein der Dom zu überstehen scheint, ein Wahrzeichen der Vergangenheit. Allerdings vermute ich, dass er nur deshalb noch aufrecht steht, damit er den britischen Bomberpiloten wie ein Leuchtturm den Weg weist.

Ja, Paul hat sich verändert. Er ist mürrisch geworden, schnell beleidigt, sein Ehrgeiz aber ist ungebrochen. Er möchte seine Karriere als Professor vorantreiben und hat einen Ruf nach Heidelberg erhalten, dem er in Bälde folgen wird. Doch zuvor wollen wir gemeinsam das Geheimnis im Haus unseres Freundes Gregor lüften. Es war Gregors Frau Renata, die mich darauf aufmerksam machte. Immer wieder hüte ich das Haus der Schönherrs im Kölner Süden, wenn die Familie sich in ihr Ferienhaus in der Nähe von Maria Laach zurückzieht. Amelie, mein Patenkind, ist jetzt vierzehn Jahre alt, ein eigenwilliges, intelligentes Mädchen, das sich derzeit unglücklich in Pauls Assistenten Fritz verliebt hat. Der arme Junge kann sich kaum vor ihr retten. Er hilft mir bei den Arbeiten zur Fortsetzung meines Buchs über Katakomben und Kerker. Paul hat ihn dafür freigestellt.

Renata glaubt, dass es im Keller ihres Hauses spukt. Sie ist von Haus aus abergläubisch – wehe, wenn eine schwarze Katze vor ihr von links nach rechts über den Weg läuft oder Freitag, der 13., sich nähert. Aber in diesem Fall stimme ich nicht mit Gregor überein, der sie eine romantische Spinnerin nennt. Irgendetwas macht auch mich nervös, wenn ich in diesen schattigen Keller mit seinen fleckigen Wänden und abgesplitterten Holztüren steige. Er wirkt wie ein Kerker auf mich. Dabei stapeln sich dort im Winter Gartenmöbel, und im Sommer hängen Winterklamotten in den zwei Schränken im Vorraum. Nichts Erschreckendes also.

Das Haus wurde 1890 auf den Überresten eines wesentlich älteren Gebäudes errichtet, einst Teil eines Klosters namens Sankt Gallus. Das Kloster selbst muss laut meiner alten Stadtpläne von 1802 ein Stückchen weiter entfernt gelegen haben. Doch das Haus der Schönherrs wurde auf den Überresten eines Nebengebäudes, vielleicht eine Art Scheune, erbaut. Nicht nur in der angelsächsischen Literatur tauchen Spukhäuser auf. Meine Urgroßmutter war Irin. Wie mir meine Mutter erzählte, wimmelte es in ihren Geschichten von Wiederkehrern, Haustrollen und Seelen längst Verstorbener, die noch eine Rechnung mit den Lebenden offen hatten.

Und so machte ich mich auf, Renatas Ängsten auf die Spur zu kommen. Gregor plant schon lange, den Keller zu sanieren, und redete sogar von einem Gästezimmer mit eigenem Bad, das er im hintersten Zimmer einrichten will. Da ziehe ich doch mein Zimmer im ersten Stock vor. Beim besten Willen kann ich mir nicht vorstellen, jemals in diesem einem Verlies ähnelnden Unterbau zu hausen! Zunächst fiel mir nur der störende Geruch in den drei hinteren Räumen auf. Es riecht nach Moder. Aber weder wabernde Nebel noch unheimliche Geräusche. Paul hat seltsam reagiert, als ich ihm von Renatas Überzeugung erzählte, dass ein Geist im Keller lebe. Er lachte zunächst, sagte dann aber nur halb spaßhaft: »Schon möglich. Wir sollten dem nachgehen. Ohnehin interessiert mich dieses Haus, weil es uralte Fundamente hat. Spannend für meine Forschungen über die frühe Besiedlung Kölns.«

Einige Tage später wagte ich es, trotz der ständig drohenden Bombenangriffe in die Stadt zu gehen und im Diözesanmuseum nach alten Handschriften zu forschen. Sie sollen mir bei der Arbeit an meinem neuen Buch über Kölner Kirchen und Klöster bis 1802 helfen, dem Jahr der Säkularisierung durch die Franzosen. Das Buch trägt den Arbeitstitel »Das Ende der Glorie – Kölner Sakralbauten von der Reformation bis 1802«. Am Titel muss ich noch feilen, die Idee steht.

Ich suchte Anregungen und brauchbare Zitate. Mönch Abelhards Schrift über die Benediktinerinnenabtei Maria im Kapitol aus dem Jahr 1233 fand ich schwer lesbar, aber zumindest vermochte ich es aus dem Lateinischen zu übersetzen. Eine kleine Passage schrieb ich ab, die ich in meinem Buch verwenden werde. Und auch der Chronik des Klosters Sankt Andreas, verfasst um 1300, entnahm ich eine Textstelle. Material gibt es reichlich. Köln hatte einst viele Klöster.

In einer der hinteren Ecken des Magazins stieß ich auf ein Regal mit Handschriften, die, wie ein an dem Bücherregal befestigter Zettel informierte, aus den Ruinen der Bibliothek von Sankt Gallus gerettet worden waren. Welch ein Zufall! Sankt Gallus war einst auf dem Fundament eines ehemaligen Tempels der Göttin Venus gegründet worden. Diesen Tempel hatte man um Christi Geburt herum errichtet und nach Abzug der römischen Legionen Mitte des 5. Jahrhunderts zerstört. Von Sankt Gallus hatte ich im Zusammenhang mit der Legende vom Weißen Mönch gehört, die ich in einer Chronik aus dem Jahre 1528 entdeckte. Eine Mordserie, die um 1520 einem Mönch untergeschoben worden war, führte zur Wiedererstehung einer älteren Schauergeschichte. Der ursprüngliche Weiße Mönch, Herwig von Castelraun, lebte um das Jahr 1100. Die Legenden um den Weißen Mönch inspirieren mich zu einem Kriminalroman, den ich gern als Abwechslung von meinen Sachbüchern schreiben möchte. Mord im mittelalterlichen Köln wäre ein reizvolles Thema. Sobald dieser Krieg vorüber ist, mache ich mich an die Arbeit!

Bei meinem Blick auf die Bücher aus Sankt Gallus fiel mein Auge auf eine Handschrift im untersten Regal. Ich zog sie hervor, pustete den Staub vom Deckblatt und studierte die ersten Seiten. Da hatte sich ein Mönch vor gut vierhundert Jahren die Mühe gemacht, einen lateinischen Text in das Deutsch jener Zeit zu übertragen. Ich bat den Archivar, mir diese Handschrift ausleihen zu dürfen. Da er mich kannte, erlaubte er es mir mit der strengen Ermahnung, das Buch sorgfältig zu hüten. Es sei ein Einzelexemplar und nur durch einen glücklichen Zufall in den Besitz des Museums gekommen. Auf meine Nachfrage erklärte er, dass nach dem Abriss der ohnehin baufälligen Überreste des Klosters einer der Arbeiter eine Truhe unter dem Schutt ausgegraben habe, in der fünfzig alte Bücher lagen. Der Mann brachte diesen Fund seinem Bauherrn, der ihn wiederum einem mit ihm befreundeten Priester übergab. 1853 gelangten diese kostbaren Handschriften, darunter etliche illuminierte Bücher, in den Fundus des neu gegründeten Diözesanmuseums.

Paul zeigte sich sehr interessiert an diesem Werk. Ich hatte kaum Zeit, es mir anzusehen, da bat er mich, ihm die Schrift für einige Tage zu überlassen. Er wolle sie zusammen mit Fritz abschreiben, als Sicherheitskopie sozusagen. Ich hätte stutzig werden müssen. Doch Pauls Miene verriet nichts außer Interesse. Nur die hektischen roten Flecken in seinem Gesicht sprachen eine andere Sprache. Was reizte ihn an diesem Werk eines Mönchs aus dem 16. Jahrhundert? Ehe ich ihm die Handschrift anvertraute, las ich sie, so rasch ich vermochte. Nicht einfach. Denn die Schrift des Ambrosius ist makellos schön, aber sehr klein. Und es fiel mir wie Schuppen von den Augen. Dieser Ambrosius musste derjenige sein, den man mit dem wiedererstandenen Weißen Mönch in Verbindung brachte. Ausgerechnet dieser wunderbare Schreiber!

Ich saß im Wohnzimmer und las gebannt in der roten Kladde. Die Welt um mich herum versank. Und damit alle Aufregungen der vergangenen Tage, alle Sorgen, alle Ängste. Durch Jakob Faltermeyrs Augen erlebte ich ein Kapitel der Vergangenheit dieses Hauses und zugleich der Stadt Köln.

Die Gegenwart drängte sich leider zwischendurch immer wieder in meine Lektüre, wenn ich von der Kladde aufblickte, um meine Augen zu entspannen. Denn Faltermeyrs krakelige Schrift, an manchen Stellen leicht verblasst, erschwerte ein zügiges Lesen. Als ich in der Küche einen Kaffee für mich machte, stürzte die Realität auf mich ein.

Pelter weg, Tobias Funk ermordet. Neben Funk und Pelter, der durch sein mysteriöses Abtauchen in Verdacht geraten war, hatte es, wie mir Schumann unter dem Siegel der Verschwiegenheit anvertraute, einen weiteren Verdächtigen gegeben: Herwig Rasmussen. Gaymanns Lebensgefährtin Ella Siebert, die häufiger im »Germanicus« kellnerte, erzählte den beiden Kommissaren tränenüberströmt, dass Herwig Rasmussen mit Gaymann »mindestens einmal in der Woche« ein Bier getrunken habe.

»Die beiden saßen oft zusammen und haben gemauschelt. Ich habe Friedbert inständig gebeten, sich nicht mehr auf dunkle Geschäfte einzulassen. Und er hat es mir versprochen. Am Samstagabend sind die beiden in Streit geraten. Und ich habe gehört, wie Rasmussen gerufen hat: ›Das wirst du bereuen, du Verräter!‹«

Schumann befragte auch Marga, die nach einigen freien Tagen wieder ihren Dienst im »Germanicus« angetreten hatte. Sie erwähnte Rogner, berichtete von Riemer und dem mysteriösen dritten Mann, den sie aber nicht deutlich genug gesehen hatte, um dem Polizeizeichner genügend Anregungen für ein Phantombild geben zu können. Rasmussen war es jedenfalls nicht gewesen, dem war sie mehrmals begegnet. Er zählte zu den vielen Stammkunden im »Germanicus«. »Er kam ungefähr zweimal die Woche und hat immer ordentliches Trinkgeld dagelassen«, lautete Margas Kommentar.

Schumann ärgerte sich, dass es zwar jetzt mehrere Verdächtige gab, sie aber bei der Lösung vieler Fragen nicht weiterkamen.

Gaymanns Wagen war in Köln in einer Gasse in der Nähe des »Germanicus« aufgetaucht. Ella identifizierte den Wagen als Gaymanns »alte Karre« und brach bei seinem Anblick weinend zusammen. Es war ein ältlicher dunkelgrüner Passat, in dem man DNA-Spuren von Gaymann und Tobias Funk entdeckte. Damit schien geklärt zu sein, wie Funk und Gaymanns Wagen nach dessen Tod zurück nach Köln gelangt waren. Welche Rolle Funk beim Tod Gaymanns und bei dem Überfall auf Weiler gespielt hatte, ließ sich nicht mehr klären. Schumann hielt ihn weder für den Mörder noch für den Angreifer von Weiler. Funk war wohl eher ein Mitläufer gewesen und Gaymanns Chauffeur.

Als Nächstes wollte Schumann mit Rasmussen sprechen. Dieser wohnte in einer bescheidenen Zwei-Zimmer-Wohnung in Ehrenfeld. Doch ehe Schumann seinen Plan in die Tat umsetzen und Rasmussen zu Hause aufsuchen konnte, hatte di Luccio ihn zur Befragung aufs Präsidium beordert. Mit leiser Schadenfreude erzählte mir Schumann später, dass Rasmussen kurz danach auf Drängen seines Anwalts wieder auf freien Fuß gesetzt wurde. Man konnte ihm nicht nachweisen, dass er mit Pelter gemeinsam einen Coup geplant oder gar die beiden Männer auf dem Gewissen hatte. Er präsentierte für die Tatzeiten der Morde an Rogner und Riemer jeweils ein handfestes Alibi.

Rasmussen gab zwar zu, den beiden Männern im »Germanicus« begegnet zu sein, behauptete aber, sie nicht näher zu kennen. Seinen »angeblichen« Streit mit Gaymann spielte er herunter, nannte es eine Kabbelei unter alten Bekannten, bei der es um künftige Aktivitäten im gemeinsamen Karnevalsverein gegangen sei. Gaymann habe ihm gesagt, er wolle in Zukunft nicht mehr als Schatzmeister des Vereins zur Verfügung stehen. »Das ärgerte mich sehr«, sagte Rasmussen. »Deshalb ist mir diese dumme Bemerkung entschlüpft.«

Sehr überzeugend äußerte er seine Bestürzung über Gaymanns Tod. Was sein Trinkkumpan ausgerechnet in Kalkriese getrieben habe, sei ihm schleierhaft. »Gaymann hat sich noch nie für Archäologie interessiert, und alles nördlich von Münster war für ihn ›Ausland‹.« Rasmussens Anwalt führte an, dass sein Klient keinerlei Motiv für diese Taten gehabt hätte. »Einen wohlanständigen Bürger«, nannte er ihn.

Di Luccio sah das ein wenig anders. Er wusste, dass Rasmussen kein unbeschriebenes Blatt war und ihm während seiner Zeit als Kurator einige nicht ganz legale Mauscheleien zur Last gelegt worden waren. Dass es nie zu einer offiziellen Anklage gekommen war, lag daran, dass die Museen öffentliches Aufsehen und Skandale vermeiden wollten.

Dennoch schied Rasmussen aus dem Kreis der Verdächtigen aus, zumal der hannoversche Wirt, dem Kriminalassistent Hartmut Brink in Schumanns Namen Fotos von Rasmussen vorlegte, überzeugt war, »diesen Typen« noch nie in seiner Kneipe gesehen zu haben. »Der Mann, den ich meine, war weniger vierschrötig«, erklärte er Hartmut Brink.

Immerhin schälten sich langsam einige Zusammenhänge heraus. Es war offensichtlich, dass sich Rogner in Tante Amelies Haus umtun sollte. Er wollte die letzte Chance nutzen, sich ungestört im Keller umzusehen, ehe die Arbeiten begannen.

Di Luccio rekonstruierte den Fall. Seiner Meinung nach zog Rogner sich zurück, als er bei seinem ersten Einbruch bemerkte, dass das Haus wieder bewohnt war. Davon hatte sein Auftraggeber offenbar nichts gewusst. Plan B brachte Knapp alias Riemer ins Spiel. Rätselhaft blieb jedoch, woher der dritte Mann wissen konnte, dass erstens Sanierungsarbeiten anstanden und zweitens die Firma Hülstermann die Kellerarbeiten vornehmen würde. Riemer einzuschmuggeln war, angesichts der Notlage der Firma, der es derzeit an Mitarbeitern mangelte, dann wohl kein größeres Kunststück.

Laut Schumanns These arbeiteten die beiden Ganoven eng zusammen und kamen gemeinsam auf die törichte Idee, ihren Auftraggeber zu erpressen. Mit tödlichen Folgen. Rogner hatte stets ein Faible für Münzen gehabt, und so überraschte es Schumann nicht, dass er die Goldmünzen aus dem Keller mit Hoffnung auf ein lukratives Nebengeschäft eingesteckt hatte.

Pelter avancierte inzwischen zum Hauptverdächtigen. Sein sonderbares Benehmen sprach gegen ihn, dazu sein fehlendes Alibi, seine Lügen über den angeblichen Fahrradunfall und vor allem sein Abtauchen. Und sein Anruf aus Kalkriese, den man inzwischen zurückverfolgt hatte.

Die Fahndung lief. Da Pelter kein Auto besaß, hielt ihn di Luccio allerdings nicht für den Mörder von Tobias Funk. Schumanns Kommentar lautete: »Man kann sich auch Autos leihen.«

Doch die Nachfrage bei Kölner Autovermietungen war ins Leere gelaufen.

Schumann hielt allerdings daran fest, dass Pelter sich ein Auto geborgt hatte, um Funk zu töten. »Der Mörder muss geahnt haben, dass der Junge zu seiner Mutter zurückkehrt, und hat dort gewartet, bis Funk auftaucht.«

Di Luccio tat Schumanns Theorie als lachhaft ab. »Meinst du, der hat Zeit, tagelang vor dem Haus zu stehen?«

Schumann gestand ein, dass dies unwahrscheinlich sei, warf aber ein, dass der Täter irgendwie mit Funk in Verbindung gestanden und dessen Pläne erfahren haben könnte. »Funk wusste nicht, dass er dem Falschen vertraut«, meinte Schumann.

Bei all diesen aufregenden Gedanken vergaß ich für den Moment die rote Kladde.

Wie zu erwarten hatten sich die Medien auf den Toten in Kalkriese gestürzt. »Kölner Promi-Gastronom in Römergrab ermordet« hieß es in einer der Überschriften, »Das Doppelgrab von Kalkriese – der Geist aus der Vergangenheit« in einer anderen. Gebhard Weiler tauchte in den Medien bisher nicht auf. Der Tod von Tobias Funk wurde im Lokalblatt nur mit wenigen Sätzen erwähnt. »Tod eines Studenten in Alfter – Tobias F., 29, wurde Opfer eines Unfalls mit Fahrerflucht.«

Pelter rückte auch durch Habichts Bemerkungen zu seinem sonderbaren Betragen immer mehr in den Fokus von di Luccios Verdacht. Auch ohne Pelter arbeiteten Habicht und seine forensische Pathologin weiterhin intensiv an den beiden Skeletten. Er rief mich kurz an.

»Wir wissen jetzt definitiv, dass das ältere Skelett von einem Mann um die vierzig stammt, das andere dagegen war ein etwas jüngerer Mann. Höchstens Mitte dreißig.«

Mir fiel ein Stein vom Herzen. Also nicht Jakob Faltermeyr. Was für ein gruseliger Gedanke, dass Faltermeyr mehr als siebzig Jahre im Keller der Schönherrs gelegen haben sollte. Obgleich Faltermeyrs Tod im Bombenhagel auch keine schöne Alternative bedeutete. Die DNA-Proben aus dem Knochenmark und von den Kleiderresten des Toten ergaben keine Treffer. Der Schädel blieb verschwunden, obgleich Krauss und seine Männer inzwischen mehrere Böden angebohrt und Wände aufgerissen hatten. Der Grabendolch lieferte zwar einiges an DNA, aber auch das lief ins Leere, da man kein Vergleichsmaterial nutzen konnte.

Mit Richard hatte ich mich wieder versöhnt. Das war typisch für unsere Beziehung, die einer ununterbrochenen Berg-und-Tal-Fahrt glich. Sein Problem und sein Ärger mit Sebastian Stamm lasteten schwer auf ihm. Ich ermutigte ihn, so gut ich konnte. Er war an diesem Morgen in aller Früh nach Hannover aufgebrochen. Dort hatte er Termine. »Mein Geschäft muss weiterlaufen«, sagte er. »Aber keine krummen Sachen, das verspreche ich dir.«

Er fühlte sich, wie er mir sagte, in Köln überflüssig. »Ich kann nicht helfen, und meine Arbeit hier ist erst einmal abgeschlossen. Hoffentlich kannst du schnell nachkommen. Falls du länger bleiben musst, besuche ich dich bald wieder. Dann könnten wir über die Weihnachtsmärkte bummeln.« Bei all dem Chaos waren das wenigstens mal schöne Aussichten.

Ich verriet Richard nicht meinen Plan, am Wochenende nach Bath zu reisen. Es würde ihn beunruhigen. Er mochte es gar nicht, wenn ich allein unterwegs war. Meistens bestätigten sich leider seine Sorgen, da mir in den letzten Jahren oft irgendein Unheil passiert war. Doch diesmal fühlte ich mich sicher. Ich hatte das Gefühl, in Bath Antworten auf ein paar Fragen auch betreffend Pelter und die Münzen in meinem Römergrab zu bekommen, die mir Habicht nicht geben konnte.

Mit Sir Jeffrey Harris wollte ich mich am Samstagnachmittag treffen. Er hatte mir ein kleines Hotel, das Dorian House, empfohlen und wollte mir die römischen Thermen und seine Ausgrabung nördlich von Bath zeigen. Das allein waren schon ausreichende Beweggründe, nach Bath zu reisen. Alles andere hätte ich wohl auch per Skype oder Zoom mit Harris besprechen können. Aber ich suchte jede Ausrede, mich für eine Weile aus Köln zu verziehen, und Hannover war in diesem Fall keine Alternative.

Am liebsten hätte ich gleich eine Weiterreise nach Dublin gebucht, um meine Freundin Deirdre zu besuchen, eine Nachfahrin von Reginald Fitzgibbon, dem Kartografen zur Zeit Georgs III., dem ich meine Moormann-Abenteuer verdankte. Aber der Besuch musste warten, bis dieser Fall gelöst war.

Mein Flug startete am Samstagmorgen ab Düsseldorf, Rückflug am Sonntagnachmittag. Insgeheim hoffte ich, dass auch Schumann das Wochenende in Hannover verbrachte. Dann konnte ich meine Reise unbemerkt von den beiden stets um mich besorgten Herren durchziehen.

Peter rief mich am frühen Vormittag an und entschuldigte sich für sein längeres Schweigen. Er habe einigen Ärger mit einem Doktoranden gehabt und sei schockiert über Gaymanns Tod und das Entdecken der Leiche ausgerechnet im Römergrab. »Armer Obermeister«, meinte er. »Der Mann hat in den letzten Jahren einiges Pech gehabt. Zwei seiner Grabungen hat er verloren, weil es ungeklärte Vorfälle mit verschwundenen Objekten gab, und nun das!«

Wir telefonierten lange. Auch ihm verriet ich nichts von meinen Bath-Plänen. Am Ende unseres Gesprächs kam er noch einmal auf Obermeister zu sprechen: »Das Gerücht geht um, dass seine Sekretärin Monika Patzek mehr als nur seine Hilfskraft ist und seine Frau die Scheidung einreichen möchte. Das jedenfalls hat mir Astrid Stegmann gesagt.«

Erstaunt fragte ich: »Woher kennst du Astrid?«

»Ach, sie hat mal eine Reportage für den NDR über meinen Großvater und dessen Sammlung mit Werken antiker Historiker in deutschen Erstausgaben gemacht. Er hatte sie der Leibniz-Bibliothek in Hannover vermacht. Ein Sachbuchautor namens Martin Pfeil hat diese Schenkung ausführlich in einem Buch mit dem Titel ›Sammler aus Leidenschaft‹ erwähnt, das vor drei Jahren erschienen ist. Ich war bei der Vorstellung des Buches im Literaturhaus in Hannover. Sehr schöner Abend und eine anregende Atmosphäre. Astrid war bei dieser Veranstaltung vor Ort, und da ich von der Leiterin des Literaturhauses als der Enkel des großzügigen Bücherspenders vorgestellt wurde, hat Astrid mich um ein kurzes Statement für ihre Reportage gebeten. Seither telefonieren wir alle paar Wochen.«

Ein sonderbares Gefühl überkam mich bei diesen Worten. Doch nicht etwa Eifersucht?

Während ich mit Peter telefonierte, versuchte meine Mutter wieder einmal, mich zu erreichen. Sie müsse mir etwas Wichtiges mitteilen. Ich simste ihr, dass ich sie am Freitagnachmittag besuchen wolle, nun aber arbeiten müsse. Ich stellte mein Handy auf Vibration und tauchte wieder in Faltermeyrs Welt ein.

Dieser längst vergessene Mönch Ambrosius hat eine große Leistung vollbracht, als er den älteren lateinischen Text, der eine Kopie des verlorenen Originals war, übersetzte. Es ist eine dramatische Geschichte um Verrat und Mord – und die Geschichte eines verlorenen Schatzes, einer während der Varusschlacht geraubten Kriegskasse. Angeblich hat diese vernichtende Schlacht im Teutoburger Wald getobt, aber genau wissen wir es nicht. Das müsste man nach dem Krieg näher erforschen. Wenn Paul sich allerdings so seltsam benimmt wie derzeit, würde ich ihn lieber nicht dabeihaben. Er versucht, seinen Assistenten Fritz zu manipulieren, und kommandiert ihn herum. Wenn ich ihn ermahne, lacht Paul höhnisch und nennt mich einen verstaubten Gelehrten. Mag ja sein, aber meine Recherchen werden täglich interessanter.

Letztens habe ich Paul gesagt, dass ich Fritz als Co-Autor erwähnen möchte, da er mir seit Wochen bei meiner Arbeit hilft. Paul fuhr fast aus der Haut. Fritz sei sein Assistent und habe nur bei der Abschrift des Textes geholfen. Ich beruhigte ihn und versprach, ihn ebenfalls zu erwähnen. Paul wurde schlagartig umgänglicher und schlug vor, sich noch einmal den Keller vorzunehmen. »Vielleicht können wir die Geister vertreiben, damit Renata wieder gut schlafen kann, wenn sie aus der Eifel zurückkommt.« Mit gutem Schlaf würde es länger nichts werden. Die britischen Bomber über der Stadt lösten ständig Fliegeralarm aus. Die Sirenen waren unsere täglichen und nächtlichen Begleiter.

Mich beschäftigt das Rätsel des Römers, dessen Enkel Lucius Vesperus Minor die Überreste seines Großvaters fand, das Skelett bestattete und die Goldmünzen barg, die er aber nicht für sich behalten wollte. Er wollte nur den Namen seines Großvaters vom

Verdacht reinigen, die Legionen beraubt und den Zahlmeister erschlagen zu haben. Dieser junge Mann, der aus der Gegend von Florenz stammte, war durch und durch ehrbar. Der Text reißt gegen Ende ab, sodass nicht klar wird, wohin Lucius die Münzen brachte und was aus ihm selbst wurde. Auf dem Titelblatt der Handschrift ist mir etwas aufgefallen, dem ich nachgehen will. Es scheint, dass Ambrosius werkgetreu alles notiert hat, was der Kopist des lateinischen Originals dort skizzierte. Könnte da ein Hinweis auf das Versteck sein?

Ich war so sehr in die alte Handschrift vertieft, dass ich dabei die Arbeit an meinem eigentlichen Buchprojekt über Kölner Kirchen nach der Reformation vergaß. Fritz hat sich währenddessen im gesamten Keller umgeschaut, der seiner Meinung nach bei Bombenangriffen keinerlei Schutz bieten würde. Er war sehr besorgt, da er meinte, dieses Haus könnte zur tödlichen Falle werden. Bei seiner gezielten Suche nach einem »bombensicheren« Teil des Hauses stieß er im hintersten Raum auf eine sehr feuchte Stelle am unteren Ende der Wand, die sich im Boden fortsetzte. Langer Rede kurzer Sinn: Fritz wollte, wie er sagte, nur testen, wie solide das Mauerwerk in diesem Raum sei, und schlug mit einer Schaufel auf diese Stelle. Die Wand platzte auf, der Boden gab nach. Aus dem zerbröckelnden Gestein ragten mehrere Knochen. Fritz' Entsetzen wich der Faszination. Er buddelte tiefer, und immer mehr Teile eines Skeletts kamen an die Oberfläche, dazu ein römisches Schwert und ein kleiner Beutel mit Goldmünzen. Paul und ich eilten herbei, alarmiert durch sein lautes Rufen.

Ich bin überzeugt, dass wir auf den Ort gestoßen sind, an dem vor mehr als tausendneunhundert Jahren der römische Offizier Marcus Quentius Tuscius seine letzte Ruhestätte gefunden hatte.

Dieser sensationelle Fund liegt inzwischen einige Wochen zurück. Wir hätten die Ausgrabung dem zuständigen Amt melden müssen. Doch die anhaltenden Bombardierungen Kölns verhinderten die Kontaktaufnahme mit den Behörden. Kein Mensch arbeitet mehr in diesen Bürogebäuden. Ich habe inzwischen das Rätsel gelöst, wo der Schatz des Lucius liegt. Er ist nicht mehr an dem Ort, an den ihn der junge Römer vor so langer Zeit gebracht hat. Lucius wollte das Blutgeld nicht. Für ihn zählte allein, seinen Großvater in Ehren bestattet und ihm sein Schwert ins Grab gelegt zu haben. Die Goldmünzen, ein winziger Teil des gesamten Schatzes, waren für den Fährmann über den Styx gedacht. Der Unbekannte, der die Aufzeichnungen des Lucius vor vielen Jahrhunderten entdeckt und abgeschrieben hat, brachte den Schatz in die Krypta einer Kirche. Auch er wollte diese Münzen nicht, an denen so viel Blut klebt. Im Schutz dieser segensreichen Stätte, so interpretiere ich seine Tat, sollte der Schatz von seinem Fluch befreit werden. Dort liegt er gewiss noch immer.

Mir stockte bei der Lektüre der Atem. Ich fieberte, ob Faltermeyr doch noch den genauen Ort nennen würde, an dem die Münzen seit nunmehr neunhundert Jahren lagen. Hektisch las ich weiter:

Paul ahnt, dass ich das Versteck kenne, und bedrängt mich, es ihm zu verraten. Seine Gier stößt mich ab. Wenn Gregor mit seiner Familie nach Köln zurückkommt, werde ich ihn einweihen, und gemeinsam werden wir überlegen, wie wir weiter vorgehen sollen. Das Skelett bedeutet eine archäologische Sensation. Gregor wird nicht erfreut sein, wenn die Archäologen und Forensiker wie Heuschrecken in seinen Keller einfallen. Dafür aber wird endlich der Geist gebannt sein, den Renata in ihrem Haus gespürt hat.

Ich muss für einige Tage dieses Haus verlassen, um mich um meine eigene Wohnung in der Innenstadt zu kümmern. Es ist Oktober, und die ersten Herbststürme fegen um die Häuser. Diese rote Kladde verstecke ich in einer Kommode im Haus. Da ich Paul nicht mehr traue, möchte ich nicht, dass er in meinen Notizen liest. Die Handschrift bringe ich zurück ins Museum. Wahrscheinlich werde ich meine Wohnung evakuieren müssen. Vor mir liegt eine ungewisse Zukunft, doch wer hat in diesen Zeiten schon Sicherheit? Wenn ich in das Haus zurückkehre, muss ich sehen, wie ich weiter mit Paul verfahre. Er ist nicht nur vom Ehrgeiz als Forscher ergriffen, sondern mehr noch von der Gier nach Gold. Bis ich wiederkomme, möge der römische Offizier in Frieden ruhen.

Hier endeten Jakob Faltermeyrs Notizen. Auch er hatte nicht verraten, wo die Münzen verborgen lagen. Nur vage angedeutet: in einer Krypta. Davon gab es in Köln viele. Allerdings ahnte ich, wer der zweite Tote im Römergrab war. Faltermeyr starb, ohne davon zu wissen. Und leider hatte wohl die Kopie, die Grävenitz und sein Assistent von der alten Handschrift angefertigt hatten, den Krieg nicht überdauert.

An dem Schatz lag mir weniger als an der Geschichte dahinter. Doch was hatte dieser Altfall mit den Morden in Köln und Kalkriese zu tun?

Ich legte die Kladde ein bisschen enttäuscht beiseite. Es fehlten immer noch zu viele Puzzlesteine.

Mein Handy brummte. Lustlos nahm ich den Anruf entgegen. Es war di Luccio. »Albert Schulte ist aus dem Koma erwacht. Er möchte mit Ihnen sprechen, und zwar nur mit Ihnen.«

Das Geheimnis der Thermen

Dichter Nebel verzögerte am Sonntag den Abflug meines Flugzeugs von Bristol nach Düsseldorf. Sir Jeffrey Harris hatte mich sehr rechtzeitig an meinem Hotel am Upper Oldfield Park abgeholt und nach Bristol chauffiert. Er selbst wohnte in einem Cottage südlich der Stadt. Seit seine Frau vor zehn Jahren bei einem Reitunfall gestorben war, teilte sich Sir Jeffrey sein Cottage mit einem Golden Retriever, der inzwischen schon fast vierzehn Jahre zählte. Ich lernte Sir Lancelot kennen, als mich Sir Jeffrey nach dem Besuch der römischen Thermen am Vortag zum Tee eingeladen hatte. Seine Haushälterin Mary Pigott hatte den Tisch gedeckt, und ich aß die besten Scones meines Lebens.

Sir Jeffrey ähnelte im wahren Leben dem großartigen Ian McKellen als Gandalf und weniger Richard Harris als Albus Dumbledore. Gandalf der Weiße und der Weise. Sir Jeffreys Freundlichkeit und sein sehr englischer Sinn für Humor wirkten wie Balsam auf meiner Seele. Ich bemerkte erst, als ich in dem hübschen Dorian House eincheckte, wie sehr mich die Ereignisse der vergangenen zehn Tage belasteten.

Mein Besuch am Krankenhausbett von Albert Schulte war anders als geplant verlaufen. Er hatte unter der Sauerstoffmaske hervorgeblinzelt, meinen Arm mit erstaunlicher Kraft ergriffen und geflüstert: »Es tut mir wegen der Bücher leid. Ich wollte sie Ihnen bringen, auch diese Handschrift.«

Der Oberarzt, der Schulte betreute, hatte di Luccio und Schumann bereits mitgeteilt, dass sich der junge Mann an keine Einzelheiten des Überfalls mehr erinnerte. Er wusste nur noch, dass er auf dem Weg zu mir war und am Rhein entlangfuhr. Dann nichts mehr.

Schulte strengte das Reden sehr an. Ich beugte mich zu ihm hinunter: »Kirche«, hauchte er. Weiter kam er nicht. Er verdrehte die Augen, das Gerät, an dem er angeschlossen lag, begann zu piepsen, zwei Schwestern und drei Ärzte stürmten ins Zimmer.

Sie scheuchten mich hinaus. Eine Weile blieb ich noch unschlüssig vor der Tür stehen, aber die Schwester, die wenig später aus dem Krankenzimmer trat, beschied mir, es sei sinnlos, zu warten. »Wir verlegen Herrn Schulte zurück in die Intensivstation«, sagte sie.

Ich rief Schumann an und schilderte ihm die wenigen Worte Schultes.

»Kirche? Das ist nicht gerade eine ergiebige Auskunft. Hoffentlich kann er dir bald mehr sagen. Übrigens haben wir in Pelters ansonsten fast leerer Garage in einer zerfledderten Reisetasche unter zwei Säcken mit offenbar ausrangierten, stark müffelnden Klamotten das Tatmesser sichergestellt. Ein altmodischer Dolchgraben. Das Labor hat Blutspuren darauf gefunden. Sowohl von Rogner als auch von Riemer.«

»Das heißt nichts«, antwortete ich und bezog mich dabei auf mein Amateurwissen, das ich dem regelmäßigen Konsum von Krimis im Fernsehen und in Büchern verdankte. »Das kann ihm untergeschoben worden sein. Was für ein albernes Versteck.«

Schumann lachte leise. »Ja sicher. Alles ist möglich. Wir sind noch nicht fertig mit unserer Analyse, und vorläufig gilt ›Im Zweifel für den Angeklagten‹. Aber er ist nach wie vor verschwunden, was gegen ihn spricht.«

Ich starrte durch die Fenster des Flughafens in Bristol. Albert Schultes verzerrtes Gesicht tauchte vor mir auf und verschmolz mit dem Nebel. »Kirche.« Was sollte dieser Hinweis? Dass das Versteck der Münzen in einer Kirche lag, wusste ich auch schon. Doch welche Kirche?

Ich hatte dann doch noch am späteren Freitagabend Peter Mannsfeld getroffen. Ein netter Abend. Peter erzählte von einem neuen Forschungsprojekt zum Thema Münzverkehr und Handelswege in Germanien um das Jahr 200, angedacht für den kommenden Frühling, und erklärte mir nebenbei, dass er in der nächsten Woche zusammen mit Habicht einen Termin bei Obermeister habe, um »Gemeinsamkeiten« zu erörtern.

Ich fragte ihn ebenso beiläufig, ob er Pelter und einem gewissen Tobias Funk bei Grabungen in der Nähe von Bath begegnet sei. »Pelter war nur sehr kurz da. Wir haben ein- oder zweimal einen Tee zusammen getrunken«, sagte Peter und spielte mit seinem Weinglas. »Diesen Funk kenne ich nicht. Ist das der Student, der laut Lokalnachrichten von einem unbekannten Fahrer getötet wurde? Nein, Funk ist damals nicht in meiner Grabungstruppe gewesen. Vielleicht hat Sir Jeffrey Harris ihn betreut.«

Der Abend endete vorzeitig, da Peter einen Anruf bekam, der ihm Sorgenfalten ins Gesicht trieb. Er müsse sich leider verabschieden, sagte er. »Ich muss nach Aachen. Das war mein Nachbar. Jemand hat versucht, in meine kleine Wohnung einzubrechen. Sonderbar. Bei mir gibt es nichts zu holen.«

Er lächelte. »Übrigens miete ich ab Anfang Januar in Sürth eine hübsche Drei-Zimmer-Wohnung von einem alten Freund, der für die nächsten Jahre einen Lehrauftrag in den USA hat. In der Zeit suche ich in Ruhe weiter nach einer dauerhaften Wohnung. Aber jetzt habe ich erst einmal für zwei Jahre in Köln ein Dach über dem Kopf.« Er sah mich erwartungsvoll an.

Ich sagte nur: »Toll!« Peter wirkte enttäuscht.

Meiner Mutter hatte ich Freitag abgesagt und unser Treffen auf den heutigen Sonntagabend geschoben. Die Reaktion meiner Mutter war ungewohnt heftig gewesen. »Es ist schade, dass du mir ausweichst«, schrieb sie. »Ich kann dir nicht am Telefon sagen, um was es geht. Komme bitte am Sonntagabend vorbei, und keine Absage!«

Ging es um noch mehr Schätze aus Tante Amelies Fundus? Oder hatte sie Schmuck in einem der Umzugskartons entdeckt? Lieber wären mir Briefe oder alte Tagebücher. Na ja, Sonntagabend erschien mir zeitig genug, um dieser Frage nachzugehen.

Jetzt erschien es jedoch fraglich, ob ich rechtzeitig nach Düsseldorf und von da aus nach Köln kommen würde. Der Nebel verdichtete sich immer mehr. Die Ansage verkündete inzwischen anderthalb Stunden Verspätung für den Abflug. Ich fühlte mich erschöpft. Mein Kopf brummte vor Anstrengung, als ich versuchte, alle Informationen zu verarbeiten, die ich in Bath erhalten hatte.

Denn was Sir Jeffrey Harris mir erzählt hatte, fügte einige der Puzzlesteine zusammen, die immer noch lose herumgelegen hatten. Als er mich Samstagmittag vor meinem Hotel abholte, regnete es heftig. Er meinte deshalb, wir sollten lieber auf den Besuch der Grabungsstätte verzichten. »Sie ist derzeit ohnehin mit Planen bedeckt und bereits winterfest. Im Frühling geht es weiter. Eine Schatzhalde für römische Artefakte. Wir entdecken immer wieder Vasen, Waffen, Münzen und zuletzt eine Maske, die der eisernen Maske in Kalkriese gleicht.« Sein offensichtlicher Stolz rührte mich.

»Was wissen Sie über Julian Pelter?«, fragte ich ihn geradeheraus, als wir im Wagen zu den Thermen fuhren.

Sir Jeffrey schwieg einen Moment. Dann sagte er: »Pelter wurde bezichtigt, einige der von ihm bei der Grabung entdeckten Objekte nicht ordnungsgemäß gemeldet zu haben, und man hat ihn sogar verdächtigt, mehrere Münzen und eine Öllampe beiseitegeschafft zu haben. Peter Mannsfeld führte damals die Oberaufsicht. Er hat Pelter zur Rede gestellt. Pelter leugnete vehement. Wir haben diese Objekte nicht bei ihm gefunden und konnten ihm deshalb nichts nachweisen. Wir haben die Angelegenheit vertuscht, auch um Pelter nicht zu schaden. Er verließ uns noch in derselben Woche.«

»Und Peter Mannsfeld? Sie deuteten bei unserem Telefonat an, es habe Missverständnisse gegeben? Er hat Bath ja dann auch kurz nach Pelter verlassen.«

Harris bremste scharf, als eine Frau mit Kinderwagen vor uns aus der Regenwand auftauchte. »Das erzähle ich Ihnen in Ruhe«, sagte er.

Die Führung durch die Thermen nahm fast zwei Stunden in Anspruch. In einer kleinen Vitrine entdeckte ich einen Beutel, umgeben von silbernen und goldenen Münzen.

»Die stammen aus einer späteren Epoche als die Münzen von Kalkriese«, erklärte mir mein Gastgeber. »Etwa um das Jahr 100. Regierungszeit von Kaiser Trajan, einem der siegreichsten römischen Kaiser. Er hatte bereits die Idee, den Norden Britanniens gegen die kriegerischen Pikten zu sichern. Doch der Bau dieser gewaltigen Befestigungsanlage erfolgte dann erst unter seinem Nachfolger Hadrian um 122.«

Nach dieser ersten Einführung in die römische Vergangenheit von Bath war Sir Jeffrey nicht mehr zu stoppen. Ich reiste mit ihm durch die Römerzeit in Britannien, von den ersten Feldzügen bis zum Abzug der letzten römischen Truppen um 440. »*Britanniae a Romanis amissae in dicionem Saxonum cedunt*«, zitierte er einen Chronisten jener Zeit, der berichtete, wie Rom seine Truppen abzog und die Sachsen das Land in Besitz nahmen.

»Für mich eine traurige Zeit, die dann folgte«, meinte Sir Jeffrey. »Unser dunkles Mittelalter, selbst wenn unsere Sagen von Artus und seiner Tafelrunde versuchen, diese Epoche ein wenig aufzupeppen.«

Ich fand das alles ungeheuer spannend, doch mich juckte es, mehr über Peter zu erfahren. Und Sir Jeffrey auf die Münzen anzusprechen. Die Gelegenheit ergab sich beim Tee im Cottage. Im Kamin flackerte ein Feuer, Sir Lancelot, benannt nach dem Ritter der Tafelrunde, legte sich auf meine Füße, und ich stellte erneut meine Frage nach Peter. Sir Jeffrey warf seinem Hund ein Stück Scone zu, das der Golden Retriever genüsslich schmatzend verzehrte.

»Peter war ein außergewöhnlich guter Dozent und für mich eine große Hilfe. Allerdings hatte er einige Flausen im Kopf. Er hatte von einem Münzhort gehört, der zur Zeit der Vertreibung der Römer um 440 in der unmittelbaren Umgebung der Thermen vergraben worden sein soll. Er versuchte mich ständig zu überreden, für das Areal bei den Thermen Grabungen zu beantragen, und verlor sich immer mehr in seinen Phantasien.«

Sir Lancelot hatte sich erhoben und trottete zum Kamin. Meine Füße kribbelten befreit. Aber ich mochte es, wenn Hunde auf ihnen lagen. Das erinnerte mich an meine Kindheit und an meinen Schnauzer Ferdinand, der mich überallhin begleitete.

Sein Herrchen betrachtete seinen alten Gefährten mit einem liebevollen Lächeln. Dann fuhr er fort: »Als Peter eine Handschrift eines Mönchs namens Beda, nicht zu verwechseln mit dem Historiker aus dem 8. Jahrhundert, in die Hände bekam, der über verborgene Schätze im heutigen Bath schrieb, gab es für ihn kein Halten mehr. Bedas Schrift stammt aus dem 12. Jahrhundert und basiert auf Legenden noch früherer Zeit. Peter vernachlässigte seine Arbeit und umkreiste die Thermen wie ein Hai auf Beutezug. Irgendwann war dies nicht mehr vertretbar. Trotz etlicher Abmahnungen ließ ihn der Gedanke an diesen ungehobenen Schatz nicht los. Er organisierte sogar eine Gruppe von illegalen Sondengängern. Leider zwang mich dieser Vorfall dazu, Peter zu bitten, seinen Arbeitsvertrag zu kündigen. Ich wollte ihn nicht hinauswerfen und somit seine weitere Karriere gefährden.«

Er seufzte. »Das Verrückte ist, dass bei Kanalarbeiten ein Jahr später wenige Meter vom Eingang der alten Thermen entfernt tatsächlich eine uralte Kiste gefunden wurde, bis zum Rand gefüllt mit Goldmünzen mit dem Bildnis von Constantius I. Sie waren zu Ehren der Befreiung von Londinium um 296 geprägt worden. Es hatte einige heftige Kämpfe in der Gegend des heutigen London gegeben. Asclepiodotus, der Prätorianerpräfekt von Constantius, besiegte die Gegner unter dem damaligen Gegenkaiser Allectus. Constantius I., dessen Sohn Konstantin für einige Jahre Trier zu seiner Machtzentrale machte, führte in Britannien mehrere erfolgreiche Feldzüge. Diese Münzen zu seinen Ehren sind Tausende und Abertausende von Pfund wert. Als Peter von der Entdeckung erfuhr, schrieb er mir einen sehr liebenswürdigen Brief, in dem er mir zu diesem ›sensationellen Fund‹ gratulierte. Ich antwortete ihm, dass er ein Visionär gewesen sei, nur leider zu ungeduldig. Seither habe ich nichts mehr von ihm gehört.«

»Und was können Sie mir zu den Münzen sagen, die in meinem Keller gefunden wurden?« Das Feuer brannte allmählich nieder. Doch das Thema wollte ich noch erwähnen.

Der alte Numismatiker blickte gedankenverloren in die langsam erlöschenden Flammen. »Ja, diese Münzen kommen mir bekannt vor. Vor einigen Jahren bot mir ein angeblich seriöser Zwischenhändler genau solche Münzen an, obgleich ich damals meist Denare aus späteren Jahrhunderten sammelte. Angeblich hatte er sie aus dem Nachlass eines renommierten deutschen Sammlers. Es schien ein Schnäppchen zu sein. Fünf augusteische

Goldmünzen. Ich habe sie gekauft und sie einem Freund von mir vorgelegt, William Perrin, der sich mit der römischen Frühkaiserzeit auskennt.«

Sir Jeffrey lachte bitter. »Es waren gut gemachte Fälschungen, die ich, obgleich Numismatiker, nicht als solche erkannt hatte. Der Verkäufer war nicht mehr aufzutreiben, die Münzen liegen in meiner Sammlung als Erinnerung an meine Leichtgläubigkeit.« Er warf noch einen Blick auf das Foto mit dem Kellerfund. »Ihre aber scheinen echt zu sein. Gratuliere!«

Er stand auf und ging zu einer Kommode. Aus der obersten Schublade zog er ein dickes Buch mit Ledereinband und schlug es auf. »Hier«, sagte er, »hier sind sie, die fünf falschen Münzen.«

Ich blickte auf die Münzen in der unscheinbaren Plastikhülle. Dass dies Fälschungen waren, hätte ich nicht erkannt. »Trügerischer Schein«, murmelte Sir Jeffrey und legte das Münzalbum wieder in die Kommode. Er tat mir leid. Ein alter Mann, der ausgerechnet in seinem Spezialgebiet einem Betrüger aufgesessen war.

Wenig später brachte er mich in mein Hotel zurück. Am Abend trafen wir uns mit zwei Freunden von ihm zum Essen. Der eine, Clarence Hall, war Autor von Sachbüchern über die Geschichte von Bath. Er hatte bereits mehrere Bücher über die ersten Jahrhunderte veröffentlicht und saß nun an einem Buch über die Epoche der hannoverschen Könige auf dem englischen Thron, insbesondere Georg III., während dessen Regierungszeit Bath eine kulturelle Blüte erlebt hatte.

Der andere Freund, William Perrin, den Sir Jeffrey Harris schon erwähnt hatte, war ebenfalls Archäologe, jetzt aber pensioniert. Es wurde ein angenehmer Abend mit guten Gesprächen. Beim Nachtisch stellte ich Sir Jeffrey die Frage, ob er sich an einen Studenten aus Deutschland namens Tobias Funk erinnern könne, der zur selben Zeit wie Pelter in Bath gewesen sei.

Er schüttelte den Kopf. »Leider habe ich den Überblick bei den Aushilfskräften verloren. Es waren immer mindestens zehn Studenten gleichzeitig vor Ort.«

Hier mischte sich William Perrin ein. Er sah mich mit einem

skeptischen Blick an. »Weshalb fragen Sie nach diesem Burschen?«

»Er wurde gerade bei einem Unfall mit Fahrerflucht getötet, war aber wohl in dubiose Vorfälle bei Grabungen verwickelt«, antwortete ich so knapp wie möglich.

Perrins Stimme klang kalt, als er sagte: »Funk war ein kleiner Ganove. Damals war ich noch aktiv und einer der Grabungsleiter neben Sir Jeffrey und Arthur Boyd. Ich verdächtige ihn, mehrere Artefakte aus der Restaurierungswerkstatt des Thermen-Museums in Bath entwendet zu haben. Darunter eine kleine Bronzestaue des Gottes Teutates, der die keltische Version von Mars ist, und mehrere Goldmünzen aus der Zeit um 50 nach Christus, als sich die hiesigen heißen Quellen bereits größter Beliebtheit bei den ersten Römern in dieser Region erfreuten. Wir konnten ihm nichts nachweisen, da er die gestohlenen Objekte wahrscheinlich einem anderen Deutschen anvertraute, der sie nach Deutschland schmuggelte.«

»Pelter«, dachte ich laut.

»Das kann gut sein«, bestätigte Perrin und fügte hinzu: »Pelter schien ein tüchtiger Archäologe zu sein. Wohl ein Trugschluss. Es wundert mich im Nachhinein nicht, wie gut diese beiden sich verstanden. Pelter verließ uns früher als Funk. Er war ja auch verdächtigt worden, sich bei der Grabung bedient zu haben. Ihm konnten wir ebenfalls nichts beweisen. Wir haben die Diebstähle aus der Werkstatt leider erst nach Pelters Abreise bemerkt. Mag sein, dass Funk sie Pelter anvertraut hat, um sie außer Landes zu bringen. Kurz darauf hat Funk dann auch Bath verlassen.«

Mehr wollten oder konnten die beiden alten Herren nicht zu dem Thema sagen. Den Rest dieses Abends bestritt Clarence Hall mit Anekdoten über Bath um 1800 und über Jane Austen, die zwischen 1801 und 1806 in der Stadt gelebt hatte.

Die Nebelschwaden wirbelten weiter um den Flughafenterminal. Ich blickte auf die Uhr. Mein Flug hatte bereits zwei Stunden Verspätung. Meine Mailbox floss fast über mit Sprachnachrichten von Richard, Schumann, Peter und di Luccio, der mich dringend bat, noch einmal ins Krankenhaus zu kommen. »Albert Schulte muss Ihnen irgendetwas anvertrauen. Er ist zwischendurch wach, dann aber versinkt er wieder in einen komaähnlichen Schlaf«, lautete di Luccios Nachricht.

Schumann berichtete, dass der Wirt des »Schwarzen Katers« in Hannover sich nun doch an ein paar Einzelheiten im Zusammenhang mit dem Unbekannten erinnere. Das müsse er mir unbedingt erzählen. Er sei Montag in aller Früh zurück in Köln.

Schumann war zu meiner Beruhigung schon am Freitagabend nach Hannover gereist, angeblich, um seinen Hund wiederzusehen. »Der arme Kerl vermisst mich sicher sehr«, hatte er zum Abschied gemeint. Eher vermisste ihn seine Nachbarin, glaubte ich. Keiner meiner Männer ahnte, wo ich an diesem Wochenende war.

Mein Flug startete mit drei Stunden Verspätung. Es war bereits stockdunkel. Die Turbulenzen schüttelten mich so sehr durcheinander, dass ich nicht in Ruhe darüber nachdenken konnte, was ich in Bath erfahren hatte. War diese Reise wirklich nötig gewesen? Das meiste hätte Sir Jeffrey Harris mir auch am Telefon oder per Mail mitteilen können, wobei seine rührende Geste, mir die gefälschten Münzen zu zeigen, natürlich durch kein Telefonat zu ersetzen gewesen wäre und auch nicht die Begegnung mit Perrin und Hall.

Ich fühlte mich trotz aller Strapazen beim Rückflug glücklich. Die Stunden in dieser wunderschönen Stadt hatten mich aufgeheitert. Jetzt, da ich meinen kleinen Ausflug nach Bath unbeschadet hinter mich gebracht hatte, keine finsteren Gesellen mich in den Thermen überfallen oder eingesperrt hatten, konnte ich Schumann und Richard getrost davon erzählen.

Vom Flughafen Düsseldorf nahm ich den erstbesten Zug nach Köln und eilte direkt zu meiner Mutter. Sie erwartete mich an der Haustür.

»Na endlich!«, begrüßte sie mich. »Komm schnell herein. Was ich dir zu sagen habe, mache ich nicht mit diesen albernen Kurznachrichten. Und am Telefon spreche ich auch nicht gern darüber.«

Ich sah meine Mutter besorgt an. War sie krank und wollte mir das schonend beibringen? Ich versuchte, meine Angst zu überspielen. »Was ist denn so wichtig?«, fragte ich. Sie holte tief Luft. Oje, jetzt kommt's, dachte ich erschrocken.

»Also, meine liebe Anna. Du hast dich vielleicht gefragt, woher irgendjemand von den geplanten Sanierungsarbeiten und dem angedachten Verkauf von Tante Amelies Haus wissen konnte.«

Meine Mutter hielt kurz inne, ehe sie mit lauterer Stimme weitersprach. »Mir ist da etwas eingefallen. Mea culpa! Vor ungefähr drei Wochen hat mich ein Mann angerufen, der mich fragte, ob ich ahnte, was mit dem Haus von Tante Amelie geschehen würde. Seinen Namen hat er nicht genannt, und ich habe vergessen, ihn zu fragen. Ich weiß, das ist dämlich. Aber er klang überzeugend, als er sagte, er wisse, dass ich eine alte Freundin von Amelie Feldmann sei. Er wolle ein Haus in Köln kaufen und sei an ihrem interessiert.«

»Und du bist auf diesen Fremden hereingefallen? Hast du nicht gefürchtet, das könnte ein Trick sein?« Meine Mutter sollte wirklich häufiger »Aktenzeichen XY … ungelöst« sehen.

»Er wirkte sehr seriös. Als ich fragte, woher er denn von Tante Amelies Haus erfahren habe, sagte er, dass ihm ein Immobilienmakler den Tipp gegeben habe und er zudem die Rübers kenne. Das ist die Familie von dem ehemaligen Chefarzt an der Uniklinik, die früher hier um die Ecke wohnte, jetzt aber nach Bensberg gezogen ist.«

Meine Mutter sah geknickt aus, fuhr jedoch fast trotzig fort: »Und so ein großes Geheimnis ist es ja nun wirklich nicht, dass Amelie gestorben und ihr Haus zu kaufen ist. Deshalb dachte ich mir nichts dabei, als ich ihm sagte, dass derzeit niemand in dem Haus wohnt und der Keller erst einmal saniert werden müsse, bevor das Haus zum Verkauf steht. Dann könnte er es über die Immobilienfirma Leister & Granzau versuchen. Er bedankte sich sehr höflich und legte auf. Dich habe ich übrigens nicht erwähnt.«

Ich vergaß manchmal, dass meine geliebte Mutter auf die neunzig zuging und ihr Handeln anderen Maßstäben folgte als meine rationalen Überlegungen.

Sie sah mich fast triumphierend an. »Ich habe diese Stimme kürzlich wieder gehört, als du mit mir telefoniert hast und im Hintergrund Leute geredet haben. Es war eine Stimme mit einem leicht westfälischen Tonfall.« Sie lächelte. »*Tocca a te*, wie der Italiener sagt. Jetzt bist du dran!«

Nacht über Kalkriese

Dies musste ein Alptraum sein. Jeden Moment würde ich aufwachen und über meine nächtlichen Phantasien lächeln. Aber in Träumen rieselten einem keine Erdkrumen in die Augen. Mein Mund fühlte sich völlig ausgetrocknet an, mein Kopf dröhnte. Ich lag in einer engen, sargähnlichen Kiste. Es war nicht das erste Mal, dass ich mich in eine schier aussichtslose Situation manövriert hatte. Ein steinerner Sarkophag, eine Höhle, eine Turmruine und im vergangenen Frühling ein kerkerähnlicher Keller in Schottland – alles Orte, an denen ich gelandet war, nachdem ich mich einmal mehr nicht an den Regeln der Vernunft, sondern an meinem »Bauchgefühl« orientiert und blödsinnige Alleingänge unternommen hatte.

Mühsam rekonstruierte ich die Ereignisse der letzten Stunden. Das half mir, wenigstens für einige Minuten meine aufkeimenden Panikattacken in den Griff zu bekommen. Ich konnte meine Hände und Füße bewegen, also war ich nicht gefesselt. Doch was brachte mir das in meinem hölzernen Gefängnis?

Gestern noch hatte ich mich gefreut, unbeschadet aus Bath nach Köln zurückgekehrt zu sein, und mich darüber lustig gemacht, dass Richard mich in seiner lebhaften Imagination, hätte er von meinem Ausflug gewusst, als Gefangene im Untergeschoss der römischen Bäder gesehen hätte. Aber meine momentane Situation war wesentlich grausamer als die Vorstellung, in einer römischen Therme eingeschlossen zu sein. Was ich gerade durchmachte, erschien mir surreal. Wie eine Szene aus einem billigen Gruselfilm oder einer Erzählung von Edgar Allan Poe. Lebendig eingemauert oder in einem Sarg eingeschlossen einen elenden Tod sterben – das war der Stoff, aus dem Alpträume sind. In diesem Augenblick durchfuhr mich die Erkenntnis wie ein glühendes Eisen, dass genau dies mein Schicksal sein würde.

Um mich abzulenken, kramte ich in meiner Erinnerung. Wie war ich in dieses Gefängnis geraten? Gestern Abend – oder lag das schon länger zurück? – war ich nach dem Essen mit meiner Mutter in die Klinik gefahren, um Schulte zu sehen. Mich beschäftigte die etwas vage Information meiner Mutter über ihren anonymen Anrufer. Wer könnte es gewesen sein? Mich ärgerte es, dass meine Mutter sich so leichtfertig eine Auskunft aus der Nase hatte ziehen lassen. Westfälischer Akzent? Mir fiel auf Anhieb niemand damit ein.

Es war zwar schon nach einundzwanzig Uhr, aber Schulte hatte gebeten, mich auf jeden Fall zu ihm zu lassen. Er befand sich inzwischen nicht mehr auf der Intensivstation. In seinem Klinikzimmer herrschte bläuliches Dämmerlicht, und er war noch immer an mehrere Schläuche angeschlossen. Flüsternd vertraute er mir an, was er beim Studieren der Handschrift des Ambrosius entdeckt hatte.

»Ich bin mir sicher, dass ich das Versteck der Goldmünzen gefunden habe, konnte es aber nicht mehr überprüfen. Vielmehr habe ich mich aufs Rad gesetzt, um zu Ihnen zu fahren. Ich wollte die Bücher zurückgeben und mich dann bei di Luccio melden. Ich habe das Buch ohne Nachdenken im Archiv vom Kolumba aus dem Regal genommen. In irgendeiner der Quellen zu meiner Doktorarbeit wurde diese Schrift erwähnt. Ich war neugierig …«

Noch leiser klang seine Stimme, als er mir zuflüsterte, an welchem Ort er den Schatz vermutete. Danach schloss er entkräftet die Augen. Die Nachtschwester sah besorgt aus und bat mich zu gehen.

Ich fühlte mich wie vor den Kopf geschlagen. Der kleine Assistent von Habicht sollte tatsächlich in kürzester Zeit das Rätsel um den Verbleib der römischen Münzen gelöst haben? Kaum zu glauben. Wem aber konnte ich mich anvertrauen? Peter? Richard? Habicht? Etwas hielt mich zurück. Lieber hoffte ich auf Schumanns baldige Rückkehr.

Der Fall dümpelte dahin. Die Fahndung nach Pelter war bisher erfolglos verlaufen. Und nun war Severin Obermeister in den Fokus geraten, wie mir Schumann mailte. »Obermeisters Motiv sind extreme finanzielle Probleme«, schrieb er.

Das wäre natürlich der Hammer! Severin Obermeister als

mordlüsterner Archäologe! Traute ich Obermeister diese Taten zu? Man kennt Menschen nie genau, da man meist nur das zu sehen bekommt, was sie einem zeigen möchten. Aber Obermeister als kaltblütiger Mörder?

Zu Hause hatte ich es nicht mehr ausgehalten und Schumann in Hannover angerufen. Im Hintergrund hörte ich den Fernseher laufen. Er schien nicht sehr erfreut über meinen späten Anruf. »Hans, entschuldige, aber ich muss es wissen. Wieso Severin Obermeister?«

»Eigentlich sollte ich es dir nicht sagen –«

»Lass deine moralischen Belehrungen«, schnauzte ich. »Bitte sag mir, warum Obermeister verdächtigt wird.«

»Also gut, er war offensichtlich der Mann mit Hut, mit dem sich Rogner im ›Schwarzen Kater‹ in Hannover getroffen hat. Michael Krampe, der Wirt, konnte sich plötzlich erinnern, dass der unbekannte Gesprächspartner von Rogner das Wort ›Kalkriese‹ benutzt hat, was dem Wirt nichts sagte, und dann von ›lukrativen Funden‹ sprach. Zudem sei ihm aufgefallen, dass Rogner den Unbekannten mit ›Herr Professor‹ anredete. Das Gesicht des Mannes hat er nicht gesehen, doch ihm sei nachträglich eingefallen, dass an dem Mantel des Besuchers mehrere Buttons befestigt waren. Durch seinen dicken Mantel wirkte der Fremde vierschrötig. Und Krampe hatte den Unbekannten ja als vierschrötig beschrieben. Diese Buttons waren mir übrigens an Obermeisters Mantel bei unserem gemeinsamen Trip zum Tatort aufgefallen – drei Buttons mit Werbesprüchen für das Museum.«

»Habt ihr denn Obermeister schon verhaftet?«

»Er ist zur Befragung nach Bramsche gebracht worden. Jansen ist an ihm dran. Ich muss morgen nach Bramsche, komme also erst mal nicht nach Köln.«

Sofort war der Plan in mir gereift, ebenfalls nach Kalkriese zu fahren. Doch wieder einmal behielt ich diese Idee für mich. Wie dumm kann der Mensch sein? Und, wie meine Mutter stets zu sagen pflegte: »Anna lernt nie aus ihren Fehlern. Aber bisher hat sie ja immer Glück gehabt.«

Dieses Glück scheint mich jetzt aber verlassen zu haben,

dachte ich verzweifelt in meinem schmalen, finsteren Gefängnis. Mein Klopfen und Scharren hatte ich eingestellt. Ich brauchte eine Erholungspause. Meine Fingernägel waren abgebrochen, und mein Zeigefinger blutete.

Meine Gedanken flogen zurück. In der Nacht auf Montag hatte ich nicht schlafen können. Wie passte der angeblich tadellose Severin Obermeister zum Fall? Schumanns Aussage, dass er Geld brauchte, überraschte mich nicht. Wahrscheinlich würde die Scheidung von seiner Frau ihn teuer zu stehen kommen, und Monika Patzek wirkte auch nicht wie die Bescheidenheit in Person. Ich vermutete, dass er plante, Münzen aus der Grabung abzuzweigen, um sie auf dem Schwarzmarkt zu verkaufen. Mit Hilfe von Rogner. Rogner war in einschlägigen Kreisen als Hehler bekannt und hatte noch immer Kontakte zu Schwarzmarktdealern. Das hatten Schumanns Untersuchungen ergeben. Wie allerdings der ehrbare Obermeister an diesen Ganoven geraten war, ahnte ich nicht. Ich sah Obermeister jedoch nicht als eiskalten Killer, der vier Menschen ermordet haben sollte. Selbst wenn er gesetzeswidrig Münzen aus seiner Grabung unterschlug, machte das Severin Obermeister nicht zum Schwerverbrecher.

In meinem lichtlosen Holzkerker grübelte ich erneut über die Worte meiner Mutter nach. Der Mann, der sich nach Tante Amelies Haus erkundigte, hatte einen leicht westfälischen Akzent. Meine Mutter besaß ein feines Ohr für Dialekte. Sie sprach selbst Englisch, Französisch und Spanisch fast akzentfrei. Westfälischer Akzent? Wer war im Haus gewesen, als ich mit meiner Mutter telefoniert hatte? Thomas Krauss schied aus. Seinem Deutsch haftete die melodische Klangfarbe des Rheinländers an. Hatte Pelters Stimme einen westfälischen Einschlag? Oder konnte es Ernst Habicht sein?

Kaum vorstellbar. Oder doch? Seine Verdächtigungen gegenüber Pelter wirkten dick aufgetragen, sein Interesse an den Büchern von Faltermeyr hatte er heruntergespielt, der Fund im Keller kam für ihn angeblich »völlig überraschend«. Aber stimmte das? Was, wenn er schon früher Wind vom Grab im Keller bekommen hatte? Vielleicht sogar im Haus gewesen war und sich im Keller umgesehen hatte? Habicht als skrupelloser Mörder? Das konnte ich mir ebenso wenig vorstellen wie Obermeister als Täter. Habicht wirkte auf mich eher wie ein Mann, der sich erhoffte, dank der Entdeckung des doppelten Grabes berühmt zu werden. Doch würde er dafür morden?

Im Dunkel meines Sarges beschäftigte mich am meisten, was mir Schulte anvertraut hatte. Das Versteck der römischen Kriegskasse. Als ich die Klinik verließ, hatte ich den Entschluss gefasst, möglichst rasch nach Bramsche zu fahren, um mit Schumann persönlich zu sprechen.

Ich schlief gestern Nacht irgendwann ein, wurde morgens aber schon kurz vor acht Uhr durch Frostauers Anruf geweckt. Er ließ mich nicht zu Wort kommen. »Gebhard hat sich gestern an etwas erinnert. Ich muss dringend mit Schumann reden.«

»Warum nicht mit di Luccio?«, fragte ich gähnend. Konnte denn keiner diesen Kommissar leiden?

»Ich kenne Hans seit Jahren. Ich will es ihm sagen. Er kann es an di Luccio weitergeben.«

»Schumann ist in Bramsche. Er führt Befragungen durch. Ich weiß nicht, wann er hierher zurückkommt«, verriet ich Frostauer.

»Bramsche? Das passt. Da fahre ich auch hin. Mein Interview mit Obermeister ist letzte Woche ins Wasser gefallen. Ich brauche dringend ein paar Infos. Diese Astrid Stegmann kann mir sicher zur Not auch helfen. Komm doch mit mir.«

Er wusste natürlich noch nicht, dass Obermeister aus dem Rennen war. Das würde er noch rechtzeitig genug erfahren. Aber nicht von mir. Die Vorstellung, mit ihm drei Stunden im Zug zu verbringen, reizte mich wenig, und so lehnte ich sein Angebot ab. »Nee, lass mal. Ich weiß nicht, ob ich überhaupt dahinfahren möchte.«

»Na denn eben nicht«, grummelte er gekränkt und beendete unser Gespräch.

Als ich kurz darauf zum Bahnhof aufbrach, um den Zehn-Uhr-neun-Zug in Richtung Bremen/Hamburg zu besteigen, spürte ich einmal mehr ein mir vertrautes Kribbeln im Nacken. Wurde ich beobachtet, verfolgt? Wahrscheinlich Einbildung.

Eine Viertelstunde später war ich am Bahnhof aus meinem Taxi gestiegen. Der Fahrer, Karl Heinz Wollbrink, hatte sich während der ganzen Fahrt über den Tod von Gaymann, dem »Promi-Kölner«, ereifert. Zum Abschied sagte er: »Es ist nix mehr, was es war. Jetzt schrecken sie nicht einmal mehr vor dem Karnevalsverein zurück.« Wer »sie« waren, verriet er mir nicht. Aber vielleicht verfolgten »sie« ja auch mich? Zögernd hatte ich mich umgesehen. Aber niemand schien mir gefolgt zu sein.

Und nun lag ich in dieser Kiste. Lieber hätte ich zusammen mit Harald drei Stunden im Zug gesessen. Dann wäre mir das vielleicht nicht passiert. Meine Augen juckten. Ich bewegte mühsam hie und da meine Hände und Füße, die abwechselnd einschliefen. Noch hatte ich dank eines dünnen Schlauchs, der von der Kiste nach draußen führte, ausreichend Luft zum Atmen. Wenn diese Verbindung gekappt würde, müsste ich wahrscheinlich bald ersticken. Der Gedanke trieb mir den Angstschweiß auf die Stirn.

Vorher aber würde ich vielleicht verdursten. Schon jetzt vermochte ich kaum mehr zu schlucken. Meine ausgetrocknete Zunge klebte an meinem ausgedörrten Gaumen. Wenn man mein »Grab« nicht in der nächsten Zeit entdeckte, dann wäre ich bald ein weiteres Skelett, dessen Knochen die forensischen Anthropologen irgendwann studierten. In einem Jahr, in zehn, in hundert Jahren? Überreste einer gesunden Mitteleuropäerin um die fünfzig. Haar- und Augenfarbe nicht mehr erkennbar. Etwa einen Meter siebzig groß, Gewicht um die sechzig Kilo, keine Osteoporose. Falls noch Reste meiner Kleidung an mir hängen sollten, so verrieten diese wenig über meinen Modegeschmack oder über meinen Charakter. Jeans, Rollkragenpullover, dunkelblauer, wasserfester Parka, warm gefütterte Stiefeletten, knallbunte Socken.

Meine Kopfschmerzen ließen etwas nach. Aber die Stelle, an der mich ein harter Gegenstand getroffen haben musste, fühlte sich wund an. An meinem Hinterkopf entwickelte sich eine dicke Beule. Wie durch einen dicken Wattebausch glaubte ich die Stimme des Mannes zu vernehmen, der mich in ein Tuch oder eine Decke aus rauem Stoff gewickelt und hierhergeschleppt hatte. »*Curiosity killed the cat*«, hatte er in perfektem Englisch genuschelt. Dann glaubte ich ein leises Lachen zu hören. Ich war halb betäubt, und über meinen wunden Kopf stülpte der Unbekannte eine Mütze, die nach Hund roch. Kraftlos versuchte ich, mich zu wehren. Widerstand ist zwecklos. Dieses Zitat aus alten Star-Trek-Filmen fiel mir ein, als ich spürte, wie ich in ein enges Behältnis verfrachtet wurde, und vernahm, wie der Deckel auf die Kiste krachte und wenig später Erde auf die Kiste polterte. Da ich nicht gefesselt war, riss ich mir die stinkende Mütze vom Kopf und starrte ins Dunkel. Alles drehte sich um mich. Nur langsam ordneten sich meine Gedanken wieder. Ich versuchte zu schreien. Doch meine Stimme geriet zu einem hilflosen Gurgeln.

Ich setzte meine Hoffnung auf Schumann. Ich hatte ihm nach meiner Ankunft in Bramsche eine Nachricht geschickt, dass ich auf dem Weg zum Museumsgelände sei. Seine Antwort kam prompt: »Okay, treffe dich im Museum. Habe mir schon gedacht, dass du zu neugierig bist, um in Köln herumzusitzen.«

Ich zermarterte mir das Gehirn, wie es wenig später genau geschehen war. Es musste mich in der Nähe des römischen Grabs erwischt haben. Ich war trotz des dunstigen Wetters dorthin gegangen und hatte fasziniert auf die Stelle geschaut, an der, wie ich vermutete, vor mehr als zweitausend Jahren der Zahlmeister der römischen Legionen getötet wurde. Ich hörte ein leises Geräusch hinter mir, wollte mich umdrehen. Aber dann traf mich etwas am Hinterkopf, und ich fiel zu Boden.

Doch was nutzten mir jetzt noch diese Überlegungen, und selbst wenn ich den Täter erkannt hätte, half es mir nichts mehr. Mir taten inzwischen alle Gliedmaßen weh. Mich schmerzte zudem die Vorstellung, Richard und Schumann nicht mehr wiederzusehen, meine Mutter und alle, die mir nahestanden. Und sehr gern hätte ich wenigstens einen Blick auf die Goldmünzen in ihrem Versteck in der Krypta einer der schönsten romanischen Kirchen Kölns geworfen.

Während ich spürte, wie ich allmählich wegdämmerte, schossen mir völlig blödsinnige Gedanken durch den Kopf: Erbte jetzt meine Mutter Tante Amelies Haus? Und wer würde den Katalog für die Ausstellung in Osnabrück fertigstellen? Das letzte Bild vor meinem inneren Auge war seltsamerweise der Golden Retriever von Sir Jeffrey Harris. Sir Lancelot saß vor dem Kamin und hechelte. Dann schaltete sich mein Bewusstsein aus.

Das Geheimnis des Klosterkellers

Köln im Jahr 1545

Die gelblichen Knochen schimmerten gespenstisch im schwankenden Licht der Fackeln. Meister Gundolf, dem die Reparaturen in dem durch Wasserschäden stark in Mitleidenschaft gezogenen Weinkeller von Sankt Gallus oblagen, starrte entsetzt auf den grausigen Fund, den seine Arbeiter hinter den bröckelnden Steinen aus der Wand geborgen hatten. Wenige Fetzen eines dunkelbraunen Stoffes klebten noch an den traurigen Überresten eines Menschen, der vor längerer Zeit hier den Tod gefunden hatte.

Gundolf war sich sicher, dass dieser Mann in der Wand des Kellergewölbes ein gewaltsames Ende gefunden hatte. Einige der Rippenbögen sahen aus, als seien sie durch einen scharfen Gegenstand zerstört worden. Ein Messer oder ein Dolch mit einer langen Klinge. Meister Gundolf ließ den Abt herbeirufen.

Abt Stephanus, seit drei Jahren im Amt und inzwischen fünfundsechzig Jahre alt, näherte sich zögernd dem Fundort menschlicher Relikte. Er kniete sich mühsam neben die Knochen, da ihn schon seit geraumer Zeit Gelenkschmerzen quälten, und blickte entsetzt auf die traurigen Überreste. Mit Schrecken bemerkte er, dass hier etwas fehlte.

»Wo, um des Himmels willen, ist der Schädel? Habt Ihr ihn nicht beim Skelett gefunden?«

Gundolf schüttelte den Kopf. »Nein, aber bei den Knochen lagen drei Goldmünzen.« Mit zitternder Hand reichte er dem Abt die drei Münzen.

Im schummrigen Fackellicht konnte Stephanus nicht erkennen, was auf den Münzen abgebildet war. Er erhob sich mit Gundolfs Hilfe von dem unebenen Steinboden und sagte: »Ich werde diese Münzen mitnehmen. Sucht weiter nach dem Schädel.«

Mit langsamen Schritten verließ er den Keller und ging hinauf in den Kapitelsaal. Dort saßen seine engsten Vertrauten, Bruder

Gerrit, der bereits mehr als fünfundzwanzig Jahre im Kloster lebte, und Bruder Ansgar, der dem inzwischen verstorbenen Bruder Clemens als Medicus nachgefolgt war. Stephanus legte die drei Münzen auf den Tisch und sagte mit tonloser Stimme: »Meister Gundolf und seine Männer haben ein Skelett entdeckt. Diese Münzen lagen darauf.«

Gerrit nahm einen Zipfel seiner Kutte und fuhr damit über die Münzen, um den Schmutz fortzuwischen, und jäh schimmerte das Gold im Schein der Kerzen. Er nahm eine Münze in die Hand und betrachtete sie genau. »Römische Münzen, geprägt zur Zeit des Kaisers Augustus«, bemerkte er sachkundig.

Stephanus wurde bleich. Römische Münzen? Sofort dachte er an die Handschrift von Ambrosius, der vor nunmehr vierundzwanzig Jahren in derselben Nacht aus dem Kloster verschwunden war wie Bruder Markus. Er hatte die Handschrift in den vergangenen Jahren mehrmals studiert, war ihrem Geheimnis aber immer noch nicht näher gekommen. Sollten diese Münzen zu jenem verschollenen Schatz gehören, den Ambrosius in seinem Werk erwähnte?

Stephanus spürte, wie ihn eine Mischung aus Kummer und Grauen erfüllte. Hieß das vielleicht, dass das Skelett die sterblichen Überreste von Ambrosius waren? War er in jener Nacht nicht aus dem Kloster fortgegangen, sondern hatte im Weinkeller seinen Tod gefunden? Das aber ließ nur eine Folgerung zu: Markus, der damals einen Abschiedsbrief hinterlassen hatte und danach ebenfalls spurlos verschwunden war, musste ihn getötet haben. Man hatte von beiden nie wieder etwas gehört.

Die drei saßen regungslos zusammen, als die Tür aufging und Gundolf hereinstürmte. »Hochwürdigster Herr Abt! Wir haben den Schädel in einem anderen Teil des Weinkellers gefunden. Verborgen hinter einem Mauerstein.«

Wieder trat Stephanus den schweren Gang in den Keller an, der ihm wie der antike Hades erschien. Diesmal begleitete ihn Bruder Ansgar. Der Schädel, den die Arbeiter zu den Knochen gelegt hatten, war in zwei Hälften zerbrochen. Das sei bei dem Versuch geschehen, ihn aus dem Gemäuer zu lösen, erklärte Gundolf beschämt. Stephanus betrachtete den Schädel nachdenklich. Das Gebiss sah gut erhalten aus, es fehlten nur wenige Zähne.

Ansgar bückte sich hinunter zu den Knochenresten. »Der Tote kann nicht älter als dreißig Jahre gewesen sein. Dafür spricht der Zustand seiner Zähne.« Das half allerdings nicht bei der Lösung der Frage, wer der Tote sein mochte. Ambrosius hatte bei seinem Verschwinden etwa dreiundzwanzig Jahre gezählt, Markus war wenige Jahre älter.

Stephanus seufzte: »Wir werden wahrscheinlich nie wissen, wer dieser Mann ist. Mich erstaunen nur die drei Goldmünzen, die bei dem Toten lagen, denn das erinnert an die antiken Mythen vom Fährmann, der die Verstorbenen über den Totenfluss in die Unterwelt brachte und dafür bezahlt wurde. Damals gab man den Toten Fährgeld mit auf ihrer letzten Reise.«

Er wandte sich an Ansgar. »Lassen wir den Toten in Frieden ruhen! Wir werden ihn begraben, auch wenn wir seinen Namen nicht wissen und wohl nie erfahren werden.« Er dankte Gundolf und seinen Helfern, und als er zusammen mit Ansgar den finsteren Raum verlassen wollte, eilte einer der Arbeiter herbei und flüsterte Gundolf etwas ins Ohr. Der zuckte zusammen, folgte dem Mann und kam wenig später mit einem schartigen Messer mit einer langen, dünnen Klinge voller braunroter Flecken zurück. Es hatte unweit des Skeletts in einer Wandnische hinter einem verrußten Kerzenleuchter gelegen.

Seufzend betrachtete Abt Stephanus die Waffe und fühlte nicht zum ersten Mal die Last seiner Jahre. Mit dieser Waffe also war der Tote ermordet worden. Im Keller des Klosters, und Stephanus ahnte, wann dies geschehen war. Er glaubte sogar zu wissen, wer von den beiden verschwundenen Mönchen dieser Tote war. Doch er schwieg. Was würde es nützen, diesen alten Fall ans Tageslicht zu bringen? Lieber wollte er die Vergangenheit ruhen lassen.

Wenige Tage später wurden die Knochen beigesetzt, und der Abt nutzte die Gelegenheit zu verkünden, man habe die sterblichen Überreste des Weißen Mönchs entdeckt. Bruder Christopher, ein noch junger Mönch und ein Meister im Ersinnen von Geschichten, wurde von Stephanus beauftragt, diese Erklärung auszuschmücken, um damit endgültig die Horrorlegende um den Weißen Mönch, die mit dem Kloster Sankt Gallus in Verbindung stand, auszumerzen.

Christopher ging ans Werk, und seine Darstellung vom Ende des Weißen Mönchs in den Klostergewölben und die Entdeckung der sterblichen Überreste des einst so gefürchteten Phantoms machten in Köln die Runde und verbreiteten sich auch in der Umgebung. Selbst wenn Eltern gern die Schreckensfigur des mordenden Mönchs noch eine Weile als erzieherisches Mittel bei ihren Kindern benutzten, begann die Legende vom Mördermönch allmählich zu verblassen. Das Holzkreuz, das man auf das Grab gestellt hatte, wurde eines Nachts gestohlen – wohl von einem Sammler gruseliger Memorabilia.

Die Kunde von der Entdeckung im Weinkeller von Sankt Gallus drang auch in das Eifeldorf, in dem noch sechs der insgesamt zehn Geschwister von Ambrosius lebten, darunter Hermann, inzwischen ein gut situierter Landwirt mit eigenen Kindern. Seine Familie hatte lange Zeit um Ambrosius getrauert. Wenige Jahre später starb der Vater, während die Mutter noch lange auf dem Hof wohnte und erst vor Kurzem dem Vater gefolgt war. Ihre letzten Worte hatten ihrem verschollenen Sohn gegolten. Hermann hätte sie von dieser Last der Ungewissheit befreien können. Doch er wagte es nicht, da dann wieder Fragen aufgekommen wären und er die Vergangenheit zu vergessen trachtete.

Als Hermann die Nachricht von der angeblichen Bergung der Knochen des Weißen Mönchs vernahm, schmunzelte er. Er wusste als Einziger die Wahrheit und auch, was mit Ambrosius geschehen war. Hermann, der nun fünfundvierzig Jahre zählte, wiegte seine erste Enkelin Lioba in den Armen und dachte plötzlich sehnsüchtig an seinen Bruder, der ihm in jener Nacht vor vierundzwanzig Jahren einen Beutel mit Goldmünzen vor die Tür gelegt hatte wie einst der heilige Nikolaus, der Bischof von Bar, einer darbenden Familie. Seine Tante hatte den Beutel gefunden, an dem ein Fetzen Papier mit Hermanns Namen hing. Dem Rat des Ambrosius folgend zog er zurück zu seiner Familie in das Eifeldorf und beantwortete keine Frage zu seinem Bruder. So hatten sie es vereinbart, und Hermann hielt sich daran. Auch der Abgesandte des Klosters, der einen Monat nach dem Verschwinden von Ambrosius im Dorf auftauchte, musste unverrichteter Dinge zurück nach Köln ziehen.

Fünf Jahre nach seiner Rückkehr in sein Heimatdorf hatte der alte Dorfpriester Hermann angesprochen und gesagt, er habe eine wunderbare Historie geschenkt bekommen, geschrieben in deutscher Sprache von einem anonymen Verfasser, der offenbar im fernen Italien in einem Kloster lebe. »Das Schwert des römischen Verräters« lautete der Titel. Er habe dabei an Ambrosius gedacht, der schon als Kind so wundersame Geschichten erfand. Dies sei eine Geschichte voller Verrat und Gier, Edelmut und Treue, sagte der alte Priester. »Schöner noch als die Mär von Parzival. Wie traurig, dass dein Bruder wohl nicht mehr lebt. Er hätte sicherlich seine Freude an dieser Historie gehabt, und ich traue ihm zu, dass er selbst dergleichen hätte ersinnen können.«

Hermann aber schickte ein Dankgebet zum Himmel. Sein Bruder hatte ihm ein Lebenszeichen gesandt. Ambrosius' Traum war es seit jeher gewesen, in der Gegend um Florenz zu leben. Offenbar hatte er sich diesen Traum erfüllt. Hermann hoffte, dass ihm keiner der Geister der Vergangenheit aus Köln dorthin gefolgt war, weder Markus noch Anselm noch Gregorius, und er in Frieden leben durfte. Er selbst hatte seinen Frieden gefunden, auch wenn er manchmal im Traum die Gesichter der Toten sah. Aber sie verschwanden mit dem ersten Hahnenschrei und verloren sich rasch im geschäftigen Alltag im Kreis seiner wachsenden Familie.

Ambrosius tauchte nie wieder auf, weder in der Eifel noch in Köln. Außer Stephanus las niemand seine Übersetzung, die in der Klosterbibliothek von Sankt Gallus ein Werk unter vielen war, und nach der Zerstörung der ehrwürdigen Bibliothek von Sankt Gallus und dem Verfall des Klosters im 19. Jahrhundert galt das Buch von Ambrosius wie so viele andere Werke als verschollen – bis es einhundert Jahre später wieder aufgetaucht war und eine Lawine ins Rollen gebracht hatte.

In einem verborgenen Winkel der Diözesan- und Dombibliothek des Bistums Köln liegt seit dem Jahr 1551 das unbeachtete Werk eines unbekannten Autors mit dem Titel »Das Schwert des römischen Verräters«. Ein alter Priester aus der Eifel vermachte das Werk einst der Erzdiözese. Seither wartet es auf seine Entdeckung.

Endspiel

Ich habe Märchen immer schon geliebt, und als Kind bereitete es mir großes Vergnügen, in die Rollen verschiedener Märchenfiguren zu schlüpfen. Als ich die Augen öffnete und über mir den wolkenverhangenen Himmel sah, liefen mir die Tränen über die Wangen. So musste sich Schneewittchen gefühlt haben, als der Sargdeckel weggeschoben wurde und sie in die Gesichter der sieben Zwerge und des schönen Prinzen blickte. Aber nicht Zwerge mit Knollennasen beugten sich über mich, sondern Harald Frostauer und Peter Mannsfeld.

»Gott sei Dank, du lebst!«, rief Frostauer. Peter sah mich nur stumm an. Beide Männer griffen nach meinen Armen und zogen mich aus der Kiste. Ich schrie auf. Alles tat mir weh, und aus meinem Hinterkopf schien ein Straußenei zu wachsen. Frostauer umarmte mich mit feuchten Augen. »Kannst du gehen?«, fragte er. Peter stand mit hängenden Armen dabei und wirkte erschüttert.

Ich nickte und blickte mich um. Das Grab, das fast meine letzte Ruhestätte geworden wäre, befand sich in einer der äußersten Ecken des Ausgrabungsgeländes am südlichen Wall, in der Nähe der Stelle, wo man Gebhard Weiler gefunden hatte. Ich versuchte zu sprechen, doch meine Zunge bewegte sich nicht. Peter zog eine Flasche mit Mineralwasser aus einem Beutel, der über seiner rechten Schulter hing, und reichte mir die Flasche mit der linken Hand. Mir war nie aufgefallen, dass Peter Linkshänder war.

Ich leerte die Flasche in wenigen gierigen Zügen. Mein Mund fühlte sich an, als sei mir eine heiße Gabel in den Gaumen gestochen worden, meine Kehle brannte, und mein rechtes Auge, in das Erde gebröckelt war, tränte. Immerhin konnte ich wieder Worte formen. »Wie habt ihr mich gefunden?«

Frostauer sah auf seine Armbanduhr. »Du hast etwa vier Stunden in dieser Kiste gelegen. Es ist gleich siebzehn Uhr.«

Es dämmerte, als wir uns dem Museum näherten. Die beiden Männer schleiften mich mehr, als dass ich selbst lief. Ich spürte, wie meine Beine sich wieder in menschliche Körperteile verwandelten und meine Arme sich nicht länger wie Gummischläuche anfühlten. Frostauer hatte meine Frage nicht beantwortet. Deshalb wiederholte ich sie.

Er kratzte sich verlegen am Kopf. »Weißt du, ich saß mit dir im selben Zug nach Osnabrück. Allerdings habe ich dort nicht gleich den Anschluss genommen, sondern einen Besuch bei einem alten Freund gemacht, der auch Regionalhistoriker ist. Martin Pfeil schreibt meist Sachbücher über interessante Persönlichkeiten.«

Frostauer hustete und fuhr fort. »›Sammler aus Leidenschaft‹ hieß sein bisher letztes Buch. Ich werde an Pfeils nächstem Buch mitwirken. Da geht es um diese Schlacht bei Harzhorn unter dem Kaiser Maximus Thrax.«

Ehe der Gute erneut abschweifte, unterbrach ich ihn: »Ist gut, Harald, du hast mich dann wohl im Zug gesehen?«

»Ja, du warst im nächsten Waggon. Ich wollte dich nicht stören. Du hast sehr intensiv gelesen.«

In der Tat hatte ich Jakob Faltermeyrs Kladde dabei, um sie nochmals genauer zu studieren. »O weh!«, entfuhr es mir. »Sie ist weg!«

»Wer ist weg?«, fragte Peter.

»Die rote Kladde, die Notizen von Faltermeyr. Der Kerl, der mich überfallen hat, muss sie mir abgenommen haben.« Ich stöhnte. Es war mir in meinem Zustand zunächst nicht aufgefallen, dass der Beutel mit der Kladde und einem Ladegerät für mein Handy nicht mehr da war. Auch das noch!

Frostauer sah betroffen aus. »Dieser verdammte Schurke!«

Ich musste fast lachen. Frostauers Deutsch wirkte manchmal liebenswert altmodisch. »Ja, und wie habt ihr mich nun gefunden?«, drängte ich ihn in der Hoffnung, er würde endlich zum Punkt kommen.

»Na ja, ich bin dann hierhergefahren, habe dich gesucht. Glücklicherweise hatte dich ein Museumswärter gesehen und mir gesagt, du wärst aufs Gelände gegangen. Als ich das Gebäude verließ, kam Peter zur Tür hinein. Wir sind zusammen losmarschiert. Als alles Rufen nichts half, haben wir uns Hilfe geholt.«

Frostauer grinste plötzlich. »Ein älterer Herr, der in diesem Sauwetter mit seinem Hund spazieren ging, bot uns den Hund zum Suchen an. Das Tier heißt Klops und ist eine seltsame Mischung aus Basset und Beagle.«

Ich brach in schallendes Gelächter aus, was mir richtig guttat. »Und wie habt ihr Klops auf meine Spur gebracht?«

Peter nestelte in seinem Beutel und zog ein gelbgrünes Tuch hervor. »Das hattest du letztens im Restaurant vergessen. Der Gastronom hat mich deswegen angerufen. Ich wollte es dir heute Abend in Köln zurückgeben. Als ich Frostauer traf, hat er mir erzählt, du seist hier. Und da haben wir das Tuch Klops unter die Nase gehalten. Er hat uns ziemlich direkt zu dem kleinen Erdhügel gezerrt, unter dem du in dieser Kiste begraben lagst. Ohne ihn wären wir sicherlich zu spät gekommen. Der Luftschlauch in die Kiste war durch den Nieselregen bereits halb verstopft.« Peters Stimme bebte.

»Klops verdient einen Orden!«, sagte ich gerührt.

Ich wandte mich an Peter: »Was treibst du eigentlich hier?«

»Da mein Termin letzte Woche ausgefallen ist, habe ich beschlossen, heute hierherzufahren und eventuell Obermeister zu treffen. Es scheint eine Kölner Invasion zu sein.« Er grinste.

Ich war zu erschöpft, um nachzuhaken. Hatte Peter auch noch nicht mitbekommen, dass Obermeister unter Verdacht stand? Frostauer schien es jedenfalls noch nicht erfahren zu haben.

Wir erreichten das Museumscafé. Die Männer zogen los, um Tee und Sandwichs zu organisieren. Ich sank wie erschlagen auf einen Stuhl. Astrid Stegmann kam herein und stürzte auf mich zu. »Wie schrecklich! Du Ärmste! Das muss ja purer Horror für dich gewesen sein!«

Duzten wir uns? Wahrscheinlich. Mein Kopf brummte wieder. Ich nickte geistesabwesend.

Peter hatte auf den Namen von Martin Pfeil, den er doch

vor einiger Zeit im hannoverschen Literaturhaus erlebt hatte, gar nicht reagiert. Und das Tuch? Ich erinnerte mich plötzlich, dass ich bei dem Essen mit Peter am Freitag ein dunkelblaues Tuch getragen hatte. Heute hatte ich ein gelbgrünes angezogen. Oder irrte ich mich? War ich so durcheinander, dass ich alles verwechselte?

Astrid Stegmann redete auf mich ein. Aber ich hörte nicht zu. Frostauer und Peter kamen mit Tee und Sandwichs zurück, und mich überfiel Heißhunger. Während ich abwechselnd in mein Käsesandwich biss und Tee trank, beobachtete ich Astrid Stegmann. Immer wieder lächelte sie freundlich und sah Peter dabei an. Er lächelte zurück. Offenbar gefiel er ihr und sie ihm. Zwischen den beiden liegen zwanzig Jahre, dachte ich. Aber sie war eine hübsche Frau und er ziemlich attraktiv.

Mir fielen die Augen zu, und ich driftete in eine Art Halbschlaf. Von Ferne hörte ich Frostauers Stimme, der mit jemandem telefonierte. Der Name »Obermeister« fiel, und ich hörte Frostauer ausrufen: »Das ist doch unglaublich!« In meinem Dämmerzustand wirbelten meine Gedanken durcheinander. Weshalb war ich überfallen worden? Wer wollte mich aus dem Weg räumen? Ich fröstelte.

Doch dann begann ich mich zu entspannen. Die Wärme tat gut, das Gefühl der Sicherheit, die Freude, gerettet worden zu sein. Vergebens versuchte ich, die Augen zu öffnen, und sank immer tiefer in den wohligen Abgrund.

Ehe ich endgültig abdriftete, tauchte aus dem suppigen Dunst meines Halbschlafs Schumanns Gesicht vor mir auf. Wie so oft in Sorgenfalten zerlegt. »Anna, allmählich übertreibst du es aber.« Seine Stimme zitterte. »Lebendig begraben! Das ist unfassbar!«

»Klops hat mich gefunden«, krächzte ich und erinnerte mich an das letzte Bild, ehe ich das Bewusstsein verloren hatte. Das Hecheln von Sir Lancelot musste in Wahrheit das Hecheln von Klops gewesen sein, das durch die Erdschicht und den Holzdeckel an mein Ohr gedrungen war.

»Klops?« Schumanns hilfloser Ton brachte mich zum Schmunzeln.

Ich kämpfte mich zurück in die Realität. »Klops, der Hund«, erklärte ich. »Harald Frostauer und Peter Mannsfeld waren seine Helfer. Klops hat mich aufgespürt.«

In der Kantine des Museums saßen außer mir Frostauer, Astrid Stegmann, Schumanns Bramscher Kollege Jansen, zwei weitere Polizisten und Monika Patzek, die Sekretärin von Obermeister. Peter war nicht mehr im Raum.

Schumann hüstelte und räusperte sich ausgiebig. »Auch wenn es noch kein abgeschlossener Teil unserer Ermittlung ist, kann ich sagen, dass Severin Obermeister wegen Betrug, geplantem Diebstahl und Hehlerei verhaftet worden ist. Aber er hat nichts mit dem Mord an Friedbert Gaymann zu tun. Sein Alibi für den Tag, als Gaymann getötet und Gebhard Weiler niedergeschlagen wurde, steht felsenfest. Er hat, wie er ausgesagt hatte, tatsächlich seine Mutter in Oldenburg besucht.« Schumann wandte sich an Monika Patzek. »Er hat Sie entlastet. Sie sind zwar einer der Gründe für seine Taten, nicht aber Mittäterin. Und wohl auch nicht Mitwisserin.«

Monika Patzek starrte Schumann mit weit aufgerissenen Augen an. Sie sagte nichts. Aus ihrem linken Auge rann eine Träne.

Jansen legte ihr freundlich eine Hand auf die Schulter. »Obermeister plant schon seit Längerem, seine Frau zu verlassen, um mit Ihnen zusammenzuleben. Aber das wird eine kostspielige Angelegenheit. Da er unter chronischem Geldmangel leidet, hat er versucht, sich mit Hilfe von Otto Rogner einen Teil der Funde in Kalkriese anzueignen. Rogner sollte den Großteil der Münzen stehlen, sie über seine Hehler verkaufen und ein Drittel der Summe als Entgelt behalten. Das meiste Geld wollte Obermeister kassieren. Einige der Münzen sollten aber hier verbleiben, da Obermeister sie für seine Forschungen benötigte. Die Funde sind zwar versichert, doch kein Geld kann den vor allem ideellen Wert dieser antiken Objekte ersetzen.«

Jansen zog seine Hand von Monika Patzeks Schulter zurück. »Obermeister hat schon früher Objekte aus Grabungen auf dem Schwarzmarkt verkauft. Nicht nur hier, sondern auch bei älteren Grabungen, wie er gestanden hat. Da er als Wissenschaftler einen guten Ruf hat, ist der Verdacht nie auf ihn gefallen. Diesen Münzenfund in Kalkriese sah er als Glücksfall. Damit wären alle seine finanziellen Sorgen erledigt gewesen.«

»Wie ist er denn auf Rogner gekommen?«, fragte ich.

Jansen antwortete: »Rogners Betätigungsfeld, um es einmal nett auszudrücken, war Obermeister bekannt. Er hat gestanden, dass er vor einigen Jahren von Rogner Münzen aus einem der Einbrüche bei einem Sammler, wohl Thore Springstein, gekauft und mit Gewinn an bestimmte Leute weitergegeben hat. Obermeister wusste von Rogners Entlassung und hat ihn über seine früheren Verbindungen kontaktiert. Rogner soll ihm gesagt haben, dass er eine größere Sache im Rheinland vorhabe. Deshalb müsse er den Auftrag in Kalkriese terminlich nach hinten schieben. Die beiden waren sich einig, dass dieser Diebstahl in der kommenden Woche über die Bühne gehen sollte. Aber dann kam es aus bekannten Gründen nicht mehr dazu.«

Schumann hakte ein: »Die Morde an Rogner und dessen Gehilfen Riemer und dann vor Ort an Gaymann haben Obermeister völlig aus dem Konzept gebracht. Er wollte aussteigen. Doch er ist erpresst worden. Irgendjemand hat von seinem Plan Wind bekommen. Er erhielt mehrere Drohbriefe und gestern einen Anruf, er möge einen Teil der Münzen heute an einer bestimmten Stelle im Park platzieren. Etwas stümperhaft, das Ganze. Aber Obermeister hatte panische Angst. Er weiß nicht, wer der Erpresser ist, hat auch keine Vermutung. Es scheint, Anna, dass du bei deinem Spaziergang durch das Gelände dem Erpresser begegnet bist. Denn Obermeister hatte die Ledertasche mit den Münzen in der Nähe der Stelle deponiert, an der du begraben wurdest. Der Täter ist wohl durchgedreht und hat dich aus dem Weg geräumt.«

Mir wurde schwindelig. Fetzen der Erinnerung tauchten auf und fügten sich zu einem verschwommenen Bild zusammen. Mein Tuch, die dunkle Gestalt, die ich aus dem Augenwinkel zu sehen geglaubt hatte, ehe ich den Schlag gegen meinen Kopf abbekam, diese stinkende Mütze und die Stimme. Aber ich schwieg. Alles nur vage Vermutungen, halbe Erinnerungen. Das reichte nicht für einen handfesten Verdacht.

Ich blickte mich in der Runde um. Monika Patzek stammelte schluchzend, sie habe wirklich nichts von den früheren Vergehen ihres Chefs und seinen Plänen gewusst. »Er hat mir immer wieder versichert, dass uns bald keine Hindernisse mehr im Weg stehen würden. Seine Scheidung laufe, und Geld spiele keine Rolle.« Sie wirkte wie ein Häufchen Elend und in ihrer Verzweiflung durchaus glaubwürdig.

Astrid Stegmann stand auf und entschuldigte sich mit den Worten, sie müsse weiter an ihrem Bericht über die Untersuchungen an dem Skelett im Römergrab schreiben.

»Es wird auch ohne Obermeister weitergehen«, lautete ihre wenig empathische Erklärung. Ich wurde nicht schlau aus ihr.

Inzwischen war ein Krankenwagen vorgefahren, ein Sanitäter untersuchte mich, meinte, die Beule am Hinterkopf würde von allein abheilen, ich sollte mich aber in den nächsten Tagen schonen. »Sie haben eine leichte Gehirnerschütterung, also bitte halten Sie Ruhe. Ehrlich gesagt haben Sie großes Glück gehabt«, konstatierte er.

Das hatte ich in der Tat. Meine Beine zitterten, als ich endlich aufstehen wollte. Schumann reichte mir seinen Arm. Ich wandte mich an Frostauer: »Harald, ich war oft nicht sehr nett zu dir. Aber du hast mir das Leben gerettet. Ich kann dir gar nicht genug danken!«

Frostauer errötete und sagte: »Nun ja, eigentlich hat Klops dich gefunden. Ich habe ihm in deinem Namen eine dicke Leberwurst spendiert und seinem Herrchen meinen Dank ausgesprochen.«

Ich musste unwillkürlich lachen. Falls ich je eine Autobiografie schreiben würde, dann könnte ihr Titel lauten »Klops war mein Retter – Memoiren einer Unbelehrbaren«.

Eine Frage beschäftigte mich: »Hat Obermeister irgendetwas gesagt, ob Ernst Habicht mit ihm unter einer Decke steckt? Die beiden kennen sich. Soviel ich weiß, waren sie vor einigen Jahren beide Redner bei einem Kongress über den Vergleich zwischen antiken Waffenbünden und modernen Militärbündnissen.«

Jansen verneinte. »Obermeister behauptet, alles allein geplant zu haben. Ganz nehme ich ihm das nicht ab. Doch vorläufig wissen wir nicht mehr dazu. Wie kommen Sie auf Habicht?«

Ich zuckte mit den Achseln. »Nur so«, sagte ich und schwieg. Der westfälische Akzent – ich musste meinem Verdacht in Köln weiter nachgehen. Aber da ich bisher nur eine Vermutung hegte, behielt ich es für mich.

Schumann musste zurück nach Hannover, um sich noch einmal mit der Aussage des Wirts vom »Schwarzen Kater« zu befassen und Rogners Wohnung erneut unter die Lupe zu nehmen. »Brink hat eventuell etwas entdeckt«, sagte er.

Er vertraute mich Harald Frostauer an. Der würde mich nach Köln begleiten.

Ein Polizeiwagen fuhr uns zum Bahnhof in Osnabrück. Jansen meinte zwar, ich sollte in Bramsche übernachten, um am nächsten Tag mein Erlebnis zu Protokoll zu geben. Doch Schumann sagte: »Ich bin morgen Mittag wieder in Köln. Dann erinnert sich Frau Bentorp vielleicht noch besser an das Geschehene. Sie braucht jetzt Ruhe.«

Ehe ich in den Wagen stieg, flüsterte ich Schumann zu: »Überprüfe bitte Astrid Stegmann. Da ist was faul.« Er lächelte ungläubig, versprach es mir aber.

Kurz vor Abfahrt des Zuges erreichte mich eine SMS von Peter: »Verzeih, dass ich so plötzlich verschwunden bin. Bin noch immer sehr erschüttert. Musste leider dringend zurück nach Köln. Melde mich morgen. Alles Liebe!«

Während der gesamten Zugfahrt schlief ich fest und traumlos, beschützt ausgerechnet von Harald Frostauer, der nie der Mann meiner Träume gewesen, aber nun der Hüter meiner Träume war. Mein sogenannter »fester Freund« Richard wusste noch nichts von meinem Abenteuer. Er würde sich noch früh genug darüber aufregen.

Als ich um Mitternacht in mein Bett sank, hörte ich meinen Anrufbeantworter ab. Eine Nachricht von Sir Jeffrey Harris mit Sir Lancelots Bellen im Hintergrund: »Anna, William Perrin lässt dir ausrichten, dass er eine wichtige Information für dich hat. Er ruft dich morgen an. Ich habe mir erlaubt, ihm deine Nummer zu geben.«

Als ich langsam in den Schlaf glitt, glaubte ich eine Stimme an meinem Ohr zu hören: »*Curiosity killed the cat.*« Neugier ist der Katze Tod.

Das Schwert des Verräters

Es war drei Uhr morgens, die »Stunde des Wolfs«. Jeder kennt das, der um diese frühe Morgenstunde aus dem Schlaf gerissen und plötzlich mit allen möglichen Sorgen und Problemen konfrontiert wird. Bei Sonnenaufgang flüchten diese Schattenwesen wieder zurück in ihr nächtliches Reich. Ich fuhr aus grässlichen Alpträumen hoch. Es war draußen stockduster. Die nächste Straßenlaterne stand zu weit entfernt vom Haus, um mein Schlafzimmer zu erhellen.

Ich lauschte. Schmerzlich wurde mir bewusst, dass ich derzeit allein in meinem Haus war, und plötzlich sehnte ich mich nach Richard und Schumann. Weshalb hatte ich nicht den rührenden Harald Frostauer gebeten, bei mir zu übernachten? Er wohnte noch in Weilers Drei-Zimmer-Appartement und wollte bis zu dessen Entlassung aus der Klinik in Köln bleiben.

Ein leises Knarren ertönte aus dem unteren Teil des Hauses. Da war jemand! Zitternd tastete ich nach meinem Handy. Aber es lag nicht wie gewohnt auf meinem Nachttisch. Ich hatte es ans Ladekabel auf der Kommode gelegt. Leise kroch ich aus dem Bett und schlich zur Kommode. Das Kabel war da, aber nicht mein Handy. Jetzt überkam mich blinde Angst.

Vorsichtig näherte ich mich der Schlafzimmertür. Kein Schlüssel zum Abschließen. Während ich schlief, musste jemand in meinem Zimmer gewesen sein und das Handy und den Schlüssel an sich genommen haben. Mir blieb fast das Herz stehen.

Sollte ich das Fenster aufreißen und um Hilfe rufen? In dieser Gegend mit den vielen Einzelhäusern und ihren großen Vorgärten würde mich wahrscheinlich niemand hören. Erst recht nicht zu dieser Uhrzeit. Ich sah mich nach einer möglichen Waffe um. Mit einem Pantoffel oder einem Taschenbuch beworfen zu werden, würde den Eindringling kaum beeindrucken. Vor Kurzem hatte ich noch daran gedacht, Pfefferspray und einen Fleischklopfer zur Verteidigung bei mir zu tragen. »Frau schlägt Einbrecher mit Fleischklopfer in die Flucht« – das wäre eine schöne Schlagzeile. Aber der besagte Fleischklopfer befand sich in der Küche in einem irdenen Topf zusammen mit Kochlöffeln und Salatbesteck, das Pfefferspray hatte ich noch nicht einmal gekauft.

Schicksalsergeben verzog ich mich in mein Bett, häufte Plumeau und Tagesdecke über mich und versank in meiner Höhle. Die Minuten vergingen. Gelegentlich steckte ich meine Nase heraus, um nicht zu ersticken. Dann kochte jedes Mal die Erinnerung an mein Gefängnis in Kalkriese hoch. Mein Mund wurde automatisch trocken, mein Auge juckte, die Beule brannte. Aber nichts rührte sich, es gab keine weiteren unerklärlichen Geräusche.

Es dämmerte, als ich mich wieder aus meinem Unterschlupf wagte und an der Tür horchte. Im Haus regte sich nichts. Wären da nicht das verschwundene Handy und der Türschlüssel gewesen, hätte ich an einen bösen Traum geglaubt.

Völlig erschöpft schlief ich ein und wachte erst durch ein Klopfen an der Tür auf. Elvira Montecristo trat mit besorgtem Blick herein. »Signora, es ist schon fast neun Uhr. Ich habe mir Sorgen um Sie gemacht.« Sie zog mein Handy aus ihrer Schürzentasche hervor. »Das habe ich im Wohnzimmer gefunden. Der Akku ist ziemlich leer.«

»Danke, ich war gestern wohl zu müde und habe es unten liegen gelassen«, sagte ich. Sie glaubte mir. Mir fiel das Aufstehen schwer. Ich schluckte zwei Aspirin, die glücklicherweise im Badezimmerschränkchen lagen, und freute mich auf einen starken Kaffee. Ich legte das Handy wieder an die Schnur. Oder sollte ich mich tatsächlich geirrt und das Handy gestern Nacht unten vergessen haben?

Als ich eine gute Stunde später ins Wohnzimmer kam, klingelte das halb aufgeladene Handy in meiner Hosentasche. William Perrin.

»Liebe Anna«, begann er ohne Umschweife, »ich wollte Ihnen bei Ihrem Besuch in Bath noch etwas sagen, konnte es aber nicht, weil Jeffrey Sie keinen Moment mit Clarence und mir allein gelassen hat. Aber das hat mich die ganze Zeit umgetrieben, und ich habe Jeffrey nach Ihrer Nummer gefragt. Er ahnt nicht, was ich Ihnen anvertrauen möchte.«

Perrin holte Luft, ehe es aus ihm heraussprudelte: »Jeffrey und Peter Mannsfeld haben die vergangenen Jahre in enger Verbindung gestanden. Ich habe das zufällig erfahren, als ich Jeffrey in seinem Büro aufsuchen wollte und Teile eines Gesprächs mitbekam. Das war vor zwei Wochen. Ich hörte ihn sagen: ›Peter, falls du wirklich fündig wirst, dann sollten wir uns diese Münzen gemeinsam anschauen. Tu nichts Voreiliges. Vielleicht ist das alles nur wieder eine von diesen Regionallegenden.‹ Und dann nach einer kurzen Pause: ›Nein, diese Handschrift kenne ich nicht. Aber es gibt ein Zeugnis für den Raub dieser Kriegskasse im Jahr 9. Ein anonymer Chronist, der um das Jahr 80 aus dem Rheinland nach Britannien kam, erwähnt es. Lass uns darüber noch einmal in Ruhe reden.‹ In diesem Moment bin ich dann ins Zimmer gegangen, und Jeffrey hat mich freundlich begrüßt. Warum er Ihnen seinen Kontakt mit Peter verschwiegen hat, ist mir ein Rätsel. Vielleicht nützt Ihnen diese Information!«

Ich dankte William Perrin, der mir alles Gute wünschte. Was ich mit dieser Nachricht anfangen sollte, war mir nicht klar. Ich traute Sir Jeffrey Harris nicht zu, in illegale Geschäfte verwickelt zu sein. Warum er mir allerdings verschwiegen hatte, mit Peter noch in Kontakt zu stehen, konnte ich mir nicht erklären.

Eigentlich wollte ich Schumann anrufen, sah dann aber, dass er mir, während mein Handy auflud, eine SMS geschickt hatte.

»Eine sehr traurige Nachricht. Albert Schulte ist gestern Nacht verstorben. Er ist in der Gerichtsmedizin. Wir fürchten, dass er ermordet wurde. Mehr dazu später!«

Mir war elend zumute. Der arme Junge – mit Feuereifer hatte er das Geheimnis der Handschrift des Ambrosius gelöst und war nun Opfer eines skrupellosen Mörders geworden. Mir stiegen Tränen in die Augen. Es wurde Zeit, dass ich meinen törichten Alleingang beendete. In mir gärte seit gestern ein böser Verdacht.

Ich ging ins Wohnzimmer, wo Elvira die Bücherkartons in einer Ecke stapelte. »Kaum zu glauben, dass morgen der erste Advent ist«, meinte sie. »Kaufen Sie sich einen Adventskranz?«

Ich verneinte. Am Sonntag wollte ich bei meiner Mutter zum Adventstee vorbeischauen und hoffte, dass Krauss und seine Mannen spätestens Ende der kommenden Woche den Keller weitgehend saniert hätten. Der Trockner war schon wieder abgebaut. Das Haus wirkte ohne die Truppe von Thomas Krauss sehr still und verlassen.

Es wurde nicht richtig hell an diesem Samstag Ende November. Um die trübe Stimmung zu vertreiben, knipste ich mehrere Lampen an. Elvira verabschiedete sich und rief mir zu: »Bis Montag!«

Ich überlegte, ob ich noch vor dem Eintreffen von Schumann Kommissar di Luccio meinen Verdacht mitteilen sollte. Es wäre sicherlich vernünftig. Nach kurzem Zögern nahm ich mein Handy und suchte seine Nummer unter meinen gespeicherten Kontakten. Wo hatte ich sie eingeordnet? Unter »Polizei Köln«? Nein, unter »Andrea«? Ebenfalls nicht. Also dann doch unter »di Luccio«. Auch nicht. Verwundert starrte ich auf mein Handy. Jemand musste diese Nummer gelöscht haben. Wieder überkam mich ein Anflug von Panik. Ich würde es über die Zentrale des Polizeipräsidiums versuchen. Obgleich heute Samstag war.

Niemand antwortete. Ich steckte in einer Warteschleife mit besonders grässlicher Musik. Kurz überlegte ich, ob ich Frostauer bitten sollte, hierherzukommen. Aber der Arme saß sicher schon wieder an Weilers Krankenbett. Ich beschloss, ihn nicht zu behelligen.

Ein knackendes Geräusch ließ mich zusammenzucken. Es kam aus dem Keller. Waren die Handwerker heute doch gekommen, und Elvira hatte sie eingelassen, ohne es mir zu sagen? Stille. Hoffentlich keine Mäuse oder Ratten, die es sich bei dieser ekligen Witterung im Keller bequem machen, dachte ich. Ich setzte mich an den Küchentisch und notierte einige meiner Gedanken zu dem Fall und meine Verdachtsmomente.

Mein Kopf brummte noch immer und störte meine Konzentration. Eigentlich sollte ich mich hinlegen und meinen Kopf schonen. Aber ich scheute mich davor, hinauf in den ersten Stock zu gehen. Lieber wollte ich in der Nähe der Haustür bleiben. Fluchtbereit. Suchend blickte ich mich in der Küche um. Der Fleischklopfer ragte zwischen den Kochlöffeln hervor. Ich musste lächeln. Was sollte dieser Klopfer bei einem Überfall nützen? Aber er hatte es mir angetan. Deshalb holte ich ihn aus dem Topf. Er fühlte sich gut an. Nicht nur zum Breitschlagen von Steaks und Koteletts!

Und da war es wieder – das Knacken. Ich sah auf die Uhr. Kurz vor zwölf. In einer Stunde wollte Schumann hier sein. Diesmal keine Alleingänge, sondern geduldiges Abwarten, schwor ich. Ich ging zur Kellertür, um sie abzuschließen. Dabei fiel mir ein, dass der Schlüssel schon zu Tante Amelies Lebzeiten gefehlt hatte. Verdammt, dieses Haus nervte mich langsam. Im Keller, diesem Ort voller Schatten und Schauplatz alter Tragödien, hauste wahrscheinlich wirklich ein Geist.

Ich wollte nicht länger herumsitzen wie ein Schaf, das darauf wartet, zur Schlachtbank geführt zu werden. Ein Spaziergang würde mir guttun. Gerade hatte ich meinen Mantel übergestreift, das Handy in meine Handtasche gepackt, da wurde die Kellertür aufgerissen, jemand packte mich von hinten und stieß mich ins Wohnzimmer. Ich wand mich aus dem eisernen Griff und drehte mich um. Vor mir stand Peter. Ich erkannte ihn kaum wieder. Seine Augen waren blutunterlaufen, seine Haare ungekämmt, sein Jackett fleckig. Er trug Latexhandschuhe. Bei ihrem Anblick drehte sich mein Magen um.

»Willst du abhauen?«, fragte er. Seine Stimme klang brüchig, sein Ton sarkastisch. »Ich hätte dich so einfach töten können, als du letzte Nacht selig in deinem Bett leise vor dich hin geschnarcht hast. Aber das wäre unfair gewesen. Nach allem, was wir zusammen erlebt haben.«

Erst jetzt sah ich, dass er ein Messer in der Hand hielt. Einen Grabendolch, ähnlich dem in der Kellerwand.

Er bemerkte meinen Blick und lächelte kalt. »Mein Großvater Paul hat ihn mir vererbt. Und dazu noch ein Heft mit Notizen. Das Wichtigste aber ist, dass ich in seinem Nachlass die Kopie einer alten Handschrift entdeckt habe, der ich erst keine Bedeutung beigemessen habe. Doch um diese Schrift dreht sich alles. Eine angeblich verschollene Kopie des Originals aus dem Kolumba. Mein Großvater hatte sie aufbewahrt, allerdings wohl lange nicht mehr beachtet.«

Ich starrte ihn an. »Dein Großvater Paul?« Der Groschen fiel bei mir sehr langsam. »Du bist der Enkel von Paul Grävenitz?«

Peter grinste. »Kluges Mädchen!« Er hockte sich auf die Sofakante und sagte: »Komm, setz dich zu mir. Ehe ich den großen Abgang mache und dich leider im Keller zurücklassen muss, erzähle ich dir eine Geschichte.«

»Schumann wird gleich da sein«, flüsterte ich.

»Schumann? Nein, der verspätet sich. Du hast ihm heute sehr früh eine Nachricht geschickt, dass er doch bitte später kommen soll, weil du dich heute erst einmal erholen musst. Der kommt nicht vor fünfzehn Uhr. Deine Nachricht samt seiner Antwort habe ich gelöscht.«

Ich starrte auf mein Handy, das Peter aus meiner Tasche gefischt hatte.

»Wozu, glaubst du, habe ich heute Nacht dein Handy von der Kommode geholt? Ich war schon im Haus, als Frostauer dich gegen Mitternacht hier abgesetzt hat. Als du geschlafen hast, habe ich dir einen Besuch abgestattet und mich danach diskret verzogen. Der Keller ist nicht gerade der schönste Ort, doch da unten stehen noch ein paar recht gemütliche Gartenstühle herum. Da lässt es sich gut warten.« Peter lachte. »Auf dem Handy sind nur noch deine Fingerabdrücke. Vorsichtshalber habe ich auch noch ein paar Telefonnummern gleich mitgelöscht, darunter die Nummer von di Luccio, deinem Nicht-Freund.« Er lachte erneut.

Ich saß wie betäubt auf dem Sofa. »Steckst du hinter allem hier?« Mein Verdacht, gestern ein eher zartes Pflänzchen, war inzwischen zum Baum herangewachsen.

Peter rückte näher. »Ich werde dir alles erzählen. Wenn man dich später im Keller findet, bin ich über alle Berge. Ich weiß inzwischen auch, wo diese Goldmünzen sind. Das hat mir dieser arme Tropf Albert verraten, ehe ich ihm das Kissen aufs Gesicht gedrückt habe. Er hat mir vertraut, als ich sagte, du seist verhindert und hättest mich geschickt. Du seist dir nicht sicher, ob du den Fundort der Münzen richtig verstanden hättest. Er mochte dich. Der Gute hat mich für deinen Freund gehalten und es mir gesagt. Schade, dass ich ihn nicht leben lassen konnte. So ein Kissen ist eher eine altmodische Art, jemanden zu beseitigen. Aber ich hatte nicht viel Zeit.«

Ich keuchte. Was für ein Psychopath! »Woher wusstest du, dass Schulte das Versteck gefunden hat?«

Peter wurde plötzlich ernst. »Gute Frage. Das erzähle ich dir später.« Er grinste wieder, ein wölfisches Grinsen, das seinem Gesicht jeden Charme raubte. »Ich mag dich, Anna. Deshalb habe ich gestern Frostauer bei seiner Suchaktion geholfen. So grausam solltest du nicht sterben. Astrid ist manchmal ziemlich emotional und leider eifersüchtig auf dich. Sie hat dir eins über den Schädel gegeben, ich habe dich dann in die Kiste gehievt, die schon länger vor dieser Kuhle stand. Eigentlich für Gaymann gedacht. Aber wir mussten ihn bei dem Römergrab liegen lassen, weil dieser alte Mann mit seinem Hund aufgetaucht ist, der Gaymann gefunden hat. Pech! Da ich deinetwegen in einem Dilemma war, spielte mir Frostauers Auftauchen in die Hände. Und dieser Köter war natürlich sehr nützlich. In der Nähe des Fundorts wird man ein Taschentuch von Pelter finden, das ich mir vor längerer Zeit in Bath von ihm geliehen habe. Ich habe es aufgehoben. Und nie gewaschen.«

Wie seine muffige Wollmütze, dachte ich bei mir.

Er lächelte wieder. »Ich bin mit Astrid übrigens schon etwas länger liiert.« Auch das ein Schlag in meine Magengrube. Dann hatte ich ihre Blicke richtig interpretiert.

»Aber sie macht manchmal unüberlegte Alleingänge. Den guten Gebhard Weiler hat sie niedergeschlagen, ich musste ihn dann zur Mauer schleppen. Weiler nervt mich schon lange, da er leider einiges über meine Aktivitäten bei einer Grabung in Nordengland herausgefunden hat. Das liegt zehn Jahre zurück. Römische Villa und einige tolle Funde. Das ein oder andere Objekt landete auf dem Schwarzmarkt. Da ich Grabungsassistent war, wurde mein Name im Zusammenhang mit den vermissten Objekten genannt, aber der Verdacht fiel dann auf jemand anderes. Man kann mir zwar nichts beweisen, aber Weiler hat immer wieder Andeutungen gemacht. Eigentlich wollten wir diesem neugierigen Kerl nur eine Lektion erteilen.«

Peter machte eine Handbewegung, als wolle er eine Fliege verscheuchen. »Im Grunde lächerlich, dieser Bursche. Er ist sofort auf den Anruf hereingefallen. Gaymann dagegen wollte mich erpressen, weil Rogner ihm im Suff verraten hat, dass ich ihn für diese Einbrüche in dein Haus angeheuert hatte.«

Er blickte auf seine Uhr. »Du verdienst es, alles genauer zu erfahren. Wie dumm, dass du dich eingemischt hast. Du bist und bleibst zu neugierig. Ich hatte nicht geplant, dir etwas anzutun.« Er seufzte. »Aber es ist, wie es ist. Uns bleibt noch eine gute Stunde. Das müsste reichen.«

Ich fühlte mich entsetzlich. Angst, Verzweiflung, aber vor allem bittere Enttäuschung. Das war der Mann, bei dem ich kurz in Versuchung geraten war, meine Beziehung zu Richard zu beenden. Ein eiskalter Mörder, der mich für seine Zwecke ausgenutzt hatte. Ich hatte es erst nicht glauben wollen, als mir klar wurde, was es mit der stinkenden Wollmütze und dem falschen Tuch auf sich hatte. Mit Peter im Restaurant hatte ich ein blaues angehabt, in Kalkriese aber das zweifarbige, das er mir abnahm, ehe er mich in die Kiste steckte, um dann zu behaupten, ich hätte es in dem Kölner Restaurant vergessen.

Peter rutschte neben mich auf das Sofa. »Herrlich ruhig heute!«, plauderte er. »Keine Handwerker im Haus, keine Anrufe, einfach mal Ruhe. Wunderbar!« Er tätschelte mein Knie. »So, und nun fange ich von vorne an. Paul Grävenitz war mein Großvater. 1971 kam er von einer Wanderung in den Dolomiten nicht zurück. Seine Leiche wurde nie gefunden. Während meiner Lehr- und Wanderjahre in England bekam ich eines Tages vom Anwalt meiner inzwischen verstorbenen Eltern ein kleines Paket mit einigen Gegenständen aus dem Nachlass meines Großvaters. Darunter ein Grabendolch, den mein Vater in einer Vitrine aufbewahrt hatte. Meine Mutter hat es nie als Küchenmesser benutzt. Reine Erfindung von mir! Mein Großvater besaß früher zwei davon. Einer verschwand in den späten Kriegswirren, wie mir mein Vater erzählte.«

Ich schluckte. Sollte das die Waffe sein, die in der Kellerwand entdeckt wurde? Der Kreis begann sich zu schließen.

Peter fuhr fort: »Im Päckchen lagen Notizen über seine Freundschaft mit Faltermeyr und vor allem über ihre wachsende Rivalität. Beide waren ehrgeizig. Pauls Assistent Fritz Schneider entdeckte 1944 das römische Grab in diesem Keller. Schneider und Paul hatten vorher gemeinsam die Handschrift von Ambrosius, dem Mönch aus dem Kloster Sankt Gallus, kopiert. Eine tolle Geschichte, in deren Mittelpunkt, wie du längst weißt, der verschwundene Goldschatz mit fast eintausend römischen Münzen aus der Kriegskasse der 17. und 18. Legion steht. Nur ein paar dieser Münzen lagen noch im Grab. Faltermeyr hat wohl herausgefunden, wo die anderen seit dem frühen Mittelalter versteckt liegen, es aber Paul nicht verraten. Faltermeyr starb bei einem Bombenangriff, Pauls Assistent Fritz Schneider wenig später.«

Peter legte plötzlich den Arm um meine Schulter. Diese Geste, die ich vor einigen Tagen als angenehm empfunden hätte, ließ mich jetzt erschaudern. Er wippte mit dem linken Fuß und sagte: »Eigentlich würde ich gern einen Tee trinken. Komm, lass uns in die Küche gehen.«

Peters Verhalten grenzte in meinen Augen an Wahnsinn. Leise pfeifend bereitete er zwei Tassen Tee. Ich rührte meinen Tee nicht an. Der Wind hatte aufgefrischt und rüttelte an den Fenstern und Türen. Peter machte es sich wieder auf dem Sofa gemütlich.

»Ich hatte in Bath Erfahrungen mit ähnlichen Münzen gesammelt. Ich wusste auch von den Falschmünzen, die Sir Jeffrey Harris sich hatte andrehen lassen. Daran war ich nicht ganz unschuldig. Ich habe so meine Kontakte.« Genüsslich trank Peter seinen Tee.

»Während einer Grabung erwischte ich dann Julian Pelter und Tobias Funk dabei, wie sie einige Objekte an sich nahmen. Damit hatte ich sie in der Hand. Ich ahnte schon damals, dass dies irgendwann einmal nützlich sein könnte. So wie Pelters Taschentuch. Jeffrey Harris glaubte mir nicht, als ich ihm von dem Schatz in der Nähe der römischen Bäder berichtete. Ich hatte davon in einer mittelalterlichen Chronik gelesen. Ich wurde wegen meines Übereifers geschasst.«

Für einen Augenblick sah er betrübt aus. »Du weißt inzwischen, dass es tatsächlich einen solchen Münzfund gibt. Der Alte hatte deshalb ein schlechtes Gewissen und entschuldigte sich sogar bei mir. Wir blieben in Verbindung. Als ich ihm von der Möglichkeit erzählte, hier in Köln römische Münzen zu bergen, war er erst skeptisch, dann aber doch interessiert. Er ist ein ehrlicher Mensch, doch manchmal überspringt seine wissenschaftliche Neugierde gewisse moralische Grenzen. Doch ich hätte ihn im Endeffekt außen vor gelassen. Der Mann hat ein zu delikates Gewissen.«

Peter lachte wie über einen guten Witz. »Trinkst du deinen Tee nicht? Er ist nicht vergiftet.« Er stellte seine Teetasse auf den Couchtisch.

»Ganz allein wollte ich diese Sache nicht durchziehen. Ich kenne Ernst Habicht seit vielen Jahren, der ein guter Archäologe ist, aber fürchtet, allmählich aufs Abstellgleis geschoben zu werden. Ich habe ihm den Tipp gegeben, dass er im Haus deiner verstorbenen Patentante auf eine archäologische Sensation stoßen könnte. Allerdings ahnte ich damals nichts von dem zweiten Skelett. In diesem Fund sah er seine Chance, auf seine älteren Tage Ruhm zu ernten und Pelter auszustechen. Er hat auf meine Bitte hin deine Mutter angerufen, um zu erfragen, ob und wann das Haus leer steht. Deine liebenswürdige Mutter hat ihm verraten, dass demnächst die Firma Hülstermann einige Sanierungsarbeiten im Keller vornehmen müsste. Habicht wirkte ausreichend seriös, vor allem, da er angeblich einige Bekannte deiner Mutter aus dem Kölner Klüngel kennt. Dieser Kölner Klüngel!«

Peter amüsierte sich königlich, während ich immer tiefer in einen Sog aus Todesangst und Verzweiflung trudelte.

»Und dann habe ich Otto Rogner aufgetan. Ich wusste, dass Friedbert Gaymann, ein alter Bekannter von mir, einige dubiose

Typen aus seiner Vergangenheit kennt. Da ich Gaymann eine gute Provision versprach, gab er mir Rogners Nummer, und wir trafen uns mit seinem Kumpel Riemer im ›Germanicus‹. Ich hatte mich ziemlich gut getarnt, damit Gaymann später glaubwürdig aussagen konnte, er habe den Dritten im Bunde mit Rogner und Riemer nicht gekannt. Selbst die vorwitzige Marga konnte mich nicht beschreiben.« Peter nahm mir meine Teetasse ab und leerte sie mit einem Zug.

»Rogner erzählte mir übrigens in dem Zusammenhang von seinem Treffen mit Obermeister in Hannover und dessen Angebot. Das passte mir sehr gut. Den Verdacht auf den ach so ehrbaren Obermeister zu lenken war eine Kleinigkeit, genau wie auf den törichten Julian Pelter, der geldgierig ist und keine Skrupel kennt. Im Grunde wäre alles einfach gewesen. Rogner sollte sondieren, ob das Grab im Keller noch unangetastet war. Doch du hast ihn gestört. Riemer kam ins Spiel, den ich mit einem gefälschten Zeugnis bei Hülstermann unterbrachte und der Rogner dann den Zutritt verschaffte. Rogner sollte nur checken, ob das Skelett den Schilderungen meines Großvaters entsprach. Von einem zweiten Toten war in Pauls Notizen keine Rede. Dass Rogner diese Goldmünzen gestohlen hat, bedeutete für mich zusätzlichen Ärger. Deshalb habe ich sie später bei seiner Leiche gelassen, aber übersehen, dass er Riemer eine davon gegeben hatte.«

In diesem Augenblick fiel mir das Bonbonpapier ein, das Hallmann auf der Kellertreppe gefunden hatte. Ob sich darauf Peters DNA befand, der bisher, anders als Rogner, wohl noch nicht aktenkundig erfasst war? Aber das würde ich nun nie mehr erfahren.

»Leider wollten Rogner und Riemer mich erpressen. Das Übliche: mehr Geld. Rogner habe ich an den Rhein gelockt. Der Grabendolch meines Großvaters ist eine gute Waffe. In Pelters Garage habe ich ein ähnliches Messer deponiert. Übers Internet bestellt. Das Messer, das die Polizei bei Pelter gefunden hat, ist sorgfältig abgewischt. Nur an der Spitze ein winziger Blutstropfen von Riemer, den ich zwar mit dem Grabendolch erstochen, aber mit dem anderen Messer abgetupft habe.«

Peter nickte selbstzufrieden. »Manchmal läuft alles wie geschmiert. Riemer rief mich mit seinem Prepaidhandy an und wollte auf seinen Anteil verzichten. Der Kerl schlotterte vor Angst. Doch Typen wie ihm traue ich nicht. Ich bat ihn, zum ›Germanicus‹ zu kommen, um ihm seinen ursprünglich versprochenen Anteil zu geben. Er wirkte fast gerührt wegen meiner Großzügigkeit. Der Rest ist bekannt. Nur leider wollte Friedbert Gaymann von mir ein Schweigegeld. Um Rogner und Riemer war es ihm auch nicht leid, da sie wahrscheinlich auch ihn irgendwann zu erpressen versucht hätten. Ich verabredete mich mit ihm in Kalkriese, da ich ihn nicht in Köln treffen wollte, und machte ihm den Mund wässrig, indem ich ihm sagte, er könne dort leicht ein paar der gerade erst entdeckten Goldmünzen mitnehmen, die noch am Fundort lägen. Gaymann war etwas töricht. Er glaubte das tatsächlich. Wir gingen zusammen dorthin, er beugte sich ein Stück nach vorne, um besser in die Grube sehen zu können, und das war es dann für ihn. Ursprünglich sollte er in der Kiste verschwinden, in der du später gelegen hast. Aber ich musste den Plan ändern, weil Weiler zu früh auftauchte.«

»Was war denn mit ihm?« Wenn schon, denn schon. Ich wollte alles wissen.

»Das ist total schiefgelaufen.« Peter seufzte. »Weiler recherchiert schon lange an einer Geschichte über Raubgräber und Diebstähle bei Grabungen. Julian Pelter wusste, dass Weiler nach Kalkriese wollte, auch weil dein Freund Frostauer ihn angespitzt hat. Julian habe ich dazu gebracht, Weiler anzurufen und ihn dorthin zu locken mit der Aussicht auf eine Exklusivstory über die Sensationsfunde. Pelter machte Weiler weis, dass er der Erste wäre, der diese Funde zu sehen bekäme. Ich wollte Weilers Sensationslust für meine Zwecke ausnutzen. Weiler sollte Gaymann entdecken und später aussagen, dass ihn Pelter einbestellt hat. Tobias Funk kannte Weiler und hatte ihm angeboten, ihn bei Recherchen zu archäologischen Funden zu beraten. Wie zufällig sollte er Weiler an dem bewussten Tag anrufen, der ihn prompt gebeten hat, ihn bei einer ›heiklen‹ Recherche zu unterstützen. Eigentlich sollte Funk später bezeugen, Pelter dort gesehen zu haben. Nur leider ist er in Panik geraten, abgehauen und wurde mir zu unzuverlässig. Schade, dass er sterben musste. Die Tatwaffe, mit der Gaymann getötet und Weiler niedergeschlagen wurde, verschwand in der Hase, dem netten Flüsschen bei Bramsche. Pelter hat übrigens das Spiel zu spät durchschaut. Mit Gaymanns Tod hat er nichts zu tun. Aber er ahnt die Zusammenhänge und ist, Feigling, der er nun einmal ist, abgehauen. Aber dafür ist er jetzt Staatsfeind Nummer eins. Hätte ich ihn erwischt, würde man ihn zusammen mit einem salbungsvollen Abschiedsbrief tot am Rhein finden. Da hat er Glück gehabt!«

Peter blickte nachdenklich vor sich hin. Für einen Moment wirkte er wieder wie mein alter Freund aus besseren Tagen. »Astrid Stegmann, die mir seit unserem ersten Treffen im hannoverschen Literaturhaus immer wieder spannende Details über die Forschungen in Kalkriese zuspielt, hat für mich an besagtem Abend Schmiere gestanden. Als sie Weiler früher als geplant in Richtung Römergrab wandern sah, hat sie ihm mit einer Schaufel eins über den Schädel gegeben. Ich habe ihn an dieser etwas weiter entfernten Stelle des Geländes abgelegt. Ich bin ganz froh, dass er Astrids Attacke überlebt hat.« Er blinzelte.

»Du hast mir übrigens großartig in die Hände gespielt«, sagte er jäh. »Die Essen mit dir haben mir ehrlich Freude bereitet. Und unser Besuch im Kolumba. Für mich war die verschwundene Originalhandschrift von Ambrosius auch ein Schock. Ich wollte sie mir legal ausleihen, um ein paar Details nachzuprüfen, die in Pauls Kopie irgendwie unklar geblieben sind oder sogar fehlen. Als mir Pelter erzählte, dass er die Faltermeyr-Bücher an Albert Schulte weitergegeben hatte, wollte ich wenigstens diese beiden Werke haben. Ich rief Schulte an und bat ihn, mir die Bücher zu geben. Er war sonderbar und faselte etwas von schlechtem Gewissen, da er aus dem Kolumba widerrechtlich diese Handschrift mitgenommen habe. Er sagte mir, er wäre jetzt auf dem Weg zu dir. Dann murmelte er, dass er der Lösung des Rätsels um das Versteck der Münzen nahe gekommen sei. Warum ich ihn am Rhein abgefangen habe, kann ich leider nicht mehr genau sagen. Ich wollte mir die Originalhandschrift aneignen, ehe er sie, seinem Gewissen folgend, zurück ins Kolumba brachte und sie von Ruschke dann wohl länger nicht mehr herausgegeben worden wäre. Ich habe ihn niedergeschlagen und seine Büchertasche an mich genommen.«

Wieder stockte Peter, und in seine Augen trat ein wehmütiger Ausdruck. »Es sollte wie ein Raubüberfall aussehen, aber ich wollte ihn nicht so schwer verletzen. Aber sein Sturz war dann ein wenig zu heftig. Leider bin ich mit der Handschrift nicht weit gediehen. Die Schrift ist sehr klein. Pauls Kopie ist leichter zu lesen. Diese rote Kladde, die ich dir in Kalkriese entwendet habe, konnte ich letzte Nacht bei dem matten Kellerlicht auch nicht richtig entziffern. Faltermeyr hat eine Sauklaue! Aber was soll's. Schulte hatte mir das so sorgsam gehegte Geheimnis da schon verraten.« Er kicherte.

»Mal sehen, wie es mit Habicht weitergeht«, sagte er dann. »Ich hoffe, er schweigt. Er erntet den ersehnten Ruhm wegen des doppelten Grabes, selbst wenn die Identität des zweiten Skeletts ungeklärt bleiben sollte. Darüber habe ich nichts bei Grävenitz gefunden. Über den Römer kann Habicht gleich mehrere Aufsätze veröffentlichen.«

Er stand auf. »Der Tee hat gutgetan. Ich werde mir nachher diese Münzen holen und dann für immer verschwinden. Dank der legendären Kriegskasse bin ich ein gemachter Mann. Diese Münzen bringen sehr viel Geld. Astrid Stegmann ist heute übrigens nach Sizilien geflogen. Sie glaubt, dass ich sie dort treffen werde. Allein ist es in Palermo auch schön, selbst im Winter.«

Er schüttelte den Kopf. »Was aus ihr wird, weiß ich nicht. Es war nett mit ihr, und sie war nützlich. Aber ein gemeinsames Leben mit ihr – undenkbar.«

Astrid Stegmanns Schicksal scherte mich keinen Deut. Dieses bösartige, verlogene Biest. Habicht interessierte mich da schon eher. »Und falls Habicht doch auspackt?«

Peter zuckte mit den Achseln. »Bis dahin bin ich schon in Südamerika oder in der Karibik oder in irgendeinem anderen fernen Land untergetaucht. Ich glaube nicht, dass Habicht plaudert. Es ging ihm nie um Geld, immer nur um Anerkennung und Ruhm.

Und Astrid wird irgendwo untertauchen. Wird wohl nichts mehr mit ihrer Reportage für den NDR.«

Er streckte sich. »So, jetzt gehen wir in den Keller. Versuche nicht zu schreien. Ich muss dir nicht erklären, wo man deine Leiche finden wird.« Er amüsierte sich sichtlich: »Aus dem doppelten Grab wird ein Tripelgrab. Und da Pelter noch irgendwo herumkreuzt, werde ich es so einrichten, dass der Verdacht auf ihn fällt.«

Wenn ich jetzt wenigstens den albernen Fleischklopfer zur Hand hätte!

Peter packte meinen Arm und zog mich zur Kellertür. Wie ich Keller allgemein hasste! Sie hatten in meinem Leben noch nie eine positive Rolle gespielt. Und jetzt sollte ich dort unten in diesem kleinen Raum sterben, in dem das ganze Drama begonnen hatte. Peter stieß mich die Kellertreppe hinunter. Einmal mehr durchzuckte mich der lächerliche Gedanke, dass es besser gewesen wäre, auf Tante Amelies Erbe zu verzichten. Oder es ohne diese Sanierungsarbeiten zu verkaufen.

Warum kam niemand, um mich zu retten? In Krimis stürmten oft in letzter Sekunde die Retter herbei.

Während wir die Stufen zu meinem »Schafott« hinunterstiegen, rauschten Erinnerungen vorüber, vor allem an Weihnachten, das nun wieder vor der Tür stand. In diesem Jahr dann wohl ohne mich. Meine arme Mutter!

Wir durchquerten den vorderen Teil des Kellers und näherten uns dem hinteren Raum. Peter hielt den Grabendolch fest in der linken Hand. Hatte eigentlich niemand bei den Untersuchungen festgestellt, dass Rogner und Riemer von einem Linkshänder ermordet worden waren? Nicht zu Unrecht nannte man mich mit liebevollem Spott Miss Marple. Allerdings hatte ich das auch erst gestern bemerkt und damit zu spät.

Beim Durchqueren des Kellers sah ich, dass Thomas Krauss und seine Männer gute Arbeit geleistet hatten. Keine Flecken mehr an den Wänden, kein Modergeruch mehr. Den Schädel des zweiten Skeletts hatten sie allerdings nicht gefunden. Auch gut! Meine Vermutung über die Identität des Toten würde ich in wenigen Minuten mit ins Grab nehmen.

Wir näherten uns der Grabkammer, wie ich den Raum getauft hatte. Ich schickte ein stummes Gebet zum Himmel. Und als ob ich erhört würde, wurde die Tür zu dem Raum plötzlich aufgerissen. Di Luccio, Noah Weißgerber und Schumann standen vor uns. »Waffe fallen lassen«, brüllte di Luccio. In diesem Augenblick wurde ich ohnmächtig.

Als ich zu mir kam, lag ich auf dem Sofa in meinem Wohnzimmer. Mehrere Polizisten wimmelten herum, darunter mein alter Bekannter Lutz Hallmann, der mir freundlich zulächelte. Dörte Huth brachte mir ein Glas Wasser, Schumann hockte neben mir.

»Wie gut, dass ich deinen Schreibstil kenne«, sagte mein alter, wahrer Freund. »Mir kam diese SMS heute früh sehr komisch vor. Zu steif und zu künstlich für deine Ausdrucksweise. Ich habe sofort di Luccio alarmiert. Noah Weißgerber hat das Haus beobachtet. Nachdem Elvira fort war, hat er sich im Vorgarten postiert.« Er nahm meine Hand.

»Wir hatten einen nur vagen Verdacht gegen Mannsfeld. Zu viele Ungereimtheiten in seinen Alibis, dazu dieses Messer in Pelters Garage, das irgendwie nicht zu Pelter passte. Weiler, der inzwischen wieder recht wohlauf ist, hat uns die Story erzählt, dass Peter vor Jahren schon verdächtigt wurde, unsaubere Deals mit Grabungsfunden zu organisieren. In Bath ist ihm damals gekündigt worden, und seine befristete Dozentenstelle in Aachen sollte vorzeitig aufgelöst werden. Ein ganz schön schräger Vogel, der jetzt seine große Chance gewittert hat. Sein Großvater Paul Grävenitz war auch kein wahrer Ehrenmann, wie weitere Recherchen ergeben haben. Dann erfuhren wir von Gaymanns Lebensgefährtin Ella, dass Peter den Wirt gekannt hat. Die beiden waren offenbar schon früher in illegale Verkäufe von Artefakten verwickelt. Nur konnte man ihm nichts beweisen. Peter kam immer davon, und Gaymann hat die Scherben aufgesammelt.« Schumann drückte meine Hand.

»Der Verdacht verdichtete sich gestern in Kalkriese, als er dich zusammen mit Frostauer aufspürte. Mir kam das seltsam vor. Dann fand ich einen Zeugen, den Museumswärter, der dich gesehen hatte. Er sagte aus, dass Peter schon am Morgen auf dem Gelände herumlief oder vielmehr ›herumschlich‹. Nachdem er dich zusammen mit Harald ›gerettet‹ hatte, verschwand er plötzlich, und auf einmal war Astrid Stegmann weg. Spurlos verschwunden. Bei der Durchsuchung ihres Büros fanden wir in einer versteckten Schublade ihres Schreibtisches Listen mit Artefakten und dazu Anmerkungen über mögliche Interessenten. In der Eile ihres Aufbruchs konnte sie diese Daten nicht mehr mitnehmen. Darunter befinden sich einige bekannte Namen von Sammlern und Händlern. Nicht Richard, falls du das fürchtest.« Er lachte.

»Die beiden waren ein erfolgreiches Duo. Ich habe dank deiner Anregung über Stegmann Recherchen angestellt. Da kam heraus, dass der NDR sich von ihr trennen wollte. Irgendetwas mit Plagiaten und Fake News.«

Schumann seufzte. »Wir hätten schneller handeln sollen, wollten Peter aber in flagranti erwischen. Weißgerber bekam mit, wie Peter dich überfallen hat, schlich ins Haus und versteckte ein Aufnahmegerät vor dem Wohnzimmer. Wir haben Peter Mannsfelds volles Geständnis. Ich war kurz vor zwölf Uhr da, und di Luccio, Weißgerber und ich sind in den Keller gegangen und haben abgewartet. Es ist keine Überraschung, dass der Kerl dich dort unten umbringen wollte. Es tut mir furchtbar leid, was du durchgemacht hast!« Er nahm mich in die Arme. »Wir wären fast zu spät gekommen!«

Ich richtete mich auf: »Ich wollte dir gestern Abend noch sagen, dass ich Peter verdächtige. Unter anderem wegen des Tuches, das ich angeblich im Restaurant vergessen haben soll, und wegen dieser stinkenden Mütze, die er mir in Kalkriese übergestülpt hat. Er hatte einmal bei unserem Spaziergang so eine müffelnde Mütze auf. Astrid Stegmann hat einen Dackel, wie sie mir erzählte. Und die Mütze hat wohl dem Dackel als Kissen gedient. Aber ich hatte keine Lust, schon wieder auf die Mailbox zu quatschen. Ich wusste ja, dass du heute kommst. Doch dass Peter schon im Haus war, konnte wohl keiner ahnen.«

Plötzlich übermannten mich die überstandenen Ängste der

letzten Stunden mit voller Wucht, und ich sank heulend an Schumanns Schulter. Zwei lebensbedrohliche Situationen innerhalb von vierundzwanzig Stunden waren selbst für die eher toughe Miss Marple von Köln zu viel.

Habicht wurde am nächsten Tag verhaftet. Er tat mir von Herzen leid. Er legte ein volles Geständnis ab und bereute, dass er bei Peters Plan mitgemacht und vor allem ihn aus Feigheit gedeckt hatte. Peter habe ihn manipuliert und dazu gebracht, den Verdacht auf Pelter anzuheizen.

Julian Pelter blieb verschwunden.

Kleines Nachspiel

Ich bekam zu Weihnachten eine Karte mit einer Abbildung der Garvagh-Madonna von Raphael aus der National Gallery in London. Darauf stand nur: »Verzeihen Sie mir bitte! Ich werde mich demnächst der Polizei stellen. Aber zuvor möchte ich noch möglichst viel Kunst tanken. Ich weiß, wie sehr Sie dieses Museum lieben. Frohe Weihnachten, Julian P.«

Apropos Weihnachten. Richard, meine Mutter und ich feierten zusammen. Schumann musste »wegen des Hundes« nach Hannover. Richard würde nach einem neuen Konzept für die Sendung ab dem kommenden Jahr alle zwei Monate jeweils zwölf Folgen von »Gutes für Geld« moderieren. Sebastian Stamm, der Neue, hatte schmollend gekündigt.

Die Handschrift des Ambrosius liegt wieder im Kolumba, diesmal in einer der Ausstellungsvitrinen. Die Goldmünzen vom Schlachtfeld des Varus sind noch immer in ihrem Versteck. Ich hatte gefürchtet, dass Peter das Versteck verraten würde, um damit einen Deal mit der Justiz einzugehen. Es war ihm einen Versuch wert. Aber es stellte sich heraus, dass Schulte ihm nicht die richtige Kirche genannt hatte. Vielleicht war er im letzten Moment misstrauisch geworden. Nein, die Münzen liegen nicht in Sankt Pantaleon. Armer Albert Schulte! Sein sinnloser Tod belastet mich. Ich habe das Versteck nicht verraten. Sie liegen dort gut im Schutz eines Heiligen, verborgen im Sockel seines Sarkophags. Dazu passt irgendwie das Thema der Ausstellung in Osnabrück, an deren Katalog ich mit neuem Elan arbeite, nachdem ich den Kurator Clemens Krämer endlich kurz vor Weihnachten getroffen habe.

Die schönste Nachricht für mich war, dass das Literaturhaus in Hannover mir die Premierenlesung meines geplanten Buches »Von Moormännern und Drachenrittern« angeboten hat. Jetzt muss ich das Buch nur noch schreiben.

Astrid Stegmann wurde kurz vor Weihnachten mit der Hilfe

von Interpol in Noto auf Sizilien verhaftet. Gebhard Weiler sitzt inzwischen an einem Buch über Kölner Legenden, darunter der Weiße Mönch. Jakob Faltermeyrs Bücher dienen ihm als Quelle. Harald Frostauer nervt mich zwar immer noch, aber ich werde ihn öfter zum Abendessen einladen. Immerhin haben er und Klops mein Leben gerettet. Seine Broschüre über Kalkriese wird er auch ohne Obermeister schreiben, der demnächst seinen Prozess hat.

Peter nehme ich ab, dass er in letzter Konsequenz davor zurückschreckte, mich diesem schrecklichen Tod im Grab auszuliefern, und Frostauer und Klops sogar freiwillig begleitete. Ein Stich ins Herz mit dem Grabendolch erschien ihm in seiner verqueren Vorstellung doch humaner. Er hat inzwischen offiziell gestanden, auch Tobias Funk getötet zu haben. Mir fällt es nach wie vor schwer, zu begreifen, dass mein alter Freund fünf Menschen ermordet hat. Fast sechs mit mir als die angedachte dritte Leiche im Tripelgrab. Wie man sich doch in Menschen täuschen kann. Meine schlaue Mutter zitiert dazu gern eine chinesische Lebensweisheit:

Wenn du einen Drachen malst, dann malst du seine Haut, nicht seine Knochen. Wenn du einen Menschen kennst, so kennst du sein Gesicht, nicht aber sein Herz.

Vielleicht werde ich mein Kölner Haus doch nicht verkaufen, auch, um in der Nähe dieser altersweisen Frau zu bleiben und um weitere Geheimnisse Kölns zu ergründen. Schumann kann jederzeit bei mir wohnen, und Richard sieht sich wie ich bereits als Wanderer zwischen Köln und Hannover. Sir Jeffrey Harris werde ich im Frühling zusammen mit Richard in Bath besuchen, um mir seine Grabung anzuschauen. Seine Verbindung zu Peter behalte ich für mich, obwohl er mich aus nicht ganz nachvollziehbaren Gründen belogen hat. Dafür habe ich mindestens eine weitere Führung in den Thermen gut und einen Tee in Gesellschaft von Sir Lancelot.

Epilog

Am Freitag, den 29. Juni 1984, schob der Postbote Giuseppe Romano sein Fahrrad mit einiger Mühe den letzten Abschnitt des Hügels hinauf zur Casa Giacomo. Das alte Bauernhaus in der Nähe des kleinen Ortes Castello Carduccio bei Florenz lag inmitten eines Zypressenhains auf der Spitze des Colle di San Giuliano. Einen Steinwurf entfernt von dem Haus erinnerte die Ruine einer Kapelle daran, dass dieses Haus vor langer Zeit zu einem Kloster gehört hatte. Man sagte, dass bereits zur Zeit der Römer hier ein Landhaus gestanden habe, auf dessen Fundamenten das spätere Kloster erbaut worden sei. Doch jetzt war nur noch ein Teil des früheren, wesentlich größeren Gebäudes übrig, das vor drei Jahrzehnten von einem Deutschen gekauft und umgebaut wurde.

Il Tedesco war inzwischen mehr als achtzig Jahre alt. Er lebte ganz für sich allein in dem alten Bauernhaus, hielt sich fern von allen Dorfaktivitäten und traf nur hie und da den Ortspfarrer Don Marcello. In die Dorfkirche ging er nie, nur ins Geschäft von Signora Cincia, bei der er alles Lebensnotwendige fand. Manchmal lieferte ihm Giuseppe, der als Post- und Paketbote für mehrere Dörfer in der Umgebung arbeitete, größere Pakete, prall gefüllte Einkaufstaschen und Kästen mit Wasser und Wein, die Il Tedesco nicht mehr selbst tragen konnte. Giuseppe lieh sich dafür die Ape seines Schwagers Gianni.

Die Gerüchteküche brodelte, als Il Tedesco 1953 nach einem Jahr extensiver Umbauarbeiten in das Haus einzog. War er ein aus Deutschland geflüchteter Kriegsverbrecher, ein Philosoph, der die Einsamkeit suchte, ein Schriftsteller, der in ländlicher Abgeschiedenheit schreiben wollte?

Auch nach dreißig Jahren war das Rätsel um Il Tedesco nicht gelöst. Er verließ die Gegend fast nie. Nur einmal, vor etwas mehr als zehn Jahren, war er für einige Tage verreist und gesundheitlich angeschlagen zurückgekehrt. Seine Haushilfe, die

Schwester von Christina, wusste zu berichten, was Il Tedesco ihr gegenüber gesagt habe: *»Non voglio píu lasciare questo paese.«* Und in der Tat hatte er die Gegend nie wieder verlassen, traf sich aber in den Folgejahren häufiger mit Don Marcello. *»Il Tedesco ha un segreto molto grave«*, meinte Signora Cincia, deren Laden das Dorfzentrum für Klatsch und Tratsch war. Was aber »dieses schwerwiegende Geheimnis« war, erfuhr niemand. Und falls Don Marcello es wusste, verriet er nichts. Er hütete es wie ein Beichtgeheimnis.

Giuseppe erreichte das Haus. Der Schweiß rann ihm von der Stirn. Er stellte das Rad ab. Die Haustür stand halb offen. Das war nichts Ungewöhnliches. Giuseppe konnte in die kühle Halle treten, wo meist auch eine Flasche Wasser auf ihn wartete. Er legte die wenigen Briefe, eindeutig alles Rechnungen, in eine Schale auf der Truhe, wunderte sich, dass dort kein Wasser stand, und sah sich zögernd um. Die Haushilfe kam nur dreimal die Woche, immer am Dienstag, Donnerstag und Samstag.

Die Stille im Haus beunruhigte Giuseppe. Il Tedesco musste da sein, da sein Auto, ein uralter Mercedes, auf der Kiesauffahrt vor der Haustür parkte. Giuseppe nahm seinen Mut zusammen. Er neigte nicht dazu, seine Stimme zu erheben. Seine Frau Susanna nannte ihn liebevoll »Il Timido«, den Schüchternen.

»Signore!«, rief Giuseppe. Seine Stimme hallte durch das Haus. »Signore, sind Sie da? Hier ist Giuseppe mit Ihrer Post.« Schweigen. Eine Gänsehaut kroch über Giuseppes Rücken. »Nur die Toten schweigen beredt«, hatte ihm einst seine Nonna gesagt, als sie gemeinsam vor vielen Jahren in das Haus einer schwer kranken Freundin gegangen waren und sie tot im Bett fanden. Schon beim Betreten des Hauses hatte La Nonna diese Bemerkung gemacht. Und die gleiche atemlose, schwere Stille spürte Giuseppe ein halbes Jahrhundert nach seinem Kindheitserlebnis im Haus des alten Deutschen.

Er tastete sich durch die Räume. Wohnzimmer, Küche, Bibliothek, Esszimmer, das unbenutzt aussah, im oberen Stock dann ein erstes Schlafzimmer mit wenigen Möbeln unter weißen Laken, dann das zweite Schlafzimmer. Und hier fand er ihn. Il Tedesco lag in seinem Bett wie schlafend. Doch Giuseppe erkannte sofort, dass er tot war. Ein fernes Lächeln lag auf dem Gesicht, ein wissendes Lächeln, wie Giuseppes weise Nonna gesagt hätte. In seinen erstarrten Händen hielt er einen großen Umschlag, auf dem Don Marcellos Name stand.

Giuseppe schlug ein Kreuz, verharrte einige Sekunden respektvoll am Bett des Toten und ging dann langsam durch das schweigende Haus zu seinem Fahrrad. Er fuhr durch die Mittagshitze hinunter ins Dorf, alarmierte den Arzt und den Polizisten und hielt auf seinem Weg kurz bei Signora Cincia an. Zwar war der Laden wegen der Siesta geschlossen, doch ihrem Schulfreund Giuseppe, mit dessen Vetter Marco sie verheiratet war, öffnete sie immer ihre Tür.

»Il Tedesco ist tot«, sagte der Postbote, wohl wissend, dass diese Neuigkeit sich bald in der gesamten Gegend verbreiten würde. Signora Cincia bekreuzigte sich und sagte: »Er war alt, und er war traurig. Gott segne ihn.«

Don Marcello nahm den Umschlag, den Giuseppe ihm brachte, mit Tränen in den Augen entgegen, sprach ein Gebet für die Seele des Verstorbenen, der, wie der Arzt feststellte, eines natürlichen Todes gestorben war. »Sein Herz war schon seit geraumer Zeit nicht sehr kräftig. Er hat das nicht wahrhaben wollen und sich geweigert, sich in Florenz gründlich untersuchen zu lassen«, sagte Dottore Aristide Salvio.

Damit erledigte sich der Tod des Deutschen auch für den Polizisten Stefano di Luccio, der ohnehin plante, demnächst sein Dorf zu verlassen und zu seinem Bruder Niccolo nach Köln zu ziehen. Die Brüder träumten davon, gemeinsam ein Restaurant zu eröffnen. Stefano war nie gern Polizist gewesen, zumal in einer Region, in der fast nichts passierte, außer Trunkenheit am Steuer und Geschwindigkeitsübertretungen. Alle bürokratischen Fragen würden Dottore Salvio und Cincias Bruder Ernesto klären, der im zuständigen Ordnungsamt in Fiesole arbeitete.

Ernesto kannte Il Tedescos wahren Namen, verriet ihn aber nicht. »Er tut nichts zur Sache«, meinte er. Da Il Tedesco nach wie vor deutscher Staatsbürger war, musste man die deutsche Botschaft in Rom benachrichtigen. Der Deutsche habe gebeten, seinen Tod nicht an die große Glocke zu hängen und ihn im kleinsten Kreis in Castello Carduccio zu beerdigen. »In Deutschland wartet niemand auf mich«, hatte er wiederholt gesagt.

Als die wichtigsten Formalitäten erledigt waren und der Tote aufgebahrt in der kleinen Kirche ruhte, öffnete Don Marcello den Umschlag. Darin fand er mehrere Blätter Papier. Die erste Seite war ein kurzer Brief an ihn, die anderen waren überschrieben mit *»Confessione«*:

Hochverehrter Don Marcello,

meine Tage sind gezählt. Seit einigen Wochen weiß ich, dass mein Herz mir allmählich den Dienst versagt. Dottore Salvio hat mich mit ausreichend Medikamenten versorgt, um mir meine letzten Tage so angenehm wie möglich zu gestalten. Er ist ein guter Mensch, der mir in den vergangenen Jahren über manche Klippe geholfen hat. So wie auch Sie, verehrter Don Marcello, für mich Seelsorger und Freund zugleich waren. Ich bin nie ein Kirchgänger gewesen, doch glaube ich durchaus an eine über allem waltende Gerechtigkeit. Ich vertraue Ihnen deshalb meine Beichte an, die manches Geheimnis aus meinem langen Leben erklärt. Denn mein Weg war voller Wendungen und Abgründe. Ich bitte Sie, diese Confessione *mit niemandem zu teilen.*

Ich bin vor mehr als dreißig Jahren aus Gründen, die Sie nun erfahren werden, in dieses wunderbare Land gekommen und will es nicht wieder verlassen. Zu Hause hält man mich seit vierzig Jahren für tot. Und daran möchte ich nicht rütteln. Zudem habe ich keine nahen Verwandten, und meine wenigen Freunde leben besser ohne mich. Doch Ihnen möchte ich die Wahrheit anvertrauen und Sie bitten, mich in Ihre Gebete einzuschließen.

In Freundschaft und Dankbarkeit – Il Tedesco – Chiamimi Ishmael.

Don Marcello spürte, wie Tränen langsam seine Wangen hinunterliefen. Er hatte den seltsamen Fremden, dessen wahren Namen er nie erfahren hatte, stets geschätzt. »Nenn mich Ishmael«, hatte Il Tedesco zu ihm gesagt, als er ihn nach seinem Namen fragte, ein Zitat aus Don Marcellos Lieblingsbuch »Moby Dick«. Und ihre vielen Gespräche sommers wie winters bei einem Glas Wein waren für ihn die schönste Abwechslung in seinem gleichförmigen Leben gewesen.

Don Marcello holte tief Luft, wischte die Tränen weg und begann die *»Confessione«* des Mannes zu lesen, den er als Freund empfunden hatte, ohne ihn wirklich zu kennen. Nach dem alten römischen Leitsatz »Idem velle, idem nolle« – das Gleiche zu wollen und nicht zu wollen – hatten sie ihre Beziehung gepflegt. Don Marcello war zwanzig Jahre jünger als Il Tedesco, aber das war keine Barriere gewesen. Er würde diese Seiten unter dem Siegel des Beichtgeheimnisses niemandem weitergeben. Der Abend sank herab, und die Zikaden lärmten in den Bäumen.

Confessione

Ich stamme aus Köln, wo ich im Mai 1900 geboren worden bin. Mein Vater war Professor für Geschichte an der dortigen Universität. Meine Mutter starb kurz nach meiner Geburt. Geschwister habe ich keine. Mein Interesse galt schon früh der Geschichte, eine Passion, die mein Vater in mir geweckt hat.

Als Student im nah gelegenen Bonn freundete ich mich mit dem Sohn eines Arztes aus Köln an, der ebenfalls Geschichte und Archäologie studierte. Paul und ich wurden unzertrennlich. Als Dritter im Bunde kam ein Kommilitone hinzu, dessen Familie in Köln ein ansehnliches Haus besaß und dort oft zu kulturellen Veranstaltungen einlud. Der Vater unseres Freundes galt als bedeutender Kunstsammler, und um manche seiner Bilder hätten ihn Museen beneidet. Unser Freund Gregor heiratete früh, und ich ging ein und aus in dem Haus, als sei ich Teil der Familie. Er bat mich, Patenonkel seiner Tochter zu sein, die sein einziges Kind bleiben sollte. Ich stimmte zu, obgleich ich damals keiner Konfession nahestand und mich selbst als Agnostiker bezeichnete. Als der Krieg ausbrach, hatte ich mir einen Ruf als Historiker für Regionalgeschichte erarbeitet. Ich wurde nicht eingezogen, da ich schon damals mit Herzproblemen kämpfte, die sich in häufigen Schwindelanfällen und Herzrasen zeigten. Mein Freund Paul dagegen musste in den Krieg, wurde nach einem Jahr bei Kämpfen an der Westfront verwundet und konnte die Wehrmacht verlassen. Er widmete sich seiner Forschung, veröffentlichte eine viel beachtete Doktorarbeit und strebte eine Hochschulkarriere an.

Bei den Recherchen zu einem meiner eigenen Bücher stieß ich auf eine Begebenheit aus der römischen Frühzeit im Rheinland. Durch Zufall fiel mir eine bis dahin wenig beachtete Handschrift eines Mönchs in die Hände, dessen Kloster längst nicht mehr existiert, aber einst ein Hort der Wissenschaft und auch, wie ich herausfand, ein Ort ungewöhnlicher Ereignisse war. Der Mönch, der angeblich um 1521 einem Mordanschlag zum Opfer fiel, hatte eine ältere Kopie eines lateinischen Originals ins Deutsche jener Zeit übersetzt und kam dabei einem Verbrechen aus dem Jahr 9 im Zusammenhang mit der Varusschlacht auf die Spur. Damals war die Kriegskasse zweier römischer Legionen verschwunden, der Zahlmeister getötet worden. Als Hauptverdächtiger galt ein Offizier, der aber in Wahrheit diese Kasse vor den Cheruskern retten sollte.

Ich spare weitere Einzelheiten aus, doch am Ende blieben die eintausend Goldmünzen, die in mehreren Satteltaschen nach Köln gelangt waren, unentdeckt. Bis der Enkel des Offiziers nach Köln kam, um die Wahrheit über jene Vorkommnisse herauszufinden. Tatsächlich entdeckte der Enkel den Schatz, nahm ihn aber nicht mit nach Italien. Er wollte sich nicht mit dem »Blutgeld« belasten.

Bei meinen Nachforschungen bin ich auf das Versteck der Goldmünzen gestoßen. Dieser Ort ist in der Krypta einer Kirche. Zuvor aber hatten die Münzen in einem Venustempel gelegen, der längst einer Kapelle gewichen war. Der Unbekannte, der vor gut eintausendzweihundert Jahren die Aufzeichnungen des jungen Römers gefunden und kopiert hat, entdeckte die Münzen und brachte sie in eine der vielen romanischen Kirchen in Köln. Er überließ den Schatz der Obhut eines Heiligen. Auch der Mönch, der wiederum Jahrhunderte später die Handschrift übersetzte und das Rätsel um das Versteck löste, ließ den Schatz unangetastet.

Mein Freund Paul kopierte die Handschrift des Mönchs gemeinsam mit seinem Assistenten und drängte mich, mit ihm auf Schatzsuche zu gehen. Ich weigerte mich, ihm mein Wissen um das Versteck zu offenbaren, da sein Eifer mich beunruhigte.

Im Keller des Hauses, das ich für meine Freunde in den letzten Kriegsjahren hütete, stießen wir auf das Skelett des ermordeten Offiziers. Die näheren Umstände dieser Entdeckung tun hier nichts zur Sache. Sein Enkel hatte ihn vor langer Zeit halbwegs würdig bestattet und ihm sein Schwert und mehrere Goldmünzen ins Grab gelegt. Paul, der die Kopie der Handschrift gelesen hatte, aber mit den Anspielungen auf den Fundort der Münzen nichts anzufangen wusste, erriet, dass ich den Ort des Verstecks wusste, und forderte mich auf, die Münzen mit ihm zu teilen. Ich weigerte mich, da ich insgeheim plante, sie der Stadt Köln zu übergeben. Sie gehören ins Museum und nicht in Privatbesitz.

Ich war einige Tage nicht in dem Haus, sondern in meiner Wohnung in der Innenstadt. Als ich zurückkehrte, war Fritz verschwunden. Paul erklärte mir, der junge Mann hätte dringend zu seiner Familie im Westerwald gemusst. Er habe das Grab jetzt erst einmal zugedeckt, damit es geschützt sei, und wir sollten uns in ruhigeren Zeiten wieder damit beschäftigen. Ich traute Paul nicht und dachte, er hätte Fritz fortgeschickt, um nicht den Ruhm des Grabfundes mit dem Jungen teilen zu müssen. Aber ich ging der Sache nicht weiter nach, da Köln in diesen Tagen mehrfach bombardiert wurde. Ich verabredete mit Paul, in der kommenden Woche in die Eifel aufzubrechen, um Gregor und Renata Schönherr über den Fund zu informieren. Doch es war unmöglich, Köln zu verlassen, da die Schlacht im Hürtgenwald in jenen Tagen begann, die sich bis zum Februar 1945 hinzog. Ich verließ das Haus in der Absicht, mich in den nächsten Tagen noch einmal heimlich mit dem Grab zu befassen. Doch dazu kam es nicht. Ich sollte das Haus nicht wiedersehen.

Denn einen Tag später traf eine Bombe mein Wohnhaus in der Nähe des Doms. Ich wurde schwer verletzt, verbrachte einige Wochen in einem Hospital und verließ Köln danach. Ich wollte nichts mehr mit dem römischen Grab und dem Schatz zu tun haben. Und ich wollte auch Paul nicht mehr begegnen. Ich meldete mich bei niemandem, obgleich mein Gewissen mich drängte, Gregor die Wahrheit über das Grab in seinem Keller zu gestehen. Doch auch mit ihm nahm ich keinen Kontakt auf. Allgemein galt ich als tot, getötet durch den Bombenhagel im Oktober 1944.

Ich versteckte mich im Allgäu, bis der Krieg vorüber war, lebte dann in einem Dorf bei München und kehrte nur einmal nach Köln zurück. Heimlich schlich ich mich in die besagte Krypta. Aus dem unberührten Versteck holte ich fünfzig Goldstücke, die ich über eine bestimmte Quelle für sehr viel Geld an Sammler verkaufte. Kein Ruhmesblatt in meiner Biografie! Von dem Geld erwarb ich das Anwesen in der Toskana. Ein Haus in der Gegend, aus der jener Römer stammte, dessen Grab ich in dem Keller meiner Freunde entdeckt hatte.

Ich glaube nicht an Zufälle. Irgendetwas hat mich hierhergetrieben. Und als ich eine Chronik des Klosters in dieser Gegend Italiens las, das vor einhundert Jahren nach einem Brand von seinen Mönchen verlassen wurde, stieß ich auf etwas, das meinen Zweifel an Zufällen bestärkte: Dort wird erwähnt, dass im Jahre des Herrn 1521 ein deutscher Mönch aus Köln um Aufnahme ins Kloster bat. Er tat sich bald durch seine Schreibkünste hervor. In einer kleinen Fußnote zu diesem Mönch, der sich Francesco nannte, heißt es: »Unser guter Bruder Francesco schreibt emsig an einer Historie, die er ›Das Schwert des Verräters‹ betitelt hat.« Ob Francesco, hinter dem sich gewiss Ambrosius verbarg, dieses Werk je beendet hat, weiß ich nicht und konnte es auch nicht in Erfahrung bringen.

Ich glaubte, meinen Frieden gefunden zu haben. Niemand in dieser Gegend erfragte meinen wahren Namen, niemand bohrte in meiner Vergangenheit. Aber eines Tages überbrachte mir der freundliche Postbote Giuseppe einen Brief. Diesen Tag vergesse ich nie. Es war Mittwoch, der 12. Mai 1971. Der Brief stammte von Paul, der mir vorschlug, sich mit ihm während seiner Wanderung durch die Dolomiten zu treffen. Obgleich ich kein ausgeprägtes Bedürfnis verspürte, ihn wiederzusehen, war ich dann doch neugierig, zu erfahren, wie er mich gefunden hatte. Ich ahnte jedoch, dass Paul nichts Gutes plante.

Wir trafen uns eine Woche später an dem von ihm vorgeschlagenen Ort, am Pragser Wildsee. Er hatte sich gut gehalten. Seine früher dunkelblonden Haare waren zwar jetzt schlohweiß, passten aber gut zu seinem Gesicht mit den kühlen hellblauen Augen. Sehr rasch kam er nach einigen Floskeln und seinem Bericht darüber, wie er mich gefunden hatte, zur Sache. Er sei nie wirklich von meinem Tod überzeugt gewesen. Schon während der letzten Kriegsmonate habe er geforscht und herausgefunden, dass ich offenbar den Bombenangriff überlebt hatte. Doch da ich wie vom Erdboden verschluckt schien, konnte er keine konkreten

Beweise finden. Mit einem spöttischen Unterton sagte er: »Da habe ich jahrelang in der Furcht gelebt, du hättest die Wahrheit über das plötzliche Verschwinden von Fritz herausgefunden.« Er lachte zynisch. In dem Moment wusste ich, was mit dem armen Jungen wirklich geschehen war. Unbeirrt von meinem entsetzten Gesichtsausdruck erzählte er, dass ihm vor einigen Jahren ein früherer gemeinsamer Freund sagte, er habe mich zu seiner Überraschung in München gesehen. Paul beauftragte einen Privatdetektiv, der drei Jahre suchte und mich dann in der Toskana in Castello Carduccio aufspürte.

Paul verlangte einen Anteil der römischen Münzen, von denen er annahm, ich hätte sie in die Toskana mitgenommen. Sonst wolle er öffentlich machen, dass ich noch am Leben sei. Er war sich seiner so sicher, dass er sogar den gewaltsamen Tod von Fritz eingestand. Fritz und er seien wegen Details der kopierten Handschrift in Streit geraten. Es sei Notwehr gewesen, der junge Mann habe ihn bedroht, sei sogar mit einem Messer auf ihn losgestürmt. Da sei er gezwungen gewesen, sich mit dem Grabendolch, den er in jenen Tagen stets als Waffe bei sich führte, zu wehren.

»Als du wieder in das Haus kamst, hatte ich Fritz in das Grab gelegt und meinen Dolch in einer Wandnische verborgen«, sagte er. »Er liegt jetzt mit dem Römer zusammen, nur getrennt durch ein paar Steine und etwas Erde. Aus Pietät habe ich dem Römer sein Schwert und die drei Münzen gelassen. Das Grab im Keller ist nach dem Krieg unberührt geblieben, selbst als Gregor 1951 in diesem Raum ein gänzlich sinnloses Bad einbauen ließ. Ich habe keinen engeren Kontakt mehr mit den Schönherrs. Falls man doch diese zwei Skelette irgendwann entdecken sollte, bedeutet das eine archäologische Sensation.« Er lachte bei dem Gedanken laut auf.

»Ich habe keine Münzen mitgenommen«, erklärte ich ihm. Er schüttelte nur den Kopf und sagte: »Das glaube ich nicht. Mein Detektiv hat mir berichtet, dass dein Anwesen in Castello Carduccio recht großzügig ist. Als verarmter, ausgebombter Flüchtling wirst du dir dies kaum leisten können, und Arbeit hast du gewiss auch nicht.«

»Die Münzen liegen immer noch in Köln an der alten Stelle. Hätte sie jemand entdeckt, wäre das eine größere Nachricht wert gewesen«, antwortete ich.

Paul nickte zufrieden. »Umso besser. Dann werde ich sie mir holen. Ich lebe seit einiger Zeit wieder in Köln. Also, wo sind sie?« Er drohte mir, aller Welt kundzutun, dass ich versucht hätte, in Köln meinen dunklen Geheimnissen zu entfliehen, da ich die Schuld am Tod von Fritz trug. Eine grausame Lüge!

Unser Streit eskalierte. Paul wurde immer aggressiver und bedrängte mich schließlich auch physisch. Er war schon immer größer und stärker als ich, und meine Gesundheit ist nie besonders stabil gewesen. Ich wehrte mich, so gut ich konnte. Wir standen auf einem Felsen am Ufer dieses schönen Gewässers, an dessen Südende laut einer Sage das Eingangstor zum unterirdischen Reich der Fanes liegt. Eine wunderbare ladinische Legende, laut der die Königin der Fanes jedes Jahr in einer Nacht bei zunehmendem Mond den Sas dla Porta verlässt und mit ihrer Tochter mit dem Boot über den Pragser See fährt. Sie warten darauf, dass die silbernen Posaunen in den Dolomiten ertönen und die »versprochene Zeit« verkünden, in der alle wiederauferstehen werden, um in Frieden zu leben. Was für eine wunderbare Sage, aber ich verlor in dieser Nacht meinen Seelenfrieden.

Denn bei unserem Handgemenge rutschte Paul aus und schlug mit dem Hinterkopf auf eine Felskante. Er stürzte ins Wasser. Ich kletterte so rasch wie möglich zum schmalen Ufer hinunter. Als ich am See ankam, trieb er mit dem Kopf unter Wasser. In der Nähe ankerte ein Boot, in das ich Paul hineinhievte und seinen Puls fühlte. Er war tot. Ich ruderte hinaus auf den See, band die Ankerkette um seine Füße und wuchtete seine Leiche über Bord ins Wasser. Panisch sah ich mich um.

Doch der See ruhte still an diesem Vormittag im Mai. Das Wetter zeigte sich launisch. Ein stark bedeckter Himmel, ein kühler Wind, und auf fast tausendfünfhundert Metern Höhe ist es um diese Jahreszeit zwar schön zum Wandern, aber nicht zum Baden. Es waren auch keine anderen Boote auf dem Wasser.

Ich brachte das Boot an seinen Ankerplatz zurück, verließ mit meinem Mietwagen das Hochpustertal, ohne die phantastische Landschaft eines weiteren Blickes zu würdigen, und fuhr direkt hinunter nach Belluno, wo ich übernachtete.

Als ich zwei Tage später wieder in Castello Carduccio ankam, las ich eine Notiz im »Corriere della Sera«, dass ein deutscher Wanderer, ein emeritierter Professor aus Köln, auf seiner Wanderung auf dem Dolomiten-Höhenweg im Hochpustertal verschwunden sei. Sehr wahrscheinlich in eine Gletscherspalte gestürzt. Die Leiche wurde nie gefunden.

Ich habe mich lange mit diesem schrecklichen Vorfall gequält, überlegt, ob ich mich bei der Polizei melden sollte. Auch dachte ich daran, die Toskana zu verlassen und nach Köln zu reisen. Den Goldschatz der Stadt zu übergeben, das Grab des Römers im Haus meiner Freunde aufzudecken und die Überreste von Fritz Schneider freizulegen, damit der junge Mann eine würdige Beerdigung erhalten könnte. Dieses einst von mir geliebte Haus war eine Grabkammer geworden. Aber ich war wieder einmal zu feige.

Ich grübelte, ob ich einen anonymen Brief schreiben sollte, um mein Patenkind Amelie über die beiden Toten im Keller aufzuklären. Offensichtlich lagen sie dort noch immer in ihrem Grab. Aber ich wollte die Vergangenheit ruhen lassen. Ich selbst hatte in meinen Büchern die Geschichte der alten Handschrift erwähnt, und über den Fund des römischen Skeletts habe ich in einer roten Kladde Notizen gemacht, die ich in dem Kölner Haus zurückließ. Es ist allerdings fraglich, ob diese Notizen den Krieg überstanden haben. Und selbst wenn – wen interessierten diese Notizen? Das Geheimnis des doppelten Grabes blieb erst einmal gewahrt.

Einige Wochen nach dem Ereignis beschloss ich, alles Geschehene zu verdrängen, um mein zweites Leben nicht zu gefährden, den Dingen ihren Lauf zu lassen.

Jetzt aber, da ich spüre, dass meine Zeit abgelaufen ist, möchte ich mir zumindest die Umstände des Todes von Paul Grävenitz von der Seele schreiben, der einst mein bester Freund, dann mein schlimmster Gegner war. Ich wollte ihn nicht töten und bedauere, dass vor so vielen Jahren Fritz Schneider zum Opfer dieser tödlichen Gier nach Gold wurde, die auch schon den römischen Offizier Marcus Quentius Tuscius ins Verderben gerissen hatte. Ambrosius dagegen fand offenbar, ähnlich wie ich über vierhundert Jahre später, in dieser wunderschönen Gegend hier seinen Frieden.

Mögen diese Münzen zu Goldstaub zerfallen und vom Erdboden verschwinden, damit es ihretwegen nie wieder Opfer menschlicher Gier gebe.

Mein Weg endet bald. Ich fürchte mich nicht.

Il Tedesco alias Jakob Faltermeyr.

Als Don Marcello im Jahre 2010 im gesegneten Alter von neunzig Jahren starb, fand Ettore, der Enkel von Marcellos Bruder Ludovico, den Umschlag in der Schublade einer altersschwachen Kommode im Schlafzimmer seines Großonkels. Er warf einen kurzen Blick darauf und wollte ihn verbrennen. Dann aber schob er ihn unter andere Papiere aus dem Nachlass seines Großonkels.

Im Herbst 2022 räumte Ettore nach längerer Zeit seine Wohnung auf und fand den Umschlag wieder. Was sollte er damit anfangen? Wer interessierte sich für diese alten Geschichten? Er überflog den Text und fand, dass dies höchstens der Stoff für einen Krimi sei. Doch Ettore war durch und durch Naturwissenschaftler und las selbst keine Belletristik. Dann aber fiel ihm ein, dass ein entfernter Vetter von ihm bei der Polizei in Köln arbeitete. Vielleicht konnte der damit etwas anfangen.

Und so bekam Andrea di Luccio am 23. Dezember 2022 Post aus Castello Carduccio. Der Kommissar war allein zu Haus und betrachtete gerade nachdenklich die Goldmünze, die er heimlich aus der Asservatenkammer mitgenommen hatte. Sie glänzte im Schein des Kaminfeuers. Er glaubte, einen Anspruch darauf zu haben. Seit geraumer Zeit hatte er Ahnenforschung betrieben, um die Wurzeln seiner Familie aufzudecken. Er war fest überzeugt, dass einer seiner Vorfahren jener Lucius war, der einst nach Köln kam, um seinem Großvater die letzte Ehre zu erweisen. Diese

Münze sah er als das Erbe jenes Römers und als ein Symbol für das ewige Rom, dem seine Vorfahren einst treu gedient hatten.

Staunend las er Jakob Faltermeyrs späte Beichte. Wäre er ein liebenswürdigerer Mensch gewesen, hätte er die *Confessione* an Anna Bentorp weitergegeben. Aber für Andrea di Luccio war der Fall erledigt. Nur nicht mehr daran rühren!

Und so verbrannte Andrea di Luccio an Heiligabend das Schriftstück von Jakob Faltermeyr im Kamin seines Hauses in der Südstadt von Köln, knapp fünfhundert Meter von dem Ort entfernt, an dem man das doppelte Grab gefunden hatte.

Ut mortuis requiescat in pace!
(Mögen die Toten in Frieden ruhen)

Nachwort

Die tapferste Armee von allen, führend unter den römischen Truppen, was Disziplin, Tapferkeit und Kriegserfahrung angeht, wurde durch die Indolenz des Führers, die betrügerische List des Feindes und die Ungunst des Schicksals in einer Falle gefangen. Weder zum Kämpfen noch zum Ausbrechen bot sich ihnen, so sehnlich sie es auch wünschten, ungehindert Gelegenheit, ja, einige mußten sogar schwer dafür büßen, daß sie als Römer ihre Waffen und ihren Kampfgeist eingesetzt hatten. Eingeschlossen in Wälder und Sümpfe, in einem feindlichen Hinterhalt, wurden sie Mann für Mann abgeschlachtet, und zwar von demselben Feind, den sie ihrerseits stets wie Vieh abgeschlachtet hatten – dessen Leben und Tod von ihrem Zorn oder ihrem Mitleid abhängig gewesen war.

Diese Schilderung der legendären Varusschlacht habe ich gelesen, als ich anlässlich des zweitausendjährigen Jubiläums der Varusschlacht im Jahr 9 nach Christus zum einen für eine Sendung des Norddeutschen Rundfunks zu diesem Thema recherchierte, zum anderen an einem Jugendbuch schrieb, das 2010 im Droste Verlag unter dem Titel »Das Schwert des römischen Verräters« erschien. Lange Zeit nahm man an, dass der rebellische Cheruskerfürst Arminius (Hermann) die Legionen unter der Führung von Publius Quinctilius Varus im Teutoburger Wald besiegt habe. Das Hermannsdenkmal, das an den Sieg der Germanen über die Römer erinnern soll, wurde im 19. Jahrhundert in der Nähe von Detmold nach Entwürfen von Ernst von Bendel errichtet und 1875 eingeweiht. Mit einer Figurhöhe von 26,57 Metern und einer Gesamthöhe von 53,46 Metern ist es die höchste Statue Deutschlands und war von 1875 bis zur Erbauung der Freiheitsstatue 1886 die höchste Statue der westlichen Welt.

Spätere Forschungen aber verlagerten den Schwerpunkt der Kämpfe aus dem Teutoburger Wald nach Nordwesten. Etliche Funde, vor allem von Münzen, ließen die Annahme zu, dass einige der wichtigsten Scharmützel zwischen den römischen Legionen und den germanischen Truppen unter der Führung von Arminius bei Kalkriese in der Nähe des heutigen Ortes Bramsche stattgefunden haben. Bislang ist das Gros der Forschung der Annahme gefolgt, dass Publius Quinctilius Varus mit seinen drei Legionen aus dem Raum Haltern gegen die aufständischen Germanen an der mittleren Weser zog. Als Varus seine ausweglose Situation erkannte, wollte er sich in Richtung Rhein zurückziehen. Doch die darauffolgenden dreitägigen Kämpfe, die die Legionen in ständiger Bewegung hielten, führten schließlich zu einem Desaster. Das blutige Ringen, bei dem insgesamt mehr als zwanzigtausend Legionäre starben, endete in einer Falle, die Arminius an der Wegenge zwischen Großem Moor im Norden und den Ausläufern des Wiehengebirges bei Kalkriese nördlich von Osnabrück gestellt hatte. Der römische Historiker Cassius Dio schreibt in seiner »Römischen Geschichte«, erschienen um 230:

Die Berge, ohne Ebenen, waren nämlich von Schluchten durchzogen, außerdem standen Baumriesen dicht nebeneinander, so daß die Römer bereits vor dem feindlichen Überfall mit dem Fällen der Bäume, der Anlage von Wegen und der Überbrückung von Geländeabschnitten, wo solches nötig war, Mühe genug hatten.

Die Diskussion um die These der finalen Kämpfe im Gebiet des heutigen Kalkriese ist noch immer nicht beendet. Immer wieder kommt es zu neuen Interpretationen. Selbst die vielen Münzfunde in dieser Gegend lassen, so einige Wissenschaftler, keine eindeutige Klärung des genauen Schlachtfeldes zu. Man weiß aber sicher, dass zwei Legionen verloren gingen, die Augustus mit den Worten betrauerte: »Varus, Varus, gib mir meine Legionen wieder!«

Nur wenige Jahre nach der Niederlage der Römer zog Germanicus mit neuen Truppen nach Germanien und rächte die römische Schmach. Allerdings verzichtete das Römische Reich darauf, weiterhin danach zu streben, dem Imperium den Norden Germaniens einzuverleiben. Die Rheingrenze wurde ausgebaut, und um das Jahr 50 herum begann Köln, der Geburtsort der Tochter des Germanicus, Agrippina Minor, später Gattin des Kaisers Claudius, aufzublühen und sich zu einer bedeutenden Stadt zu entwickeln, vor allem unterstützt von Agrippina.

Im 3. Jahrhundert drangen in der Nähe von Göttingen, bei Harzhorn, römische Truppen unter dem Kaiser Maximus Thrax über die Grenzen in das »freie« Germanien vor und besiegten die dort siedelnden Stämme. Aber auch diese siegreiche Schlacht, die einmal mehr die Überlegenheit der römischen Legionen beweisen sollte, führte nicht dazu, dass Rom Ambitionen verspürte, seine Grenzen auf Dauer in dieses »wilde« Territorium auszudehnen.

Geschichte ist nie zu Ende geschrieben. Ständig sind Daten und Ereignisse neu zu überdenken. Denn die Forschung ruht nicht und fördert immer wieder spannende Erkenntnisse zutage. Immer neue Kapitel werden hinzugefügt, andere neu geschrieben. Neben allen Fakten bietet dies viel Raum für Fiktion. Dass es reich bestückte Truppenkassen der bei Kalkriese besiegten Legionen gegeben hat, ist eindeutig. Doch meine Geschichte, dass die Kriegskasse der 18. und 19. Legion vor den heranstürmenden Cheruskern gerettet werden sollte, entbehrt (bisher) jeder Realität. Auch die meisten meiner Figuren und einige Orte sind frei erfunden, so wie das Kloster Sankt Gallus oder das toskanische Städtchen Castello Carducci. Allerdings gab es in Köln zahlreiche Kirchen und Klöster, und wer weiß, ob nicht plötzlich irgendeine Chronik auftaucht, in der ein Kloster beschrieben wird, das meinem fiktiven Kloster ähnelt.

Nun ist dieses Buch nur am Rande auch ein historischer Roman, da mich Geschichte immer schon interessiert hat und ich sowohl Alte wie Neue Geschichte in Bonn und Freiburg studiert habe. Doch in erster Linie ist dies ein Krimi, und da bekanntermaßen das Böse immer und überall lauert, lässt sich fast jeder Plot mit kriminalistischen Elementen anreichern.

Für die Kerngeschichte von »Das doppelte Grab«, in der es unter anderem um den Beweis der Unschuld eines Mannes geht, der angeblich während der Varusschlacht zum Mörder und Dieb wurde, habe ich mich bei mir selbst bedient und einige Ideen meines Jugendbuches verwandt. Auch darin wird ein Unschuldiger verdächtigt, während der Varusschlacht einen Mord begangen zu haben. Der Geist dieses Mannes erscheint zweitausend Jahre später einer kleinen Gruppe von Kindern, dem Colonia Club, und bittet sie um Hilfe bei der Lösung des Falls, um seine Ehre wiederherzustellen. Die Kinder machen eine Zeitreise in die damals noch junge Stadt Köln um das Jahr 50 und lösen am Ende den Fall.

In diesem Buch ist die Handlung, in deren Mittelpunkt Lucius, ein junger Römer aus der Toskana steht, nur einer von mehreren Erzählsträngen. Da meine Bücher immer auf mindestens zwei Zeitebenen spielen, kommt auch Köln zu Beginn der Reformationszeit und während des Zweiten Weltkrieges vor, und Anna erlebt ihre jüngsten Abenteuer im Jahr 2022 in der Stadt, in der ich jetzt schon seit 1997 lebe.

Aber die Gegenwart ist nur eine Fortsetzung der Ereignisse aus der Vergangenheit. Wie die berühmte Schriftstellerin Gertrud von le Fort einst so weise formulierte: »Alles, was man gemeinhin Vergangenheit nennt, ist im Grunde nur eine leise und dunkel gewordene Art von Gegenwart.«

Meinem Buch liegt aber neben diesem ewigen Kreislauf von Vergangenheit, Gegenwart und Zukunft ein weiteres Thema zugrunde, das meiner eigenen Verwunderung darüber entspringt, wie völlig falsch man Menschen oft einschätzt. Wir alle haben doch schon erlebt, dass man geneigt ist, nur immer eine bestimmte Seite des anderen zu bemerken oder nur das wahrzunehmen, was man sehen möchte.

Niccolò Machiavelli hat das in seinem Werk »Der Fürst« (Il Principe) um 1513 sehr treffend formuliert: »Jeder sieht, wie du zu sein scheinst, wenige fühlen heraus, wie du bist.«

Aber vielleicht sollte man sich lieber an Honoré de Balzac halten, der die Menschenkenntnis in seinem »Gesetzbuch für anständige Menschen« auf eine einfache, logische Formel brachte: »Ein scharfer Beobachter erkennt am Zustand der Schuhe immer, mit wem er es zu tun hat.«

Dank

»Das doppelte Grab« ist mein zweiter Roman, der während der Coronapandemie entstanden ist. Mein besonderer Dank gilt deshalb all jenen, deren täglicher Einsatz ein halbwegs normales Leben ermöglicht. Egal, ob das die Paketboten, Briefträger, Verkäuferinnen oder all die anderen sind, die hinter den Kulissen des Alltags unermüdlich wirken. Ohne sie wäre die Situation in den vergangenen Monaten noch schwerer erträglich gewesen.

Mein Dank gilt aber natürlich vor allem meinem Verlag, der nun schon den fünften Band der Abenteuer meiner unbelehrbaren Protagonistin Anna Bentorp veröffentlicht. Damit eng verbunden ist die intensive Arbeit meiner Lektorin Hilla Czinczoll. Sie hat diese Aufgabe von Stefanie Rahnfeld übernommen, die mich viermal bei Annas Erlebnissen geleitet hat. Beiden gilt mein herzlicher Dank für ihre Mühe und ihre Geduld. Ich bin froh, dass ich in Hilla Czinczoll erneut eine so verständnisvolle Begleiterin auf diesem langen Weg gefunden habe.

Selbstverständlich geht mein Dank auch an meine wunderbare Familie, die mich mit Humor und Langmut in diesen nicht immer leichten Wochen des Schreibens begleitet hat. Leider konnte ich sie in all der Zeit nicht oft genug sehen, vor allem nicht meine Tochter in New York mit ihren zauberhaften Kindern Matilda und Hector. Große Freude bereiten mir meine Enkelinnen in Berlin, Elisabeth und Magdalena, deren Lebensfreude und überschäumende Emotionen auf mich immer wieder beglückend und motivierend wirken.

Mein Dank umfasst viele Menschen in meiner Umgebung und in meiner Vergangenheit. Einige von ihnen haben mich schon früh inspiriert und unterstützt. Dazu zählt mein einstiger Chef beim Norddeutschen Rundfunk, Wolfgang Hausmann, der im Frühling 2021 verstorben ist. Ein wahrer Lehrmeister und ein journalistisches Vorbild! Dank auch an alle Freunde, die zumindest per Zoom, Telefon oder Kurznachrichten noch teilhatten an meinem Leben, das manchmal allzu sehr von Büchern dominiert wird.

Doch was das betrifft, spricht mir Arthur Koestler aus der Seele: »Worte sind Luft. Aber die Luft wird zu Wind, und der Wind lässt die Schiffe segeln.«

In meinen Büchern verarbeite ich oft sehr persönliche Erinnerungen an frühere Reisen. Als in den vergangenen Monaten das Reisen fast unmöglich war, hat mich ein Wort von Jean Paul getröstet: »Bücher lesen heißt wandern gehen in ferne Welten, aus den Stuben, über die Sterne.«

Hoffentlich aber können wir bald wieder Bücher auf Reisen auch in fernere Welten mitnehmen und sie am Meer oder in den Bergen, an Seen oder in der Heide genießen. Oder über den Sternen.

Allen, die sich für diese Wanderschaft »aus den Stuben« mein Buch ausgewählt haben, danke ich ebenfalls herzlich und wünsche ihnen viel Freude und einige unterhaltsame Stunden in der Hoffnung, dass der Vers des Dichters Paul Heyse (1830 bis 1914) nicht auf »Das doppelte Grab« zutreffen möge:

Mit Menschen bin ich tolerant,
Ob sie mich auch langweilen.
Ein schlechtes Buch fliegt an die Wand
Nach den ersten hundert Zeilen,
Dieweil es Bücher nicht verdrießt,
Wenn man sie nicht zu Ende liest.

Quellenverzeichnis

S. 81: Publius Annius Florus, Römische Geschichte. Herausgegeben von Günter Laser, WBG 2005

S. 81: P. Cornelius Tacitus. Annalen. Herausgegeben von Erich Heller, Artemis & Winkler 1997

S. 358: Velleius Paterculus, Historia Romana, um 30 n. Chr., Deutsche Ausgabe Reclam 1989

S. 359: Cassius Dio, Römische Geschichte, um 230 n. Chr., Deutsche Ausgabe Marix-Verlag, 2012

Margarete von Schwarzkopf
DER MOORMANN
Broschur, 368 Seiten
ISBN 978-3-7408-0215-8

Kunsthistorikerin Anna Bentorp hat sich in der Abgeschiedenheit eines niedersächsischen Moores ein malerisches Häuschen gemietet, um ungestört alte Karten der Region zu studieren. Doch die Ruhe bleibt ihr verwehrt: Es häufen sich merkwürdige Todesfälle und Ereignisse, die alle im Zusammenhang mit einem verschollenen Schatz zu stehen scheinen. Immer tiefer gräbt sich Anna in die Recherche über die rätselhaften Karten, bis sie von den Geschehnissen der Vergangenheit eingeholt wird und selbst in Gefahr gerät …

»Ein atmosphärisch dichter Krimi in historisch stimmigem Setting von unserer hochgeschätzten Krimi-Expertin!« BÜCHER MAGAZIN

»Eine düstere, süffig erzählte Story. Sie erzählt ihre Story unprätentiös, mit Lust am Fabulieren und unterhaltsam.«
Hannoversche Allgemeine Zeitung

www.emons-verlag.de

Margarete von Schwarzkopf
SCHATTENHÖHLE
Broschur, 368 Seiten
ISBN 978-3-7408-0440-4

Kunsthistorikerin Anna Bentorp stößt in einem Schloss im Ith auf ein ebenso kostbares wie mysteriöses Bild, das einen Hinweis auf einen verschollenen Schatz gibt. Dessen Schicksal ist eng verflochten mit einer sagenumwobenen Höhle – und mit dem Tod mehrerer Menschen. Anna taucht tief in eine verstörende Vergangenheit ein, doch sie kann nicht verhindern, dass es weitere Tote gibt ...

www.emons-verlag.de

Margarete von Schwarzkopf
DER FLUCH DER KELTEN
Broschur, 320 Seiten
ISBN 978-3-7408-0688-0

Kunsthistorikerin Anna Bentorp wird in einer mysteriösen Angelegenheit um Hilfe gebeten: Aus einem alten Kloster am Steinhuder Meer ist ein Buch verschwunden, in dem von keltischen Masken von unschätzbarem Wert die Rede ist. Als dann auch noch ein Toter auf dem Klostergelände gefunden wird, ist Anna alarmiert. Steht der Mord mit den kostbaren Kultobjekten in Verbindung? Sie geht dem Rätsel der Masken auf den Grund, das sie bis nach Irland und tief in die Geschichte ihrer Heimatregion führt.

Margarete von Schwarzkopf
DER MEISTER UND DER MÖRDER
Broschur, 336 Seiten
ISBN 978-3-7408-0958-4

Als ihr ehemaliger Dozent unter ungeklärten Umständen stirbt, stößt Kunsthistorikerin Anna Bentorp auf die Spur eines Gemäldes aus der frühen Renaissance. Die Urfassung von Paolo Uccellos »Der heilige Georg und der Drache« galt bis dato als verschollen. Auf der Suche nach dem mysteriösen Bild gerät Anna in höchste Gefahr – denn es gibt einige einflussreiche Menschen, die jeden Preis dafür zahlen würden, das Kunstwerk an sich zu bringen, und selbst vor Mord nicht zurückschrecken.

»So spannend kann Geschichte sein. Eine norddeutsche Miss Marple folgt der Blutspur eines Meisterwerks.« BÜCHER MAGAZIN

www.emons-verlag.de